한 여인의 한숨과 눈물을
기쁨과 행복으로 승화시킨 인생 파노라마

박 충 성 지음

신세림출판사

금순이

박충성 지음

차 례

박충성 · 첫번째 소설집 ▌금순이

금순이

1. 시집가는 날

앞을 봐도 산, 뒤를 둘러 봐도 첩첩 산중 깊은 산골 적막강산, 이따금씩 콩새떼들만 오루루룩 오루루룩, 먼 산에는 간간히 부엉이 소리만 들려오고, 풀잎마다 이슬방울이 후둑 후둑 떨어지는 이 곳은 해는 늦게 뜨고 어두움은 가장 먼저 찾아드는 깊은 산골. 비온 지가 오래 돼서 계곡물도 확 줄어들어 허연 자갈들이 다 드러나 길을 만들고 있다. 그런 자갈밭 위로 먹지 못해 부숭하게 부황들은 쬐그만 계집아이가 자신의 덩치보다 더 큰 보따리를 머리에 인 어미 손에 매달리다시피 이끌려가고 있다.

다리 아프다고 울며 떼쓰고 보채봤자 어미는 들은 척도 않고서 "이눔의 간나야, 울라면 따라오지 말그라. 밤되믄 호랭이가 업어 가든 말든…." 계집아이는 돌부리에 발이 부딪쳐 자지러지게 울면서도, 엄지발가락 발톱이 쩍 벌어져 검붉은 피가 솟구쳐도 어미 손 놓칠까봐 절뚝거리면서도 소리도 내지 못하고 아픔에 몸은 사시나무 떨 듯이, 온몸은 열이 펄펄 나면서도 하염없이 산골길, 자갈길을 걷고 또 걷는다.

말이 좋아 신발이지 발목에 겨우 붙어 있는 시커먼 검정 고무신 바닥은 다 떨어져 나가고 옆 테두리만 발목에 걸려서 맨발로 맨발로 오월의 포근한 봄볕 아래 꽃바람에 실려 끌려가듯이 걷는다.

"이눔의 간나야! 거그 가무는 새 아방을 보구서리 아방이라 불러야된다야. 그래야 구둘에 자구 감재, 옥시끼 실컷 처 묵는다아."

계집아이는 '감재, 옥시끼' 실컷 먹는다는 소리에 힘을 내서 발톱이 빠져도, 발바닥이 온통 피범벅이 돼도 아무렇지도 않게 걷고 또 걷는다. 이젠 아픔도 무디어졌다. 어미는 무거운 보따리때문에 빗어서 걷어

쪽진 머리는 바람맞은 머리로 변하고 목 고개는 빠질 지경이고 이른 새벽에 한술 뜬 시레기 강냉이죽 한 숟갈은 겨우 허기를 면했을 뿐, 허기진 뱃가죽은 등가죽과 맞붙어 있고 이놈의 회충새끼는 또 회를 동하네. 어미는 다리가 완전히 풀려서 더 이상 서서 지탱할 수조차 없자, 찔레 그늘막에서 잠시 쉬어 갈 양인지 보따리를 머리에서 내려놓는다.

"어머이, 내 배고프다." "이년의 간나아, 배속에 걸뱅이가 들어 앉았네." 하면서 눈을 흘기면서도 부지런히 보따리를 끌러서 보따리 한가운데 잘 앉혀온 귀 떨어진 질옹팩이에 담겨진 시커먼 삼베보자기에 날 옥수수가루를 물에 담궈서 푹 불은 것을 꺼내 불끈 짜 뿌연 가루 물을 한 웅큼 되게끔 내민다. 게걸든 계집애는 단숨에 발칵발칵 마셔버리고 질그릇에 까지 손가락을 동원해서 쪽쪽 긁어 먹고 아예 혓바닥으로 그릇을 뒤집어쓰듯이 핥아 먹는다. 엄지발가락은 떡 벌어져 아픔에 온몸은 불덩이고 두 눈은 튀어 나올 듯하고 입술은 말라서 갈라져 온통 실피투성이고 배아지는 올챙이처럼 해 가지고도 그래도 영악스럽기 그지없이 철은 들었나 보다.

"어머이, 어머이도 좀 묵어봐라. 묵을만 하다아." "시끄럽다, 간나야! 그만 좀 핥아 처먹으라야."

두 모녀의 대화는 서로 아끼고 위해주는 이 두 모녀만의 슬픈 사랑의 애가다.

계집아이는 빈속에 넘긴 생옥수수 가루물이 어째 뱃속에서 요동을 친다. 비위가 뒤틀리듯 하는가 하면서도 자꾸 눈꺼풀이 내려오면서 졸음이 쏟아진다.

"어머이! 좀 자다 가믄 안되나?" 어미는 무서운 얼굴로 "어서 일어서 그라. 어서 가자구야." 계집아이의 신발 바닥은 온데간데 없고 고무둘레만 발목에 걸고 "어머이! 이 신발으 어떻게 해?" "꿰매지도 못 하구 이간나야. 발모가지에 이빨이 났나, 생고무신을…." 계집아이의 신발을 살피다가 계집애 발톱이 벌어져 검붉은 피에 흙모래 범벅이 된 것을 보고 어미는 기절을 한다.

"아이구! 이간나야, 이 발톱으 빠진 것도 모르구서리 울매나 아팠나야. 아이구 우리 간나야." 하면서 얼른 엎드려 고개를 숙이더니, 쩍 벌어진 발톱을 입으로 가져다 넣고 혀로 살살 핥아서 모래를 빨아내듯이 뱉어내고 혀로 맛사지를 하듯이 하면서, 어미는 콩죽 같은 눈물을 흘린다.

"아이구! 간나야, 온통 발이 피칠갑앙이가. 이몹쓸 오망이가 우리 간나야 쥑일뻔 했꼬망." 두 모녀는 뒤엉켜서 울어 제낀다. 뒷산에서는 뻐꾸기가 구슬프게 구국 구국하고 애간장을 녹이듯이 울어 제낀다. 어미는 가슴을 치면서 울어 제낀다.

"이 죄많은 년이 멕이지도 못한 내 새끼 피를 한바가지나 쏟게 했꼬만야!" 어미가 넋 놓고 울자 영악한 계집애는 "어머이, 이제 괜찮소. 이제 걸을만 안하요. 울지마라. 어머이 심빠진다."

어미는 주먹 같은 눈물을 훔치고 다시 보따리를 풀어서 잎담배 몇 잎을 꺼내 계집아이 발톱과 온 발을 감싸 수십 번도 더 기운 누덕누덕한 두꺼운 검정 버선을 꺼내서 살살 신겨주자, 계집아이는 또 숨이 넘어갈 듯이 자지러진다. "간나야! 아파도 참우라우야, 어카간." 어미는 가늘고 보드라운 칡넝쿨을 이로 끊어서 버선 신긴 계집애 발목을 묶어주고 어미 나름대로 처방을 한다.

"용천 하늘님네요, 어카갔습네까. 거저, 이 아이레 발모가지 어루만져 주시라우요. 아프지 않게 해 주시라우요. 이 간나레 무시기 죄있습네까. 거저 다 이 오마니 잘못 만나서리 이리 됐시오. 한 20리는 족히 더 걸어야 되는데 거저 용천 하늘님네 굽어 살피시라우요."

어미는 눈을 감고 주문을 외듯이 웅얼웅얼 나름대로 기도를 하고는 확신을 얻은 양 누그러진 목소리로 "간나야, 걸을 수 있간? 어서 길 잡고 가자우." 재촉하자 계집아이는 "어머이, 난 괜찮소. 어머이가 요기도 못하구 허기져서 어떻게 해." 그 아픔에도 어미 생각하는 계집애의

갸륵함에 어미는 구슬 같은 눈물이 후둑후둑 떨어지자 얼른 훔치고 "가
자우야."한다.

어미와 계집아이는 몰골이 땟물이 쫄쫄 흐르고 거지 중 상거지꼴이
다. 어미는 배고픔을 이길 양으로 더 용감한 척 무서운 말투로 아니 용
감한 척 "어서 가자우, 해 떨어지기 전에 고개를 넘어야 하네라." 그런
데 계집아이는 어미의 허기진 모습이 눈에 비쳐지자 어미에게도 옥수
수가루 주머니를 짜먹을 수 있게 할 요량으로 "어머이, 내 물먹고 싶
다. 물 찾아 가자아~." "아! 여게는 물 없네라. 고개 다 넘을라치믄 샘
이 있네라. 가만 가만 아! 저 골짝에 곤드레가 좀 있네라."

어미와 계집아이는 고갯길 반대 방향으로 길을 잡고 들어서서 햇닢
나무 밑에 계집아이를 앉혀 놓고는 "여그 꼼짝으 말구 앉아 있으라우.
뱀으 새끼 나온다. 조심으 하구, 뱀으 나오믄 옆으로 피하라우. 앞으로
가지 말구. 뱀으 새끼가 간나아 키 훌쩍 넘으믄 간나아 눈깔으 먼다. 알
간!" 계집아이는 발가락에서 검붉은 피가 버선에 내 비쳐서 발가락의
아픔은 온통 몸 전체를 요동쳐 떨리게 한다. 계집아이는 온정신을 집중
하고 두 눈을 똑바로 뜨고 두 귀를 종긋이 세우고 뱀이 나올까봐 온 신
경을 눈에 두자 두 눈깔이 금방이라도 빠질 듯하고 빈속에 들이킨 날옥
수수 가루물이 온통 뱃속에서 꾸룩 꾸룩하고 요동을 치게 하고 천둥소
리를 내더니 힘도 쓰기 전에 허연 물똥을 쫙 내리 쏟고 말았다.

계집아이는 다행히 속고쟁이를 입었으니 망정이지 순식간에 벌어진
일이다. 계집아이는 고열에 시달려서 심한 갈증도 느꼈다. 바로 옆에
며느리밥풀꽃이 환하게 활짝 피어 있어서 밥알처럼 생긴 꽃을 뜯어서
잘근잘근 씹자, 늬리끼리하면서도 뒷맛은 쓰고 또 좀 짠맛도 나지만 조
금 해갈이 된 기분이 든다. 어미는 허기에 허리가 꼬부라져서 엎드려
기면서 슬픔을 떨쳐 버리려는 듯이 흥얼흥얼 슬픈 애가, 노래를 부른
다.

♪한치 뒷산에 곤드레 딱취는 나지미 맛만 같아서 고것만 뜯어 먹어도 봄은 살아 난다아~.♪

계집아이는 힘이 부치고 눈꺼풀이 무거워져서 옆으로 비스듬히 누워서 기진맥진 온 정신이 가물가물해진다. 버선에 내비친 피비린내에 산개미떼들이 자꾸 달려들어도 털어낼 힘도 없다. 그래도 담배 잎이 지혈효과는 좀 있는지 더 이상 피는 나오지 않는 것 같다. 계집아이는 아주 편안해짐을 느끼고 산중 속 노루꼬리만한 봄볕을 이불삼아 누워서 편안히 잠들어 가고 있다. 그때 반대쪽 골짝에서 아련히 어미의 부르는 소리가 먼 곳에서 들리는 메아리 소리처럼 들린다.

"야! 간나야, 야! 간나야. 으째 대답의 앙이 하느냐. 뱀으 헌티 물린나아. 이 간나야, 으째 대답으 앙이 함매." 어미는 온 몸을 굴려서 내려온다. "야! 이 간나야, 정신채리구 이것 먹으라우." 어미는 달착지근한 잔대뿌리를 질겅 질겅 씹어서 아이 입에다 손가락으로 밀어 넣어준다. 계집아이는 생그리 웃으면서 으적으적 씹어대다 힘겹게 삼킨다. 그러더니 두 눈을 멀건이 치뜨고 "어머이! 참 맛다." 어미는 그새 윤이 반드르 흐르는 막 돋아나는 곤드레와 삽취싹, 놋젓가락나물, 잔대싹, 곰취, 뻘건 싸리나물, 우산나물, 또 이제 갓 피어나는 두릅, 개미취, 나물취, 참나물, 맛깔나는 산나물들을 뜯어서 몸빼 속에다 가득 담아서는 "간나야, 이것 좀 씹어 보라야." 계집애를 잡아 일으키다 말고 "아이구! 이 간나, 낱알으 처먹은 것 다 쏟았네, 아깝게스리 쯧쯧…." 어미는 안타깝고 가여워서 혹시 죽을까봐 콩구슬 같은 땀과 눈물을 흘리면서 계속 계집애 입에 두릅도 먹여보고 잔대싹 뿌리도 까서 씹어서 넣어주고 등을 쓸어내리고 팔을 주무르고 조심스레 발도 살피고 허둥댄다. 갑자기 계집아이가 눈을 찡긋이 뜨면서 "어머이, 나물이 행긋허니 참 묵을만 하다. 쌉싸름허니 맛나네라." 계집아이는 어미가 넣어 주는대로 사악사악 계속해서 산나물을 씹어댄다.

누에가 뽕잎을 먹듯이 얼마나 먹었는지 이제 정신이 좀 드는 것 같다. "어머이도 좀 묵어 봐라. 맛나네라." 사악사악 먹고 또 먹고, 먹고 먹고, 계속 또 먹는다. "어미가 낭중에 새아방이 집에 가서 딘장에 버무려줄게.""아니다. 그냥 먹어도 참 맛나네. 어머이도 좀 먹어봐.""운냐, 운냐. 내 강생이.""어머이, 우리 쬐끔 자구서 가믄 안될까?""앙이 된다. 심이 들드라도 가야 된다아. 고개만 넘자우야. 거그 새 아방이 집에 가서 발구락에 딘장 발르믄 낫네라. 우리 간나야! 참 곱구만야!" 어미의 칭찬은 인색하지만 계집아이를 어르고 달래서 다시 고개를 넘는다.

어미도 허기진 배를 산나물을 와삭와삭 씹어 삼키고 큰 보따리를 간들간들한 목고개가 휠 정도로 얹어서 이고 고개를 넘는다. 혹여 계집아이가 힘이 들까봐 누굴누굴한 칡넝쿨을 끊어서 계집아이 허리에 묶고 어미 자신의 허리에도 묶어서 계집애를 끌다시피 앞에서 길을 잡고 나아간다.

고갯길을 오르고 또 오른다. 뒤에서는 새끼가 매어달려 발가락을 곤두세우고 끌려온다. 이젠 발가락이 아프다 못해 감각이 무디어져간다. 고갯길을 반 정도 올라오자 어미 새끼가 동시에 배가 사르르 튼다. "어머이, 내 또 똥 매룹다.""운냐! 운냐! 우리 뒤보고 가자." 모녀는 보따리를 꿀밤나무 밑에 괴어놓고 앉자마자 쫙 하고 물똥이 싸진다. 모녀는 포로소롬한 물똥을 힘껏 내리쏘고는 민망한지 "아이구! 한웅큼 씹은 나물이 끈기는 없네라." 헤헤, 히히 모녀는 멋쩍게 웃는다.

모녀는 서로 민망함에 어설프게 웃으면서 뒤처리는 할 것도 없지만 꿀밤나무잎 한 장씩 떼어내 뒤를 닦아낸다. 어미는 푸념 섞인 목소리로 슬픔을 달랠 양 " 높고 높은 하늘위에 까막까치 내려와 천금 같은 내 새끼 똥 식기 전에 먹으렴." 구슬프게 노래를 흥얼거린다. 어미, 새끼는 소나기 똥을 내리 쏘아 놓자 눈앞이 뿌옇게 보인다. 한참을 그렇게 앉았다가 다시 길을 재촉한다. 어미와 계집아이는 두 눈을 똑바로 뜨고는 오르고 또 올라서 어느덧 고갯마루까지 다 올라 왔다.

두 모녀는 땀도 식힐 겸 다시 보따리를 내려놓고는 두 번째 똥을 마 져 내리쏜다. "아이! 개분하다. 어머이, 우리 먹은 것 다 뺐다. 배고프 면 어떻해?" "야! 이 간나야. 거그 새 아방이 집에 가무는 이팝과 괴기 국 먹을 수 있네라. 기리니끼리 걱정말라야, 알간!"

두 모녀는 쌀밥과 고기국 생각으로 입안 가득 침이 고이면서 고갯길 을 내려가기 시작하자 구르듯이 미끄러지면서 꽤 빠른 속력으로 마을 어귀까지 내려왔다.

마을에 들어서기 전에 어미는 보따리를 내려놓고 머리를 풀어서 손 가락으로 긁어내려 보따리 귀퉁이에서 자주색 댕기를 꺼내 쪽을 짓고 계집애 얼굴에 팻국물 흐르는 것도 침을 발라가며 닦아주고 떡진 머리 도 가려 내려준다. 옷도 새로 잘 여며주고 두 모녀는 다시 보따리를 이 고 아주 얌전한 걸음걸이로 걸어내려온다.

바로 저 만치 보이는 당산나무 밑에 여나믄명 사람들도 보이고 마을 의 집들은 짙은 회색으로 변한 묵은 이엉을 얹은 초가지붕 너댓 채와 꿀참나무 널판들을 얼기설기 얹은, 아니 수두룩이 얹어진 너와집 서너 채가 눈에 들어온다. 모두 칠 팔 가옥이 전부인 옹기종기 모여 있는 나 직하고 포근해 보이는 마을이 눈에 확 들어온다. 순간 어미의 "흑"하는 울음소리가 들린다. 계집애가 쳐다보자 얼른 고개를 돌리고 당당한 체 한다. "간나야! 잘해야 된다아." 영악하고 맹랑한 계집아이는 어미가 한없이 위대해 보인다. 속이 꽉 찬 계집아이다. 어머니가 자신을 위해 배 골리지 않게 하려고 선택하신 것임을 계집애는 알고 있다. '팔자 아 닌 팔자를 고치시는구나' 하고 계집애는 생각에 잠긴다.

계집애는 이제부터 어머니 말을 잘 듣고 어머니 맘을 헤아려 고은 짓 만 보여드려야겠다고 다짐을 해본다.

어미, 새끼는 마음속으로 대성통곡을 하면서 당산나무 앞까지 오게 됐다. 그때 낮짝은 시뻘거니 삶아놓은 문어 대가리처럼 생기고 마빡은

툭 불거지고 머리카락은 뒤꼭지에 몇 가닥 되지도 않는 것을 돌돌 말아서 녹쓴 대못으로 쪽이라고 흉내만 낸 예편네가 두 눈을 쩨그덕하니 뜨고 쳐다보면서 "아이구! 대화댁이지유. 어째 이리 인물이 좋소. 센녀가 하강을 했나, 떠오르는 보름달 맨쿠름 우째 이리 달댕이유. 아이고! 딸린 혹댕이도 보통 인물이 아니네. 인물 집안일세." 하고 너스레를 떤다. 그때 또 옆에 생긴 몰골은 털이 반이나 그슬린 똥개가 마당 한 귀퉁이에 어린 애들이 싸놓은 똥이 꽁꽁 얼어붙은 것을 이빨로 갉아 먹다가 코끝에 얼은 똥이 붙어 코가죽이 벗겨져 뻘건히 피가 내비친 개코처럼 생긴 중년의 사내가 이빨은 닦지 않아서 누렇다 못해 검은 줄이 직직 그어진 뻐드렁 이를 몽땅 드러내며 히죽거리면서 하는 말이 "아, 원래 계집이 낯짝이 반반하든 팔자치레 하네라." 그러면서 빼꼼히 쳐다보면서 시커먼 손가락으로 계집애 볼테기를 꼭꼭 질러본다. 순간 계집아이가 아주 매정스리 사내의 손을 탁 쳐 내리면서 매눈처럼 매섭게 치뜬 눈으로 중년의 사내를 쏘아보자 사내는 기겁을 하고 슬슬 뒷걸음질을 치며 당산나무 뒤쪽으로 스르륵 사라져 버린다.

계집아이는 아주 으쓱해하면서 만면에 웃음이 돈다. '흥! 우리 어머이를 따라올 인물은 어느 누구도 이 근동에서는 아니 이 조선 천지에는 없을게다.'

당산나무 밑에는 차양이 쳐져있고 꽃그림 병풍도 쳐놓고 비록 헌 신랑, 신부지만 초례청이 떡 하니 차려져 있다. 그런데 신랑 신부 재배, 뭐, 이런 의식이 있을 성도 싶지만 아무리 헌 신부일망정 비록 의복은 남루하지만 화월용태 뛰어난 자태의 어머니랑 걸맞는 신랑이 눈에 띄지 않자 계집애는 참을성 없게끔 "어머이, 누가 우리 새 아방이요?"하고 묻는다. 그러자 병풍 뒤쪽에서 병풍을 밀면서 흰 수염을 탐스러이 늘어뜨리고 산골에서는 보기 드문 잘 손질된 모시중이 적삼 두루마기를 갖춰 입으신 노인 한 분이 나오신다. 비록 노인이지만 얼굴을 자세히 보니 아주 온화하니 준수한 용모를 갖추신 인자하게 생기신 노인인지라 계집아이는 안심이 되긴 하지만 아이의 눈대중으로 보더라도 대략 20세 정도는 차이가 나 뵌다.

계집아이가 그만 기가 막혀 앙하고 울음을 터트리자 곁에서 어미가 작은 소리로 "이 간나야, 방정으 그만 떨지 안칸." 그러자 한 점잖은 부인이 다가와서 "아가야! 그만 뚝해라. 경사스러운 날이다. 저 어른께서는 아주 훌륭하시고 좋으신 분이시란다. 널 아껴주시고 공부도 다 시켜주실 어른이다. 아마도 모르긴 몰라도 널 고등과까지는 시켜주실 그런 어른이시다. 그러니깐 울지 말고 어른들 기분 상하지 않도록 하자." 좋은 말로 타이른다. 그때 어미가 그 백발의 노신사, 아니 백발이 성성한 노인 앞에 정중하게 목례를 하고 그 분을 향해 "어르신, 죄만스럽습네다. 어린 것이 요망을 떨어서리. 거저 용서 하시라요. 기리고 여그 동니 분들께도 한 말씀 당부드립네다. 미천한 제 여식의 철없는 행동을 거저 눈감아 주시구서리 리해를 당부드립네다. 거저 앞으로 잘 좀 거둬 주시라요. 기리구서리 어르신과 이년의 만남은 하늘님네 소간이니께 어르신 뜻 받들고 잘 살갔습네다." 조용하니 그리고 차분하면서도 정중하게 모든 사람들이 지켜보는 가운데 당당하게 말하자 백발의 신랑은 온화하게 미소를 지으면서 고개를 끄덕인다.

모든 사람들이 "아이구, 댁네가 어지간한 사람은 아니네유. 식자께나 들었나봐유." 그 때 중년의 아낙이 "자, 그럼 초례치르고 신부가 시장할테니 음석을 어서 들게 해야지유."하고는 깨끗한 소반위에 냉수 한 그릇 떠 놓고 신랑, 신부 재배하고 백년가약을 맺는 의식을 치르고 이제 계집아이가 그토록 고대하던 잔칫날 뒤풀이 음식상이 차려진다. 이윽고 기다리던 음식상을 장정 두 사람이 맞들고 와서 신랑, 신부, 계집애 세 명이 마음껏 먹을 수 있도록 푸짐한 상을 내려놓고는 "언나야, 마구 먹어라, 마구." 하고는 나간다.

밥상에는 쌀 반, 보리 반 든 반식기 고봉밥에 된장에다 들기름 한 방울 떨어뜨려 맛깔스럽게 버무린 무를 숭숭 뻿어넣고 닭다리와 고기가 트직하니 **뻑뻑**한 무 닭고기 국에다 자반고등어 구운 것, 산나물과 콩나물무침과 더덕짱아찌, 또 달걀도 삶아 까서 5개나 접시에 얹고…, 계집애는 염치불구하고 두 눈이 튀어 나올 듯이 두 손으로 닭다리부터 잡고 한 입에 물어 삼키고 자반고등어도 씹기도 전에 그냥 목구멍으로 꾸울떡 넘어가고 밥은 그냥 입에 떠 넣자마자 소로록 넘어가버린다. 보드라운 밥이라서 그냥 목구멍에서 곧 바로 소올솔 내려간다.

한참동안 먹는 작업이 끝나자 계집아이는 두 눈이 멀겋게 돼버린다. 그러자 어미는 계집애 넓적다리를 꾹 집어 뜯는다. 새 아방은 빙그레 웃으면서 "아가, 천천히 꼭꼭 씹어서 먹어야지." 그러면서 자신의 국그릇에서 닭다리와 맛있는 고기만을 죄다 건져서 아이의 국 대접에 넣어주면서 "천천히 먹어라." 하신다.

어느덧 즐거운 식사시간이 끝나고 어른들의 진짜 뒤풀이 잔치, 흥겨운 잔치가 시작된다. 또 상이 차려져 나왔다. 찰옥수수로 쑥을 듬뿍 넣어 떡매로 잘 쳐서 만든 쫄깃한 인절미, 옥수수 인절미다. 고소한 콩고물에 굴린 인절미다. 또 강냉이 엿과 유과는 바삭하니 달착지근하여 혀에 녹는다. 과질은 최고로 귀한 음식으로 유독 신랑, 신부, 계집애 상에는 수북히 담아 내왔다. 또 꾸득히 말린 코다리 찐 것과 밥알이 동동 뜨는 감주와 어른들이 좋아하는 밀주가 상에 곁들여 나왔다. 이 모든 음식이 계집애가 좋아하는 음식이다.

계집애는 음식이 목구멍까지 꽉 차서는 더 이상 들어갈 수가 없다. 그러자 슬슬 졸리더니 여태까지 씻은 듯이 멀쩡하던 발톱이 욱신거리면서 쑤셔댄다. 계집애는 배부름과 피곤함에 쑤셔대는 아픔에도 아랑곳없이 옆으로 고개를 꺾고 금새 콜콜 잠이 들어버린다. 그때 모든 사람들이 웃고 떠들면서 오늘 같은 경사스러운 날에 춤과 노래가 빠질 수 없다면서 "우선, 우리 이쁜 얼라야, 새아방이도 생기는데 네가 찬가 한 번 불러봐라. 자 우리 모두 손뼉칩시다." 하고는 박수로 노래를 재촉한다. 계집애는 자다말고 자리에서 발딱 일어서서는 주위를 획 둘러보면

서 "우선 지가 한 말씀 할께유. 앞으로 우리 어머이 좀 잘 봐주세유. 그
럼 못하는 찬가지만 한 곡 부를께유." 하면서 인사를 꾸벅 한다. "이제
겨우 일곱 살된 계집애가 어째 저리 주딩이가 야물꼬, 참 청산유술세."
하는 마을사람들의 쑥덕거림을 뒤로 하고 계집애는 두 손을 가지런히
모으고 나붓이 절을 하고는 부동자세로 서서 노래를 시작한다.

♪ "해는 져서 어두운데 찾아오는 사람없어 밝은 달만 쳐다보니 외롭기 한이
없네. 내동무 어디두고 나 홀로 앉아서 이일저일을 생각하니 외롭기 한이 없
네." ♬

"어찌 저리 구성지게 찬가도 잘하누." 마을 사람들의 칭찬에 계집애
는 아주 으쓱하니 기고만장이다.

어느덧 흥겹던 잔치도 끝나고 저녁 역시 진수성찬이다. 계집애는 배
가 터질 듯이 다 받아먹고 이제 잠자리에 들 시간이다. 새 아방이하고
어머니가 신방 치를 방은 껌정 딱지가 더억더억 붙은 닥종이로 분통같
이 도배를 하고 왕골자리로 방바닥도 새로 깔고 광목을 하얗게 바래서
풀을 빳빳이 먹여 잘 꿰맨 이부자리에 긴 베개, 모두다 어머니를 위하
여 정성껏 준비된 신방이다.

그리고 계집애에게도 방이 생겼다. 벽에 면경도 붙어있었다. 도배할
때 면경 쪼가리를 벽에 미리 붙이고 도배지를 정사각으로 떼어내서 네
모반듯하게 붙인 작고 아담한 방이다. 또 온화하게 웃으시는 나랏님의
사진이 박힌 월력도 걸려있고 대패질로 잘 짜진 책상도 놓여있고 혼자
쓸 수 있는 남포불도 대롱거린다.

계집애는 뛸 듯이 기뻤다. 새아방이는 참 훌륭하신 분이시다. 하늘님
다음으로 훌륭하신 분이시다. 하늘님은 천지만물을 지으셨다고 어머이
가 말해주셨다. 하늘님 다음으로 새아방이와 어머니다. 계집애는 마음
속으로 얼마나 감사했는지 모른다. 앞으로는 정말 잘 해드려야겠다고

다짐을 해 본다. 낮에 음식상앞에서는 그렇게 졸리더니 지금은 눈이 말똥말똥하니 도통 잠이 안 온다.

계집애는 어미에게 배운대로 어미를 위해 기도를 올린다. '용천 하늘님네요, 울 어머이 새아방이 헌티 이쁨받고 귀염받고 떡뚜꺼비 같은 남동생도 점지해주씨요. 그리고 새아방이 어머이, 내 남동상 잘 먹고 잘 살게 살림도 불일 듯이 일게 해 주시오.' 계집애는 웅얼웅얼 어미를 위한 기도를 드린다. 또 온갖 생각에 젖어 먼동이 트면서 첫새벽 닭이 홰를 치며 울 때 비로서 단잠에 빠졌다. 욱신거리던 발가락 통증도 웬만큼 가시고 아주 편안히 깊은 단잠에 빠졌다.

2. 새로운 보금자리

  태백산 산자락에 자리 잡은 회색지붕이 옹기종기 내려앉은 작은 마을은 온통 앞뒤를 둘러봐도 온천지가 옥수수 밭으로 시퍼런 옥수수대가 바람 부는대로 쇄걱쇄걱하고 흔들린다. 어떤 놈은 벌써 뻘건히 수염이 내비친다. 검고 푸슬한 거름이 잘 된 밭에는 한 고랑은 옥수수, 한 고랑은 감자가 자라고 있다. 감자꽃들은 얼추 져서 흙이 트석하니 알이 실하게 맺힌 것 같다. 한 달포쯤이면 캐 먹을 수 있을 것 같다. 금순네는 서낭당 뒤에 있는 홍영감네 묵정밭을 몇 해 전부터 괭이질, 호미질로 뿌리 깊은 칡넝쿨과 아카시아 뿌리까지 다 캐내 잡아내고 불을 놔 태우고 잔돌 하나까지도 다 주어내 옥토밭으로 만들어서 첫해 이후로 소출이 꽤 실하다.

  금순이가 좋아하는 강낭콩도 두어 고랑 심고, 줄콩도 군데군데 대를 세우고 심고, 쥐눈이 콩도 한 고랑 심고, 가을에 메주 끓일 메주콩도 던져놓고 서리태도 골고루 심어놓고 그 외에는 옥수수를 던져 놨다. 금순네는 본시 천성이 부지런해서 안팎으로 기름이 돈다. 밭농사에 어찌나 공을 들였던지 쳐다보기만 해도 배가 불러온다. 또 홍영감은 장작을 열심히 패서 정지에 채곡히 쌓아놓고 나날이 신수가 훤해져서 얼굴이 불콰하니 노익장을 과시한다.

  누가 젊은 마누라 채어 갈까봐 밭두렁에 앉아서 쓸데없는 잔소리로 마누라 곁을 늘 붙어 다닌다. 삼이웃의 모든 남자들이 모여 앉으면 홍영감은 늦복이 터진 분이라고 부러워들 한다. 홍영감은 늘 금순네한테 고마워하고 최선을 다한다.

  "여보! 우리 금순이 자네 닮아서 총기도 있고 음석 매무새도 좋고 인물은 어디 보통 인물이든고. 조선 천지 내딸만한 인물은 드물끼구만…
내, 그놈 보는 재미로 산다네. 그런데 지에미처럼 퉁퉁 내쏘지 말아야
되는데….”하며 행복에 겨운 투정을 부리면서 “여보, 임자. 거 허리 좀
펴구 쉬었다 하시게.” “아! 거 좀 보채지 마시라우요. 두어 고랑만 매무
는 되지 않갔습네까. 내레 허리 펴기 싫어서 기럼네까. 한량 영감님 뫼
시구 살레면 어캅네까.” 금순네는 영감님께 교태섞인 말로 응수한다.
“임자, 그럼 내가 들어갈까?” 영감님의 재촉, 아니 성화에 못 견디고
금순네가 손을 털고 일어서서 밭뚝으로 나오자, “임자, 이것 좀 씹어
봐. 완재영감이 지난밤에 지 할망구 길일이라 자다가 물 한 그릇 떠놨
다구 아께 즈네 집에 가자기에 따라가서 쐬주 한잔하구 얼추 한 접시
택이나 먹었다네. 하도 고소해서 자네 생각이 나서 한점 가져 왔네.”하
신다. 두툼한 돼지고기 살점에다 새우젓을 듬뿍 찍어서 봉초 편 종이에
다 얹어서 신주단지 모시듯이 정성스럽게 손바닥에 올려서 젊은 마누
라 고운 입속에 넣어주려고 홍영감이 자꾸 불러댔던 것이다. 홍영감은
나날이 사는 보람을 느낀다.

“아니! 이것이 뭡네까. 괴기 아니야요!” “응, 어여 씹어봐. 아주 고소
허니 괜찮네. 임자생각에 한 점 가져왔네.” 금순네는 영감님의 살가움
에 코끝이 시큰하니 또 눈물이 흘러내린다. “당신이나 접수시지, 어캐
이리 가재오셨습네까.” “어허이! 참 난 그 친구랑 얼추 한 접시 택이나
먹었다니깐, 쐬주하구.” 영감님은 얼른 예쁜 마누라 입에 두툼한 돼지
고기를 넣어주고는 흐뭇해한다.

“당신, 그 조끼 주머니에는 뭡네까? 울긋불긋한 것이 뭐야요.” 홍영
감의 깨끗이 잘 손질된 모시 조끼 주머니에 볼록하니 뭔가 들어 있어
금순네가 물어보자 히죽이 웃으며 “아! 이것. 우리 딸내미 이쁜 입속에
물려줄라고….”한다. 색과자 세 알을 문종이에 싸서 주머니에 고이 넣
어 온 것이다.

금순네는 영감님의 잔정에 그만 감격해서 흑하고 눈물을 떨구면서

할 말을 잃는다. 그저 고맙고 또 고맙고 고마울 따름이다. "에헤이, 임자. 똑 얼라 맹키로 그만 하시게, 울기는. 자네가 그러시면 내가 더 자네헌티 죄스럽다네. 자네같이 곱고 고운 각시 데려다가 괴기 반찬 한번 제대로 못 멕이고 호강은 못 시키드라도 고상은 안 시켜야 되는데 이 늙은이를 용서하시게." "아니야요, 아니야요." 금순네는 손사래로 천부당, 만부당 무슨 그런 말씀이냐는 투로 한사코 사양을 하듯이 "기런 말씀 마시라우요. 당신의 은혜는 거저 태산같습네다."

홍영감은 어느새 금순네를 꼭 안고는 다독이면서 달랜다, 고마워한다. 누가 보는 사람이 없다면 마누라를 업어주고 싶을 정도로 애틋해한다. 그러면서 "여보, 임자. 나머지는 내가 맬테니 쬐금만 쉬시게. 아니, 그냥 집에 들어가시게. 내가 마저 맬테니." 그러자 금순네는 "안됩네다. 당신 의복 버리십네다. 풀물 들므는 당신 바지 못 입게 됩네다. 기리구 풀이 짙지 않아서 금방 맵네다. 길구 당신이 밭에 들어오시믄 콩대 상합네다. 길디 마시구 완재어르신께 가셔서 바둑이나 한 판 두시구 계시라우요." 홍영감과 금순네는 서로 알뜰살뜰 챙긴다.

"여보! 마누라. 그런데, 우리 딸내미 왜 여태 안오지." "아! 그 에민아 이레 핵교에서 그림으 잘 그려서 도대회 나간다구 연습으 하구서리 온다구 안기립디까." "아아! 참 그렇치. 그래, 내가 또 잊어먹었네. 아무튼 내 딸내미 장한 늠이야. 공부도 잘 하고 찬가도 잘 부르고." 홍영감은 딸내미 덕으로 대회 날 완재영감탱이랑 강릉까지 응원 차 따라갈 계획을 세워놓고 있다. "허허허! 기특한지고." 홍영감은 금순이가 자랑스러워 삼이웃에 온통 자랑을 늘어놓고 다닌다.

그렇지만 금순네는 늘 못마땅해한다. 환쟁이는 춥고 배고프다는데 쓸데없이 그림을 그리면서 또 돈은 얼마나 많이 들어가는지 영감님께서는 화판에 크레파스에 또 그림물감까지 모든 필요한 것을 다 구비해 준다. 금순네가 못마땅해하자 영감님께서는 "무슨 소리요. 손재주 좋은 것이 얼매나 자랑스러운데. 아, 우리 금순이 유명한 화가 선상님으로 커가믄 얼마나 자랑스러운 일인데. 부족한 애비지만 내 힘껏 뒷받침할 거요. 지가 명석한 대로 끝까지 공부시킬 것이여. 남의 자식 부럽지 않게 키워봅시다. 여보, 앙탈 부리지 마시구. 내 고운 마누라쟁이야. 어이, 꼭 언내같다니까."하며 너털웃음을 웃는다.

금순네는 누가 보는 사람이 없다면 영감님께 큰절을 올리고 싶다. "여보, 정말 고맙습네다." 영감님은 그럴 때마다 서운해 한다. 꼭 자신이 낳지 않은 딸내미라는 것을 드러내는 것 같아서 서운해 한다. 금순네는 알면서도 자신도 모르게, 아니 영감님이 너무 금순일 버릇없게끔 무조건 다 들어주는 것이 걱정이 돼서 하는 소리다. 그냥 자연스럽게 대하면 될 것인데 영감님의 보살핌이 너무 각별하기 때문일 것이다.

홍영감은 원래 살림이 넉넉한 편이었다. 본처는 풋각시때 원인모를 병을 몇 달 앓다가 그만 요절을 해서 상처하고 근 15년을 넘게 독신으로 지내다가 중간에 중매로 들인 여자는 얼굴은 미끈했지만 말이 여자지 선머슴 같은 예편네라 맨날 술이나 마시고 한 달에 25일은 밖으로 돈다. 허구헌날 한량들과 천엽이나 하면서 개, 닭 잡아 처먹고 술은 말술이고 또 거기다가 여자가 돼서 투전판에 뛰어들어 투전판에서 만난 인간 말종들하고 한방에서 처먹고 뒹굴고 하는 짓이 인간쓰레기다. 그러다가 몸에 진이 몽땅 빠지면 슬그머니 기어들어와 홍영감님을 달달 볶는다.

처녀가 홀애비 만나서 살 때는 재물보고 왔는데 땅문서 안 준다고 악다구리를 쓰고 동리가 창피하게 생난리를 피우다가 며칠동안 배아지에 기름을 찌우고는 또 투전방을 전전한다. 기름진 노른자위 논문서를 어느새 훔쳐서는 한 달 동안 다 털어먹고 또 기어 들어왔다.

홍영감이 완전 패가망신을 하고 몸져눕자 그 예편네는 더 극성을 부린다. 영감님은 그 예편네보고 '이제 제발 좀 아주 나가라'고 옥박질러도 보고 달래도 본다. 그럴라치면 그 예편네가 하는 말이 '아! 절이 싫으면 중이 나가지 절이 나가는 것 봤냐'고 삿대질로 악을 쓰고 대든다.

참 기가 막힌다. 누가 절이고 누가 중인지 도통 말이 안 통한다. 홍영감님은 그 예편네한테 완전히 진이 다 빠져서 꼭 죽을 것만 같았다. 오죽하면 그 점잖은 어른이 여자하나 잘못들인 탓으로 목을 맬 생각까지도 했다.

홍영감 동생 홍덕배는 어려서부터 고집불통에다가 공부는 죽어도 하지 않으려고 했다. 서당에 끌어다 앉혀 놓으면 어떤 핑계를 대서든지 빠져 나와서 패거리들과 술먹고 쌈박질로 부모님 가슴에 못을 박던 그런 인사다. 형 덕근과는 판이하게 다르다. 부모님 속을 그렇게 썩이고 일자무식이지만 욕심도 목구멍까지 차올라서 형과는 딴판이다. 그래도 잘 산다. 성격도 다혈질이다. 그런 덕배가 어느 날 술을 얼큰히 마시고 형님집에 들이닥쳐서는 형수고 나발이고 똥물을 쌀 때까지 두둘겨 패서 두 번 다시는 얼씬도 못하게 엄포를 놨다. 다행히 집문서는 손을 안 대고 달라뺐다. 이제 남아있는 전답이라고는 뒷골 산 밑에 응달지기 논 두 마지기와 금순네가 공들여 가꾸는 서낭당 뒤 묵정밭뙈기와 살고 있는 집에 붙어 있는 텃밭, 채마밭이 전부다.

홍영감은 본시부터 무자식이다. 본처는 자식배태도 못해보고 풋각시 때 그만 요절을 하고 중간에 들인 그 미치미치한 예편네하고는 온전히 잠자리도 한번 제대로 못 해본 처지다보니 그냥 독신으로 지내다시피 하다가 금순네와 늦게 단란한 가정을 꾸리고 꿈같은 나날을 보낸다.

대신 동생 덕배는 자식농사는 실해서 3남2녀 중 맨 맏이 제관이를 형님한테 양자로 보내서 형님의 아들로 산다. 그리고 지난 가을에 혼인을 시켜서 분가를 내주고 뒤골 응달지기 논 두어 마지기를 떼어주고 작은 오두막도 장만해줬다. 후에 홍영감과 금순네가 죽으면 잊어버리지 말고 자다가 물이라도 한 그릇 떠와 달라는 부탁 외에는 큰 부담을 주지 않는다. 그래도 무던한 아이인지라 새어머니 금순네한테도 살갑게 굴고 가을이면 추수해서는 나락 한 섬씩 꼭 보내는 무던한 아들이다. 금순네는 아들, 며느리한테 늘 고맙게 생각하고 인자한 어머니로 도리를 다 하려고 한다.

제관이의 별호는 곰탱이다. 해가 뜨면 들에 나가서 하루 종일 허리 한번 안 펴고 땅 파고, 돌 줍고 하다가 해가 져서 어두워야, 아니 캄캄한 한 밤중에야 집에 들어오는 아이다. 응달지기 논은 골이 빠지게 농사를 지어도 마지기당 나락 두 섬 나기가 바쁘다. 그러나 제관이는 이른 봄부터 아니 겨울에도 논을 그냥 두는 법이 없다. 흙을 뒤엎어서 잔돌 하나까지도 다 캐내어 버리고 논둑에는 불을 놔서 병충해 예방을 철저하게 한다.

지지난 봄에는 용소골 본가에 가서 병아리 세 마리를 슬쩍 주머니에 넣어 와서는 아랫목에 누더기로 싸서 재우고 낮에는 마당에 봄볕도 쪼여주는 등 애기 키우는 정성으로 키운다. 파리도 잡아 찢어 먹이고 구더기도 주어다 큰 놈은 손으로 찢어서 병아리 입에다 넣어준다. 그 세 마리가 중닭에서, 장닭, 암탉으로 커서 알을 품어 부화시켜서 지금은 여남 마리가 족히 된다. 병아리떼들이 마당에 노랗게 삐약거리고 있다.

언제 한번 지 댁이 지 서방 골 빠진다고 날달걀 한 개 깨서 먹으라고 갖다 줬다가 살림 망칠 계집이라고 얼마나 쎄게 싸대기를 후려쳤던지 그만 코피를 뭉클뭉클 쏟은 일도 있다. 아무튼 지독스런 놈이다. 또 닭 똥과 지 처하고 지하고 싼 똥을 박박 긁어 모아 재하고 잘 버무려 여름에 풀을 산더미같이 베어서 가리로 쌓아 놓으면 잘 썩는다. 숙성돼서 시커멓게 썩어서 김이 술술 오른다. 거기다가 똥, 재 버무린 것과 잘 섞으면 기막힌 거름이 된다. 거름으로 잘 만들어진 것을 지 처를 데리고 이고, 져다 날라서 새벽부터 하루종일 논바닥에 골고루 잘 뿌려서 논을 기름진 노른자 땅으로 둔갑시킨다.

또 5~6년마다 산 밑에 붉은 황토를 파내서 수십 지개씩 져다가 바소구리에 꾹꾹 눌러 퍼서 담아 져다가 객토를 해준다. 온통 논바닥을 홱 뒤집어 놓은 댓가로 나락대도 실하고 검푸르게 독이 올라 나락포기도 다른 집 나락은 포기당 60~70알 정도도 채 못 달리는 게 예사인데 제관네 나락에는 100~120알씩 맺힌다. 병충해에도 끄덕없이 가을이면 말 그대로 황금 물결, 황금 들녘을 이룬다. 또 여름 가뭄때는 논바닥들이 거북이 등짝처럼 쩍쩍 갈라져 사람들은 발을 동동 구르고 하늘만 쳐다보고 한탄하지만 제관네 논 만큼은 물이 찰랑찰랑하고 벼들이 크는 소리가 쑥쑥 들리는 것 같다. 도대체 어떻게 했길래 제관네 논에만 물이 찰랑거릴까. 도깨비가 요술을 부린 것일까. 아니다. 노력의 댓가다. 밤새도록 지 처는 물을 여 나르고 제관이 지 놈은 물지개로 어깨가 시뻘겋게 껍데기가 홀라당 벗겨져 피가 나도록 계속 물을 퍼 날랐다.

벼들이 쑥쑥 크는 재미로 잠도 안 온다. 사람들은 기절초풍을 했다. 개울물이 바닥을 드러낼 지경이다. 지 처 역시 하도 물을 여 날라서 머리 장백이가 머리카락이 홀라당 다 빠지고 번쩍인다고 한다. 또 논뚝에는 콩을 심어 콩 소출도 실하게 난다. 동네 사람들은 벼포기가 다 말라서 농사를 망쳤지만 제관이가 농사를 지으면 마지기당 나락 2~3섬 나던 것이 마지기당 5~6섬씩 소출이 크게 늘어난다.

제관이 처 옥순이가 시집온 지 이태가 넘었는데도 아직 임신도 못하고 낯짝은 오종종허니 기미가 슬어서 꼭 파리가 똥 싸놓은 것처럼 꺼실꺼실허니 보기가 하도 딱해서 금순네가 "메눌아기야. 너래 몸이 좀 다르진 않네?" 인정스레 물어봤다. "아이구, 아니래유."하고는 펄쩍 뛴다. 딱한 생각이 든 금순네는 지난 장날 마른 옥수수 한 말을 머리에 이고 장에 나가 팔아서 영감님이 드실 소주 한 병 사고 꾸득하게 말린 양미리 한 두루미 20마리 사고 구리므 한 병을 사서는 그래도 시어머니라고 며늘아기한테 큰 맘 먹고 슬그머니 쥐어 줬더니 기절을 한다. "어무이요, 이래하지 마시오. 이것을 그사람이 알면 어무이하고 지하구 쫓겨납니더. 어무이요, 지가 어무이 인정만 받겠습니더. 대신 잘 가지구 기시다가 금순애기씨 상급핵교 갈 때 꼭 디리세유." 금순네는 코끝이 찡해온다. '에이, 벽창호 같은 인사하구는. 인정머리도 없구 꽉 맺힌 노랭이, 수전노, 구두쇠 같은 놈하구는….'

지처한테는 무지막지하게 구는 놈이 그래도 양부모한테는 무던하다. 하기사 영감님께서는 법없이도 사실 어른이시다. 인정스러우시고 자상하시고 정말 존경할 수밖에 없는 귀하고도 훌륭하신 어른이시다. 금순네는 영감님을 뫼시고 사는 것이 늘 황감하고 또 뿌듯해 더욱 더 잘 모실 수 있도록 최선을 다한다.

　그런 어른이시니 제관인들 무던하게 잘한다. 가실이면 나락 한 섬에다 또 화전을 일궈서 고구마도 심어 알이 굵고 잘 생긴 놈만 골라서 한 버래기씩 가져다준다. 강원도, 특히 이곳은 토질이 고구마가 잘 안되는데도 도대체 어떻게 했는지 꼭 고구마 알이 어린아이 머리통만큼씩 씨알이 굵다. 또 쪄서 보면 분이 팍팍 나면서 고소하고 달큰하다.

　그리고 영감님 생신일이 이월 초여드레인데 꼭 두 부부가 첫 새벽부터 건너와서는 생신상을 정성스레 잘 차려준다. 강낭콩을 듬성듬성 넣어서 백설기도 한 시루씩 쪄오고 꾸득한 노가리를 숭숭 썰어 넣고 미역국도 제법 간이 맞게 끓이고 기름이 누런 잘 멕인 암탉도 한 마리 잡아 삶아 놓고 내무세도 제법 짭짤하니 간이 잘 맞게 무쳐서 흰쌀에다 팥도 삶아서 술술 뿌려 아주 정성스레 맛깔나게 차려드린다.

　또 영감님 생신 열흘 뒤인 2월 18일은 금순네 생일이다. 제관이가 '어머이 생신상도 차려드려야지유.' 하면서 아버지와 꼭같이 차려주자 금순네는 몸둘 바를 몰라 한다. 그러자 제관이는 얼굴이 벌개지면서 닭똥 같은 눈물을 후둑후둑 흘리면서 "어무이요, 지가 바보천치라고 자석으로 치지 안해유? 자석이 어버이 생신상 차려드리는 것이 당연한 것인데 뭐 그리 안되는 일이래유. 지를 불효자로 맨들지 마세유. 어무이." 그러자 금순네는 마냥 고맙고 고마워서 생일상을 잘 받아 먹는다. 영감님 생신처럼 똑같은 별미로 한 달에 두 번씩 그것도 열흘 뒤 또 잘 받아 먹는다. 그저 고맙다.

　겨울에도 제관이는 농한기라고 노는 법이 없다. 새끼꼬고 가마니치고 멍석도 짜구 농사철을 대비해 준비를 철두철미하게 해놨다.

오늘은 논에 쟁기질하는 날이다. 완재영감님댁 소를 빌려서 논을 간다. 완재영감님댁 소는 암소이고 새끼도 두 배나 뺀 아주 건강하고 잘생긴 소다. 원래 소를 빌려서 쟁기질을 시키면 여물은 알차게 쒀 먹여야 한다. 그것은 소를 빌리는 사람의 성의다. 그리고 소에 대한 고마움이고 예의다. 쇠죽에는 콩도 듬뿍 넣고 곡식가루, 강냉이가루, 또 쌀등겨, 된장도 한 주걱 넣고 푹 끓여서 잘 멕인다. 찍어 먹어봐도 구수하다. 소도 포식하는 날이다.

금순네는 쇠죽도 쑤고 두 부자 모처럼 맛난 반찬도 장만해서 먹일 양으로 영감님과 장봐 온 다래끼를 이고 첫새벽에 제관네로 건너왔다. 밥은 보드라운 쌀을 넉넉히 둔 반식 고봉밥에 양미리는 무를 슥슥 뺏어 깔고 파, 마늘, 고춧가루로 아주 발갛게 먹음직스럽게 지져놓고 고추장속에 박아둔 더덕짱아찌, 무짠지는 가늘게 채쳐서 물에 울겨서 들기름한 방울 떨어뜨려서 파, 마늘로 짭짤히 무쳐놓고 무청은 푹 삶아서 들기름에 갖은 양념으로 볶아 놓고 또 들깨가루에 감자 숭숭 썰어 넣은 구수한 들깨국까지 진수성찬이다.

금순네는 밀주 담그는 재주가 뛰어나다. 금순네가 직접 농사지은 밀을 잘 띄어서 만든 누룩을 옥수수떡을 쪄서 발효시켜서 누룩과 잘 머무려서 깊은 산속 산삼 썩은 물을 첫새벽에 여다가 온갖 정성으로 소나무 새순도 몇 가지 꺾어다 함께 넣으면 솔향기로 더 더욱 술맛이 기가 막힌다. 또 고실고실하게 찐 술밥으로 솔잎을 섞어서 잘 빚은 약주는 우선 맑은 청주는 먼저 잘 떠서 깊이 감춰두고 그 다음이 동동주가 된다. 밥알이 동동 뜨면서 달착지근하면서도 뒷맛은 톡 쏘는 맛이 솔향과 합쳐져서 아주 기가 막힌다. 그리고 맨 마지막이 뽀얗고 툭툭한 탁주 막걸리다. 금순네는 술 빚는 재주와 유과 만드는 재주가 뛰어나다. 삼이웃에서도 손꼽히는 일인자다. 모든 대소사의 음식 매무새도 뛰어났다. 홍영감님은 젊고 고은 마나님 덕에 늘 맛난 음식을 충분히 먹는다. 건강도 날로 날로 좋아진다. 늘 노익장을 과시한다.

밀주를 곁들인 조반상을 받은 제관이는 두 눈이 휘둥그레진다. "어무이요, 어무이 음석매무새는 나라님 마누래도 못 따라 올끼구만유." 하면서 게걸든 듯이 쑤셔 넣는다. 고개를 옆으로 돌리고 밀주를 쭉 들이키더니 눈을 지긋이 감듯이 하고는 "못골 집에서는 이런 귀한 음석은 한번도 맹글어 먹어 본 적이 없었지유. 시상에, 시상에." 감탄사가 연발 터진다. "어무이요, 어데서 이런 귀한 음석 맨드는 것을 배웠데유?" "기레, 고맙구만야. 천천히 많이 들라야." 금순네는 제관이가 맛나게 먹어 주는 것이 그저 고맙다.

조반상을 물리기가 무섭게 새참 준비를 한다. 메밀은 껍질채 맷돌에 곱게 갈아서 체에 걸러 지난 김장때 짜게 절여논 배추잎을 잘 헹구어 쭉쭉 찢어넣어 메밀전을 부치고 메밀가루로는 칼국수를 밀어 국물은 막장을 풀어 구수하게 끓여낸다. 새참 때에도 제관이는 밀주부터 우선 한 잔 쭉 들이키고는 메밀전은 젓가락을 쓰지도 않고 손으로 둘둘 말아서 두 눈을 까뒤집듯이 입을 크게 벌리고는 그냥 입에다 쑤셔 박는다. 또 밀주로 입안을 소통시키듯이 게걸들린 듯이 쑤셔 넣고 국수 국물로 소통시키고 또 쑤셔 넣고 땀을 뻘뻘 흘리면서 먹는 일에 열심을 다한다. 새참을 먹은 뒤 영감님은 골연을 피워 물고 마당 평상에 나 앉아 피우고 있다. 제관이는 헛간 뒤쪽으로 돌아가더니 딱딱하고 부싯돌 치는 소리가 들린다. 꼴에 담배를 피우는 모양이다. 어찌나 지독스럽던지 성냥 아낀다고 지금껏 부싯돌을 쳐서 불을 낸다. 제관처 역시 부싯돌을 쓴다. 담배는 잎담배를 손바닥에 침을 뱉어가며 부셔서 꿀밤나무 잎을 동량으로 섞어서 썩썩 비벼서 하는 꼴이란 가관이다. 지독한 것이 아니고 하는 꼴이 꼭 짐승 같다. 비료포대 속 종이를 손가락 두 마디 정도씩 잘라서 거기에다 담배를 말아서 피운다.

금순네는 소여물도 알뜰히 멕인다. 소라는 동물은 미련하기 그지없어서 배가 터져도 먹는 동물이다. 어떤 집은 멀쩡한 생떼 같은 소를 죽인 적이 있다. 집안의 기둥이 무너지는 꼴이다. 소는 재산목록 1호인 것이다. 이유인즉, 두부를 해 먹고는 콩물과 비지를 적당히 줘야 되는데 새며느리를 들인 지 일 년도 되기 전에 큰일이 벌어진 거다.

어른들과 남정네들은 먼저 식사들을 하고 아녀자들은 어른들이 상을 물린 뒤 부엌바닥에 쭈그리고 앉아 먹는다. 유독 이 집은 홀시아버지와 올망졸망한 시동생들을 혼자서 하루 다섯 끼씩 해먹이다보니 풋각시가 온통 부석강아지처럼 오종종허니 그저 꼬박꼬박 졸음에 소가, 그것도 새끼 밴 암소가 며느리가 깜빡 조는 사이에 콩 한말 한 두부 콩비지와 콩물을 쭉쭉하고 다 먹고는 힝힝하고 콧바람을 몇 차례 불더니 그대로 배가 터져 죽었다. 온 집안이 초죽음이 되고 불쌍한 며느리는 그길로 소박을 맞은 일이 웃동네 풋팥골에서 일어난 사건이 있었다.

금순네는 소가 배가 탱탱해질 때까지 여물을 먹여서 멍에를 씌워 끌고 나가게 했다. 두 고부는 점심찬거리를 준비하면서 두런두런 얘기를 나눈다. 금순네는 "얘, 메눌아기야. 너레 어데 몸이 불편하네? 왜 여태 아이 소식이 없네." 그러자 옥순이는 갑자기 흑흑하고 흐느낀다. "아니, 아가. 너레 왜 기레? 내레 부담줄라고 한 말이 아니야. 기리니끼니 울디 말라야." "어머이, 그것이 아니구유. 그 사람이 지보고유, 아는 낳지 말래유." "아니, 기게 무슨 소리야. 응, 왜 기래. 어서 말해보라야." "지가 '아'를 낳으면 양석 축낸다구유. 어머이, 즈이는 점심은 안 먹어유." "아니, 뭐야." 금순네는 기가 막힌다.

서옥순은 불행한 과거의 어린 시절을 떠올리면서 하염없이 운다. 옥순의 생모는 어느 졸부의 대궐 같은 집 부엌 심부름하는 간난이었다. 그런 그는 얼굴이 반반해서 머슴놈들이 눈독을 들이는 그런 계집종이었다. 그러던 어느 날 주인 영감탱이가 건드려서 애가 들어섰다. 바로 옥순이다. 그 사실을 알고 주인 마나님이 광속에 가둬놓고 겨우 명줄 보존할 정도로 먹을 것을 던져주고 홀라당 벗겨서 온몸을 인두로 지지고 주먹으로 얼굴을 강타하고 정말 악질적으로 괴롭혔다.

그래도 모진 목숨 끊어지지 않고 명보존하고 배속의 새끼는 살리기 위해 무던히 애를 쓰고 누워 신음하던 차에 그 집구석에 원인모를 화재가 발생했다. 다행히 계집종은 광 문짝이 불길에 휩싸여 나가떨어지자 몸에는 실오라기 하나 걸치지 못한 채 인두에 지진 곳에 진물이 흐르는 상태 그대로 뛰어나왔다. 원채 인심을 잃은 집구석이라 불을 끄기는커녕 '오냐 오냐 활활 타거라' 하고 온 마을 사람들이 구경만 하고 있다가 배가 불룩한 괴물처럼 생긴 계집종이 뛰어나오자 누더기로 몸을 감싸게 해준다. 그 집구석은 전소했다. 악마의 혓바닥 같은 불길에 그 집 악질 부부 두 년놈은 도망나오지도 못하고 화마에 삼킴을 당했다.

애밴 계집종은 여기저기 비럭질로 명보존하고 살아간다. 산달이 가까워 오는데 갈 곳이 없게 되자 말줄께나 하는 몇몇 마을사람들이 대표로 그 아들집에 대문을 두드리자 계집, 사내가 빼꼼이 내다본다. 마을 대표들이 대문을 밀치고 들어가 '당신 아버지의 자식을 배태한 이 불쌍한 여자를 거둬서 몸을 풀게 하시오. 인간의 도리요' 하고 못을 박는다. 성질 고약한 그 아들 부부는 내키지는 않지만 남의 이목이 두려워 계집종을 집에 들여서는 꼭두새벽부터 밤늦게까지 논, 밭으로 혹독하게 부려먹는다.

어느 늦가을 계집종은 북통같은 배를 안고는 가을걷이 콩을 꺾다가 밭고랑에 엎드려 그만 달도 덜 찬 애를 조산했다. 한 달은 먼저 나왔다. 팔삭둥이다. 바로 그 핏뎅이가 옥순이다. 아이를 낳아놓고 눈도 못 뜬 핏뎅이를 몸빼 속에 넣고 기어다니면서 자신에게 배당되는 찬밥 덩어리를 짓씹어서 어린 것 입에 흘려 넣어주면서 살렸다. 젖도 돌지 않을 뿐만 아니라 구멍젖이라 젖꼭지가 쏙 들어가 애가 빨 수도 없어서 젖은 물려보지도 못했다. 어린 것은 어미의 침을 받아먹고 살았다 해도 과언이 아니다. 차라리 그 어린 것이 죽었더라면 어미 새끼 서로 좋았을 텐데, 모진게 목숨이라 삶의 끈을 이어 나갔다.

어미는 자심한 구박에 견디지 못하고 어린 것을 가슴에 품고 그 집구석을 뛰어나와 다리 밑에서 가마니쪽을 주워다 뒤집어쓰고 또 다시 비럭질로 살아갔다. 어떤 인심 좋은 집, 광목 빨래를 개울가에서 삶아 빨래도 빨아주고 어린 것하고 따뜻한 음식을 목구멍으로 넘길 수 있는 날도 있었다. 그럭저럭 애가 어느 정도 사람의 형태를 갖춰간다. 두 달쯤 되자 어미는 어린 것을 어느 부잣집 대문 앞에 뉘여놓고는 강물에 몸을 던져 한많은 삶을 마감했다. 오죽했으면 죽었을꼬. 며칠 후 시신이 둥둥 떠다니기에 마을 사람들이 수습해서 뒷동산에 묻어주고 무덤 앞에는 큰 바위돌을 굴려놨다. 후에 어린 것이 자라서 어미 묘에 찾아 보길 바라면서….

옥순이는 그 인심 좋은 부잣집 찬모의 손으로 옮겨져 애기 종으로 그 집에서 잔뼈가 굵었다. 옥순이는 얼굴도 제법 귀염성있게 생겼는데 심통 사나운 부엌 에미한테 발로 걷어 채이면서 단단한 몽돌처럼 살아왔다. 워낙 고생스럽게 구박을 받고 살다 보니 얼굴 인상도 뒤틀려지고 점점 이상스럽게 변해서 추녀로 보인다. 거기다가 또 사건중에 부엌 에미년이 조청을 끓이면서 이제 겨우 9살된 옥순이한테 큰 나무주걱으로 그 뜨거운 조청을 저으라고 시켰다. 어른도 하기 힘든 일을 어린 것이 젓느라고 저어도 골고루 젓기에는 힘이 부친다. 온통 조청이 눌어붙어 타버렸다. 부엌 에미년은 점심을 배아지가 탱탱하니 처먹고는 식곤증으로 조청 달이는 행랑채 방에 자빠져 자다가 조청 타는 냄새에 발딱 일어나 뛰어나왔다.

"아유, 이년의 간나아. 조청 다 태웠네." 하면서 그 뜨겁고 큰 나무주걱으로 어린 아홉살백이 옥순이 얼굴을 사정없이 내리치자 뜨거운 조청에 온 얼굴은 데이고 어린 것이 코뼈가 휘면서 피가 낭자하게 쏟아진다. 다행히 데인 얼굴은 얼른 물동이에 처박아 화기는 빠졌지만 찌글찌글 데인 흉터가 남았다. 아무리 뜯어봐도 그 어릴 때 귀염성 있던 얼굴 모습은 사라지고 지금은 아주 못 생긴 몰골이 돼버렸다.

그 집구석에서 16살까지 살다가 어느 머슴 마누라가 중매를 해서 남편 제관이한테 시집을 오게 된 것이다. 미련하고 약간 모자라는 듯한 제관이의 각시가 됐다.

옥순의 사연을 들은 금순네는 진심으로 사랑을 담아 품에 안고 달랜다. "아가, 그간 고상 마니했꼬망. 하지만 이제부터는 이 오마니가 아가의 오마니가 돼 주갔어. 기리니 울지 말고 우리 힘내서 잘 살아보자야. 넌 이제부터 내 딸이야. 기리니끼리 이 오마니헌티 모두 털어놓우라우야."

옥순도, 금순네도 눈이 벌겋게 되도록 울었다. "아가, 기럼, 너거들 잠자리는 않는 거냐?" "아니예유. 잠은 자유. 잠을 자구 나면 그 사람이 지를 막 패유. '아' 뺀다구, '아' 쏟으라구, 마구 배를 내지르고 막 패유. 어머이, 지는 그 사람이 옆에 오는 날이믄 몸써리가 쳐져유. 지가 애 배믄 지를 내친대유."

금순모는 기가 막힌다. "아가, 울디 말라야. 이 오마니레 다 생각이 있으니끼니 울디 말라야. 이제 앞으로는 제관이 그 놈이 네 몸을 패는 일은 결코 없을 게야. 거저 이 오마니만 믿으라우야."

금순네는 옥순이가 자신의 탯줄에서 떨어진 자신의 생명처럼 애뜻함이 느껴진다. 금순네는 옥순을 꼭 안고 함께 가슴 아파한다. 깊은 모정을 느낀다. 후에 들은 얘기로는 제관이 놈이 지 처와 잠자리 후 때리지는 않지만 그것을 옥순이 몸 밖으로 내 쏟는 행위, 질외사정을 한다고 한다.

금순네가 홍영감님께 재가해온 그해 홍영감님은 60세고 금순네는 35세로 정확히 25년 나이 차이가 난다. 금순이가 7살이던 5년 전 그때 금순네는 영감님과 첫날밤 치르던 생각이 난다.

금순이 생부, 본 남편 이재호는 힘이 장사다. 밤이면 밤마다 어찌나 거칠게 다루던지 금순네는 하룻밤에도 몇 번씩 자지러지게 그 사람에게 길들여졌다. 그런 그가 산속 오두막에 어린 남매, 세 살된 종대와 갓 돌도 안된 핏덩이 금순이, 그리고 젊은 각시만 남겨놓고는 산속으로 들어가버렸다. 5년 동안 종무소식이다. 그래도 봄, 여름, 가을은 푸성귀와 산열매등으로 근근이 살아보지만 긴긴 겨울은 세 식구 죽게 생겼다. 먹을 것도 없지만 산짐승들이 내려와 오두막을 짓밟고 헤집는 날이면 금순네는 거의 초죽음이 된다.

금순네가 여름에 움막 옆에 꽤 깊은 흙구덩이를 파두고 그곳에 도토리등 먹을 것을 보관해둔 굴 속에서 세 식구가 겨울을 난다. 낮에 나와 보면 움막은 멧돼지가 짓밟아놔서 엉망이다. 그래도 질긴 목숨 이어가게 된다. 겨울은 정말이지 세 식구 먹지 못해 뼈에 가죽만 남는다. 거기다가 한참 꽃다운 30살 풋풋한 각시가 서방이 그리워질 때는 춥고 배고픔에다가 어린 것들한테는 죄스러운 일이지만 남자의 거친 숨소리가 몸 구석구석을 불구덩이로 만들 때는 정말이지 죽고만 싶어진다. 서방을 요구하는 몸으로 긴긴 겨울밤을 혼자 몸부림치며 밖에 뛰어나가 눈속에 몸을 뒹굴려 뜨거워진 몸을 식히고 들어와서 어린 것들 잠자는 모습을 보고 죄책감에 엎드려 울면서 기도한다. '이년의 몸에 음탕한 기운을 쏙 빼달라'고. '이 천벌 받을 년이, 저 어린것들 뱃구레도 못 채워주는 년이 언감생심 서방을 그리워하다니.'

금순네는 정말이지 온갖 고생을 하다가 하다가 종내는 새끼들 배곯리지 않게 할려는 생각으로 몇날 몇밤을 고심하다가 어려운 결정을 하게됐다. 이제 겨우 9살된 아들 종대는 대화 어느 부농가에 애기머슴으로 들여보내고 어린 딸 금순일 앞세우고 고개를 넘고 넘어 팔자를 고친 것이다. 다행히도 이처럼 인자하시고 정많은 귀하신 어른을 지아비로 모시고 살게 된 것을 매순간 순간 감사해한다.

금순네는 옥순의 기구한 얘기를 듣고 또 서방에게 학대받는 얘기를 듣는 순간 자신의 지아비이신 영감님의 첫날밤 사랑이 온 몸을 감격케 하는 생각이 난다. 옥순 앞에서 내색할 수는 없지만 금순네 얼굴가득 행복했던 그 생각에 사로 잡힌다.

그날 밤 새 이불, 풀을 빳빳이 먹여서 잘 꿰맨 이부자리를 들치고 봉황이 수 놓아진 긴 베개를 베여주시는가 싶더니 베개를 밀어내고 튼실

한 영감님의 팔베개로 베여 주시면서 "여보, 부인 정말 고맙소. 이렇게 고우신 부인께서 이 늙은 사람에게 오셔서. 이제부터 이 사람 꼭 약조 드리겠소. 내 생이 다하는 그 순간까지 당신과 저 귀여운 여식을 위해 살겠소. 그리고 이 목숨 다 바쳐서 당신을 열렬히 연모하리다. 꼭 진정 이요, 연모합니다." 월선은 너무도 황감해서 자리에서 일어나 나붓이 절을 올려드렸다. "거저, 거둬주신 은혜 황감합네다. 이년도 온 정성껏 서방님 뜻 받들어 뫼시고 살갔습네다. 제 여식을 거둬주신 은혜는 평생 살아가면서 갚갔습네다." "허어, 부인 자식이면 내 자식이요. 차후 두 번 다시 그런 소리마시오. 섭합니다."

그날밤 이들 부부는 진정으로 아니 완전히 온전히 한 몸을 이루었다. 행복했다. 그 춥고 고생스럽던 지난날이 다 보상되는 듯이 행복한, 잊을 수 없는 밤이었다. 높고 파란 하늘에 예쁜 나비 두 마리가 춤을 추며 쉴새없이 창공을 날아 오른다.

행복한 상상에 얼굴 가득 미소를 짓던 금순네는 흠칫 놀랜다. '저 어린 딸은 아파하는데 이 주책맞은 에미가 무슨 생각을 하누. 내 혀끝으로 너래 오마니가 되어줄게 해놓구는' "아가 이제 염려하디 말라야. 제관이 갸레 이제부터는 네게 함부로 못 할기야. 알간?" "야, 어머이." "참 바보, 멍충이 같은 인사하구는. 어캐 그리 못나 빠져서리 지 안해 한테 그렇게 학대하는 놈이 어데 사람이라구." 남녀 간의 운우의 정도 모르는 바보, 멍충이 같은 놈, 하루빨리 제관이와 옥순의 부부생활이 원만해지길 바랄뿐이다.

이제 제관이는 한참 피끓는 23세고 옥순이는 다섯 살 아래인 18세다. 얼마 전 제관이 놈이 지 처를 아직도 학대한다는 소리를 듣고 할 수 없어 모든 얘기를 영감님께 말씀드렸다. 영감님께서 펄쩍뛰신다. 영감님께서 제관일 나무라시고 그 못된 행동을 고쳐주실 것이다. 금순네는 '앞으로 서서히 고쳐지겠지, 아니 고쳐져서 서로 알뜰살뜰 보살피고 살 겠지.' 하고 바랄 뿐이다.

3. 결혼반지

　금순이는 J국민학교 6학년이다. 6학년 1반 반장이다. 공부도 잘하고, 배짱도 크고, 통솔력이 좋아서 특별히 여자애가 반장으로 선출됐다.

　여자들이 공부를 하면 나라가 망쪼가 든다고 아녀자들은 까막눈으로 사는 것을 미덕으로 알았다. 참 불쌍하게도 아녀자들은 죽어지내는 시대이다. 조선시대 남존여비 사상에서 벗어나질 못했기에 더더욱 억눌려 살아온 것일 게다.

　1960년대까지 그런 현상은 계속됐는데 특히, 시골마을이 더 심했다. 도회지에는 개화바람이 불어 여자들도 배워야 산다는 생각들을 가지게 되었다. 이제는 산골마을에도 교육 장려로, 문맹퇴치로, 여자도 배워야 한다는 정부의 장려로 집집마다 나이상관 없이 네 명이고 다섯 명이고 몽땅 국민학교에 입학시키기에 이르렀다. 이런 까닭에 온 형제들이 초등학교 1학년 한 반인 경우도 있을 정도이다. 열여덟 살짜리도 1학년, 여덟 살짜리도 1학년, 참 웃기는 일은 열여덟 살짜리 맏이가 지난 가을에 장가를 들어서 올 삼월에 지 막내 동생 여덟 살짜리와 함께 입학을 하여 총 다섯 남매가 한 반이 된 것이다. 또 열다섯 살짜리 여자애는 젖탱이가 호박댕이처럼 불거져서 치마말기로 꽁꽁 묶고는 검정책보에 책을 싸서 어깨에 짊어지고 학교에 등, 하교한다.

　한 반은 50명이 정원이다. 고등학교만 졸업하면 국민학교 선생님 자격도 주어진다. 어떤 반은 스무 살 먹은 선생님과 2학년짜리 열여덟 살짜리 학생하고 사제지간에 눈이 맞아 졸업도 하기 전에 아이가 아이를 임시하는 웃지 못할 일이 벌어져 졸지에 선생님 사모님으로 불려지는 경우도 생긴다. 부모님께 지탄을 받으면서도 혼인은 이루어진다. 정말 말 그대로 초롱이 다롱이 다 모였다.

그런 학교 생활에서도 굳건하게 리더십을 발휘해서 반을 이끌어 나가는 금순이는 열세 살이다. 당차고 야무락져서 오합지졸이 다 모인 6학년 1반을 통치하는 반장이다.

6학년 1반 담임 선생님은 최국병 57세 교감선생님이다. 별명은 담배를 많이 피워서 '염생이'인데 담뱃진이 눌러 붙어서인지 몸에서 노랑내가 진동을 한다. 한번은 이런 일이 있었다. 시험지를 내 주시면서 특히 나이가 많은 학생들 점수가 바닥을 기자 속이 상해, "에이 xx 담배나 한대 피우자."하고 주머니를 뒤지다가 주머니에 담배가 없자 시험칠 때마다 바닥을 기는 나이도 제일 많이 먹은 원탁이라는 학생에게 "야! 원탁아 담배 한대 주라."하신다. 그러자 원탁이 그놈이 "지는 봉초 말아 피워유." 하면서 지 놈 손바닥에 침을 택 뱉어서 담배를 이겨 노트를 쭉 찢어 큼직하니 말아서 성냥을 그어 불을 붙여서 선생님께 대령하는 일도 있다. 참, 기가 막힌 꼴이다. 하기사 6학년이면 1/3은 변소깐에서 담배를 피는 시절이었다.

선생님은 특히 금순이를 이뻐하셨다. 금순이는 반 통솔만 잘하는 것이 아니고 재능도 많다. 붓글씨도 잘 쓰고, 펜글씨도 잘 쓰고, 그림은 또 얼마나 잘 그리는지, 면단위 대회에서 1등을 했다. 요번 가을에 도사생대회에 나가려고 학교 수업 후에는 학교에 남아서 선생님 지도 하에 연습을 하고 있으면 꼭 아버지께서 금순일 데리러 오신다. 학교까지 20리길이니 두 부녀는 왕복 40리 길을 걷는 셈이다.

아버지께서는 J면에 한 군데밖에 없는 중화요리 집에 딸내미를 데리고 가셔서 시키면 국시, 짜장면을 사서 먹인다. 두 부녀는 손을 잡고 꽃을 꺾으면서 집에 온다. 어머니 월선은 기겁을 한다. "간나야 버릇없이 그 비싼 청요리를 사 멕였습네까?"하고는 야단이 대단하다. 어미 몰래 사먹이고 와도 금순네는 다 안다. "여보, 기리디 마시라요. 에민아이레 간뎅이 커집네다. 길쿠서리 와 당신이레 입은 입이 아닙니까? 와기레

저 에민아이레 혼자 먹고 당신은 기냥 구경만 하십네까? 사주고 싶으면 당신도 드셔야지요. 자꾸 그러시면 내레 인병듭네다."

금순네는 말은 그렇게 해도 영감님께 너무 너무 고맙고 감사한 마음은 한이 없다. 그저 고맙고 감사한 마음을 어찌 말로 다 할 수 있겠는가. 새끼 입에 맞난 것 들어가는 것을 어느 에미가 싫어하겠는가. 그저 고맙고 감사하고 행복하다.

영감님은 오전 중에는 태백산 준령 험하고 깊은 산중, 형제봉에 올라가서 귀한 약초도 캐고 쭉쭉 뻗은 잡목들을 베어서 토막을 내어 하루에 두세 토막을 끌어 내려 지게로 져다가 고르게 장작을 패서 높게 각이 딱딱 지고 통풍이 잘되게 쌓아 올려 바싹 말려 정지에 채곡히 쌓아 놓는다. 군불은 꼭 자신이 직접 때 주고 샘에 가서 물지게로 물은 직접 져다 솥마다 채우고 물 항아리에도 채워주는 등 홍영감님은 자타가 공인하는 애처가다. 또 금순이가 공부를 잘하는 이유는 안정된 가정, 부모님의 극진한 사랑, 모든 여건이 잘 갖춰진 때문이다.

중학교 진학 시험도 수석으로 치를 수 있도록 공부를 파고든다. 금순이는 모든 선생님들이 기대하는 학생이다.

오늘도 아버지는 금순일 마중해 오면서 "금순아, 오늘은 우리 맛난 것 사가지고 집에 가서 어머니랑 함께 먹자." "예. 아부지." 두 부녀는 J면에 한 군데 밖에 없는 보석, 금은방에 가서 아버지께서 부탁해놓으신 물건을 두툼한 지전으로 값을 치르고 바지속 전대에 꼭 차시고 청요리 집에 주문해 놓은 닭튀김과 해물 요리도 값을 지불하신다.

홍영감님은 부잣집 사람들도 먹기 힘든 귀한 요리를 받아서 양손 가득 드시고 딸내미를 앞세우고 20리 길을 싱글벙글하시며 오신다. 금순이는 집에 오는 길에 지천인 가을 국화 코스모스를 한 아름 꺾어서 집에 도착해 빈 작은 갈보단지에다 꽃을 꽂아서 방 경대 위에 얹어 놓는다. 그 사이 영감님은 두레반상을 펴고는 "여보, 임자!" 하고 젊은 각시를 방으로 불러 들인다. 방에 들어온 금순네는 한 상 가득 진귀한 음식들이 차려진 것을 보고 기절을 하려 한다.

"여보, 이제 살림 다 산기야요. 이거이 다 뭡네까? 당신 뻬꼴 빠지게 장작 패시고 약초 캐시서 와 이러십네까? 니레 아바님 졸른 것 아니네. 도둑의 계집처럼 먹고 없앨 양입네까?" "어허, 왜 그리 심한 말을 하시나, 이 사람아! 오늘은 특별한 날이여. 내 하는대로 좀 있어 주시게. 자, 자 이쪽으로 앉으시게 정월선, 내 각시님." 홍영감은 얼굴이 벌겋게 되면서 농인지 진담인지 마누라를 끌어다 앉힌다. 아마도 금순이가 보지 않는다면 더 농익은 사랑을 고백할 것이다.

"자, 우리 딸내미가 당신 닮은 향기로운 고운 꽃도 꺾어 왔지 않소." 그러더니 허리춤에서 전대를 끌러 하얀 융단에 고이 싼 세 돈중짜리 누런 황금 쌍가락지를 꺼내서 농사 짓느라고 매듭이 굵어진 젊은 각시 손가락에 끼워준다.

며칠 전부터 영감님은 금순네 손을 자꾸 만져보고 손가락을 매만져보며 삼끈으로 손가락을 묶어보고 하길래 "아이, 어캐 이러십네까?" 하고 통통 내쏘곤 했는데 가락지 끼워주기 위해 손가락을 잰 것이다. 금순네가 너무 황감해서 몸둘 바를 몰라 하자 "여보, 어찌 이 가락지로 당신의 마음을 사겠소만은 이것이 나의 작은 정성이요. 우리의 부부 정이 이황금처럼 영원히 변하지 맙시다. 내 당신을 평생, 아니 저세상에서도 영원히 연모하오." 금순이는 아버지 어머니의 사랑고백을 마음 흐뭇하게 바라보고 나도 아버지 같은 서방님한테 시집가리라 다짐을 한다.

그날 밤 금순네 집에서는 웃음소리가 끊이지 않고 복된 밤을 보냈다. 영감님은 젊은이 못지않은 기력으로 금순네를 황홀하게 서로를 소중히 여기는 복된 밤을 보냈다. 이 행복이 영원하길 빌고 또 빌면서 서로를 아끼고 보듬는 밤을 지새웠다. 꽃술을 자극하면 작은 꽃샘이 계속 터져나와 홍영감은 황홀지경에 몸을 떨기를 몇 번이던가. 이들 부부는 지금의 행복이 영원히 계속되길 한마음으로 빌며 행복하고 아름다운 긴긴 밤을 보낸다.

4. 충격적인 사건

7년 전 대화에서 험한 고갯마루를 넘어 어린 딸내미 발톱이 빠질 정도로 죽을 힘을 다해 올 때 금순네 몰골은 피골이 상접해 있고 얼굴에는 기미가 껍실껍실하니 슬어서 보는 사람도 슬플 지경이었다. 또 어린 딸 금순이는 먹이질 못해 영양실조로 얼굴이 누렇게 뜨고 눈은 멀거니 뜨고 얼굴에는 버짐이 피어서 소금가루를 뿌려놓은 것처럼 허연 가루가 날 듯이 하고 팔다리는 말라 비틀어져서 빙빙 돌 듯이 살가죽이 비비 꼬이고 배만 볼록하니 볼가졌던 그 당시의 모습은 정말 슬펐다.

그런데 지금의 금순네는 영감님의 극진한 사랑으로, 또 잘 먹고 충분한 영양공급에다 철 따라 분칠도 마음껏 하고 무엇보다도 안정된 생활과 함께 영감님과의 남녀 간의 사랑도 마음껏 나누고, 아마도 이 근동에서 금순네처럼 복된 부부는 없을 게다.

금순네는 아침이슬을 함빡 맞고 곱게 피어나는 백합에 비유되는 청초하면서도 짙은 향기를 발하는 여인의 향기를 토해낸다. 한창 무르익은 활짝 핀 꽃에 비유된다. 영감님이 점점 젊어지는 것도 금순네의 은은한 매력 때문이다. 더 할 수 없이 잘 맞는 부부이다.

또 금순인 어떤가? 지금은 볼택지가 탱탱하니 눈은 곱고 가느다란 초생달처럼 생그리 웃을라 치면 보조개는 쏘오옥 들어가고 콧날은 오똑하니 콧구멍은 꼭 잘 영근 삼각형 메밀알 두 알을 꼭 끼워 놓은 듯 하고 입술은 도톰허니 꼭 물감을 칠한 듯이 붉은 색을 띤다. 눈썹도 새카맣고 선이 곱고 머리도 까맣고 숱도 많고 윤기가 좔좔 흐른다. 이제는 제법 가슴도 봉곳하니 여자로 갖추어져 간다.

지난여름 방학 때일이다. 꼭두새벽같이 일어나는 아인데 어째 일어날 기미가 없다. 아버지는 걱정이 돼서, "우리 딸내미 어째 늦잠이여, 응? 어디 몸이 불편한 기여?" 아버지가 딸내미 방문을 열자 금순이는 오뚝하니 앉아서 얼마나 울었던지 두 눈이 퉁퉁 부어 있다. "아가, 어디 아픈 게야? 왜 그러니 응?" 아버지는 가슴이 철렁 내려앉는다. 금순이는 아버지를 보자 "아버지." 하면서 매달려 울음을 터트린다. "오냐. 내 강아지 왜 그러냐?" 그런데 이부자리를 돌돌 말아 놓은 것이 웬일인가 하고 펴보니 새 빨간 피가 얼룩져 있는 것이다. 초경을 치른 것이다. 어미가 아직 어린아이로 생각하고 미리 일러 주지 않아서 몰랐던 것이다. "어허. 내 딸내미 경사났네, 경사났어. 넌 이제 처녀가 되는 징조란다. 울지 마라. 이눔이 벌써 이 애비 곁을 떠날 준비를 하네."

그렇게 해서 금순이는 열세 살에 초경을 치른 것이다. 그것도 부모님의 축복 속에서…. 어미는 딸내미에게 몸가짐에 대해서 잘 일러주고 우선 생리대는 준비를 못해서 어미 자신의 것으로 임시방편으로 채워주고는 "원래 에민아이레 몸가짐은 조심, 또 조심해야 되는 기야. 계집의 몸은 꼭 벌어진 밤송아리 같아서리 먼저 주워 먹는 놈이 임자야. 기리니끼니 거저 항상 조심조심 또 조심해야 되는 기야 알간네?" 처리하는 법도 자세히 알려주고 앉음 앉음새도 조신하게 조심성있게 앉도록 일러준다.

어미는 금순이가 커가는 것을 보자 가슴이 칼로 난도질하는 아픔을 속으로 눈물로 삭힌다. 남의 집으로 겨우 아홉 살 먹은 종대, 금순이 오래비를 애 머슴으로 집어넣고는 꼭 자신의 일신만 생각하고 자식은 고생 구렁텅이에 내 던져 놓고 온 죄책감 때문에 가슴이 시커멓게 타들어간다. 금순네는 남몰래 눈물을 쏟는다. 혹여 영감님 아실까봐 조마조마한다.

영감님이 출타하시면 금순일 붙들고 오래비 신변을 얘기하며 두 모녀 운 적이 한 두 번이 아니다. 좋은 음식을 목구멍으로 넘길 때는 아들 생각에 늘 목이 메인다. 그 어린 것이 찬밥뎅이라도 제대로 얻어먹는지, 무지막지한 큰형들한테 매는 맞지 않는지, 형들의 눈치 살피느라 천덕꾸러기로 이 에미를 얼마나 원망할꼬. 아홉 살된 어린 것을 남의 집에 맡기고 에미년 배 채우자고, 일신 편하자고 팔자 고친 에미년은 사람도 아니지. 세상천지에 이런 에미는 없을 게다.

꿈에 울고 서있는 종대를 보는 날이면 금순네는 가슴이 천 갈래 만 갈래 찢어진다. 영감님께 이실직고하고 한 번 보고 오고 싶기도 하지만 혹여 영감님의 심중을 헤아릴 수도 없고 솔직히 부끄럽기도 하다. 비정한 더러운 년이라고 영감님이 얼마나 실망하실까, 혼자 애를 태운다. 참 기가 막힌 노릇이다.

어느 날 저녁 영감님께서는 금순네를 팔베개로 안고는 토닥거리면서 "여보, 내가 이 늙은놈이 아무래도 천벌받지," "아니, 여보 거 무신 말씀이십네까?" "어, 실은 당신하고 우리 금순이 민적 정리하다보니…." 하고는 말끝을 흐린다.

혼인신고를 하기 위해 면사무소에 들렀다가 종대의 존재를 알게 된 것이다. 금순이 생부, 이재호는 말소가 되고 이종대, 이금순, 정월선, 홍덕근이 동거인으로 되어있었다. 혼인신고를 마치고 홍영감은 중신한 대화의 황씨댁 부인한테 편지를 띄워서 알아낸 결과, 종대는 대화의 어느 부잣집에 애기 머슴으로 들여 보낸 사실을 알게 됐다. "종대를 혼자 떼놓고 그동안 당신 얼매나 맘이 아팠소. 이 천지 바보 같으니라고. 진작 말하지 그랬소. 진작 데려와야 했었는데, 여보 어서 데려옵시다. 난복 많은 사람일세. 하느님께서 또 내게 아들도 주시지 않겠소. 내가 줄을 놔서 그 녀석 있는 곳을 수소문해서 당신하고 나하고 데리러 갑시다. 무정한 사람 같으니라고. 벌써 6년이나 됐지 않았소. 그 녀석을 어서 데려와야 내가 노리를 맘 편히 우리 마누라쟁이 궁둥이나 두들기며 편히 살겠소. 허허허, 자 울지 마시오." 금순네는 너무 고맙고 감사해서 마음 놓고 영감님께 안겨서 운다.

"울지 마시게. 아, 데려오면 돼, 어서 녈이라도 내가 알아볼게, 울지 말라니깐." 영감님은 금순네 얼굴의 눈물을 애기 닦듯이 고이고이 닦아 준다. 그리고 달래준다. "여보, 당신의 이 은덕을 어캐 갚습네까. 내레 당신께 늘 폐만 끼치구서리 지는 인간도 아니야요." "아, 이 사람이 당신 아들이면 곧, 내 아들이야. 앞으로 두 번 다시 그런 소리하면 경칠 줄 알아 응? 자자, 이제 그만 울음 뚝! 그치시게." "여보, 실은 그 아이 레 주소는 제가 개지구 있습네다." "아, 그래? 이 사람아, 진작 데려 왔어야지." "여보, 길치만 제관이도 걸리고 아주바님도 어캐 생각하실지, 염예됩네다." "아, 무슨 소리요! 내 자식 내가 데려 오는데. 그리고 이 형이 하는 일에 동생이 무슨 참견이야 하겠어. 아 지 놈은 자식이 주렁주렁하니 자식 귀한 줄 모를까. 아무 걱정하지 말게. 제관이는 이 애비 말이라면 함부로 대꺼리할 놈은 아니지 않는가." "아니야요, 기래도 아주바님께도 미리 말씀드린 다음 데려와야지, 먼저 그 아이부터 데려놓고 말씀드리면 서운해 하십네다. 우선, 건너오시라고 해서 당신께서 자세히 말씀 디리사라요." "그래, 그럼 내일 저녁때, 두 부자 건너오라고 해서 얘기하지 뭐…." 그날 저녁 금순네는 모처럼 영감님 품안에서 마음 편히 행복한 잠자리에 들었다.

이튿날 홍영감은 동생 덕배와 양자 제관이를 저녁에 좀 건너오라고 기별을 놨다. 금순네는 담가놓은 밀주에서 제일 먼저 따라놓은 동동주를 곁들여서 메밀전과 호박오가리를 먹음직스럽게 볶아 놓고 조촐한 술상을 차려 내놨다.

홍영감은 우선 동생 잔에다 밥알이 동동 뜨는 동동주를 한잔 가득 따라주고 제관이 잔에도 가득 부어 주었다. 자신의 잔에도 손 수 한잔 따라 놓고는 두 사람을 번갈아 쳐다보면서 "우선 목이나 축이시게." 이른다. 말 떨어지기가 무섭게 제관이 놈은 눈을 까뒤집듯이 하고는 아예 입에다가 술을 털어 넣는다. 그런 다음 메밀전을 젓가락도 쓰지 않고 시커먼 손으로 아예 한장 둘둘 뭉쳐서 입 속으로 처박듯이 하고는 우물우물하더니 꾸울떡 소리가 나도록 삼켜 버린다. 들깨 가루에 호박오가리 볶음도 다섯 손가락 모두를 동원해서는 한 움큼을 집어 입에다 밀어 넣고는 또 꾸울떡 삼켜 버리자 두 눈이 벌개지면서 목이 메이는지 금순네가 따라놓은 술을 단숨에 발칵발칵 마셔버린다.

친부 덕배는 자신의 배속으로 낳은 아들이지만 하는 짓이 한심스럽다는 표정을 짓고는 못마땅해 한다. "이눔아, 처먹다가 뒈진 귀신이 붙었나."하자 목구멍을 채 내려가지 못한 메밀전이 목에 걸려 캑캑 한다. "천천히 들라야. 많이 부쳐 놨어야." 금순네는 동동주를 또 따라 놓고는 제관이 등을 쳐준다. "동생, 자네도 좀 들게." "야, 성님. 성님도 드시지유." "오냐, 그래."

두 형제는 술잔을 기울이고 한참 뒤에 입을 연다. "내 실은 자네하고 자 제관이헌테 의논할 일이 좀 있어서 건너 오라했네." "야, 무신 말씀인데유?" "저, 실은…."

홍영감은 차분하게 종대에 관한 얘기를 했다. "자네 형수 자식이면 내 자식도 된다. 명색이 내가 애비다. 애비가 돼서는 아들을 남의 집 머슴으로 둘 수는 없지 않은가? 그래서 갸를 데려 오기로 했네." 그러자 제관이는 "지야 뭐, 아부지 말씀에 따르지유." "그래, 알겠다." "그러나, 니는 이 집안 남향 홍씨의 장손이다. 집안의 대들보다. 집안의 모든 대소사는 니가 서두를 내서 다 주관해야 되느니라. 시방은 내가 살아 있으니 내가 서두를 내서 일들을 보지만 앞으로는 제관이 니 몫이다. 그리고 종대는 니 동생이다. 가만 있어봐라. 제관이 니가 금년 스믈세 살이지?" "야, 아부님." "그럼, 종대가 열다섯 살이니 니가 여덟 살 위다. 큰형님 택이다. 앞으로 동상 잘 이끌어주고 의좋게 서로 위해주고. 그리고 니는 장남이다. 장손에다가 장남이니라. 우리 부부 죽으면 시방 니가 부치는 논하구 이집도 니 몫이다. 그래도 종대 갸는 장개 들믄 시방 니 어미가 날마다 공들여 가꾸는 밭은 그아 띄주고 우리 금순이는 지 머리가 있으니 핵교 공부는 지 하는대로 끝까지 시키 볼 작정이다. 여식이지만 영특하니 한번 시키 볼만한 아다. 특히, 제관이 니는 형으로써 오래비로써 서두를 바르게 해서 느이 두 형제 뜻 맞춰서 살림도 잘 일궈봐라 알겠냐." "야, 아부님."

그때 금순네가 "지레 한 말씀 올리 갔시요. 거저 거둬주시는 것만으로 감지덕지 옵네다." 금순네는 영감님과 아주방이를 향해 수없이 고맙다고, 감사하다고 인사를 한다. 눈물을 흘리면서 고마워했다.

그런데 그 때 덕배 영감이 심사가 뒤틀린 기색으로 씨근덕거리더니 벌떡 일어나 벼락치듯이 큰소리로 "집구석을 말캐 망칠 작정이여? 살림 다 산기여?" 하면서 가운데 놓인 술상을 걷어 차버리면서 "에이, 씨팔놈의 시상." 문짝을 걷어차자 문짝 돌쩌귀가 쩍하니 빠지더니 뜰빵에 나가떨어진다. 그러면서 "에이, 이 배내 벵신아. 쎄가 만발이나 빠지게 농새 지 가지고 엉뚱한 년놈들 다 퍼다주고 죽을 듯 살듯 종 노릇해가지구, 에이 이 벵신 새끼야. 쎄가 만발이나 빼내물고 차라리 뒈져라. 즈이 년놈들은 양석 애낀다고 멀건 죽 물로 맹줄 이어 가믄서 엉뚱한 년놈들은 잇새에 찌도록 괴기반찬 해처먹고 어느 쇠아들놈은 X뿌리가 빠지게 일만하고 이놈의 시상 하늘하고 땅하고 딱 맞붙어 뿌리라. 씨부랄 놈의 시상, 아, 말이야 바른말이지 농새 지어 어느 년 X구녕에다 다 처넣고 벵신 새끼가 지 지집헌티는 속곳 한 감 안 끊어다주고 어디서 무신 짓하던 근본도 모리는 저런 년들과 붙어서 배아지에 지름만 찌우고 하, 시상 말세여, 말세. 젊은 년의 구멍이 좋긴 조은 개비여. 참 기가 맥히서, 어떤 놈허구 붙어서 내지른 지지바를 핵교를 보내 끝까지 공부시켜? 지랄엠병을 떨고 자빠졌네. 거기다가 어느 종자인지도 모리는 백정새낀지 샐인죄인 새낀지도 모리는 그런 새끼꺼정 불러들여서 뭐 장개를 들이고 밭뙈기를 떼줘? 에이 이 XX놈의 집구석 불이나 확 싸질러 버리고 말테다."

덕배는 아가리에 개거품을 허옇게 물고는 뒤꼍으로 냅다 뛴다. 석유통을 들고 나오더니 여기 저기 장작더미에 콸콸콸 쏟아 붓는다. 그때 갑자기 방에서 천둥치는 소리로 홍영감이 "네 이이이… 노오오놈, 덕배, 네 이노오옴!" 하더니 쿵 소리와 더불어 뒤로 벌렁 넘어져 버둥버둥하면서 눈을 까뒤집고 거품을 내 물더니 뒤로 픽 하고 나가 떨어진다.

"여보!" "아부지!!" "여여보!!" "아부지이이!!!"

홍영감은 동생 덕배의 난동으로 기가 넘어 가면서 풍을 맞은 것이다. 그러자 제관이가 뛰어나가 아비의 석유통을 홱하니 나꿔채 가지고 "지가 벵신천지니껜 지 하나만 죽어지믄 되지유?" 그러더니 한 두어 되나 되는 석유를 발칵발칵 마셔버린다. 밤중에 시끌벅적하니 소란이 일자 이웃들이 울타리 밖에서 삐끔히 들여다 보다가 이 광경을 보고는 "아이구, 저 새끼 뒤지겠네." "참말로, 뒤진다, 뒤져. 섹유 처먹고 뱃속에 회가 싹 죽으믄 저 새끼도 영락없이 뒤진다." 웅성웅성 떠들어 댈 뿐 갈피를 못잡고 있는 그 때 완재 영감님이 뛰어들어오셔서 석유통을 홱 나꿔 채 가신다.

금순네는 홍영감을 안고 주무르고 금순이는 바늘을 가져다가 아버지의 열 손가락을 찔러 피를 짜내고. "아부지, 아부지." 울고불고한다. 금순네는 정지로 달려 나가서 부엌칼로 자신의 약지를 내리쳐 단지를 해서 뜨거운 피를 영감님 입에 흘려 넣어 드린다. 완재 영감님과 며느리인 동희어미도 들어와서 "아재씨, 아재씨!" 하고 홍영감님을 흔들어 깨운다. 완재 영감님은 자신의 피붙이보다 더 뜨거운 우정의 친구를 향해 "아, 이사람아! 정신 차리시게. 왜이리 그깐 일에 정신을 놔. 에이 못난 놈 같으니라구…." 울고불고 완전 초상집 분위기다.

덕배 영감은 자신의 아를 제관이를 질질 끌고 뒤도 안돌아 보고 냅다 빼버린다. 이웃사람들이 너도 나도 들어와 홍영감님 다리도 주무르고 걱정들을 하다가 안타까워하는 모습들로 모두다 돌아가고 금순네 모녀와 완재 영감님과 셋이서 어떻게 손쓸 방법을 간구한다. 날이 밝는대로 속사리에 풍을 잘 다스린다는 용 선생이라는 한의원이 있는데 완재 영감님이 의원을 모셔오기로 했다.

그런데 갑자기 영감님 얼굴이 불콰하니 화기가 돌 듯 불그스레해지면서 "으으으…" 하고 신음을 토해내고는 왼팔을 탁 늘어뜨리더니 입이 옆으로 홱 돌아가 버렸다. 왼쪽이 마비가 온 것이다. 중풍을 단단히 맞은 모양이다. 너무 기가 막혀서 충격으로 중풍을 맞은 것이다.

그때 삽짝이 삐그덕 하면서 서영감님이 뭘 들고 뛰어 왔다. 자신의 사위가 오리를 키우는 것을 보고 이 밤에 윗골 풀팥골에서도 맨 끝에 산 밑에 사는 사위네 오리를 잡아 자루에 넣어서 지게에 짊어지고 뛰어온 것이다. 얼른 정지로 달려가서 오리 목을 따서 생피를 받아 영감님 목으로 넘겨 드렸다. 금방 중풍 맞은 데는 오리 피가 좋다고 왕복 20리 길을 밤길에 뛰어와 정성을 다해줬다. 오리고기는 푹 고아서 약으로 정성을 다해 먹여드린다.

완재영감님과 홍영감님은 모든 사람들에게 인맥이 두터운 분이다. 마을의 어른으로 모든 사람들이 존경하는 호칭으로 김의원님, 홍의원님으로 불리어진다.

금순이는 도 미술경연대회를 앞두고 계속 결석이다. 오로지 아버지 머리맡에서 잠시도 자리를 비우지 않고 앉아서 손발도 주물러 드리고 명주수건을 깨끗이 빨아서 얼굴을 닦아드리고 어미보다도 두세 배 열심히 아버지를 간호한다. 오히려 어머니를 재우려고 한다. "어머이가 한잠 자요. 그래야 날 교대해주지요. 난 아버지 옆에서 아버지께 책도 읽어드리고 여기서 잘게요." 눈물나는 효심이다.

그 이튿 날 해질녘에 완재 영감님께서 속사리에 가서서 의원을 모셔 왔다. 의원은 온갖 거드름을 다 피우면서 침 몇 대 찔러주고 한다는 소리가 "에, 가맹이 없네. 백약이 무효여." 그러면서 술, 밥, 골연, 처먹을 것 다 처먹고 하룻밤 자고 왕진비 명목으로 한 몫 두둑히 챙겨서는 "약 한 재 지어 놓을 테니 이틀 후 찾아다가 멕여봐."하면서 휘젓고 가버렸다.

의원이 다녀가도 개운하기는 커녕 더욱더 심란하다. 모든 잘못이 금순네로 인한 일이라서 금순네는 기가 막힌다. 괜시리 영감님 앞에서 종대를 그리워하다가 울던 어리석은 자신이 죽이고 싶도록 미워진다. 금순네는 영감님 귀에다 입을 바싹 들이대고, "영감님, 아니 여보. 이것 좀 드시보구요." 몸에 좋다는 오리알부터 오리 고은 것 골고루 입에 넣어서 먹여드린다. 미음도 조금씩 떠 넣어 드리고 조약이란 조약은 다해 드리고 의원이 지어 보낸 약도 온 정성을 다해 다려서 먹여 드렸다.

이제 침 흘리시는 것은 조금 나아진 듯하다. 금순네는 영감의 아랫배도 살살 문질러 하루에 한 두 번씩 용변도 잘 나오게 장운동도 열심히 해드렸다. 혹여 습해서 짓무를까봐 금순일 내보내고 자신이 영감님 대소변 뒤처리를 하고 항상 뽀송뽀송하게 해드린다. 아버지 기저귀는 모녀가 얼른 얼른 빨아 뽀얗게 삶아서 놓는다.

어미가 알아서 다 할라치면 "나는 어머이가 냉중에 병들면 어머이한테는 소홀히 해도 우리 아버지는 내가 다 할 것이여."라고 우기면서 어찌나 간호를 열심히 하던지 효성이 지극한 딸내미다. 그렇게 해서 아니 이렇게라도 해서 아버지가 자리에서 일어나신다면 더한 것도 할 수 있다.

두 모녀가 열심히 조약도 해드리고 갓난애 다루듯이 정성을 들였더니 이제는 금순네와 눈도 맞추고 눈물을 주르르 흘리면서 꼭 무슨 말을 하려는 듯이 한다. 또, 빙그레 웃기도 한다. 영감님께서 쓰러지신 지가 벌써 석 달이나 되었다. 그래도 처음보다 많이 좋아지셨다. 그 누가 그랬던가, 지성이면 감천이라고. 온 정성으로 보살핀 결과일까, 눈동자도 물체에 따라 움직이고 빙그레 웃고 먹여드리면 잘 받아 드시고 벽에다 기대어 앉혀 놓으면 조금씩 앉아도 계시고 완재 영감님이 오시면 눈에 생기도 돌고 금순네가 입 맞춰주면 온 얼굴에 아니 안면에 웃음기가 가득 도신다. 그러시던 어른이 죽을 드렸는데 이를 앙 다물고 안 받아 드시기에 가슴이 또 철렁 내려앉는다. 그런데 금순이 밥그릇을 따라 눈을 움직이기에 밥을 드렸더니 얼른 받아 드신다. "꼭꼭 씹어 드시라요."

홍영감님 정신력도 대단하시다.

음력 4월 초인데 밖에는 춘설이 내린다. 어찌나 소담스리 내리던지 아버지께 보여 드리기 위해 이불로 온통 아버지를 감싸서 벽에 기대어 앉혀 놓고 방문을 열어 드렸더니 아버지께서 '어~어' 하신다. 말문이 트인 것이다. 기뻐서 세 식구 또 뒤엉켜 울었다. "사랑하는 나의 아버지. 어서 어서 쾌차하셔서 이 딸내미 손잡고 들에 나가서 달래도 캐고 쑥도 뜯고 우리 봄소풍 가자구요." 그러자 아버지는 눈물은 줄줄 흘린다.

이곳 산중 마을에는 6월에도 눈이 오는 하늘아래 첫 동네다.

금순네는 슬퍼도 슬퍼할 겨를이 없다.

5. 임신

　금순이는 학교는 이제 완전하게 끝내 버렸다. 도 대회고 뭐고 중학교 입학시험을 수석으로 들어가겠다고 벼르던 것도 완전 물거품이 되고 이제는 아버지 병간호와 집안 살림도 살아야 된다. 어머니는 약재 구하러 다니시고 금순이는 1인 2, 3역까지 한다.

　학교에서는 담임선생님인 교감선생님 최국병 선생님과 교장선생님도 다녀가셨다. 안타까워하신다. J국민학교에서 중학교 입학시험 수석이 나올 줄 알았는데 모든 것을 안타까워하신다. 또, 성격도 활달하고 리더로써, 늘 앞에서 이끌어 주던 아이인데···. 담임 선생님께서 중학교 교과서 헌 책을 모두 다 구해다 주시면서 어려운 환경이지만 늘 책을 손에서 놓지 말라고 신신당부하시면서 또 돌아보고 또 돌아보고 하시더니 가셨다. 그러시면서 아버지께 달걀찜이라도 해 드리라고 달걀도 한 꾸러미 들고 오셨다. 어찌 은혜를 갚아야 할지. 금순이는 고맙고 감사해서 하염없이 울었다.

　그런데 이제는 금순네가 지친다. 금순네는 자신이 한없이 밉다. 영감님이 병석에 드신 지 석 달째인데, '석 달 병수발로 그것도 딸내미 금순이가 더 많이 아버지를 돌보는데 내가 아무래도 천벌 받지, 천벌 받아. 진 벵에 효자 없다드니. 아니지, 내가 왜 이러지. 하늘이 무섭지 않는가. 내가 왜 이러지.' 마음이 약해지면 약해질수록 더욱더 이를 앙다물고 영감님을 보살핀다.

　그런데 금순네는 통 음식을 넘길 수가 없다. 머리가 핑 돌면서 속이 홱 뒤틀리면서 창자가 꼬이듯이 아파오고 명치끝이 꽉 막혀서 금방이라도 쓰러질 것 같다. 조금만 움직이면 창자가 땡기는 고통과 메스꺼움으로 똥물까지 몽땅 토해 놓고 나면 몸은 천길 낭떠러지로 떨어지고 손가락 하나 까닥할 힘이 없다. 그리고 온몸은 땀으로 뒤범벅이 된다. 그래도 정신을 차리고 밥물이라도 조금 넘기면 명치끝이 꽉 막히면서 꼭 급체를 한 것처럼 고통스럽다. 영감님이 건장하시면 침이라도 한 대 맞으면 쑥 내려 갈텐데, 금순네는 소금을 한 움큼 털어 넣고 물을 마신다. 그런데 또 이게 웬일인가. 바로 그 자리에서 다 토해 내고 정지 바닥에 실신해 버린다.

금순이가 물 뜨러 나왔다가 어미가 쓰러져 실신해 있는 것을 보고 대성통곡을 한다. 의원한테 진맥을 받아 본다는 것은 사치스러운 일이다. 기절해 있는 어미를 방으로 옮긴 금순은 어미가 깨어나기를 기다린다. 조금 지나자 정신을 차린 금순네는 자리를 털고 일어나 앉아서 아버지 아시면 걱정한다고 금순이 입단속을 시키기 바쁘다.

금순네는 힘들어도 정신줄 놓지 않으려고 안간힘을 쓰고 영감님 가슴팍에 엎드려 흐느낀다. '여보, 어서 어서 쾌차하시라요. 아무래도 이 죄 많은 년이 당신 앞에 갈 것 같습네. 자꾸 쓰러지구, 정신도 가물가물합네. 여보, 죄만스럽습네다, 어캅네까. 여보, 이 죄많은 년 용서하시라요. 자꾸 정신줄이 놔질려고 합네. 우리 금순이 의지하고 이년의 몫까지 살아주시라요. 여보, 정말 죄만합네다.' 금순네는 남편의 가슴팍에 엎드려 마음속으로 이렇게 울부짖었다.

그 순간 영감님과 마음이 통했는지, 영감님이 손을 움직여 금순네 등을 쓸어내린다. 금순네는 깜짝 놀란다. 영감님께서 이젠 손도 움직이신다. 그러시면서 역시 마음으로 '이봐, 임자. 울지마시게. 내 곧 일어나 예전처럼 우리 따숩게 가정 꾸리고 재미지게 살아야지. 내 꼭 백 살까지 살겠소. 울지 마시오. 내 곧 일어나리다.' 마음으로 대화를 주고받는다. 금순네는 '이 죄많은 년이 무슨 방정맞은 생각을, 영감님을 두고 내 어찌 죽는 생각을 했누' 싶다. 죄스럽다. 금순네는 악착같이 정신을 차리고 다시 일상으로 돌아온다.

금순네는 몸을 추스리느라고 거울을 들여다보고는 깜짝 놀랐다. 한 서너 달 만에 처음으로 보는 거울 속 자신은 꼭 귀신같다. 영감님이 건 재하실 때는 이제 갓 피어나는 한 송이 백합처럼 고고하고 아름답던 자 신이 이렇게 추해지다니 얼굴은 주름이 재글재글 하고 꺼먹딱지는 껌 실껌실하니 기미가 확 슬고 눈 밑은 꼭 저승사자같이 시커멓다. 입술은 허옇게 말라서 프릿한 기가 돈다. 자신의 모습은 석달 열흘 피죽 한 그 릇 못 먹은 깡마른 모습이고 몸은 새털같이 가벼워서 바람만 세게 불면 곧 날아갈 지경이다. 영감님께서 금순네의 모습에 더 병이 나실 것 같 다.

금순네는 영감님 앞에서는 초연하지만 속으로는 통곡을 한다. '만약 내가 죽으면 불쌍한 우리 영감님 또, 금순이 앞으로 이 난관을 어찌 헤 쳐 나갈꼬. 정말 신이 계신다믄 너무 가혹합네다.' 인명은 재천이라고 하지만 올 때는 순서가 있지만 갈 때는 순서가 없다는 말이 자꾸 떠오 른다. 그런데 용변 본 지가 한 열흘은 족히 된다. 먹은 것이 없으니 나 오는 것도 없다. 하루 한 두 번 보는 소변 색깔도 노랗다 못해 핏빛인 데다가 한참을 앉아 힘을 써야 똑똑 떨어진다. 아무튼 무슨 병인지 병 은 큰 병인 것이 확실하다.

영감님이 쓰러지던 그날 밤 동생 덕배영감과 제관이는 바람처럼 빠 져간 후로는 얼씬도 않는다. 동희어머니 말에 의하면 제관이는 그날 밤 들이킨 석유때문인지는 몰라도 피똥을 한바가지나 싸제끼더니 한 사나 흘 동안 누워 앓다가 일어나 기력을 찾았다고 한다. 그러더니 지댁이 쟁기를 끌고 지놈은 논을 갈면서 마누라가 제대로 빨리 끌지 못하면 소 한테 하듯이 밧줄로 척척 감기도록 후려패면서 며칠동안 논을 모두 갈 아서 물을 대서 모판을 놓고 얼마 전에는 모를 찐다고 한다. 무지막지 한 놈이 또 얼마나 지 처를 팰까. 금순네는 옥순이가 한없이 불쌍하게 생각이 된다. 자신의 처지가 더없이 가여운 상황인 데도 옥순이의 가여 움에 더 목이 메인다.

금순이는 어디서 들었는지 "어머니요. 조 미음을 먹으믄 토악질이 멎는대요. 어머니, 내 조 미음 좀 끓였다. 아주 구수허니 먹을 만하다. 한번 마시봐라." 어미에게 내민다. "원자가 그러는데 오장육부가 고장이 나서 토악질을 해 대는 사람이 이 조 미음을 먹었드니 토악질이 멈추고 오장육부가 편안해져서 벵이 고쳐진다더라."하고는 노란 조를 푹 고아서 구수한것을 한대접이나 가져왔다. 금순네는 딸내미의 정성으로 끓여온 미음을 홀홀 불어가며 대접채 마셨더니 속이 가라앉으면서 참 이상하게도 속이 편해지면서 또 먹고 싶다. 이제는 정말이지 토악질이 멈춰진 것이다. 모처럼 오랜만에 포만감도 느끼고 영감님 가슴팍에 엎드려 아예 코까지 골면서 잠을 잤다. 영감님은 무거움도 참고 마누라 잠깰까봐, 토닥거려 애기 재우듯이 자신의 가슴위에서 푹 자도록 아내를 마음으로 품었다.

사람처럼 간사한 동물은 아마도 없을 게다. 어제까지만 해도 죽겠다고 영감님 가슴팍에 엎드려 청승을 떨었는데 웬일인지 딸내미가 끓여다 준 조 미음으로 속이 편해지고 여유까지 생길 줄이야. 금순네는 또 영감님 가슴팍에 엎드려 마음으로 대화한다. '여보, 제가 잘못했습네다. 이제부터 앞으로는 정신 바싹 채리구서리 당신 꼭 일어나게 하겠어요.' 금순네는 영감님께 사랑의 입맞춤을 깊게 해준다. 그러자 아시기라도 하듯 행복한 표정으로 아주 평안히 단잠에 빠지신다.

모처럼 금순네는 영감님 곁에서 혼자 밤을 새기로 하고 아버지 병간호로 얼굴이 반쪽이나 된 금순일 오랜만에 제 방으로 들여보냈다. 영감님도 아주 평안히 깊은 잠에 들었다. 금순네는 아들 종대에게 편지를 보내기로 하고 옷코리 속에 넣어둔 종대의 주소를 꺼내놓는다. 그러다 또 불쌍한 아들 생각에 목이 메이고, 그 아들을 데려오려다 이런 사단이 벌어진 생각을 하니 가슴이 찢어질 듯 아프다.

종대는 일곱 살 때 서당에 한 반 년 보냈었다. 언문도 다 떼고 천자문도 얼추 다 뗀 아이다. 종대와 금순이는 영특한 아이들이다. 그때 서당에 일 년에 콩 두 말 주는 것이 힘에 부쳐 중도에서 포기시킨 걸 생각하면 가슴이 찢어질 듯 아프다. '우리 종대, 인물은 또 얼마나 잘났던고.' 어려서부터 혹여 잊어 먹을까봐 늘 등에서 떼 놓은 적이 없는 아이다. 그런 종대를 남의 집 머슴방에 처넣고 온 이 에미는 에미도 아니다, 얼마나 에미를 원망하며 어린 것이 남 몰래 울었을까 생각하면 가슴이 터져 나갈 것만 같다.

내 아들, 리종대 앞.
이 어미가 두서없이 써 보는구나, 그동안 주인댁과 모든 윗 성들 기체일향 만강하시고 니도 잘 있느냐. 이곳의 죄 많은 어미와 니 누이도 태평하다. 내 자식아. 이 모진 어미를 헤아려 다오. 가용이 심에 부쳐서 이 어미가 팔자를 고쳤다. 널리 헤아려다우. 소식 보내길 간곡한다.
-어미, 정월선

이제 금순네 몸은 안정을 찾아 가는데 영감님이 대변을 못 보신다. 누워서 받아만 드시니 뒤를 못보고 배만 북통같이 튀어 나와서 배를 문지르면 얼굴을 찡그리고 괴로워하신다. 어쩌다가 방귀를 한번 뀔라치면 어찌나 냄새가 지독하던지 본인도 찡그리고 괴로워하신다. 소변도 샛노랗게 조금밖에 못 누신다. 할 수 없이 금순네는 똥을 뉘일려고 종지에다 들기름을 따라 들기름을 듬뿍 바른 손가락을 영감님 뒤에 넣어서 살살 돌리자 핑핑하면서 까만 토끼똥 같은 것이 서너 개 나오더니 영감님도 얼마나 괴로우신지 온몸이 땀으로 목욕하신 듯 젖어 있다. 할 수 없이 피마자 기름을 반 숟갈정도 먹여 드렸더니 조금씩 소통이 되셔서 금순네는 날마다 조금씩 정성들여 빼드린다. 많이 좋아지셔서 요즘은 제법 한 주먹 변을 보신다.
"아이쿠, 우리 낭군님. 수고 하셨시요." 금순네는 고맙고 감사해서 영감님 엉덩이를 두드리자, 영감님의 오줌줄기가 내 뻗쳐서 금순네 얼굴과 적삼에 오줌세례로 준다. 그래도 어찌나 장하시던지 금순네는 온 정신을 다해 영감님 뒤 처리를 해드리자 금세 속이 편해지셨는지 코를 골면서 잠에 곯아 떨어지셨다.

금순네는 오줌줄기에 버려진 적삼을 갈아입고 세수도 하고는 모처럼 면경에 들여다보다 자신의 가슴을 보고는 소스라치게 놀랐다. 가슴을 만져보자 딱딱하게 멍울이 생기고 유두꼭지는 시커멓고 두둘두둘 한 것이 윤기가 줄줄 흐른다. 금순네는 아차 싶어 생각해보니 달거리가 끊 긴 지가 넉 달이 넘었다. 다섯 달째로 들어섰다. '아니, 어찌 이리 둔했 을까. 아이가 들어 스느라고 그렇게 괴로웠구나.'

금순네는 눈앞이 캄캄하다. 순간 '이 마당에 새끼는 낳아서 어카네. 그래, 지워야지.' 하는 생각으로 장독대로 달려갔다. 그러다 잠시 멈칫 한다.' 아차, 그렇구나. 다섯 달이나 됐구나.' 다섯 달째다. 다 큰 아이 를 죽일 생각을 하다니. '아, 이 죄 많은 년이 샐인을 저지르려고 하다 니.' 금순네는 그만 주저앉고 만다.

옛 여인들은 원치 않는 애가 들어선 기미가 보이면 조선간장 한 바가 지를 퍼서 마시면 유산이 되는 것으로 알고 있다. 하지만 이 방법은 잘 못하면 애기와 산모가 모두 목숨을 잃는 아주 위험한 짓이다.

금순네는 자칫하면 살인을 저지를 뻔했다. '하늘이 주신 생명인데, 삼신 할머님이 점지해준 아인데 그래, 낳자. 이 생명의 끈으로 인해서 영감님께 삶의 희망을 드리자. 이 아이를 통해서 영감님의 마음을 다잡 고 더 빨리 회복되시길 기도해 보자. 그래, 낳아야지. 낳아서 안겨 드리 자. 이 아이로 통해서 더욱더 따스한 가정으로 회복해야지.'

이제 금순네 병은 아는 병이고 어떻게든 목구멍으로 곡기를 삼켜서 몸을 보하기로 결심을 했다. 금순네는 영감님 귀에다 바싹대고 "여보, 내레 장한 일 했씨요. 당신의 씨를 잉태했씨요. 제 몸 속에 당신의 귀한 생명이 자라나고 있습네다. 기뻐하시라우요. 벌써 다섯 달로 접어들었 습네다." 그러자 눈을 감고 주무시는 줄만 알았던 영감님이 눈을 번쩍 뜨면서 막 입을 실룩거리면서 눈물을 흘리시며, 손을 잡아 달라는 시늉을 하신다. 얼굴을 부비면서 온통 얼굴에 경련이 일면서 기쁘고 고맙다는 표현을 한다. 그리고 마구 운다. 기쁨의 눈물, 감사의 눈물, 금방이라도 자리를 털고 일어날 듯하다.

금순이는 학교도 완전히 접고 어미대신 밭농사를 짓는다. 그 어린 것이 날마다 밭에 나가 살다시피 한다. 야무지고 암팡지게 감자 포기 하나 하나에 북을 돋궈주고 정성을 들였더니 순도 시퍼렇게 검푸르게 실하게 세워져서 누가 봐도 수확이 풍성할 것 같다.

이제 하지가 지난 지도 열흘이 넘었다. 오늘은 감자를 캐는 날이다. 씨알만 클 뿐 아니라 잘 생긴 감자가 포기당 한 버럭이씩 달렸다. 어미가 농사 지을 때보다도 훨씬 소출이 많이 났다. 강낭콩도 잘 영글어서 얼추 두어 말은 족히 따게 생겼다. 금순네는 감자를 헛간에 그득히 들여놨다. 쳐다만 봐도 배가 불러온다.

6. 아들의 편지

밖에서 집배원이 "펜지요." 하자 금순네는 맨발로 뛰어 나갔다.

"정월선 앞으로 이종대가 보낸 펜지요."

편지 보낸 지 달포만에 답신이 왔다. 목이 메이게 그리던 아들 종대의 반가운 편지다. 마치 아들을 품에 안듯이 편지를 받아 안고는 얼마나 울었는지 모른다.

모친 전상서

소자 보내오신 소식 앞에 무릎으로 절을 올리옵고 소자가 당부 드리옵니다. 소자가 중머슴으로 세겡이 부족하와 한 이태만 넉넉잡고 지달려 주시오면 지누이 동상을 소자가 거둘까 하오니 모친께서는 죄만스럽고 죄만스러우나 이태 동안만 모친께 폐 끼치오니 백배 사죄 올리옵고 소자의 당부를 들어주시옵고, 재삼 소자가 아니, 전주이씨 문중 어른들께서 크게 노여워하신 것을 알려 드리옵니다.

아녀자로서 일부종사 하는 것이 도리인데 가문에 먹칠을 하신 모친께서는 하늘이 두렵지 않으신지요. 가문에 먹칠을 하시고 비굴한 목숨을 유지하지 마시옵소서. 이미 모친께서는 문중어른들의 합의하에 족보에서 삭제되셨음을 알려드리옵니다. 앞으로는 이 소자를 사사로이 부르시는 불충은 더 이상 저지르지 마시옵고 가문에 먹칠을 두 번 다시 하지 마시길 당부 드리옵니다.

－전주이씨의 장손 이종대 올림

금순네는 기가 막힌다. 눈앞이 캄캄해진다. 아들 종대가 어미를 자진하라는 것이다. 이 에미를 가문의 수치로 여기고 더러운 목숨 더 이상

유지하지 말고 가문을 위해 목숨을 버리라고 한다. 금순네는 너무너무 괴롭다. 결국 종대를 데려 올려다가 온 집안이 풍비박산이 났건만 지금에 와서 후회한들 무슨 소용이 있을까. 왜 그때 이런 결정을 했을까. 에미 혼자 죽으면 불쌍한 새끼들 앞날이 가시넝쿨 위를 걷는 것과 다를 바 없는 것이 불을 보듯 뻔한 것이기에 내린 결정이거늘. 어린 새끼들하고 어떻게든 살아 보려고 했던 것인데…. 죄 많은 기구한 자신으로 인해 어지신 어르신인 영감님께만 못할 짓 하고 형제간 원수 만들고 죄 없으신 영감님을 반신불수로 아니 자칫하면 목숨까지 앗아갈 뻔했던 생각을 하니 가슴을 치고 통곡을 할 노릇이다. 어지시고 어지신 어른, 아니 법 없이도 사실 어른을, 모든 사람들의 존경을 받으시는 어른을….

금순네는 자신의 아들 말대로 자진하려고 해도 그럴 수는 없다. 이제는 어차피 이 씨 문중 사람이 아니지 않는가. 고고한 이씨네 문중 어른들이 얼마나 가슴에 못을 박는 소리로 어린 것을 닦달했으면 이 에미한테 거침없이 자진하라고 했을까.

'가여운 내 아들아, 이 에미를 원망하고 몽돌같이 살아 남거라. 이 에미는 네 마음에서 죽은 게다. 서러워도 울지 말고 천덕꾸러기로 살지언정 꼭 목숨만을 잘 지키면서 살아가거라. 생이 다하기 전에는 만나서 이 어미의 죄를 다 털어 놓을게. 네게 용서를 받고 떠나고 싶은 것이 에미의 마음이다. 내 아들아, 지금은 이 에미가 죽을 수가 없구나. 이 에미에게는 새 목숨이 달려 있단다. 아들아, 나 혼자라면 네 말대로 따르겠다만, 여기 누워계신 이 어른과 니 누이동생 그리고 또, 동생이 생겼다. 내 아들아, 아마도 네가 성장해서 자식을 두면 이 에미의 심정을 알게 될 게다. 가난이 죄다. 모든 것이 가난했기 때문에 그리고 또 이 에미가 당차지 못해서…. 내 아들아, 이 죄 많은 에미를 마음껏 원망하면서 몽돌같이 당차게 살아다오.'

옛말에 가난 구제는 나라님도 못한다는 말이 있듯이 금순네는 오늘로써 울음을, 아니 눈물을 마지막으로 울지 않겠다고 자신에게 다짐에 다짐을 한다. 오로지 영감님을 일으켜 세우고 배태한 생명을 잘 낳아 키워서 영감님과의 사랑의 끈으로 예전의 따순 가정으로 회복시킬 것을 굳게 마음먹는다. 더욱 더 열심으로, 그리고 씩씩하게 일상으로 돌아왔다.

영감님은 금순네 모녀에게 생명의 은인이시고, 더 나아가서는 금순이 생부에게는 찾아볼 수 없었던 정신적 풍요로움과 따뜻한 가정으로 행복이 뭔지 알게 해주신, 금순네 모녀에게는 마음의 큰 지주셨기에 소중한 남편이시고, 아버지시다.

금순네는 배가 점점 불러온다. 마을사람들의 입방아에 오르내리기도 했지만 지금은 오히려 더 칭찬과 격려를 아끼지 않고 별식도 만들면 나눠주고 격려도 아끼지 않는다. 그처럼 혹독하게 무섭도록 괴롭히던 입 덧도 차츰 가라앉아서 점점 입맛이 돌아왔다. 음식이 땡겨서 영감님은 누워 계신데 혼자만 먹어대니 죄송스럽다.

이제는 살이 오르고 술술 빠지던 머리카락도 새 머리카락이 북실하게 올라온다. 얼굴에 기미도 얼추 다 벗겨졌다. 또 가장 기쁜 것은 영감님께서 드디어 일어서신다. 발은 못 띄어놔도 잠깐씩 섰다가 발을 떼려고 안간힘을 쓰신다. 그러다가 그만 또 주저앉으신다. "여보, 무리하지 마시라우요." 금순네가 양손을 앞에서 잡고 걸음마 시키듯이 운동을 시키고 또 아버지 양손을 금순이가 등 뒤로 얹게 하고 걸음마를 시킨다.

영감님 정신력도 대단하시다. 말문도 조금씩 트이신다. 금순네가 '아' 하면 따라 하신다. 정말이지 눈물겨운 정경이다. 또, 밤이 되면 두 모녀가 번갈아가면서 다리 맛사지를 해드린다. 이제는 점점 아버지의 건강이 차도가 있고 금순네의 배속 태아도 태동이 어찌나 심하던지, 어미가 깜짝깜짝 놀란다.

이제는 금순이도 조금은 여유가 생겼다. 미뤄두었던 공부도 열심히 혼자서 중학교 과정을 한다. 농사일도 열심이고, 배부른 어미를 대신해 아버지의 걸음마 연습시키는 것도 게을리 하지 않고, 혼자 1인 3~4역을 해낸다. 금순이는 팔뚝이 장정들 팔뚝처럼 근육이 생겨서 단단하니 무슨 일이든지 당차게 해낸다. 여식아이를 선머슴처럼 바꿔놓은 것을 쳐다본 아버지는 말은 아직 어눌하지만 너무 가슴 아파서 금순이 보고 연필과 종이를 받아서는 글을 삐뚤삐뚤 써 내려간다. '이 애비 때문에 내 딸내미 학교도 못가고 죽도록 일만 시킨 이 애비를 용서해라. 내 속히 일어날 테니 내년에는 꼭 중학교에 가라.'는 글을 써서 보여주신다.

이제 내달이 산달이다. 홍영감은 금순네 배에 얼굴을 묻고는 행복해한다. 그러면서 마누라 궁둥이를 툭툭 두들겨 준다. 그러더니 또 언제 썼는지 노트에다 이렇게 써서 보여준다. '내 사랑 정월선님. 이 몸이 영원히 당신을 연모하오. 고맙소. 정말 고맙소. 당신 뱃속에 내새끼, 꼭 당신 닮은 고은 여식이믄 좋겠소. 내일이믄 일어나서 꼭 걸어드리리다. 말도 속히 하겠소.'

이제 이 부부는 행복해지는 것을 연습해 나간다. 오늘밤 금순네는 북통 같은 배를 안고 영감님 팔베개를 하고 행복에 겨워한다. 영감님이 토닥토닥 애기 재우듯이 안고는 노래를 불러준다.

♪날 저무는 하늘에 별이 삼형제 반짝 반짝 정답게 지내이더니 웬일인지 별 하나 보이지 않고 남은 별만 둘이서 눈물 흘린다. ♪

7. 해산

영감님의 얼굴도 많이 좋아져서 예전의 준수한 얼굴로 돌아와 젊었을 때의 조각 같던 모습이 보이는 듯 했다. 성황당 고목 푸른 숲에서는 참매미가 찢어지게 울어댄다. '맴맴맴맴 맴맴맴맴 맴맴맴맴매앰 맴맴맴매앰' 귀청이 떨어져 나갈 정도로 울어댄다. 금순이는 밭에서 잘 영글은 올옥수수를 뚝뚝 꺾어다가 맛나게 삶아 알을 잘 뜯어서 아버지 입속으로 연속으로 넣어드린다. 오이냉국도 새콤하니 맛나게 타서 수저로 잘 떠서 먹여드린다. 아름다운 광경이다. 행복한 부녀다.

금순네는 순간순간 이맛살을 찌푸리며 "금순아, 실패하고 가시개는 뜨거운 물에 집어 넣었다가 여그 개다 놓으라우야. 길구서리 동희오마니헌티 가서 우리 오마니 몸에 기별이 온다구서리 말좀하라야." 이르고는 뒷방 금순이방으로 기어 들어간다. "여보, 걱정하시지 마시구 삼신할마님께 순산하게 해달라구 빌어주시라요." 영감님은 안절부절 하면서 큰 눈에 안타까운 빛이 역력하게 띄고 고개를 끄덕이면서 얼굴이 잔뜩 겁에 질린 듯 뭐라고 말을 하려고 애를 쓴다. 영감님은 할 수만 있다면 자신이 대신 낳아주고 싶은 표정이다.

금순네는 순간순간 진통을 겪으면서도 영감님께서 또 충격을 받으실까봐 이를 악물고 참는다. 영감님께서는 여자가 산통을 겪는 것을 처음 보는 것이다. 홍영감님은 연신 눈물을 흘리면서 말은 되지 않지만 입속으로 혼자 주절거리면서 운다.

'여보, 마누라. 정말 이 늙은 날 용서해주시오. 몸이라도 성해야 고통받는 내 각시, 천금 같은 내 새끼 낳아주시는데 옆에서 손도 잡아주고 당신 땀도 닦아주고 당신 곁에서 당신을 도와 드려야 되는데 아무 것도 해드릴 것이 없구려. 무능하고 또 무능한 이 사람을 용서해주시요. 하늘님네, 조상님네, 삼신할마님, 우리 각시 좀 도와주시요. 제발 순산하게 도와주십시오.'

금순이가 동희어머니 손을 잡고 헐레벌떡 뛰어 들어왔다. 홍영감이 동희어미를 애절하게 쳐다보고 입을 움직인다. 동희어미는 "아재씨, 걱정하지 마세유. 사람 몸에서 사람이 나오는 일입니다. 아무 걱정마시구 기세유. 다 겪는 일이지유. 제가 잘 도와 드릴께요."

동희어미는 금순네 속옷을 벗기고 넓은 앞치마를 허리에 살짝 묶어 주고는 연신 들여다본다. "아주머이, 정신채리구 조급해 마세유. 상개 멀었어유. 이실도 안비치내유."한다. 금순네는 고통 중에서도 영감님이 듣고 마음 아파 하실까봐 어금니를 꽉 물고 신음을 속으로 삼킨다. 산통이 여간 심한 것이 아니다. 배가 아픈 것도 아니고, 허리가 아픈 것도 아니고, 아주 골고루 무너져 내려 안는 듯하다. 가장 견딜 수 없는 고통은 환도뼈가 빠스라지는 고통이다. 앉아 있을 수도 없고 옆으로 돌려 누울 수도 없고 반듯이 누우면 항문이 빠질 듯 하고, 서 있을 수는 더더욱 없어서 가혹하게도 엎드려서 두 다리를 벌리고 엉덩이는 최대한 하늘로 치켜 올려야 숨을 그나마 쉴 수가 있다. 일부러 이런 자세를 취할려고 해도 힘든 자세인데 이런 자세로 산통을 겪어야 한다.

양팔로 방바닥을 짚으니 양팔도 떨어져 나갈 것 같다. 본인도 너무 힘들어 어떻게 살살 엉덩이를 방바닥에 붙이고 앉았다가 다시 일어나 꼭 머슴애들 빳다 맞듯이 두 팔로 지탱해서 엉덩이를 빼들고 있다. 방바닥에 엉덩이를 붙이고 앉으니 항문이 쏟아져 빠지면서 애기가 항문을 밀고 나올 것 같다. 이 고통은 말로 표현할 수 없는 고통이다. 숨은 턱턱 막히고, 할 수 없이 물구나무 서듯이 엎드려서 엉덩이를 하늘로 최대한 치켜들고 산통을 겪는다.

거기다가 노산이다. 물론 출산의 경험은 두 번 있었지만 14년만에 그것도 나이 마흔에 산통을 겪는다. 또 그간 임신 중에도 마음고생과 입덧으로 지치고 지칠대로 지친 몸이기에 힘과 기가 모두 고갈된 상태에서 힘이 몇 배나 드는 것이다. 정말이지 하늘이 온통 빨갛게 보이는가 싶더니 파랗게도 보이고, 또 노랗게 보인다. 노랗게 보이면 애기가 나온다는데 금순네는 엉덩이를 있는 힘껏 치켜들고 양 팔을 발발 떨면서 몸에 힘을 줘본다. 힘을 '끄응 끄으응' 몇 번 주자 갑자기 팅팅 하면서 주르르르 하고 뭔가 쏟아진다. 양수가 미리 탁 터진 것이다. 어떻게 손 쓸 새도 없이 온 방바닥에 미끌한 물이 흥건하다. 그러면서 배가 홀쭉해지고 배꼽 밑만 볼록하니 쑥 내려가 버렸다.

동희어미가 당황해서 근심스런 목소리로 "아이구, 어쩌유. 모래질물이 다 나와 버렸네유. 마른 아를 낳아야 되는데…. 안되겠다. 야, 금순아. 우리 집에 가서 닭장에 알 모두 다 꺼내고 정지 찬장에 지름병 챙기서 후딱 가주고 오니라. 어서 어서, 어머이 먹여야 된다."하고 금순이에게 이르고 금순네를 보며 "자, 이제 좀 앉어봐유." 한다. 동희어미가 손을 붙들어서 방바닥에 앉혀 보지만 소용이 없다. 불룩한 배가 좀 작아져서 다행으로 금순이 책상을 끌어 당겨 이불을 얹어서 그 위에 엎드리게 해 줬다. 조금은 팔을 보호하게 해준 것이다.

동희어미는 양재기에 달걀을 두 개 깨서 들기름을 한 방울 떨어뜨려 천천히 마시게 하고는 "아주머이요, 우리 심내서 해봅시다."하고 용기를 준다. 금순네는 고개를 끄덕인다. 이마에 굵은 심줄이 벌떡벌떡 튀어 나오고 구슬 같은 땀은 골을 이룬다.

그런데 이게 또 웬 조화인지 진통이 오면 '으' 하고 힘을 쓰는가 싶더니 갑자기 쿨쿨 하고 잠을 잔다. 얼마나 고통스러우면 진통을 견디다가 진통이 멎으면 그게 그냥 잠으로 곯아떨어진다. 기력이 쇠하기 때문일 게다. 동희어미는 깨우기 바쁘다. 홍영감은 안타까워서 울부짖는다. 다행이 완재영감이 뒷집 권씨댁 아들을 데려다 홍영감을 들쳐 업고는 완재 영감님댁으로 모시러 왔다.

홍영감이 한사코 가지 않고 마누라 곁을 지키겠다고 떼를 쓰자, 완재

영감이 호통을 친다. "이 천일 공노할 놈아. 제수씨가 니 놈 때문에, 니 놈 놀랠까봐 고통을 안으로 색히느라 더 심이 드는 기여. 우리 집에 있다가 몸 풀면 오면 되는 기여. 니 놈이 자꾸 보채면 니 놈 땜에 더 늦어지는 것을 왜 몰라. 원래 안해들이 몸 풀 때 순산하게 할려고 남정네들이 일부러 자리를 피해주는 기여. 그래야 안해들이 마음놓고 남정네 욕도 퍼붜 가면서 순산하는 기여." 물론 완재 영감님이 지어낸 말이다. 그렇게 윽박질러서 홍영감을 완재 영감님 댁으로 모시고 갔다.

아침나절에 시작한 진통과 잠 등이 계속 되면서 어느 덧 밤을 맞았다. 동희어미도 지칠대로 지쳤다. 금순네는 달걀도 거부한다. 금순이는 미음을 끓여서 입에 떠 넣어준다. 동희어미도 똑같이 굶어가면서 산파일에 충실한다. 동희어미는 정지에 나가서 소반에다 냉수 한 그릇과 쌀을 한 종지 담아서 들고 들어와 두 손으로 싹싹 빈다.

"삼신 할마님요, 이래 하지 마시요. 이러시는 것 아니지유. 이 착한 댁이 무신 죄가 있다구 이리 섭하게 하십니까. 마음 고상, 몸 고상, 지칠대로 지쳐있는 댁내한테 참말로 너무 하십니다. 어여, 얼라 좀 궁뎅이 후래 치시서 좀 내보내 주시요. 여게 흰쌀 받으시요."

동희 어미는 기도가 아니라 옆집 빚쟁이한테 하듯이 협박인지 떼를 쓰는 것인지 모를 기도를 한다. 참으로 삼신할머니가 존재하기는 하는지….

8. 마흔 살에 귀하게 얻은 딸

　지치기로는 동희어미가 더 지친 것 같다. 혹여 산모가 잠에서 깨어나지 않을까봐 깨우고 또 달래느라 어제 아침에 한 술 뜬 밥 한 그릇이 고작이다. 금순이가 어미 먹일려고 끓여온 미음 한 모금 마신 것 외에는 금순네 역시 몰골이 처참하다. 온 얼굴은 힘줄이 드러나고 입술은 실핏줄이 터져 피 딱지가 찍찍 내리 찌고 진통을 시작하는가 하면 또 금새 쿨쿨 코를 곤다. 동희어미는 연신 깨운다.

　그때 금순네는 쿨쿨 코를 고는가 싶더니, "동희어매, 내레 알좀 깨줘보라요. 내래 꼭 해 보갔씨요."하고 당차게 말한다. "아유, 그래야지요." 날달걀 두 개를 깨서 내밀자 홀러덩 마신다. 지금까지 먹은 달걀이 두 꾸러미는 될 성 싶다. 달걀을 마시고는 엉거주춤 일어서더니 양손으로 선반을 꽉 틀어 쥐고 힘을 냅다 주자 '쩌어억' 하고 밑이 찢어지는 소리와 함께 새카만 것이 '툭 툭' 하고 내리 쏟아진다. 꼭, 꼬챙이 같은 새카만 똥이 '툭 툭' 하고 튀어 나오자 "동희오매, 내 새끼 바닥에 떨어지지 않게 받으라우요."하고는 힘을 쎄게 주니 '킷 킷' 하고 밑이 마구 찢어지는 소리와 함께 까만 애가 머리가 들락 들락 보이더니 그만 목에 걸려서 또 쉬는 것이다.

　동희어미는 마음이 급해져 "이러면 안돼유. 얼라 목조르믄 안돼유. 아이구, 삼신할마님 도와주씨요. 얼라 목 조르지 말구." 하더니 손을 집어넣어 강제로 자궁을 벌려서 어린 핏덩이 양 어깨를 쥐고는 살살 흔들어 빼자 '텅' 하더니 어린 것을 냅다 쏟아 놓는다. 계란 같은 보를 뒤집어 쓰고 어린 것이 나왔다. 16시간만에 해낸 일이다.

　어린 것도 고생을 엄청나게 해서 울지도 못한다. 궁둥이를 때려도 새파랗게 놀라기만 하고 울지도 못한다. 동희어미가 울지 못하는 어린 것의 코를 '쪽 쪽' 입으로 빨자, 그때서야 숨통이 트였는지 모기 소리만하게 '애애애앵' 하고 운다. 또, 산모는 그대로 벌러덩 드러누워 일어나지도 못한다. 아직 태도 안 나왔다. 동희어미는 우선 탯줄을 자르게하고는 침착하게 어린 것을 솜둥치에 싸놓고 산모를 일으켜 쪼그려 앉혀 놓고 뒤로 돌아가 산모의 아랫배를 지긋이 누르자 태가 술러덩 하고나왔다. 애기는 작은데 태는 애기 두 배나 크다.

애기 탯줄은 언니 금순이가 잘랐다. 애기는 아주 작고 먹질 못해 깡마른, 이목구비가 또렷한 아주 잘 생긴 여식이다. 온몸은 털투성이다. 머리카락도 새카맣고 숱이 많다. 제대로 눈도 못 뜨는 아주 작은 여자아이다. 또, 놀라운 일은 홍영감님이 걸어서, 다리를 끌면서 혼자 걸어서 울면서 집까지 절뚝거리면서 왔다. 대단한 정신력이다. 완재영감과완재영감님 아들 중혁, 두 남정네가 미역국에다 하얀 쌀밥을 지어서 들고 왔다.

"제수씨 욕 봤소. 아주 장한 일 해냈소. 자, 오늘은 우리 두 집에 복뎅이가 태어났소."

홍영감은 감격해서 울고 또 울었다. 모든 식구가 둘러 앉아, 산모를도와 함께 밥을 먹는다. 정말 뜨거운 우정, 가슴 뭉클한 우정이다.

홍영감님이 65세, 금순네가 40세, 금순이가 14세에 귀한 딸, 예쁜 동생을 봤다.

홍영감은 완재영감과 둘이 머리를 맞대고는 애기 태어난 날, 시를 따져 좋은 이름을 짓고 있다. 언니 금순이 이름과 뜻을 풀어 아주 귀한 이름 이금순 언니, 또 금순이 동생, '홍금옥' 이라고 지었다. 금처럼 변함없이 옥처럼 비추이라고 금옥이라고 지은 것이다.

월선의 출산으로 홍영감님도 걸을 수 있게 되고, 말도 어눌하지만 하시게 됐다. 기적이다. 칠십 줄에 늦둥이를 보시게 된 것을 모두 다 놀라워한다. 온 면소재지에 소문이 쫙 퍼졌다. 칠십 고령을 바라보는 나이에 늦둥이 그것도 어려운 형편에도 불구하구 늦둥이를 본 경사 중 경사다. 속사리 홍영감님 사촌누님댁에서는 벼를 찧어서 쌀을 반 가마나 보내시고 미역, 명태 등 지게로 두 지게나 지고 오셨다. 트럭을 빌려서 실고 면까지 와서 이곳은 산골이라 트럭이 못 들어오기에 손주들이 지게 하나씩 물건을 나눠지고 가져다주고 갔다. 온 이웃들도 팥도 보내주고, 옥수수를 쌀처럼 껍질을 벗겨서 장만해다 주는 집, 특히 미역은 몇 달 먹을 수 있을 정도로 들어왔다.

금순네와 홍영감님은 모든 사람들의 인정에 너무 고마워서 몸 둘 바를 몰라 했다. 또, 동희어머니는 금옥이 뱃속에 있을 때부터 명주에다 노란 치자 물을 곱게 들여서 햇솜을 두둑이 둬서 온 정성으로 근 한 달간을 곱게 누벼서 포근한 포대기를 만들어 금옥이에게 선사했다. 정말이지 눈물나는 정성이다. 산파역을 최고로 해 준 것에도 어찌 신세를 갚아야 될지 몸둘 바를 모르는데 애기 포대기까지 최고의 솜씨로 만들어 준 그 은혜는 또 어찌 갚을꼬.

동희어머이와 금순네는 어린 것을 알뜰히 씻어서 하얀 배냇저고리를 입혀 노오란 포대기 속에서 잠든 모습을 시간 가는 줄 모르고 들여다본다. 어린 것이 머리는 새카맣고 숱도 많고 눈은 곱게 초생달처럼 지언니 금순일 빼닮고 총기가 있어 보이고 콧날은 오뚝하니 어여쁘고 입술은 도톰하니 앵두를 위 아래 두개씩 4개를 붙여 놓은 듯이 붉고 어찌나 앙증맞고 귀여운지 어느 한군데 빠진 데가 없다. 말 그대로 천하일색이다.

배꼽도 옴팍하니 곱게 잘 떨어지고 또 어미 젖도 쉬 돌아서 참 젖이다. 어린 것이 똥도 노랗고 곱게 잘 눈다.

영감님은 온통 싱글벙글 잠시도 어린 것 옆을 떠날 줄 모른다. 금순이도 제 방에서 자지 않고 네 식구가 한방에서 온통 어린 것 들여다보는 낙으로 산다. 꽃 중에 꽃으로 온 집안을 행복으로 이끌어 낸다. 또 어찌 순하던지 먹고 자고, 먹고 자고, 싸고 한다. 또 완재영감님네 식구들도 애기 보는 재미로 늘 줄을 잇는다. 두 집안에 기쁨조다.

홍영감님께서도 이제는 몰라볼 정도로 건강해지셔서 앞에 야산에 산보도 하시더니 운동 삼아 나무도 한 짐씩 져 나르자, 금순네는 기암을 한다. 집안에 쌓아놓은 나무도 몇 년은 더 때는데, 천지 사방이 나문데, 또 설마 나무가 없다고 치면 금순네가 한 둥치씩 여와도 되는데 하면서 영감님을 극구 말린다. 근 10개월 정도 누워 있던 몸인데 쇠약해진 다리로 관절도 성하지 못할텐데, 금순네의 만류는 걱정으로 변했다.

"우리 두 모녀가 다 할테니 당신은 어린 것 돌보고 키워 주시라요. 봄, 아니 여름 되면 정히 심심하면 약초나 캐시구 가을에 버섯이나 따시라우요. 지금은 운동이나 하시구. 절대 산에 가시는 날이믄 내레 가만 안 있갔씨요."

어느덧 동짓달에 접어 들었다. 낼 모래가 금옥이 백일이다. 오늘도 영감님은 금옥일 업었다, 안았다, 뒹굴고 함께 노느라고 정신이 없다. 어린 것이 옹알이를 할라치면 '이 이녀석이 아부지 했다구' 하면서 옹알이로 '언니'를 했느니 하면서 어린 것을 어르고, 안고, 빨고, 어쩔 줄 모른다. 또 업고 자장가로 재운다.

♫자장 자장 자장 우리 아기 잘도 잔다./자장 자장 자장 우리 아기 착한 아기 잘도 잔다./자장 자장 자장 귀한 아기 잘도 먹고 잘도 잔다./멍멍개야 짖지 마라 우리 아기 선잠 깬다./꼬꼬닭아 울지 마라 우리 아기 깊이 잔다./별님 달님 시샘한다 선녀 같은 우리 아기./천상에서 내려 왔나 곱고 고운 우리 아기./잘도 잔다 잘도 잔다 우리 귀한 우리 아기./어화 둥둥 내 귀한 보배 잘도 잔다 잘도 잔다. ♫

아기는 자는 것이 아니고 옹알이로 화답한다. 홍영감님은 애기를 업고 완재영감님댁에 나들이를 가신다. 완재영감님댁에서도 어린 것을 물고 빤다. 양쪽 집에서 보배다.

아기는 날이 갈수록 쉬지 않고 계속 옹알이로 어른들을 깨운다. 얼마나 신통하고 이쁘던지. 옛날 어른들이 하시는 말 중에 이런 말이 있다. 태어난 아기가 유순하면 집안이 잘된다는 것이다.

이제 내일이면 금옥이 백일이다. 집안이 술렁인다. 술도 담가놓고 떡도 찌고, 마을잔치를 벌일 예정이다. 다 저녁때다. 그때, 밖에서 "저, 저 어무이요. 지가 왔어유. 아부님 어무이요." 제관이가 온 것이다. 3년 만에 그날 밤 사건 후 처음으로 온 것이다. 홍영감은 문을 열고, "네 이노오옴! 여길 어디라고 발걸음을 했는고. 어서 썩 가거라." 호통을 치자 금순네가 한사코 말린다. "여보, 기러지 마시라우요, 기레도 찾아온 아입네다." 금순네는 반갑고 고마워서 얼른 달려나가 얼싸 안는다. "기레, 기레 잘 왔어야. 어서 들어가자구야."

제관이는 시커먼 쌀자루를 내려 놓는다. "아부이, 어무이 죄만 스럽구만유. 저쪽 아부니가 이쪽으로는 발 그림자두 하지 말라구, 만약 여개 오다가 발각되믄 지를 직인데유. 지 댕기갔다구 말하지 마세유." "오냐, 기레, 기레 알았다."

금순네는 이 모든 사단이 자신으로 인해 벌어진 것이 그저 죄송스러울 따름이다.

"아부니, 어무이. 다, 지가 모지래서 그리 됐구만유." 사실 제관이 잘못은 하나도 없다. "아니야. 니레 무시기 잘못이 있간. 니레 잘못 없어야. 다, 이 오마니 욕심 때문에 벌어진 일이야. 개의치 말라야." "어무이, 새 동상 백일에 백설기나 쪄줘유." "어캐 알았네. 니 동생 백일을." "지두 다 귀가 있어유. 어무이, 아부니 지 이만 가볼께유. 펜히 지세유."

그렇게 제관이는 뒤도 안돌아보고는 사라져 버렸다. 집안이 시끄러운 것이 겁나고 두렵기 때문일 게다.

9. 백일잔치

　오늘은 금옥이 백일이다. 온 동리가 술렁거린다. 완재영감님댁에서는 암탉을 세 마리나 삶고 그 국물에 미역국을 트직하니 큰 솥으로 한솥 끓이고 찹쌀에다 흰 쌀을 섞어서 붉은 팥을 넉넉히 두고 찰밥도 한시루나 찌고 수수팥떡도 서너 되나 하고 뒷집 권씨댁에서는 메밀묵을 한 판이나 쑤고 밀가루 찌짐도 한 채반 부쳐왔다. 서씨댁에서도 코다리를 한 쾌나 맛나게 쪄왔다. 또, 속사리 누님 댁에서는 백설기를 한 말이나 찌고 양미리도 꾸득히 말린 것을 큰 양푼에다 하나 쪄 보냈다. 정작 금순네는 나무새와 동동주만 담궜다. 모든 음식들은 동리사람들이 해왔다.

　홍영감님은 너무 기쁘고 감사해서 눈물이 주체할 수 없도록 흐른다. 그 어느 대갓댁 도령의 생일에 비하랴. 오늘은 이 마을에 명절 이상으로 흥겨운 잔치를 열었다. 먹고 마시고 치하를 해주고 치하를 받고 잊을 수 없는 복된 날이다.

　또 어린 것은 얼마나 많은 사람들의 귀여움을 독차지했던지 햇솜을 두고 잘 지은 저고리, 또 권씨댁 며느리는 목단꽃을 수를 놔서 앙증맞게 꼬깔모자를 만들어 와서 씌워준다. 동희어머니는 비단 쪼가리를 누벼서 색동 저고리를 풍당하게 지어다 입혔다. 돌 때까지 충분하게 입을 수 있도록 품이 풍당하게 곱게 잘 누벼서 온 정성을 다해 지어 오신 것이다. 금옥이는 '제 귀염은 지 할 탓' 이라는 옛말처럼 곱게 차려 입혀 뉘여 놓으니 그저 '까르르 까르르' 하고 웃고 옹알옹알 옹알이로 모든 어른들께 감사의 인사를 드리는 모양이다.

　금순네는 금옥일 얻고 다시 예전의 행복했던 그 시절로 돌아간다. 금순이도 3월에는 중학교에 진학할 예정이다.

금순네는 겨우내 품으로 삼을 삶는다. 삼대를 베어서 푹 삶아서 껍질을 벗겨 며칠을 물에 불려서 가늘게 쪼갠 다음, 무릎팍에다 손바닥으로 쓱쓱 비벼서 이어가면 실로 이어진다. 그것을 삼을 삶는다고 한다. 실을 꾸러미로 만들어서 베틀에 올라 앉아 모시, 무명, 굵은 삼베를 짜서 의복을 지어 입는 것이다. 겨울철에는 여자들이 품으로 삼을 삶아주는 일을 한다. 수입이 좋은 편이다.

금순네는 손끝이 야물어서 서로 일을 해달라고들 한다. 따뜻한 구들에 앉아서 아침부터 저녁까지 삼을 삶는 일을 한다. 무릎을 드러내놓고 손바닥으로 비빈다. 실이 꼬여지면 곡식 치는 체에다 소복히 담아 놓는다. 금순이는 어린 금옥일 업고 와서 젖을 먹여간다. 더운 점심을 지어서 삼 삶는 일을 하는 일꾼들에게 먹인다. 금순네는 금순이가 동생 젖 먹이로 올 때 영감님께 꼭 더운 점심을 얻어서 보낸다. 대신 일을 다른 사람의 두세 배 해드린다.

마을의 모든 사람들이 금순네 식구들을 다 좋아하고 홍영감님을 챙겨 드린다. 대신 홍영감님은 어느 어미보다도 더 육아에 신경을 쓴다. 젖만 못 먹일 뿐이지 밥물까지 해서 먹인다. 쌀을 볶아서 물을 부어 푹 끓이면 뽀얗게 어미 젖 같다. 거기다가 단 것을 넣으면 어미 젖과 거의 같다. 또 감자를 쪄서 잘 으깨 폭 끓여 먹이기도 한다. 웬만한 어미보다도 낫다. 그리고 기저귀 갈아주고 짓무르지 않게 뽀송히 말려주고 또 업어주고 하니 금옥이도 어미보다 아버지를 좋아해 조금도 떨어지려 하지 않는다.

금순이도 열심히 공부해서 중학교 진학준비에 여념이 없다. 금순네가 하루종일 남의 일을 하고 오면 영감님은 애기 젖만 겨우 먹이고는 어미의 잠을 깨지 않도록 애기를 데리고 간다. 완재영감님댁에서는 요즘 홍영감님네 출입이 뜸해지셨다. 그 원인은 완재영감님이 담배를 피우시기 때문이다.

홍영감님은 완재영감님과 이곳에서 태어나셔서 이곳에서 자라신 두 분이시다. 완재영감님이 한 살 위시다. 또 집안은 윗대부터 피를 나눈 형제 이상이다. 동기간이나 다름이 없다. 두 어른은 17세, 16세 때 일본으로 공부를 시켜주시는 부모님 덕에 동문수학한 두 분이시다. 그때 일본에서 두 청년들이 담배를 손에 댄 것이 60년이 되도록 피웠다.

그런데 홍영감님은 쓰러질 때 그때부터 담배를 끊게 돼 지금은 완전히 담배를 끊었다. 완재영감님은 마나님과 사별하시고 더 많이 피우시게 됐다. 홍영감님은 금옥일 업고 완재영감한테 가면 어린것 목 아플까봐 가지 않는다. 늘 하는 말이 "담배 끊어라." 보기만 하면 권한다. 백해무익이다. "이눔아. 끊어라. 우리 강생이 보고 싶으면 담배 끊고 오너라." 완재 영감님은 금옥이가 눈에 밟혀 금순네로 달려오신다. 친구의 늦둥이를 마치 자신의 딸인 양 안고 어르고 달랜다. 두 늙은이는 어린 것 데리고 노는 재미에 세월 가는 줄 모른다.

금옥인 두 집안의 꽃이다. 어린 것도 두 아버지들의 재롱둥이로 곤해서인지 밤에는 한 번도 안 깨고 아침늦잠까지 잔다. 동희어미도 금옥이가 보고 싶어 와서는 먹여주고 업어주고는 볼에 쪽쪽 하고 뽀뽀해주고 아쉬운 발길을 돌리곤 한다.

봄도 지나고 뜨거운 여름이 시작된다. 6~7월이면 우기 때다. 땅 속에 감자도 영글어간다.

8월이면 금옥이 첫돌이다. 돌잔치 전에 감자 캐기에 온 식구가 달라붙었다.

10. 악마 같은 불청객

　금순이는 올해 중학교에 진학했다. 1년 뒤진 공부를 따라잡기 위해 열심히 했다. 그러면서도 방학 때면 집안일에 크게 도움을 준다. 학교 일과 집안 일 모두 열심인 것이다.

　금옥이 첫돌을 이틀 남겨놨다. 마당에 약초, 산나물, 초벌고추 등 온통 한마당을 말리려고 널어 놨다. 금옥이는 온 마당을 뒤뚱거리면서도 말리는 약초 등 손대면 '맴매' 한다고 일렀더니 그냥 비껴 다닌다. 순하고 또 영특해서 말귀도 알아듣는다. 머리는 빨강댕기로 꼭 묶어 놨다. 깨물어 주고 싶도록 곱고 앙증맞다.

　하늘은 구름한점 없이 높고 푸르다. 맑다. 매미는 찢어 발기듯이 울어댄다. '맴맴맴 매애앰 맴맴맴매애앰.' 그렇게 맑던 하늘이 갑자기 흰 구름이 빠르게 지나는가 싶더니, 회색인 듯하더니, 점점 검어지나 싶자 시커먼 구름이 몰려오면서 '쾅, 우르르 쾅, 우르르르 꽈꽝 꽝꽝, 번쩍! 번쩍!' 정신없이 요란하다.

　영감님은 어린 딸 금옥이 놀랄까봐 얼른 품에 안고 방안으로 들어간다. 금순네 모녀는 마당에 약초, 나물, 고추, 강낭콩, 멍석들을 옮기느라고 정신이 하나도 없다. 온통 모녀는 비설겆이에 정신이 없다.

　"무신 날이 이렇게 변덕시럽네야." "어머이, 걱정할 것 없다. 지나가는 소나기인가 봐요." "기릿치. 아, 기레도 얼른 얼른 걷어 올리라야. 거진 다 말린 것을." "예, 어머이."

　비설겆이에 여념이 없는 그때 갑자기 시커먼 칠척 장승 털투성이에 머리는 산발하고 얼굴을 험상궂게 생긴, 한 눈에 봐도 산 사나이처럼 생긴 사람이 휙하고 들어선다 그러더니 천둥 같은 소리로, "오오냐, 잘

한다. 이 드러운 년, 여게 처박히 자빠져 있구나. 드러운 년 같으니라구. 두 눈이 시퍼런 지 서방을 놔두고 그새를 못 참아서 샛서방을 꿰차고 내질러 와서는 붙어사는 이 드러운 화냥년아. 어린 새끼는 애머슴으로 팔아 처먹구 딸년은 뼈가 빠지게 쇠같이 부리 처먹고, 아 저 늙은놈하구 붙어서 또 애새끼꺼정 내질러 놓고, 흥 자알 논다. 이 XX년놈들아!"하고 달려든다.

손에는 날이 시퍼런 손도끼를 들고 아가리에는 개거품을 품어 내면서 억수같이 내리 퍼붓는 비속에 떡 버티고 서서 벼락치듯 악다구니를 쓴다. 금방이라도 도끼로 내리 칠 기세다. 두 눈에는 불꽃이 퍽퍽 인다.

순간 금순이가 바람처럼 뛰어나가 양팔을 쫙 벌리면서 "아부지요, 아부지가 우리 세식구 아무도 살지 않는 깊은 산속 움막에 내 버리고 산으로 들어가서 5년동안 찾지 않으시면 우리 세 식구 뭘 먹고 삽니까. 봄, 여름, 가을은 그래도 풀뿌리와 산열매라도 따서 목심 연명하지만 추운 긴긴 겨울은 뭘 먹고 삽니까. 눈 파먹고 삽니까? 밤이면 밤마다 멧돼지가 내리 와서 움막을 냅다 질러 쑤시놓고 가면 우리 세 식구 새파랗게 질려서 초죽음으로 겨울 내내 살아도 산 목숨이 아니었지요. 지금 와서 남편, 아버지라고유? 흥, 자, 찍을라면 저부터 찍으시요, 빨리 찍으시오. 아부지, 사람생명 어찌 함부러 할 수 없습니다. 어머이를 죽이시면 저 어린 내 동생도 죽소. 그리고 여기 계시는 아버님은 저희 모녀의 생명의 은인이십니다. 종대 오라버니도 데려 올리려고 얼마나 힘을 쓰시는데. 그리고 여기 계시는 아부님을 함부러 말하지 마씨요. 자, 빨리 날 찍어 죽이시오. 어서요."

금순이는 두 눈을 꾹 감고는 다부지게 생부 이재호 앞에 떡 버티고 서서 요동도 않는다. 어린 것이 어디서 이런 배짱이 생겼는지….

이재호는 "에이 더러운 년, 씨부랄 것!"하면서 '왝' 하고 가래를 돋구어 홱 뱉어버리고 도끼를 허공으로 휙 던져 버리더니 솔개가 병아리 채가듯이 금순어미를 홱 나꿔채 어깨에 걸쳐 엎어서 비속으로 날 듯이 숲이 우거진 굴 속 같은 태백산 준령 부엉이골 입구로 빨려들 듯이 사라져 버렸다. 여자가 주먹으로 사내의 어깨를 두들기며 앙탈을 하자 오히려 사내가 강철 같은 주먹으로 여자의 옆구리를 내지르면서 부엉이 골로 사라져 버렸다.

눈 깜짝할 사이에 벌어진 일이다. 정말이지, 금순네에게는 악마의 출현이다. 홍영감님은 넋이 나갔다. 품에 안고 있던 금옥일 맥없이 떨어뜨리고 풀썩 주저앉는가 싶더니 버둥버둥하면서 어린아이처럼 엉엉 울다가 멍허니 하늘을 올려다보고, "여보, 임자, 여보, 여보. 다 준비됐지. 어서 갑시다. 오늘 장에 가서 꽃기 사옵시다. 살아 기는 놈이 잔뜩 났드군." 그러더니 눈자위가 허옇게 흐리멍텅해지는가 싶더니 횡설수설하더니 실성을 하는 것처럼 정신줄을 놓은 것 같다.

금옥이가 칭얼대며 아버지 무릎으로 기어 오르자 사정없이 후려친다. 금옥이는 새파랗게 넘어간다. 온통 입술이 터졌는지 어린 것이 의혈이 낭자하다. 입속과 코가 한꺼번에 터진 것이다. 금순이는 금옥일 안고 대성통곡을 한다.

뒷집 권씨댁과 완재 어르신댁 식구들이 모두 달려오셨다. 동희 어머니는 금옥일 안고 자신의 집으로 냅다 뛰어 가신다. 금순이는 아버지를 안고 대성통곡을 한다.

앞 산 숲에서부터 히끄무리하게 구름이 벗겨지면서 방금 사라진 금순네의 뒤를 따르듯이 구름이 싹 걷히는가 싶더니 비가 금새 싹 멈춘다. 그러더니 언제 그랬느냐 싶게 다시 청명한 하늘에 구름 한 점 없는 맑은 날씨가 된다. 따가운 햇볕이 내리 쪼이면서 금순네가 떠난 것이 서러워 애타게 울어 제끼듯이 매미가 귀청이 떨어져 나가게 울어 제낀다. '맴맴맴매애앰, 맴맴맴매애앰.'

금옥이는 온통 입안에 상처가 나서 피를 쏟더니 울다 지쳤는지 동희 어머니 등에서 자면서도 흐느낀다. 그 어린 것이 코와 입이 부어 올라서 얼굴이 부푼 술떡처럼 돼서는 '흑흑흑' 흐느끼면서 동희어미 등에서 잠들었다. 동희어미는 금옥이가 놀래서 경끼할까봐, 영사를 갈아서 먹이고 꿀물을 달지 않게 타서 먹여 업고 재운다. 동희어미도 삽짝 밖에서 하염없이 운다.

'어찌 저리 팔자가 기구할꼬.' 분명 금순네는 산 목숨이 아닐 것이라고 생각했다. 아마도 자진이라도 할 것 같다. 도망쳐 나오면 다행인데 그 무지막지한 산사나이라는 소리에, 분명 금순네는 살아남기 힘들 거란 생각이 든다. '저 어린 금순이가 무신 죄가 그리 많아서 앞으로 어찌 감당할꼬.'

홍영감은 얼이 빠져 아예 정신줄을 놓은 것 같다. 또 아직 젖도 안 떨어진 이 녀석은 어찌할꼬. 동희어미는 금순일 쳐다 볼 수가 없다. 너무 너무 가엾다. 동리 사람들이 보살피는 것도 하루 이틀이지 다 지 살기 바쁜데…. 동희어미는 금순네를 위해 금옥일 업고 성황당 뒤로 올라가 마음속으로 황천가는 길이 쓸쓸하지 않도록 구슬프게 곡을 해줬다.

"성님요. 부디 좋은 시상 가시서 이승에서 괴롭던 일 막캐 잊어뿌리고 좋은 시상서 잘 기시요. 뒤돌아보지 마시구, 그냥 잘 곧장 가시오. 우리 먼 훗날 그곳에서 기쁘게 반갑게 만나서 해후합시다. 부디 잘 가시오."

11. 어린아이가 된 아버지

완재어르신네 모든 식구들과 또 마을사람들이 금순네 집에 모여서 어떻게 수습을 해야 할지 머리를 맞대고 간구 중이다.

우선 마을 남자들이 부엉이골로 들어가 샅샅이 뒤지고 다녀보지만 워낙 골이 깊어 길을 잃으면 십중팔구 헤매다가 산짐승들한테 상하고 만다. 심마니들도 꺼리는 깊고 깊은 골이다. 수만 갈래의 골이 져 헤매다가는 살아나기 힘든 깊은 골이다. 옛부터 귀신골이라고도 한다. 귀신한테 홀려서 헤매다가 종내 죽고 만다는 그런 악명 높은 골이다. 어디가 어딘지 아무도 엄두도 못낸다. 마을 장정들은 금순이가 듣지 않게 서로들 눈으로 말한다. '살아있는 사람이 아니라고.'

홍영감은 완재어르신이 어디서 구했는지 청심환 등 정신에 좋은 조약을 구해다 먹여주고 침을 놓고 온 정성을 다 했더니 겨우 두 딸내미는 알아본다. 동희어미가 검정참깨, 호두 등을 구해다 열심히 갈아 드시게 하고 온 정성을 들였지만 정신을 못 차리시고 어린아이처럼 마구마구 울어대면서 '빨리 네 어미 데려오라구.' 떼쓰고 난리다. 금순이가 못할 노릇이다.

완재어르신이 며느리인 동희어미 눈치를 살피면서 집으로 데려다 놓고 함께 울고 넋두리를 하기도 하고 어르고 달랜다. 금순이 그 어린 것이 혼자 당하는 것이 안스러워 친구를 자신이 데려다 돌본다. 며느리 눈치도 보이기는 하지만 오히려 무던한 며느리인 동희어미는 "아부니, 제 눈치 볼 것 없습니다. 지 역시 아재씨를 집에 모시면서 금순일 좀 도와주고 싶던 참이었는데. 아부님 두 분 우정을 지가 왜 모르겠습니까. 지도 아부님 두 분처럼 모시고 살 겁니다."하면서 오히려 동희네가 더 신경을 쓴다.

오늘이 금옥이 첫돌이다. 두집식구가 눈물바다를 이룬다. 금옥이도 뭘 알기라도 하는 듯이 어찌나 울던지, 평소에 잘 먹던 암죽을 해주어도 먹지 않고 얼마나 목이 쉬도록 울어제끼던지 배고픔과 울다 지쳐 힘이 빠져 그냥 잠에 곯아 떨어졌다. 며칠 새 어린 것이 반쪽이나 됐다. 입 속 터진 것도 아직 쓰라린지 머리카락을 쥐어뜯으면서 울어댄다. 동희네는 할 수 없이 자신의 빈 젖을 물려본다.

그래도 첫돌이라 미역국도 끓였다. 혹시나 싶어 미역국물에 쌀밥을 말아서 먹여봤다. 다행이 암죽도 먹지 않던 애기가 국 국물을 쭉쭉 들이키더니 또 울어댄다. 입속이 쓰라린 모양이다. 금순이도 운다. 아버지도 우신다. 동희네도 운다. 온통 울음바다다.

동희는 강릉에서 중학교를 다닌다. 여름방학이라 집에 와있던 동희가 어머니 심부름으로 새벽에 강릉을 첫차로 달려가 얼추 밤이 깊어 돌아왔다. 아기가 먹는 분유를 한 통 사온 것이다. 물을 끓여 분유를 타서 먹여봤다. 처음에는 먹지 않더니 서너 번 받아 먹어보고는 제법 잘 받아 먹는다. 그러다가도 어린 것이 무엇을 아는 것처럼 사방을 두리번거리더니 어미가 보이지 않아서인지 또 자지러지게 운다. 온통 눈이 빨갛게 되도록 울고 또 운다. 혹시 경끼인가 싶어 손끝도 따 봤다.

어린 것도 어미가 사라진 것을 알고 체념이라도 한 듯이 울음을 서서히 그쳐 나간다. 모든 식구들이 신경을 온통 곤두세우고 금옥이에게 집중한다. 금순이도 이제는 현 생활을 직시하고 어머니를 체념하고 현실을 받아들이기로 했다. 학교를 찾아가 담임선생님께, 또 교장선생님께 사정상 학교를 더 이상 다닐 수 없는 형편임을 말씀드리고 정식으로 중퇴를 했다. 소녀가장으로 살아가기를 결심하고는 아버님도 모시고 어린 동생도 잘 기르겠다는 결심을 했다.

아버지께 금옥일 업혀놓고 밭일을 하다가 점심때가 얼추 되자, 밭에서 나와 아버지의 더운 점심상을 맛깔나게 차려놓고 아버지를 모시러

나갔다. 홍영감님은 성황당 앞에 예전에 자신이 초례 치르던 그 곳에서 금옥일 업고 토닥토닥 두들기면서 자장가를 부르고 있다.

♪어화둥둥 내 새끼야 눈에 넣어 아플소냐./어화둥둥 내 새끼야 금을 준들 살 수 있나./어화둥둥 내 새끼야 은을 준들 살 수 있나./어화둥둥 내 새끼야 귀한 보배 내 새끼야./잘도 잔다 잘도 잔다 어화둥둥 내 새끼야./검둥개야 짖지 마라 귀한 보배 내 새끼./잠깨울까 걱정된다 어화둥둥 내 새끼야.♪

"아버지 점심진지 드세유." "아니다. 니 에미 오면 같이 묵자. 하마 곧 올 때가 됐는데, 뭐 하느라 이리 늦노. 강냉이 한 말 이고 간 사람이 뭘 산다고 이태까정 안 오는지, 원. 우리 새끼 젖멕이야 되는데. 금옥아, 머리 긁어봐라. 니 에미 어데까지 왔는지."
홍영감은 횡설수설한다. 기가 막힌다.
"참 사람하구는 언내 젖도 안주고 왜 여태 안 와, 응? 하마 하마 올 때 됐는데."
금순이는 눈물이 마를 날이 없다.

12. 금순네 술청, 진주옥

텃밭의 열무가 연하디 연한 것이 열무김치를 담가서 새큼하니 익혀서 뚝배기에 보리밥을 된장 지진 것을 퍼넣고 열무김치랑 쓱쓱 비비면 생각만 해도 침이 고이면서 시장기가 돈다. 간밤에 촉촉히 내린 비에 새파랗게 아주 깨끗하고 싱싱해서 그냥 된장하고 쌈으로 싸먹어도 입맛을 돋구겠다. 정구지 새파란 것을 초벌로 싹싹 베어서 참기름을 듬뿍 넣고 고춧가루, 통깨로 맛나게 무쳐서 아버지 아침진지 상에 올려야겠다고 정성을 다해 베어 다래끼에 가지런히 담는다.

부추는 몸을 청결케 하고 원기회복, 특히 남자들에게는 특별한 강장제 역할을 해주고, 피를 맑게 해주는 우리 몸에 유익한 채소다. 옛날부터 기생집 텃밭에 부추가 없으면 사내들이 찾지 않는 인기 없는 기생이라는 속설도 있다. 아무리 추녀라도 텃밭에 부추가 새파랗게 자라면 사내들이 꼬인다는 얘기다. 또 옛말에 의하면 아들 내외가 오면 부추를 내놓지 않고 딸과 사위가 오면 부추 반찬을 내놓는다고 한다. 딸을 위해 사위에게 먹이기 위해서다.

오늘 아침에는 아버지께서 좋아하시는 열무설김치와 뚝바리 된장에는 멸치를 듬뿍 넣고 풋고추, 다마내기를 곁들여 바글바글 끓이고 장떡도 한 장 찌고 나머지 열무는 살짝 절여서 젓국과 함께 도구통에 벅벅 갈아서 국물도 짜박하니 붓고 잘 담가서 새콤하게 익혀 드리면 아버지께서는 김칫국 한 가지만으로도 진지를 달게 잘 드신다.

금순이는 아버지께 아침 진지상에 싱싱한 푸성귀로 입맛을 돋구어드릴 생각으로 기쁨에 들떴다. 부지런히 열무를 솎아낸다.

금순이는 아무리 늦게 잠자리에 들어도 새벽 5시면 꼭 일어난다. 노인 분들은 새벽잠이 없으셔서 일찍 일어나신다는 소리를 듣고 아버지께서 들고다니면서 들으시라고 자그마한 라디오 뒤에 건전지를 고무줄로 묶어서 붙여 드렸더니 매일매일 가지고 다니신다. 그 바람에 신식노래도 배우셔서 늘 입에 노래를 달고 다니신다.

금순이는 최대 목적이 아버지를 편히 모시는 것이다. 잠도 잘 주무시게 몸보신 해드리는 것이 금순이의 도리다. 우선 마음 편히 해드리고 고향인 풋팥골, 완재어르신께 모셔다 드렸다가 다시 두 어른을 모시고 진주옥 안채에서 한 달이고 두 달이고 함께 계시게 해드리고 매일 매일 별미로 최대한 좋은 음식으로 봉양해드리는 것이 살아가는 목적이다. 정말 말 그대로 입안의 혀처럼 무엇이든지 원없이 해드려서 80세, 90세, 아니 100세까지 사시게 해서 부엉이골로 사라진 어머니를 찾아 모셔서 두 분이 오래오래 해로하시게 해드려야 된다.

금순이는 온통 아버님을 기쁘시게 해드릴 생각을 하면서 열무도 솎구고 익은 고추도 따면서 자연이 주시는 풍성함에 감사하면서 일에 열중해 있다. 그때, 아버지께서 "애, 에미야, 에미야." 부르신다. "예, 아버지. 저 여기 뒤에 밭에 있습니다." 금순이는 얼른 다래끼를 들고 손을 털고 마당으로 들어선다. "아버지 일어나셨어요?"

방에서 웅얼웅얼 소리가 나길래 들여다보니 옥희 녀석이 깨서 혼자 둥굴둥굴 놀고 있다. 이제 두 돌이 다가오는 금순이 딸 옥희는 집안의 꽃이다. 할아버지께는 눈에 넣어도 아프지 않을 귀한 외손녀다. 얼굴은 또 얼마나 잘생겼는지 에미 애비 잘난 곳만 골라서 닮았는지 금옥이와는 또 다르게 더 애틋하다. 외손녀 옥희는 지 에미의 큰 힘이 되어줄 것 같기도 하고, 에미의 고생을 보상해줄 것 같은 보물로 품에서 놓기가 아깝다.

내 달이 두 돌이다. 할아버지 보고 '하부, 하부' 하고 엄마보고는 '엄 엄 으' 한다. 옥희를 보고 있노라면 홍영감은 가슴이 철렁할 때가 가끔 있다. '이 어린 것은 지 에미 팔자 닮지 말아야 되는데…. 아니지, 아니

지. 이 늙은이 왜 또 방정스리, 절대로 그럴 수는 없다.'

옥희의 생김생김은 얼굴은 갸름하고 턱이 똑 고르고 눈은 지 에미, 이모 닮지 않고 어글어글하고 콧대는 오뚝하니 쪽 고르게 반듯하고 입술은 도톰하니 외탁을 하고 머리카락은 약간 노리끼한 반곱슬머리다. 옆으로 넘기면 옆으로 착 붙고 뒤로 소복이 넘기면 뒤로 소복이 넘어간다. 또 목은 길어서 시원해 보인다. 어떻게 보면 서양여자 같기도 하다. 팔다리도 길쭉 길쭉하다. 단, 살갗은 검다. 지 애비놈 닮아서 까무잡잡하다. 성격은 순하기도 하면서 꼭 머슴애처럼 치고 나오면 고집불통이다. 하는 짓은 남자 같다. 골은 잘 안 내지만 한번 골이 나면 새파랗게 질리도록 울어 제껴서 감당키 어렵고 뭐든지 하고 싶거나 가지고 싶은 것이 있으면 꼭 손에 넣어야 직성이 풀린다. 대단한 고집이다. 또, 어찌나 영리한지 돌이 지나서는 오줌, 똥도 다 가린다. 또, 돌 전에 걸었다. 돌떡도 지가 돌린다더니 어른들께 뭐든지 가져다 들려줬다.

옥희의 재롱으로 집안에는 웃음꽃이 떠나지 않는다.

할아버지는 옥희의 재롱에 환하게 웃다가도 가슴이 쿵하고 아파온다. 혹여 금순이가 눈치챌까봐 얼른 아무렇지도 않은 척 하지만….

13. 장사수완

금순이가 진주옥을 인수 받아서 영업을 한 지도 2년이 넘었다. 규모는 작아도 손님들은 굵직한 알짜배기 돈 많은 실속파들이다. J면에서는 노른자 같은 영업장이다.

취급하는 술은 금순이가 직접 담그는 귀한 약주다. 어려서 부터 어미가 술 담그는 것을 보고 거기에다 송이버섯과 귀한 약재를 감미해서 담그는 아주 독하면서도 입에 쩍쩍 붙는 그런 약주다. 술 도수도 높고 색깔은 노리끼리하면서 한약냄새가 나면서 송이버섯을 넣어서인지 마시면 솔향이 입 안 가득 퍼진다. 첫 맛은 쌉싸름하고 끝 맛은 달착지근하면서 많이 마셔도 뒤끝은 개운하다.

이 약주는 아무 손님에게나 내주는 술은 아니다. 지방 유지급들과 횡계 군부대 높은 장교들이 회식을 할 때 특별히 아주 인심 쓰듯이 온갖 공치사를 다하면서 내주고는 받을 돈 다 받는다. 특별한 고객에게만 내주는 진주옥의 특별한 특주다. 그 외 일반 주류의 종류는 대략 청주, 삐루(맥주), 동동주, 소주 정도이다.

안주 만드는 과정을 볼라치면 먼저 쇠고기 넙쩍다리, 홍두깨살, 또는 안심살 등을 곱게 다져 간장, 꿀, 참기름, 마늘, 파, 후추로 잘 주물러서 서늘한 곳에 하루쯤 잘 숙성을 시킨다. 숙성된 고기는 손바닥 두께로 석쇠에다 지글지글 구워서 잘 익혀 고명으로는 실백, 통깨, 실고추, 또 새파란 파를 실처럼 가늘게 썰어서 보기 좋게 얹어서 큰 접시에 모양을 내 담아낸다. 최고급 안주다.

그 다음은 큰 도미, 또는 숭어, 농어 등을 잘 손질해서 소금으로 살짝 절인 다음 녹말가루를 묻힌 다음 녹말 물을 묽게 푼 물에 잘 굴려서 끓는 기름에 두세 번 튀긴다. 튀긴 생선위에 녹말가루에 새콤, 달콤한 맛을 내서 걸쭉하게 끓여 끼얹은 다음 큰 접시에 생선을 담고 장식을 꾸민다.

아카시아 꽃이 필 때 꽃을 따다가 흐르는 물에 잘 헹구어 물기를 제거 한 다음 묽게 찹쌀 풀을 끓여서 풀이 식은 뒤에 꽃을 풀에 뒹굴려서 햇볕에 풀 묻은 아카시아 꽃을 잘 말린다. 또 국화꽃, 봄에 피는 민들레 꽃들도 같은 방법으로 찹쌀 풀 옷을 입혀 말려서 보관했다가 말린 꽃들을 끓는 기름에 한번만 살짝 튀겨낸다. 한번만 튀겨야 금방 피어난 싱싱한 꽃 색깔이 잘 나온다. 튀긴 꽃송이들을 생선요리 가에 장식을 한다. 튀긴 꽃들을 곁들인 생선요리는 최고 비싼 값으로 팔려나간다.

또 그 외에는 이 지방에서는 귀한 마른 문어를 다리는 다리대로, 머리는 머리대로 요술을 부린다. 가위, 또는 칼로 잘 오려서 손으로 하나하나 펴 여러 가지 모양으로 꽃잎 또는 공작 꼬리, 확 펴진 고사리처럼, 또 나뭇잎처럼 손으로 살살 늘려서 아주 보기에도 아까울 만큼 멋들어지게 만들어서 큰 접시에 내놓는다. 손님들은 비싼 값을 지불하고 씹으면서 하나같이 치하를 아끼지 않는다.

또 물오징어를 속을 빼내고 쇠고기와 오징어 다리 다진 것과 두부, 파, 마늘, 후추, 참기름 등으로 속을 만들어 오징어 속을 탱탱히 채워서 속이 빠지지 않게 전분가루로 입구를 바르거나 가는 대나무 살로 꽂아서 찜통에 쪄낸 다음 한 마리를 멋들어지게 잘 썰어서 안주로 내놓는다. 그 외 백숙, 돼지고기 수육, 소 혓바닥, 내지는 편육 등으로 안주를 낸다.

마른안주는 문어 오린 것과 마른오징어를 방망이로 계속 두드려서 살이 연해지면 잘게 실처럼 찢어서 실 오징어살로 안주로 내고 은행 알은 방망이로 깨어서 소금을 약간 두고 볶아 깔끔한 안주로 내놓는다. 또 호두는 깨서, 대추는 씨를 제거 후 잣알을 넣어서 돌돌 말은 다음 이 세 가지를 조금씩 조금씩 담아 안주로 내면 기가 막히다.

곶감도 씨를 제거한 후 호두로 속을 넣어 돌돌 말아서 안주로 내면 곶감, 호두말이로 불려지는 아주 맛깔나는 안주가 된다.

특별 마른안주는 넓은 접시에 실포 오징어를 수북히 가운데 담고 가에는 곶감 호두말이로 꽃잎처럼 장식을 꾸미고 실포 오징어는 꽃술이 되는 것이다.

그 외 과실류는 제철과일로 다양하게 쓰여진다.

또 손님들의 술시중을 드는 여자들은 서울에서도 본거지가 종로통에 큰 기생집에서 활동하던 여자들을 고용해서 부리고 있다. 말 그대로 고당명기다. 춤과 기예를 두루 갖춘 얼굴, 몸매, 교양, 어느 한 군데 빠진 데가 없는 여자들이다. 특히 그들과의 계약조건에서 가장 중요한 것은 함부로 몸을 굴리면 이곳에 올 때 든 경비 일체를 다 물어내고 바로 이곳을 떠나야 된다는 점이다. 그 대신 최고의 대접과 손님방에 불려 들어갈 때는 손님들이 술값 외에 여자들에게 춤과 노래 모든 것을 다 보고 흡족한 대접도 다 받고 대신 많은 화대는 따로 지불한다. 오히려, 손님들이 화대 외에도 슬쩍 웃돈도 쥐어준다. 그럴라치면 여자들은 무안하지 않는 한도에서 정중히 거절한다.

여자들이 이렇게 교양을 갖춰가는 데는 금순이의 엄한 훈계에 늘 따르고 반드시 영업 시작하기 전 한 시간 가량을 여자들에게 교양, 옷 입는 것 또 화장법 등을 엄격하게 교육시킨다. 화장은 아주 연하게 한 듯 안한 듯해야 되며 저고리 동정과 버선은 늘 깨끗하게 해야 되고 일거수 일투족을 완벽하게 교육 시킨다. 그렇다고 금순이가 어디 가서 기생들의 행동을 본 적도 또 자신이 경험하지도 않았지만 여성으로서 기본적인 교양을 아주 맵시있게 가르쳐 나간다.

금순이는 순수한 산골처녀로 어려서 부터 소녀가장으로 살면서 주로 험한 산으로 약초나 캐러 다니고 나무 짐이나 져 내리고 농사 짓고 남의 집 밭농사 품팔이, 빨래품, 길삼품, 농사 등 억센 일로 다져진 철인과 같은 여인이다. 금순이는 또 이처럼 고급요리는 먹어본 적도 눈으로 본 적도 없다. 오로지 상상력과 지혜로 짜내 만드는 음식들이다.

금순이가 본 것이라면 아버지 책장에 꽂혀 있던 책을 본 것 정도이다. 책 내용은 옛 구중 궁궐 속에 후궁들의 암투와 죽이고 죽는 내용, 또 조석간에 일어난 그런 얘기들의 역사 소설을 읽은 것 외에는 순전히 상상력과 지혜로 이뤄낸 일이다.

요즘은 공사를 진행 중이다. 얼마 전부터 뒤에 아주 반듯하게 집을 지어서 내실로 쓰고, 아버님 방, 강릉에 유학 보낸 사랑하는 동생 금옥이 방, 또 자신의 방, 여유방 하나 큰 내실을 잘 짓는 공사다. 먼저 내실, 살림집으로 쓰던 집은 손님 받는 객실로 쓰고 큰 연회식하는 방, 약 20명은 들어갈 정도로 방 3개를 확 터서는 특실이라는 호실을 붙였다. 객실이 총 일곱 개다.

19. 진주관으로 옥호를 바꾸다

금순이의 사업은 날로 번창했다. 옥호도 진주옥에서 진주관으로 바뀌었다. J면에서는 손꼽히는 제일 크고 화려한 요정이다.

수많은 술꾼들이 드나들지만 누구도 금순이한테 함부로 하는 자는 없다. 손님들 지위가 높건 낮건 간에 어느 누구도 금순이를 업신여기거나 가벼운 여자 취급하지 않는다. 젊고 고은 여자가 그것도 늙은 아버지 모시고 어린 딸 데리고 또 동생 공부시키고 하면서 술청을 내서 술을 파는 여자라고 한번 치근덕거리다가 큰 봉변을 당한 적이 있었는데 그것이 소문이 쫙 돌아 감히 어쩌지를 못한다. 또 금순일 인격으로 존중해준다. 꼭 이 사장님으로 부른다. 마님이니 기생어멈이니 이런 말은 아무도 못한다. 함부로 했다가는 감히 진주관 대문을 넘지 못하기에 어느 누구든지 예를 갖춰서 진주관 이사장님으로 통한다.

진주관의 식구들은 이렇다. 총책임자인 전직 체육교사이던 이한성, 요리장 배은수, 조리장 보조 조금산과 최수근, 안채 참모 횡성댁 오미자, 요리장 참모 최경애와 남자 박철의, 참모보조 최영애, 심부름하는 아이 바우, 길창우, 김재수, 이렇게 총 11명이다.

또 기생들을 살펴볼라치면, 가야금을 잘 다루는 최채봉은 자신의 어미는 1900년 후기 때 행수기생으로 관기로써 대를 이어 기생의 길을 걷는 여인으로 교양을 두루 갖춘 요조숙녀이다. 다음으로 김춘자는 천안이 고향인데 북, 장구를 잘 치고 오래비는 호두농사를 크게 지어 금순네 요정에 알을 까서 한 가마씩 물건을 대주는 역할을 한다. 그리고 창, 민요, 소리 등을 불러서 사람의 애간장을 녹이는 경기도 여자 강연옥이 있고 신식노래, 서양춤을 추는 멋쟁이 여자 임옥주, 김영애, 김영

자가 있다. 여기에 얼굴 기생 김명선, 김보민 등 모두 합쳐 기생이 10명이다.

또 오미자는 강원도 횡성이 고향이라서 그냥 횡성댁이라고 부른다. 혼인해서 한달쯤 살고는 서방이 온다 간다 말 한마디없이 나가버려서 생과부로 30년쯤 살다가 나이도 먹고 고향에서 서방 기다리는 것도 지쳐서 민적을 떼어 봤더니 말소가 돼서 고향을 등지고 J면 이곳 금순네 집으로 옮겨와 안살림을 피가 나게 알뜰히 살아준다. 홍영감님 의복손질과 옥희 돌보고 키우는 일 등, 애기 배태도 못해 본 횡성댁이 어찌나 옥희를 귀하게 여기고 잘 대해주는지 친어미보다 살갑게 군다.

아버지는 칠순을 바라보시는 연세이신 데도 건강하시다. 완재어르신과 두 아버님을 내실에 모셔서 매일 매일 맛있는 음식을 드시게 해드리고 입으로 섬기기도 힘든 온갖 진귀한 모든 것을 다해 드린다. 동해바다 깊은 바닷 속에 해녀들이 들어가 직접 따온 전복을 구해다가 회로 썰어 드시게도 하고 전복 내장을 함께 넣어 찹쌀을 볶다가 맛있게 전복죽을 쑤어서 드시게 해드리고 녹용도 몸보신으로 꼭 1년에 봄, 가을 두번씩 드시게 해드리고 금옥이는 방학 때면 택시를 빌려서 강릉 경포대로 모시고 가 최대한 효도를 다한다.

금순이는 또한 늘 어머니를 잊지 못하고 많은 돈을 주어서 지금도 태백산속에 심마니들의 움막, 또 숯 굽는 빈가마 등을 뒤지게 한다. 어머니를 찾아 모셔서 아버님과 노후를 함께 해드리는 것이 금순이의 살아가는 최대의 목표다.

"어머니, 어머니. 어디계세요. 꼭 살아 계세요. 제가 찾아 모실께요."
금순이는 마음으로 통곡한다.

1950년 후반부터 1960년대 전국적으로 산판 바람이 붐을 이뤘다. 또 소장수들도 왕성하게 활동했다. 솔직히 말해서 돈이라는 것은 죽은 자도 살리고 쌍것들도 양반이 되는 세상이다. 그런 돈의 위력은 어디에도 그 어느 것과도 견주일 것이 없다. 무식하고 우악스럽기 그지없는 부류들도 마음 놓고 배가 불룩하게 전대에 지전을 하나 가득 차고는 진주관 무거운 철대문을 넘나든다.

이런 부류들은 자신들의 무식이 들통날까봐 자격지심으로 오히려 점 잖은 체 거드름을 피우기 때문에 금순네 여자들이 더 다루기 쉽다. 극 진한 대접과 온통 눈이 휘둥그레질 술과 안주 앞에서는 기가 팍 꺾인 다. 돈은 있는 대로 소 열 마리 값 정도를 하룻밤 술, 계집의 보드라운 지분냄새에 녹아 탕진한다. 여자들이 생긋생긋 웃어주며 술, 안주를 먹 여주자 그 놀음에 몸과 마음이 녹아 내려 대 여섯 명이 앉아서 생전 처 음들어 보는 가야금의 애절한 소리에 취해, 또 옥쟁반에 아니 은쟁반에 옥구슬 구르는 청아한 목소리에 애간장이 녹아내린다.

하늘에서 내려온 선녀가 춤을 추듯 기이한 춤사위에 무지막지한 산 판 간수놈들과 소장수놈들은 하룻밤 술값으로 소 열 마리 값 정도를 미 련없이 툭툭 털리고 꼭두새벽에는 입안에서 살살 녹는 잣죽 한 그릇씩 후루룩 마시고는 철대문을 나선다. 그러고는 아주 큰 벼슬이나 한 것처 럼 거들먹거리면서 각자의 일터로 흩어져 동료들한테 열 배는 더 보태 서 자랑을 늘어놓는다.

골빈 놈들, 기생들 손도 한번 제대로 잡아보지도 못하고는 수중의 돈 몽땅 털어주고 나온 주제들이 소문에 소문을 내는 바람에 J면에서는 허황된 소문이 나돈다. 술청은 열기만 하면 이팝과 괴기국은 먹기 싫어 서 안 먹고 돈은 쌓아올릴 데가 없어서 땅 속 독에 넣어둔다는 허황된 소문이 한입 건너 또 한입 옮겨다녀 하룻밤에 수십 리까지 소문에 소문 이 퍼졌다.

산골 촌에도 개화바람이 팔랑팔랑 불어온 것은 진주관 기생방에서 부터라 해도 과언은 아니다. 이렇다 보니 너도 나도 있는 것, 없는 것 모두 통틀어 팔아서는 면소재지에 나와서 하꼬방, 초가집이라도 세를 얻든 사들이든 해가지고, 술청을 열어 되지도 않게시리 물들을 흐려놔 서 금순네 지조 깊은 기생들까지도 싸구려 창기로 매도당하는 수모를 겪게 됐다.

예로 어떤 골빈 모녀가 있었다. 에미는 일찍 서방이 죽자 딸내미 학교도 안 보내 까막눈으로 만들어 놓더니 술청만 열면 떼돈 벌고 사람 사는 것처럼 산다는 소문에 솔깃해졌다. 땅뙈기도 팔고 소도 한 마리 먹이던 것을 팔아서는 J면으로 나와 단칸짜리 쓰러져가는 초가를 사들여 대충 수리를 해서는 막걸리 한 말 받아다 놓고 시커멓게 구리빛으로 십수 년간 농사 짓느라고 햇볕에 그을린 낯짝에다 지분을 치덕치덕 쳐바르고는 소금에 절인 배추 꽁대기 한보시기 썰어 놓고는 술꾼들이 모여들길 기다린다. 마침, 산판 간수놈 한 놈이 지 밑에 놈 한 놈 데리고 와서는 코딱지만한 방구석에서 네 년놈이 주거니 받거니 하다가 간수놈은 방구석에서 딸년과 벌거벗고 나뒹굴고 에미년은 에미대로 부엌바닥에서 밑에 놈과 붙어있는, 입에도 담기 민망스러운 작태를 벌인다. 쯧쯧….

그러고는 이 두 도둑놈이 술값은 고사하구 도둑 XX질을 하고는 냅다 **빼**버리는 어처구니 없는 꼴도 다 있다. 아무튼 요지경속이다.

세월이 하도 어수선하게 흘러가자 금순이는 큰 결단을 내렸다. 사람이 욕심이 과하면 화를 자초하는 법이다. 아쉬운 듯 할 때 미련을 버리고 떠나는 것이 상당히 어려우나 금순이는 과감하게 시행을 했다.

금순이는 타고난 사업가 체질이다. 그렇다고 많이 배워서 회계가 뛰어난 것은 절대 아니다. 그가 공부한 것은 독학이다. 남 앞에 나서면 겨우 체면치레할 정도로 학벌은 중학교 1학년 그것도 반년 1학기가 전부이다. 그렇지만 그의 수단과 지혜는 감히 그 어느 누구도 따라올 자가 없다.

이때는 활동사진이라고 해서 1년에 한 두 번씩 서울에서 큰 대형 버스 같은 개조한 차에 영사기, 필름 등을 실고 와서는 방학 때 학교 운동장이나 아니면 가을걷이 끝난 논이나 밭을 빌려서 그것도 밤에만 상영을 한다. 낮에는 남여 십여 명의 기술자들에게 이동극장 고객아녀자들이 시부모 몰래 김치, 된장 등을 싸다준다. 이때 도회지 기술자들과 바람이 들은 처녀들도 더러 있다. 나긋나긋하게 서울말 쓰는 젊은 직원들한테 반해서 꼬리를 쳐대더니 몸까지 뺏긴 처녀들이 더러 있다는 풍문도 들린다.

이들은 한 열흘정도 상영을 했는데 필름이 뚝뚝 끊어지는 흑백 영화가 대부분이었다. 가끔씩 명화도 상영할 때가 있다. '바람과 함께 사라지다' '그때 그 시절'… 등, 그렇지만 오히려 촌사람들은 양 코쟁이 영화라고 싫어한다. 순정영화, 눈물 없이 볼 수없는 영화만을 좋아 한다.

천막극장 관람료는 대인 100원, 소인 50원이다. 공무원인 면사무소 계장급 월급이 3,000원 선이었으니 꽤 짭짤한 수입원이다.

20리, 30리 밖에 사는 산골 사람들은 초저녁에 일찌감치 저녁들을 지어 먹고는 고구마 등을 싸가지고, 또 콩볶아 싸가지고는 애 어른 몽땅 이동극장을 향해 모여든다. 말에 의하면 이동극장 사람들은 논, 밭 주인들에게는 끝나는 날까지 무료 상영권을 주고 또 수입이 꽤 짭짤할 때는 서울에서 올 때 문방류 등을 사다가 전해주고 간다. 물론 아이들에게는 최고의 선물이다. 서울 아이들이 메고 다니는 가방, 그림 물감, 또 크레파스 등이다.

산골사람들은 극장 관계자들에게 반 년 뒤 꼭 다시 와 달라는 부탁과 함께 콩, 깨, 팥 등을 퍼다 주기도 한다. 아무튼 이동극장 사람들은 칙사대접과 함께 돈을 긁어 모아가지고는 다른 지방으로 떠난다.

이들은 1년내내 철새처럼 떠돌이 삶을 살아간다. 먼 훗날 극장 기획사, 연예인 기획사 등, 예능 사업가로 변모하는 사람들도 있지만, 대부분은 서울 충무로가에서 구름처럼, 바람처럼 살아가다 소리없이 사라져들 간다. 물론 여전히 산골 처녀총각들의 동경의 대상이기는 하지만….

15. 새로운 사업

　때를 알고 직시하는 지혜 있는 자는 꼭 성공하는 법이다. 아쉬울 때 과감히 자리를 옮기는 것도 하나의 지혜다. 더 높은 고지를 향한 전진을 위한 결단은 아무나 할 수 있는 것이 아니다. 오직 지혜 있는 사람에게 주어진 특권이다.

　이곳 J면소재지는 4~5km쯤 가면 군부대들이 꽉 차있다. 이들 수많은 군인들이 외박을 나오면 갈 곳이 없다. 마땅한 휴식 공간이 전혀 없다. 기껏해야 어린아이들이 즐겨 빌려 보는 만화가게에 가는 것이 고작이다. 그것도 빌려서 어디 남의 집 처마 끝에서 쪼그리고 앉아 보고는 되돌려 주고 와야 된다.

　또 한 군데 아주 작은 탁구장이 있다. 탁구대도 한 대뿐인 곳이다. 그나마 그곳은 군인들의 출입이 금지되어 있다. 얼마 전 군인들이 탁구를 치고 돈도 안주고 내빼려다가 주인과 싸움이 나 주인을 패고 달아난 사건이 발생했다.

　이 사건 이후로 한동안 군인들의 외박이 전면 금지되었다가 얼마 후 외박금지는 풀렸지만 그 사건 이후 군인들은 탁구장 근처에 얼씬도 못하게 돼있다. 만약 탁구장 근처에서 잡히면 헌병대로 이송되어 치도곤을 맞는다.

　이런 형편이다보니 군인들 때문에 벌어먹고 사는 곳인데 마땅히 갈 곳이 없다. 오락거리가 없자 군인들이 범죄에 빠질 우려도 다분하다.

　금순이는 모든 식구들을 한 명도 빠짐없이 가족회의로 불러모았다. 또 두 아버님 그리고 동희아버님, 어머님, 두 집 식구 모두 동참시켜서 이집 최고의 요리를 만들어내고 약주와 맥주를 곁들인 식사를 마음껏

한 후 차를 들면서 회의에 들어갔다. 모든 종업원들, 가족들의 60개의 눈동자들이 온통 금순이의 얼굴에 박힌다.

금순이는 비로소 입을 뗀다. 옆에는 큰 상자 하나를 두고서 "저도 이런 말씀 드리기가 너무 괴롭지만 결단을 내리려고 합니다. 그동안 여러분들과 피를 나눈 형제이상으로 지냈는데…." 말끝을 흐린다.

한참 후 "여러분, 우리 인간은 만나면 또 언젠가는 헤어지는 시점도 있는 줄 압니다. 그동안 우리는 정말 열심히 살았습니다. 열심히 노력한 만큼 결실이 있어야 하는데, 우리 예능인들이 수모를 겪는 일은 없어야 되는데, 모든 것이 돈때문인 것 같습니다. 여러분들, 우리 지금은 서로 헤어져도 인연을 저버리지 말고 소중한 사람들로 우리 서로 마음에 품고들 살아갑시다. 그리고 우리 6개월에 한 번씩은 만날 수 있도록 해보는 것이 어떨지요. 그것이 여의치 않다면 1년에 한 번씩은 꼭 만나고 서로 소식도 전하고 정보도 교환하면서 늘 인연의 끈을 이어갑시다. 그동안 제가 여러분들께 섭섭하게 했던 것이 있다면 용서해주시고 우리 서로 앞날을 축원해 주는 마음으로 살고 싶습니다. 이제 저는 이 진주관을 폐업하고 새로운 사업을 계획하고 있습니다. 이곳에 새로운 건물을 올려서 극장을 낼까 합니다."

그 때까지 모든 식구들이 헤어짐의 서운함에 침통해 있다가 극장을 열겠다는 금순의 말에 하나같이 박수를 쳐준다.

"고맙습니다. 고맙습니다." 금순은 모두를 둘러보며 감사의 인사를 드린다. "사장님, 꼭 극장 허가 받으셔서 대성하십시오." "네, 감사합니다. 고맙습니다. 여러분, 그동안 여러분들 덕분으로 제가 돈을 좀 벌었습니다. 그래서 제가 작은 성의 표시로 조금씩 넣었습니다."

남자직원, 또 기생들에게 퇴직금 조로 두툼한 봉투 하나씩을 건넸다. 그동안 월급도 후하게 내려준 고마운 사장님이었던 금순이가 보너스격인 퇴직금을 건네주자 모두들 황감해서 눈물들을 흘리면서 감사해했다. 이로써 아름다운 유종의 미를 거뒀다.

남자 종업원들은 극장을 열면 모두 직원으로 채용하기로 미리 채용 약속을 해놨다.

이제 본격적으로 공사를 시작한다. 우선 허가를 받기 위해 중혁은 면사무소에 사표를 내고 극장사업을 돕는다. 강릉에 있는 세무서 또 서울의 충무로에 있는 연예협회, 극장등록협회 등으로 바쁘게 뛰어 다닌다. 또 최종허가는 J면 등기소에 등록이 된다.

극장은 인구에 비례해서 허가가 나온다. J면, 도암면 또 인근 면 소재지 등의 인구와 군인들, 산판 일꾼들, 유동인구를 합쳐서 1만 명은 되어야 허가가 나오는 것이다.

조사결과, 인구는 다행히 15,000명 정도로 파악되어 한 달 후 서울 충무로 연예극장본부에서 영사기 감독, 기계방, 기술자 등 한 십여 명이 내려왔다. 그들은 기계 위치 등 모든 구조 하나하나를 설계한 설계도를 가지고 극장을 지어나갔다.

공사는 대공사다. 6개월 동안 우기 외에는 쉬지 않고 계속 공사를 이어갔다. 또 휴게소와 만복당이라는 제과점도 함께 지었다. 만복당은 동희어머니께서 총괄하시기로 했다.

드디어 극장의 첫 테이프를 끊는 뜻 깊은 날이다. 군수나으리와 J면장님, 경찰지소장, 두 아버님이신 홍영감, 완재어른, 그리고 사실상 사장인 이금순 또 중혁, 이렇게 총 일곱 명이 테이프를 끊었다. 금순이는 뜻한 바 성공을 자축하면서 주체하기 힘들 정도로 기쁨의 눈물, 감격의 눈물을 흘렸다. 아직은 시작이지만….

첫 개봉영화는 당대 최고의 미남 가수겸 배우인 최아무개가 주인공인 '외나무다리'로 결정했다. 물론 대만원으로 성황리에 문을 열었다. 사업은 불일 듯이 일었다. 금순의 극장은 최고의 전성기를 맞이했다.

금순이는 또 차츰차츰 부를 축적해 나간다. 하지만 그럴수록 더욱더 가슴 한 곳이 터질 듯이 아파온다. 알 수 없는 어머니의 생사 때문이다. 아버지께서 천년만년 사시는 것이 아니질 않는가. 요즘 아버지께서도 더욱더 초조해하시는 것 같다.

"난 괴기 반찬도 싫다. 비단옷 금시계도 싫다. 나는 내 님, 내가 죽도록 연모하는 내 사랑 정월선. 떠나야 되는데, 정말 정말 보고 싶다. 여보, 어디 계시유. 여보, 어서 속히 만내서 우리 함께 해후하다가 함께 가야 되는데…."

16. 가장 절친한 친구의 죽음

극장 개업식이 끝나고 한 열흘 동안 이곳에서 지내다가 완재영감님이 자꾸 촌에 있는 집으로 가자고 보채서 두 노인네는 택시를 불러 타고 촌으로 왔다. 예전에 홍영감이 살던 집을 다시 사들여서 기와를 얹고 전면 수리를 해서 새집으로 단장해 양쪽 집 두 집 식구가 별장으로 사용한다. 방학때 금옥이, 동희, 동옥이가 친구들을 데리고 와서 한 열흘씩 지내다가 가기도 한다. 관리는 동희네가 한다.

완재영감님도 여기서 지내는 것을 즐겨하고 좋아했는데 오늘밤은 굳이 자신의 집, 자신의 방에서 자자고 떼를 쓴다.

며느리 동희어미가 "아부님, 만장거치 넓은 건너집 방에 소제하구 불 때 났습니다. 두 분 아부님들 거게서 주무시지유." 하고 말려보지만 완재영감님은 "아니다, 난 오늘 여개서 영감탱이와 잘기여."하시며 고집을 부리신다.

그날 밤 저녁식사 후, 두 영감님은 알맞게 데워진 정종으로 가볍게 한잔 하고는 심심한 전복회를 꾸둑꾸둑 씹으며 노닥거린다. 두 영감님은 갑자기 동심으로 돌아가기라도 한 듯 옛일에 코끝이 시큰한 추억들을 얘기한다. 일본 가서 공부하다가 어떤 놈이 '조센징, 조센징' 하자 유인해서 죽지 않을 만큼 패서 시궁창에 던져두고 그길로 도망을 쳐서 낮에는 산속에 숨어 지내고 밤으로만 이동을 해서는 어느 부둣가에서 조선으로 나오는 소금배로 기어들어 소금창고 속에 들어가 숨어서 목포까지 오게 된다. 목포에서 지게품으로 근 1년간 지내며 고생 고생하던 차에 고향으로 돌아와 중도에서 그만둔 학업을 대신해서 한학으로 공부를 마친 일 등, 이런 얘기 저런 얘기를 하다가 완재영감님이 홍영감님 손을 지긋이 잡는다.

"이봐, 아우. 내 말 멩심해라. 제수씨 찾아라, 찾아서 함께 지내다가 내 뒤 따라 오니라."

"어허, 이 친구가 술취했냐. 형님 함자를 함부로, 아니 그리고 니 어디 가냐. 왜 마음 약한 소리를 하느냐."

"아니야. 아니야, 나는 곧 갈 것 같애."

"무슨 소리냐, 가긴 어딜 가. 나랑 앞서거니 뒷서거니 가야지. 우리는 아직 멀었어. 한 십수 년은 더 있다가 가야지. 쓸데없는 소리를 해. 거 쓸데없는 소리 하지 말고 니 놈도 니 형수 찾는 일에 앞장서야지. 그래야 내도 심이 나서 찾으러 다니지. 쓸데없는 생각하지 마라. 그리고 내가 안있나. 내만 믿구 내 손잡구 내만 따라 댕겨. 알았제?"

두 영감은 16세, 17세 때 오사카에서 도망쳐 배 밑바닥에서 소금을 집어 먹고 끈질기게 살아온 젊은 시절을 다시 상기시키면서 마음 약해지지 말자고 굳게 약속을 하고 두 사람이 꼭 부부처럼 손을 맞잡고 잠자리에 들었다. 잠시 후 완재영감이 코를 골면서 잠이 든 모습을 물끄러미 바라보던 홍영감은 마음속으로 '이 친구가 왜 마음이 약해진 걸까. 늙기는 늙나부다.' 하며 한숨을 내쉰다.

홍영감이 75세, 완재 영감은 한 살 위인 76세다. 홍영감은 잠든 완재 영감을 이불로 여미어주고 호롱불 심지를 낮춘 것을 아예 끄고는 잠자리에 든다. 오늘밤 따라 완재 영감의 마음약한 소리를 들어서인지 홍영감님도 어째 좀 서글프다. 또 마누라인 금순네 생각이 더 나고 한없이 불쌍히 여겨져서 하염없이 눈물을 흘리면서 금순네와 만나서 서로 애뜻하게 아껴주는 꿈을 꾸다가 "여보" 하면서 눈을 번쩍 뜨자 갑자기 찬바람이 홱 난다.

홍영감은 손목시계를 들여다본다. 새벽의 히끄므레한 밝음에 비춰보니 4시18분이다. 홍영감은 심한 갈증에 자리끼를 당겨서 주전자의 물을 벌컥벌컥 들이킨다. 그 때 갑자기 옆에 자고있는 친구에게서 찬 바람이 이는 느낌이다.

"여봐, 여봐. 일어나지, 응? 아니, 왜이래. 야! 이눔아. 이게 뭐하는 짓거리여. 어이, 이눔아!"

홍영감은 남포불에 불부터 밝힌다. 그런 다음 친구를 잡아 흔든다. 그런데 이럴 수가. 완재는 조용히 갔다. 자는 듯이 아주 편안하게 가버렸다. 결코 짧지도, 길지도 않은 삶을 살다가 생을 마감했다.

홍영감은 아연실색했다. 다음달 강릉에 단오제 구경 갈 계획을 짜놓고는 이렇게 허망하게 가버렸다. 홍영감은 두 다리를 뻗고 앉아서는 어린애처럼 운다. 홍영감의 한쪽 쭉지가 떨어져 나간 것이다. 할멈 같고, 형 같고, 내 혈육보다도 내 자신 같던 또 하나의 자신이 갔다. 그것도 영영 돌아올 수 없는 머나먼 길을 쓸쓸히 혼자서 떠난 것이다.

모든 식구들은 가신 분은 가신 분이지만 줄초상 치를까봐 홍영감님을 달래고 진정시키느라 정신이 없다. 그런데도 홍영감이 졸도까지 하자 의사를 왕진시켜 진정제를 주사하고 온 동리 사람들이 애가 바싹바싹 탄다.

장례식은 오일장으로 하기로 했다. 완재영감님은 김해 김씨로 윗대 할아버님께서 진사를 지내신 문관출신 집안의 후손으로, 양반가의 맥을 이어오신 분이시다. 혼인 후, 아들 하나 딸 하나 남매를 두고는 젊은 각시는 원인모를 속앓이로 한 달포가량 앓다가는 몸져 눕더니 백약이 무효였다. 어찌 손쓸 틈도 주지 않고는 32세 젊은 나이에 그만 요절을 했다.

완재어른은 재혼은 아예 할 생각도 않고 44년을 홀로 깨끗이 사시다가 정든 친구와 효자, 효부 그리고 두 손녀들을 뒤로 하고는 76세의 결코 짧지 않은 생을 마친다. 멀고먼, 저승길을 엊저녁 아니 오늘 새벽 그렇게 혼자 쓸쓸히 떠나 가셨다. 아마도 젊은 각시가 저승길 문턱까지 마중을 나와서는 둘이 손을 잡고 갔을려나.

금순이는 딸로써 상주 노릇을 했다. 장지는 선산 마나님 옆에 모셨다. 상여는 새하얀 꽃상여로 최고로 정성을 다해 꾸몄다. 상여는 홍영 감님 옛집에서 한차례 곡을 받고, 절을 받고, 조촐한 제사를 받고는 서 서히 떠난다. 상두 놀이가 모든 마을사람들의 눈물을 자아낸다.

뒷골 서서방이 방울을 흔들면서 상두꾼으로 상두채에 올라서서 앞소 리 가락으로 온통 마을 사람들을 눈물바다로 몰아간다. 구성진 가락으 로 창자를 끊어 놓는 애절함이 구비구비 흘러서 상두가에 눈물을 쏟는 다.

"어허여어 어허여어 어허여어 어허여어 이제 가면 언제 오나 어허여 어 어허여어 나는 간다 나는 가아 어허여어 어허여어 가는 길이 너무 멀어 가다가 쉬어가랴 가다가 가다가 해지면은 쉬어가리 풀숲에서 자 고 가랴 꽃잎들이 반겨줄까 어허여어 디이여어 험한 길을 굽이굽이 돌 고 돌아 눈물로 돌고 돌아 어허여어 어허여어 이제 가면 언제 오랴 남 아있는 내 벗들아 나를 전송 나왔구나 울지 말게 울지 말게 인생이란 한번 오면 날 저무면 돌아가리 고향으로 돌아가리 벗님네들 벗님네들 우리 다시 만날 그날 기약없이 헤어지세 천상에서 만나보세 천상에서 우리 만나 두 손 부여 잡고 기쁜 해후 이뤄내세 나는 가네 나는 가네 대 장군 용사같이 훌훌 털고 나는 가네 씩씩하게 나는 가네."

마을 사람들은 울음바다를 이루고 홍영감은 혼절을 거듭하다 의사의 왕진에 의해 링겔을 꽂고 마을 청년의 지게에 의지해 장지까지 따라와 마지막 가는 친구를 눈물로 보냈다.

17. 그때의 악몽

금순이는 극장 개업과 또 한 분 아버님이신 완재어르신의 장례식을 치르고 몸에 진이 쫙 빠진 듯하다. 또 아버님께서 애통해 하시는 모습이 너무 안쓰러워 금순이가 감당해 내기 벅차 하자 서울 봉금언니댁에서 형부 이영수목사께서 오셔서 모셔가셨다.

금순이는 모처럼 자리를 깔고 누워서 쉬고 있었다. 지금껏 살아가는데 억척스러움으로 낮에 자리보존해보기는 한 17년만에 처음인 것 같다. 모처럼 딸내미 옥희 재롱에 마음의 여유까지 생겨 오늘은 극장에도 안 나가고 휴게소인 만복당에도 아예 나가질 않고 푹 쉴 작정이다.

횡성댁 아주머니께서도 금순이 최대한 편히 쉴 수 있도록 어디에도 방해 받지 않도록 방문객을 철저히 돌려보내는 지혜로운 기지를 발휘했다. 옥희도 아주머니가 혼자 돌보시기에 딸내미가 보고 싶어 옥희를 데려 오라고 했다. 옥희는 어미에게 온갖 재롱을 다 부리더니 '엄마, 낸내낸내' 하더니 어미 품에서 새근새근 잠이 들었다.

잠들은 옥희의 곱슬머리를 넘기면서 '우리 옥희 곧 학교에 보내야 하는데, 호적이 없어서….' 생각하니 금순은 만감이 교차한다. '누구 앞으로 호적을 올릴까. 돈으로 할 수 있는 일이라면 얼마나 좋으련만….'

옥희의 잠든 모습이 형근을 빼다 박은 것을 보자 불현듯 정형근이 떠오르고 그 때의 그 악몽이 되살아난다. 아버지께는 씻을 수 없는 불효를 저지른 몹쓸 딸자식이다. 금순이의 씻지 못할 실수로 아버지의 분신과도 같은 집, 그 곳에서 나셔서 그 곳에서 삶의 뿌리를 내리신 고향을 버리시게 했다. 집을 버리시게 했다. 이 못 된 딸자식의 씻지 못할 실수로 인해 모든 마을 사람들의 모진 질타를 아버지께서 몸소 무릎을 꿇으시고 머리를 숙이시고 '모든 잘못이 다 이 못난 애비로 인한 것이오. 그러니 먼저 이 늙은이를 내치고 불쌍한 내 딸 우리 금순이를 용서해 주시오' 하시며 피눈물로 애원하시던 나의 아버지.

금순이는 그 날 밤 그 광경이 떠올라 가슴이 터질 듯하면서 숨이 넘어 갈 듯하다. 동네의 애, 어른 할것없이 모든 사람들이 총동원돼서는 성황당 앞에 모여 우물가집 서서방 아들이 주동이 돼서는 지껄여댄다.

"이것들 봐유. 시방 우리 마을에 저런 화냥년을 기냥 둘 수는 없지유. 안기래유? 지 에미년도 두눈이 시퍼런 지 서방을 두고도 우리 마을로 새끼꺼정 달구 기어 들어와 홍영감 얻어서 천연덕시럽게 새끼꺼정 내지르고 붙어살다가 홍영감이 늙고 벵신 됐다고 젊은 본서방 불리 들이서는 지 딸년도 버리고 내지른 또 다른 핏뎅이도 버리고 젊고 심께나 쓰는 본서방 따라서 줄행랑친 비정한 그 에미년의 피가 섞이서 그 딸년도 지에미 맹쿠루 시집도 안간 년이 그것도 어디서 굴러온 낯짝만 뺀지름한 놈, 애 아범인지, 쌜인죄인인지, 백정놈인지도 모리는 근본도 모리는 그런 개잡놈의 새끼랑 붙어서 그것도 우리 동니 고사지내고 조상님께 제 올릴 때 떡방아 찧는 방앗간에서 두 년놈이 붙어서 그 짓거리를 해대니 우리 동니가 부정이 안타겠써유?" "아, 부정 타지유" "맞아유." "맞아유. 홍영감 면식때문에 그냥 넘어 갈려고 해두 않되겠써유." "이년아, 애 새끼꺼정 배서 동니를 더럽히냐. 이 성황당에 기신 산신님, 지신님, 성황목신님이 노하신다. 어서 썩 나와서 정세해라." "이 더러운 화냥년아, 안 나오면 이 꽹이로 쪼사 직이뿐다."

동네사람들은 물푸레 작대기를 들거나 낫을 들고 나와서 욕을 퍼댄다. 서가의 며느리년도 배아지는 북통같이 지 년도 애새끼 배가지고 망치를 들고 나와서, 지 서방놈 앞에서 악다구리를 써대자 계집년은 망치를 들고는 "나와봐라, 이 화냥년. 낯짝 좀 보자. 이 망치로 대갈통 까부실끼다. 에이 호로 잡년 같으니라구" 큰소리로 거든다.

세상에 이런 작태기 어디 또 있겠는가. 입덧으로 먹지 못해서 바람만 세게 불어도 날아 갈 듯한 갸냘픈 금순일 때려죽인다고 온갖 농기구 몽둥이 낫 망치를 들고, 막걸리를 동이채로 받아다 놓고 바가지를 띄워 놓고 퍼 마셔가며 눈알들이 시뻘거니 금수 같은 눈깔들로 무슨 죄인의 목을 치는 망나니들의 형상이다. 금순이는 꼭 호랑이 앞에 그것도 덫에 걸린 토끼새끼 형국이다.

그런데 완재영감님네 식구들은 어느 누구도 안 보인다. 다만 완재영감님과 며느리 동희네는 손을 잡고 풀더미 뒤에서 발만 동동 구르고 있다. 바로 그때 홍영감이 마을사람들 앞에 풀썩 무릎을 꿇고는 "여러분들, 이 늙은 늙은이를 먼저 죽이시오. 저 어린 것이 무슨 죄가 있겠소. 다, 내가 딸자석 간수를 못해서 이 지경에 이르렀소." 한다.

그 참혹한 광경은 차마 눈뜨고는 못 볼 광경이다. 말 그대로 목불인견이다. 그 때 웃동네 사는 우가놈의 아들, 제관이와 단짝인 놈이 "에이, 씨부랄 것."하면서 물푸레 나무 작대기로 홍영감을 내리치자 둔탁한 소리와 함께 '욱' 하면서 홍영감이 나뒹굴어진다.

그때 숨어있던 완재영감님과 동희어미가 앞으로 나서며 "이런 겡우는 없다. 이노오옴." 하고 우가놈을 냅다 민다. 그때 금순이가 언제 품었던지 부엌칼을 휘두르며 뛰어들어 "그래, 좋다. 올 아부지 친 이놈아. 니죽고 내죽자." 하면서 칼을 내리 꽂으려고 달려들자 완재영감이 "이놈아."하면서 우가놈을 앞으로 홱 잡아 당기자 칼이 땅에 뚝 떨어진다. 우가놈은 쏜살같이 냅다 뛰고 완재영감이 금순일 뒤에서 잡아챈다. 그때 어떤 청년이 칼을 홱 걷어차서 숲속 어디론가 떨어져 버렸다.

금순이는 홍영감을 부둥켜 안고 자지러지게 운다. 다행히 머리는 맞지 않았으나 이마가 터져서 피가 흥건하고 어깨뼈는 골절이 돼서 이미 퉁퉁 부은 상태로 홍영감은 졸도해 있었다. 평생 골병이 든 것이다. 할 수 없이 완재어른이 처방을 내렸다. 골병을 푸는 데는 똥물이 직방이다. 동희네가 얼른 변소깐으로 달려가서 폭 삭은 똥물을 두어 숟갈가량 떠왔다. 권씨댁 사람들과 떠메다가 완재어른댁으로 모셔다 놓고는 억지로 뉘여 놓고 붙들어 똥물을 마시게 입에다 부어 줬다. 홍영감은 아예 체념을 하고는 말 잘 듣는 어린아이처럼 똥물도 순순히 받아먹는다. 그리고 강판에 생감자를 갈아서 온 어깨에 들이붓는다. 뼈가 부러진 것은 황토 흙으로 감싸서 묶어 준다.

완전 초상집 분위기다. 동희어미는 금순일 끌어 안고는 통곡을 한다. "금순아, 이제부터는 울지 말고 내 말 잘 들어라. 넌 이제부터 내 딸이다. 우선 배속에 자석은 낳아라. 그리고 일어서그라. 저 년놈들 보란 듯이 일어나 악착같이 살어라. 장시, 아 막말로 술장시를 하든 농새를 짓든, 아무튼 죽을 힘을 다해 일어서서 저 인간들 코가 납작하게 해놔라. 저 짐승만도 못한 것들 니 앞에 고개도 못 들게 해야 된다. 이제부터는 눈에 눈물 흘리지 말그라. 내 앞에서 니 우는 모습 보이믄, 내도 니 안 볼기다. 알겠나?" "예. 어머니." "이제부터는 차돌맨쿠로 단단하게 살그라. 우뚝 서그라. 내 꼭 지켜 볼기다." "예. 어머니."

다행이 태아한테는 아무 이상이 없는 것 같다. 그런데 어린 금옥이가 사단이 났다. 아부지와 성이 죽었다고, 어린 것이 그 무서운 광경을 다 훔쳐보고는 충격을 받아서 열이 펄펄 끓더니 계속 무서움에 떨며 아무 것도 안 넘기고 헛소리에 깜짝 깜짝 놀라더니 물똥을 내리 쏘고는 계속 운다. 동희네가 영사를 찾아다가 팥알만한 덩어리째 먹였더니 잠에 곯아 떨어졌다. 그러더니 죽은 듯이 계속 내쳐 잠을 잔다. 일어 앉혀놔도 뒤로 픽 쓰러져 계속 잔다. 완재어르신이 애 맥을 짚어 보더니 자는 경끼란다. 할 수 없이 침으로 코 밑을 따주고 온 사지를 주무르자 '으아' 하구 푸른 물똥을 싸 내면서 깨어났다. 그래도 무서운지 놀라서 계속 운다. 할 수없이 동희아버지와 동희어미가 번갈아가며 업고 달랜다. 부부가 교대로 업고 밤을 샜다.

금옥이는 올해 8살 J국민학교에 지난 3월에 입학을 해서 20리길을 아버지께서 업어다주시고 또 업어 오고 하는 것을 낙으로 여기며 사셨는데 그 작은 행복마저도 앗아가 버렸다.

금순이는 죽으려고 했다. 그렇지만 아버지, 금옥이, 불쌍한 금옥일 키워야 하기에 파렴치한 딸이지만 모든 것을 접고 동희어머니 말씀대로 몽돌처럼 단단하게 굳세게 살아남아서 반드시 성공하여 옛말하며 살겠노라 다짐했다.

금옥이는 충격으로 말도 잊고 바보천지가 돼 버렸다. 그냥 서서 똥오줌을 그대로 싸버리는가 하면 방에서 이불을 머리 꼭대기까지 뒤집어쓰고 밖에는 절대 나오지 않는다. 음식은 아무 것도 먹지 않고 배가 고프면 배를 움켜쥐고 울어제낀다. 우는 것도 힘이 드는지 거미처럼 말라가면서 내쳐 자다가 울곤 한다. 동희아버지께서 퇴근할 때마다 과자를 사다가 입에 넣어주면 과자는 조금 먹고 평상시에 그렇게 좋아하고 잘 먹던 달걀 삶은 것을 까주자 들고 한참 들여다보더니 그냥 집어던지고 또 운다.

어려서 어미 젖도 배불리 못 먹고 불쌍하게 자라난 금옥이. 금순은 금옥일 안고 한없이 울었다. 아버지께서는 어깨뼈가 부러져서 조약을 쓰고 별짓을 다하다가 동희아버지가 J면 병원에 모시고 가서 깁스를 해드렸다.

한 3개월 정도 깁스를 해야 한다고 했다. 노인에다가 몸이 극도로 약해져있어 뼈가 붙기까지는 얼마나 고통스러우시고 불편하실까, 금순이는 참말이지 죽고 싶은 심정이다.

금옥이는 할 수 없이 동희어머니가 당분간 데리고 있기로 했다. 잘때도 꼭 동희어머니가 안아야 잠이 든다. 밥도 떠 먹여주자 몇 숟갈은 받아 먹는다. 또 시아버지도 안 해드리는 달걀도 찜을 해서 먹인다. 이제 밥도 조금씩 먹는다. 그런데 학교 근처에는 가지 않으려고 한다. 할 수 없다. 학교는 1년 뒤에 새로 입학시켜도 된다.

금순이는 하루하루 사는 것이 꼭 가시 방석에 앉은 느낌으로 버틴다. 죽을 수도 없다. 아버지와 금옥이 때문에 마음 편히 죽을 수도 없다. 가슴만 시커멓게 타들어간다. 마음속으로 통곡을 한다. 통곡을 해도 아버지를 뵐 때마다 그저 죄송스럽고 또 죄송스러워 견딜 수가 없다. 난 자식도 아니다.

'이 딸내미 살리려고 어깨 뼈가 다 바스라지고, 아니 목숨꺼정 내 놓으셨던 내 아버지셨다. 다 죽어가시면서 인간으로써 가장 비참한 처지에 당하셔서 사람으로서는 먹을 수 없는 것 먹어서는 안될 인분까지 드시게 했던 이 천벌 받을 죄인 중 죄인인 딸내미를 대신해 목숨까지 내주셨던 내 아버지. 아버지의 크신 사랑을 어찌 해야 이 딸이 되돌려 드릴 수 있습니까. 효도하는 길은 꼭 제가 일어서는 것 밖에는, 아버지 꼭 일어설게요. 아버지의 자랑스러운 딸로 새로 태어날께요. 이제는 좌절하지 않고 현 생활에 충실할께요. 울지도 않을께요. 아버지, 꼭 아버지께서 자랑스럽게 여기실 딸도 새로이 태어날께요.'

금순이는 세상이 다 잠든 밤에 혼자 울면서 행여 깨실까봐. 아버지 아실까봐, 마음으로 다짐을 한다.

작은 산골 마을 사람들은 많은 사람들과 접하지 않은 까닭일까. 우물 안 개구리다. 단순하고 겁도 많다. 금순를 때려 죽이겠다고 모여들었던 사건 후 동네 사람들은 겁에 질려서 혼자서는 어른이든 애들이든 낮에 얼씬도 하지 않는다.

그 일이 있은 후 달포가량 지났다. 완재영감댁과 홍영감님 두 집안은 많은 것을 타협 후, 그래도 동네사람들의 앙금도 풀겸 금순이의 새로운 삶을 선포하려고 만반의 준비를 결정했다.

두 분 어르신들은 이 마을에서도 가장 어른이시고 학식 또한 높으셔서 마을의 크고 작은 대소사를 두 분 어른이 서두를 트셔서 처리하신다. 또 마을 사람들의 존경의 대상이다.

해질 무렵 완재 영감님은 집집마다 다니시면서 사람들을 불러모았다. "김 서방 계신가?" "아, 예. 어르신. 어쩐 일로 오셨습니꺼? 좀 오르시지유." "아닐세, 다름이 아니고, 이따가 저녁때 우리 집으로 꼭 좀 건너오시게. 마을 일로 의논할 일이 있으니."

완재영감님은 가가호호 다니시면서 사람들을 모은다. 아니 자신의 집으로 초대했다. 마을사람들은 그렇지 않아도 "독한 금순이 년이 앙가 품하믄 어째유. 해지믄 나가기도 겁나유."하면서 마을 여편네들끼리 쑥덕거렸다. 마을사람들은 금순이의 보복을 두려워 하던 차에 완재어르신이 집으로 초청하니 흔쾌히 오겠다고 대답했다. 금순이 사건 때문인 것을 다들 눈치 채고들 있었다.

요즘은 예전처럼 집집마다 밀주를 담궈 먹을 수가 없다. 이곳은 주식이 옥수수, 감자, 메밀, 콩, 팥, 수수, 조 등이다. 옥수수는 엿, 술을 만들어먹고 감자는 썩혀서 녹말을 가라 앉혀서 바싹 말려 송편도 해먹고 했다. 메밀은 묵도 쒀 먹고, 또 껍질째 갈아서 메밀 전도 지져먹고 마른 메밀은 껍질째 갈아 고은 체로 쳐서 가루를 내어 국수도 밀고, 만두도 빚어 먹고 또 가을에는 산에 지천인 도토리도 주워 겨울 내내 껍질을 까서 방앗간에서 가루로 빻아 묵도 쑤고 알 도토리는 물에 한 열흘정도 불려서 떫은 물을 다 빼서 깨끗이 씻은 다음 큰 가마솥에 팥 한웅큼을 같이 넣고 푹 고으면 푸근푸근하니 먹을만 하다. 이것을 도토리 싸락밥 이라고 한다. 주로 이곳 산골 사람들의 먹거리로 주식들이다. 쌀은 제사 때나 설, 추석 명절 또 생일 때나 해먹는다.

그 당시 옥수수로 담근 밀주는 최고의 음식이다. 아이들과 여자들은 술찌기미에다 사카린을 타서 한 바가지씩 퍼먹고는 아이들은 얼굴이 벌개져서 술이 취해 히죽히죽 웃으면서 비틀거리다가 넘어져서 운다. 그래도 그 당시가 무척 그립다.

그런데 지금은 나라에서 밀주 담그는 것을 금한다. 사람들이 제사 때 혹은 명절 때 먹으려고 밀주를 몰래 담가서 헛간에 또는 땅속에 묻어놔도 면서기들 또 순경들이 번쩍번쩍한 자전거를 타고 호루라기를 불어 제끼면서 귀신같이 찾아낸다. 걸리면 그 집은 형무소에 끌려간다.

어떤 장손 집에서는 하도 제사가 많아 밀주를 담근 뒤 순경들의 눈을 피해 부엌바닥에 묻어 놓았단다. 낮에 순경 놈들과 면서기 놈들이 합동으로 눈깔사탕을 사가지고 다니면서 마을 꼬맹이들한테 "야, 느들 일루 와바라." "왜유?" "아재씨가 이 눈깔사탕 줄게 일루들 와바. 느들 이 아재씨한테 살째기 말하는 아는 이 눈깔사탕 2개 줄게."

그때 장손집 아들녀석인 개똥이가 "저 아재씨유. 정말 눈깔사탕 2개 주남유?"하고 물어봤다. "그럼! 주지. 느그 집에 술 담궜니?" "야, 어제 지녁에유, 울 어무이하고 울 아부지가 술 담궈서 정지 바닥에 묻어놨어유." "그래, 알았다."

그렇게 해서 밀주 담근 것이 걸리는 바람에 가장이 포승줄에 묶여 끌려가자, 그만 애기엄마는 양재기에 허옇게 핀 양재물에다 물을 부어서 손가락으로 썩썩 돌려 녹여서 홀라당 마시고 목숨을 끊어버렸다.

그런가 하면 또 어떤 집은 남정네가 수갑을 차고 순경한테 끌려가자 곧바로 소 외양간으로 가서 목을 달아매 저승행을 했다.

이런 일들이 입에서 입으로 퍼져 서울에서 국정을 살피시는 높은 분들의 귀에까지 소문이 들어가자 이때부터는 나라에서 전국 방방곡곡에 양조장을 세워서 농민들의 피로회복제인 희망주, 기쁨주를 마음껏 먹을 수 있도록 해 주셨다.

그런데 또 돈이 문제다. 술값, 술값이 문제인 것인데 그것 또한 명쾌하게 해결해 주셨다. 바로 장부떼기다. 즉, 외상장부를 말하는 것인데, 농민들이 술을 마음놓고 갖다 먹고 그날그날 양조장에 하나, 본인이 하나 가진 맞장부에다 똑같이 싸인이나 손도장을 찍어 체크를 해서는 가을에 곡식으로 대신 갚는 제도다.

술맛도 기가 막히다. 별로 비싸지도 않게 배려를 해준다.

완재 영감님은 탁배기를 두 말이나 받아다 놓고 집에서 키운 닭 두 마리도 잡고 메밀묵도 한 솥 끓이고 해서는 준비를 마쳤다. 동네 사람들이 애 어른 얼추 다 모였다. 금순네 부녀는 뒷방에 있고 완재영감님이 앞에 나서서 분위기를 이끈다.

"자, 여러분. 탁배기들 드시지유. 괴기도 먹구유." "야, 야, 야, 어르신두 드시지유."

온 마루와 마당 평상에서도 쩌걱 쩌걱, 꿀꺽 꿀꺽 먹고 마시는 소리 외에는 기척이 없다. 한참 뒤 먹는 속도가 좀 느려진 듯 하자 완재 어르신이 "에, 지가 여러분들을 오시라고 한 것은 다름이 아니고 홍의원님 댁에 관해 의논할 일이 좀 있어서 오시라고 했어유."

그때 우가놈 아들놈이 "어르신 말씀 낮추시고 말씀허세유."하면서 닭다리를 뜯어 처먹어서 번들거리는 아가리를 놀리고 있다. 완재 영감님은 우가 놈을 보자 역겨운지 '큭 큭' 하고 가래를 돋구어 헛간쪽으로 홱 뱉고는 다시 서두를 꺼낸다.

"지가 여러분을 오시라고 한 것은 다름이 아니고 우리 모두는 같은 처지인데 우리 서로 미워하지 말고 모자라는 것이 있으면 서로서로 채워주며 서로 애끼면서 사는 것이 어떻겠나 하는 말씀을 드리려고 모신 것입니다. 비록 금순일 낳지 않았다 뿐이지, 아매도 저런 끔찍한 부녀는 없을께유. 아매도 시상 천지에 얘기 책에나 나오는 심청이가 따로 없지요. 정신줄 놓은 즈이 아부니 봉양하랴, 어린 동상 키우랴, 농새 지을랴, 아매도 나라님이 아신다면 효녀상을 내리셨을께유. 여식이 얼굴이 참한 데다가 심성 또한 고운 것이 그만 재수없이 그런 일에 걸리들어 아매도 지 팔자치레 하느라고 저리 된 것을 우리 모두 불쌍히 여겨야지 우짤깁니까. 우리가 갸를 죽이믄 세 식구 다 죽소. 또 이 마을에 샐인자가 생겨야 쓰겠소? 그렇잖아도 그날 저녁 금순일 대신해 그 아부지 홍주사 어른이 바로 직통으로 맞았으믄 아마도 직사했을 것이요. 다행이 머리를 비끼 나가 오른쪽 어깨뼈가 부러져 공구리를 안했소. 내 누가 때렸는지 다 알고 있소만 사람이 그러는 것이 아니요. 거미 같은 늙은이를 반죽음으로 몰아 놓고다 코빼기도 안 내미는 그런 작자는 내 이 자리에서 솔직히 말하는데 인륜이 땅에 떨어져도 유만부득이지 그러는 것은 정말 아니지유. 아매도 펭생 빙신으로 살아야 되는 홍주사요. 그리고 이 산골에서 무신 돈이 있어 공구리를 했겠소. 보다 보다 못해 한쪽 팔이 썩어지면 팔을 떼버리게 생깃는데 차마 눈뜨고 볼 수가 없는 터라 우리 애비가 지 월급에서 조금씩 띠서 갚기로 하고 벵원에 외상공구리를 한 것이오. 참말이지 법으로 해서 콩밥 멕일라고 내 작심을 했는데 정말이지 홍주사 어른이 뜯어 말리서 내 참았소. 참말로 법 없이도 사실 어른이십니다. 나는 기다렸지요. 홍주사 어른 내리친 비정한 사람이 오늘에나 올까, 하마 와서 용서를 빌까 하고 지달려도 안 오네요. 이 마을이 언제부터 인륜도 도덕도 없는 곳이 되었지유? 그리고 내 금순일 씨게 눈물이 쏙 빠지게 나무랬지유. 지도 오죽하믄 아버지가 죽게 생깃는데 칼이 문제것어유? 칼들고 설치다구 내가 싸게 혼냈지유. 하기사 어떤 두 부부는 남정네는 몽둥이로 내리치고 마누래라는 사람은 망치를 들고 왔지유. 아마 내 다 압니다. 우리 홍주사 어른이 멩은 길긴 길구만유."

완재 어르신이 흥분해서 장황하게 늘어놓자 아가리가 미어 터지게 고기를 뜯고 술을 처먹던 우가놈과 망치 들고 설치던 그 계집년이 비실비실하며 기어나와 평상 한 가운데 엎드리며 "아유 어르신, 나으리, 즈이 부부 직이주씨유. 참말이지 잘못했구만유. 진작 빌러 와야 되는데 어르신께서 아무 말씀들이 안기시기에 또 우리 아부니가 느들 갈 필요 없다구 하시대유."

년놈들은 시애비까지 끌어들이면서 합리화 시킬려고 한다. 정말이지 완재 어르신은 노기가 승천하셔서 벼락치듯 소리를 높이신다.

"내가 듣고 싶은 말은 잘못했다는 용서를 구하는 소리지요. 그런데 시어른까지 팔아서, 에이 상종 못할 사람들 같으니라구." 그러자 두 년놈은 납짝 엎드려 짐승의 표효처럼 괴상한 소리를 내면서 눈물 콧물이 뒤범벅이 돼서는 울부짖는다. "어르신, 직이주시요." 잘못했노라고, 이제부터는 인간개조해서 사람답게 살겠노라고 싹싹 빈다. 그때 그 애비우가놈도 함께나와 빌고 또 빈다.

사실을 이렇게 하려고 회의를 소집한 것은 아니다. 잘못을 뉘우치지 못하는 뻔뻔스러운 우가놈 식구들의 쌍판을 보니 완재 어르신께서 화가 치민 것이다.

"자자, 진정들 하시구, 당신들 진심으로 잘못을 뉘우치시오." "예, 예, 어르신. 즈이들 멍석말이라도 당할께유." "때가 어느 때라구 멍석말이여. 우리는 아니 홍주사 어른께서는 벌거지 한 마리도 죽이지 못하는 분이시오."

잠시 회의는 중단되고, 당시 그 자리에 나왔던 모든 사람들은 고개를 숙이고들 모두 이구동성으로 잘못들을 빌고 앞으로는 모두들 서로 돕고 사이좋게 살겠노라고 빌고 또 빌었다.

"자, 사람 마음이란 내 누구 할 것 없이 쉬 마음이 변하지유. 여기서 우리 결정합시다. 절대로 강제적이 아니고 마음가는대로 해도 상관없습니다. 이제 금순이는 대 여섯달이믄 몸내릴 것인데 몸을 풀고 나면 이 요량대로 여기 살든지 어데 딴 고장으로 가든지 우리 모두 갸를 내버려둡시다. 더 이상 참견 맙시다."

그때 골방에 웅크리고 있던 금순이가 마루로 나온다. 얼굴은 니리끼리하고 바싹 말라서 볼 수도 없이 가여운 몰골로 살포시 나와서는 무릎으로 인사를 대신한다. 그리고는 차분하고 또박또박하게, "여러 어르신들 고맙습니다. 지는 감히 이 자리에서 우리 아버지께 큰 불효를 또 저지르려고 여러 어르신께 말씀 올리고자 합니다. 저희 아버지께서는 여러분들과 이 고장에서 태어나셔서 이 고장을 지키시면서 사신 어른이십니다. 그런데 제가 아버님의 가옥 모두를 정리해서 이 고장을 뜨는 불효를 저지르려 합니다. 제가 어찌 감히 머리를 하늘로 두고 살겠습니까 만은 하지만 열심히 정신 바짝 차리고 꼭 살겠습니다. 제가 모든 어르신들께 감히 약조를 드리겠습니다. 꼭 5년 안에 반드시 아버님 집, 밭, 그대로 도로 다 사서 여러분들 앞에 내놓겠습니다. 그리고 저는 여러분들께서 보시다시피 팔자가 억센 가시내인가 봅니다. 저는 J면 소재지에 나가서 장시를 할 작정입니다. 저는 뒤돌아 보지 않고 앞만 보고 나갈랍니다. 지는 남의 손가락질 받는 것도 두렵지 않습니다. 5년 안에 반드시 아버님 집, 땅 도로 찾아 드릴 것을 약조드립니다."

아버지 홍영감님은 일본서 귀국 후 19세에 박씨댁 규수를 맞아 들여 혼인을 했다. 인물이 하도 좋아 달판네라고 불렀단다. 1년 동안 본가에 살다가 20세때 지금의 집을 사서 이사했는데, 그 당시 아주 잘 지은 집이다. 목재도 최고로 쓴 집이다. 아주 비싸게 벼 열 섬을 주고 사서 분가를 한 것이다. 집은 뼈대가 튼튼하고 남향으로 앉아서 따뜻하고 또 봉황이 알을 품는 형상이라서 다복하고 많은 자손을 볼 명당이라고 했단다. 명당인지 아닌지는 두고봐야 알 일이지만.

며칠 후 집, 성황당 뒤 밭뙈기 등을 몽땅 처분키로 내 났다. 완재 어르신이 여기저기 끌어모아 5,000원도 해 주셨다.

진주옥을 본격적으로 손색없이 열려면 협소해서 뒤에 터를 사들이기로 계획하고 있다.

금순이는 산달이 9월이다. 아버지의 깁스도 풀었다. 한쪽 어깨는 완전히 골아서 한눈에 봐도 어깨쭉지가 팍 주저 앉았다. 병신이 된 게다. 금순이는 피눈물을 쏟는다. 자신 때문에 골병 든 아버지를 바라보며 금순이는 돈을 열심히 벌어 반드시 아버님 노후를 편하게 모실 것을 다짐 또 다짐을 한다.

금옥이도 차츰차츰 안정이 돼서 다시 학교에 간다. 3개월가량 결석을 했기 때문에 자퇴를 하라는 통지가 왔지만 학교에 가서 빌고 또 빌어서 지금은 잘 다닌다. 비록 3개월을 다른 아이들보다 뒤처졌지만 공부는 최고 잘한다. 반에서 1등이란다. 전과목 모두 100점짜리 시험지를 받아온다 .아버지께 기쁨을 안겨드리는 착한 딸, 귀한 딸, 또 사랑하는 동생이다.

18. 출산

칠월에 이어 팔월의 날씨는 변덕스럽고 무더운 힘든 계절이다. 따가운 볕이 내리 쪼이더니, 장마를 시작하려는지 한줄기 비가 쏟아진 다음 후덥지근한 게 온통 모든 사물까지도 끈적거리는 기분이다.

금순이는 장마가 시작되면 혹 감자 한 알이라도 썩어서 손실될까봐 부지런히 밭고랑에 물이 잘 빠지게 골을 만들어 준다. 콩대도 북을 높게 쌓아서 든든히 세워준다. 고랑에 흙이 트석트석하면 감자도 캐내어 준다. 하지가 지난 지도 한참 됐지만 아직도 알이 덜 영글어서 캐기가 좀 이른 감이 있다. 비가 곧 또 퍼부을 것 같다. 비가 쏟아지기 전에 조금이라도 더 캐서 고랑 끝으로 집어 던져 놓으면 아버지와 금옥이가 열심히 집으로 나른다. 금옥이가 아주 신이 나서 "아부지 감자가 맛있겠다. 우리 쪄먹자."하면, 아버지께서 "오냐, 오냐. 그래, 내 강생이."하신다. 그때 저 멀리서 "홍의원님, 홍의원님!" 하고 부르는 소리가 들린다. 도부장수가 홍영감님을 부른다. 도부장수는 나름대로 높여서 부르기 위해 유독 이 마을에서는 완재영감님과 홍영감님을 꼭 '의원님' 또는 '홍주사나으리' '김주사나으리' 라고 부른다.

마을사람들이 체기가 들거나 열이 나면 맥을 짚어 가며 침이라도 놓을 수 있는 어른들이 대부분 산골마을에는 한 두 사람쯤 있게 마련이다. 두 어른은 학식이 높으신 분들이시고 중국 옛 고서도 보시고 명심보감을 찾아가며 혈을 짚어서 침을 놓을 수 있는 수준이시다.

마을에서는 두 어른이 존경의 대상이다. 홍영감은 금순이 몸 풀면 먹일려고 미역과 명태를 부탁해 놨기에 마침 도부장수가 물건을 떼어 오는 길이다. 산골마을에서는 된장을 풀고 끓여주는 미역국을 먹는 산모는 호강하는 산모다. 고기는 언감생심 꿈도 못꾸고 그래도 명태를 숭숭 썰어 넣고 시원하게 끓여 먹이기 위해 주문한 것이다. 명태만 넣어도 산모가 호강하는 것이다.

홍영감은 한걸음에 나아가서 도부장수를 칙사 모시듯이 맞아들인다. "아, 그래 가져 오셨소?" "예, 의원님." 홍영감은 그동안 딸내미 금순이 만류에도 산에 올라 봉령도 캐고 송이도 따고 약초도 캐고 또 장작을 금순이 몰래 몰래 패서 말려 내다 판 돈으로 꼬깃이 접어놓은 비상금을 꺼내 값을 치른다.

홍영감은 코끝이 시큰하면서 눈물이 주체할 수 없이 흘러내린다. '불쌍한 내 딸내미 금순이, 아무리 원하지 않는 생명이라도 생긴 것은 귀한 생명인데 친정어미가 돌보는 가운데 마음편히 낳을 수 있었으면 좋으련만, 저 어린 것이 얼마나 무섭고 두렵고 겁이 날까.' 생각하면 가슴이 터질 듯이 아파온다. '이 애비가 대신 할 수만 있다면 대신 해줄 텐데. 아이고, 가엾고 불쌍한 내새끼.' 몸풀고 나면 먹이려고 지난 장날 쌀을 한 되 사다 놓고는 무능하고 늙은 애비가 죽이고 싶도록 밉다. 그래도 동희어미가 쌀 두 되 하고 들기름 한 병 짜다가 갖다 놓고 갔다. 동희어미 신세는 어찌 갚을지 그저 고맙고 또 고맙다. 동희 어미는 홍영감한테는 꼭 큰 딸 같은 존재다.

금순이는 오늘 내일한다. 엊저녁부터 이마에 심줄이 꿈틀꿈틀하면서 자꾸 인상을 쓰길래 "얘, 아가. 몸이 다르냐." 하고 묻자, "아니에요, 아부지. 걱정마세요."하며 안심을 시킨다. 그런 금순이가 오늘따라 첫 새벽에 일어나 아침밥을 해놓고는 밭 고랑에 엎드려 햇볕을 쪼이는가 하더니 비가 와도 밭에서 나오지도 않고 계속 밭고랑에 엎드려 풀도 매고 콩대도 세우고 감자도 캐고 옥수수대도 바로 세우는 등 계속 일만 하다가 겨우 집에 와서 아침겸 점심겸 한술 물에 말아서 후루룩 들이키더니 또 계속 밭에서 삐댄다.

홍영감은 미역 명태 받느라고 집에 내려와서는 이 생각 저 생각으로 지체하다가 아차 싶어 밭으로 가고 있다. 그 때 금옥이가 울면서 뛰어온다. "아부지, 아부지, 성이 죽었는갑다." 홍영감은 불길한 생각에 온통 날 듯이 뛰어갔다. 밭고랑에 엎드린 금순이 몰골은 말 그대로 목불인견이다. 차마 눈뜨고는 못 볼 지경이다.

얼굴과 팔 다리에 온통 피가 철철 흐르고 온몸이 벌겋다. 불개미 떼들이 새빨갛게 온몸 전신에 달라붙어 있고 또 풀모기떼 불개미떼들이 아이를 온통 회를 쳐 놨다. "아부지, 아부지. 내좀 살리주시오. 내 죽소." 애 코구멍에도 개미떼들이 물어 뜯어 피가 질질 흐른다.

금순이는 호미를 의지해서 밭둑으로 기어 나온다. 금옥이는 발을 동동 구르면서 울부짖는다. "아가, 아가. 내새끼야!" 아버지는 쑥대 싸리나무로 불개미떼들을 마구 털어낸다. 성이 난 불개미떼들이 떨어지기는 커녕 홍영감한테도 옮겨 붙는다. 그러자 금옥이가 울면서 어디론가 냅다 뛰어간다. 잠시후 동희어미와 완재영감이 석유통과 낫을 들고 뛰어와서는 지천인 쑥을 베어서 석유를 뿌리고 불을 놓자 개미떼들이 슬슬 떨어져 나간다.

매캐한 쑥냄새에 불개미 풀모기떼들이 점점 달아나고 긴 쑥대로 금순이한테 붙은 개미떼들을 털어내자 금순이 몸은 절구통처럼 부어올라 있고 얼굴은 과질튀겨 놓은 것처럼 울퉁불퉁하니 두 눈은 달라붙어 떠지지도 않고 콧구멍은 피를 흘리면서 부어 완전히 막혀 버리고 입만 겨우 벌쭉히 벌리고 숨만 몰아쉬고 앉아 있다.

그런데 아이 이마에 굵은 지렁이가 꿈틀 꿈틀 기듯이 하더니 괴성을 지르는가 하면서 힘을 주고 있다. 그러면서 덜덜 떨면서 "아부지, 지 죽겠어요. 아이고, 어머이, 어머이!" 한다. 홍영감이 뛰어들어 붙들고 "온냐, 아가. 애비 여기 있다. 애비헌티 기대봐라." 그러자 동희어미가 "아이구, 아부이. 야가 아무래두 몸풀래나봐유.""뭐야? 아이구, 금순아. 아가, 아가. 가자 집으로. 애비헌티 업히라.""아니예유, 아부니. 업으믄 안돼유. 두 분 아부니께서는 한쪽 어깨를 쩌유." 동희네는 뒤에서 금순이 엉덩이를 밀듯이 하고는 집으로 왔다. "어휴, 개미한테 습격을 당해 저지경인데 이리도 불쌍한 것이 어찌 이 고통을 겪누."

두 영감님들은 누가 먼저랄것도 없이 꼭 입을 맞춘 듯이 기도를 한다. "천지 신명 하늘님네요. 저 불쌍하고 가련한 어린 딸 좀 살리 주시요. 하늘님네요, 우리 새끼 고통 이 애비가 대신 받을 수는 없을까유? 하늘님네요 내 새끼 좀 살리주시요."

홍영감은 땀과 눈물이 뒤범벅이 돼서는 안절부절 못하고 빌도 또 빈다. 그 와중에도 동희어미는 침착하게 금순이를 보살핀다. 여자들은 남자에 비하면 독하고 모진 데가 분명 있다. 동희어미는 조금도 흔들리지 않고 "아부니, 사람 몸에서 또 사람이 나오는데 그리 쉬 나올줄 압니까. 일단 금순이는 지게 맡기구 우리 아부니와 즈이 집으로 가서 기다리세유. 금옥이는 여기 있구."한다. 홍영감은 동희어미가 무척 위대해보인다. 애비란 작자는 어린애처럼 질질 울면서 도움은 커녕 오히려 부담만 주고 있는 것을 깨닫고는 "오냐, 동희네야. 우리 얼라 잘 좀 도와주그라이."하고 자리를 피해준다.

동희어미는 수건을 빨아다 우선 금순이 옷을 벗기고 수건으로 부지런히 닦아낸다. 불개미가 물어뜯어서 쓰리고 따갑고 가렵고 얼마나 고통스러울까. 그 고통은 물려보지 않고는 모른다. 우선 금옥이한테 시켜 감자를 씻어서 넙적넙적하게 썰기도 하고 강판에 갈아서 환부에 붙이기도 하고 어떻게든 시원한 것으로 닦아내 준다.

그리고 동희네는 빈다. "용천 하늘님네요. 우리 아좀 살리주씨요. 하늘님도 눈이 있으믄 보실 거 아니유. 이아 몸띵이가 어디 몸이유. 이 몸으로 어째 또 산통을 겪을 수 있겠습니까." 그러면서 엉엉 운다. "하늘님이 책임져 주시요. 아 그눔의 개미 새끼들 몽땅 잡아서 술 담가야 되는긴데. 개미굴에 불을 확 놔야 되는데…." 질펀하게 개미욕을 하면서 동희네는 금순일 닦아준다.

그런데 금순이가 진통이 오나 보다. 밑은 아직까지 이슬도 안 비치는 것이 동희네가 볼 때는 아직도 멀었다. 또 얼마나 고통을 주고 끌다가 나올 것인지 불쌍하고 또 불쌍해서 볼 수가 없다. 참 얄궂은 운명들이다. 즈이 어머니 금순네가 금옥일 낳을 때도 동희네가 산모와 똑같이 용을 쓰고 진을 빼가면서 금옥일 받아 냈는데 그때 지 어미 곁을 지켜보면서 함께 울면서 산통을 겪을 때마다 앞뒤 집으로 뛰어다니며 심부름을 하던 그 꼬맹이가 어느새 커서 어른이 돼 지가 애를 낳는다. 또 그때 어미가 죽을 힘을 다해 낳아놓은 그 핏뎅이 동생이 어느새 커서 또 지 언니가 산통 겪는 것을 지켜보며 거들다니, 또 두 모녀의 산파역을 동희어미 자신이 할 줄이야. '아무래도 전생에 이 두 아이들은 내 새끼였나 보다. 어찌 이런 인연이 다 있을까.' 동희네는 온 정성을 다해 금순이 출산을 돕는다.

금순이는 소녀 가장으로 살림도 살면서 아버지 병간호 또 어린 동생 키우고 농사짓고 정말 힘들고 비참하게 살아왔지만 그래도 좌절하지 않고 굳세게 살아온 터라 참을성과 정신력은 대단하다. 동희어미가 "금순아, 니 잘 할 수 있지. 우리 잘해보자. 아, 사람 몸에서 사람이 나오는데 어찌 쉽겠냐. 지금은 이 에미도 보이지?" "예!" 금순이가 모기소리만 하게 대답한다. "그렇지, 그럼 시작해보자. 냉중에 하늘이 노랗게 되든 그때는 나오는기다. 지금은 멀었다. 자, 조급히 맘먹질 말구 해보자. 삼신할마님이 도울끼다." 말은 그렇게 해주면서도 동희 어미는 마음이 천갈래 만갈래 찢어지듯이 아프다. 만약 이 애가 정상적으로 양가 부모님들의 축복 속에 혼인을 해서 낳는 아이라면 온갖 응석도 부려가면서 호강하면서 서방의 이쁨도 받으면서 겪을 산통인데 그 누가 있어 위해주며 보호해 줄꼬. 동희네는 불쌍하고 가여운 생각으로 더욱더 온 정성을 다해 출산을 도와주고 지켜주리라 마음먹고 산파의 역할을 충실히 해낸다. 딸은 어미를 닮는다더니 어찌 그리 지어미 안 좋은 것만 그대로 닮는지 모르겠다. 갑자기 이마에 심줄이 꿈틀꿈틀거리더니 악하고 비명을 냅다 지르면서 두 다리를 번쩍 들더니 새카만 것이 쑥 쑥

하고 튀어 나온다. 잘 먹지 못해서 그런지 뒤를 잘 못본 것같다. 미끌한 곱이 묻은 까만 똥이 손가락처럼 가늘게 서너 개가 빠진다. 그러더니 '팅 팅 팅' 하고 모래질 물이 주루루 흐른다. 양수가 먼저 터진 것이다.

금순은 어미와 똑같은 현상이다. 9년 전 금옥일 낳을 때에 지 어미가 하던 대로 그대로 똑같이 한다. 금순이 배가 쑥 내려가서 배꼽 밑만 볼록하다. 그러더니 '휴' 하고 한숨을 쉬더니 아주 편안히 곤하게 잠에 곯아 떨어진다. 동희어미는 당황한다. "애, 아가. 금순아, 금순아. 눈떠라. 정신채리서 니 새끼 낳아야지. 이 무신 행태냐, 응. 금순아, 금순아!" 그래도 금순이가 정신을 차리지 못하자 동희네는 다급해서 말을 둘러댄다. "니 아부니, 니동생 생각해야지." 평소 아버지와 동생이라면 워낙 끔찍한 아이라서 한 말이다. 그래도 반응이 없자, 금옥이를 보고 "안되겠다. 금옥아. 어서 집에 가서 닭장에 알 모두 꺼내 오거라." 이른다. "예, 어머이."하고 금옥이는 냅따 뛴다.

동희네는 부엌에 나가서 소반에다 냉수를 한 대접 받쳐 들고 들어와서는 고개를 숙여가며 금순이 두 다리 사이에 소반을 받쳐 놓고는 싹싹 빈다. "삼신할마님, 우째 이리 하씨요. 저 어린 것이 무신 심이 있다고 자꾸 저래 하씨요. 우째 마른 아를 낳으라고 그 고통을 주십니까. 참말로 이래 하시는 것 아니지유. 할마님 그저 얼라 궁딩이 한 대 두둘기서 속히 내보내시요." 동희네는 양은 대접에 달걀 두 개를 꺼내서는 들기름을 한 방울 떨어 뜨려 천천히 진통이 멎을 때를 놓치지 않고 먹이고 잠들지 못하게 말을 해가면서 깨워 놓는다.

홍영감님은 어째 그리 눈물이 많을까. 완재영감님 댁에서 연신 닭똥 같은 눈물을 주체할 수 없이 흘리며 운다. 완재영감님께서 보다 못해 '왜 그리 방정맞게 우느냐'고 호통을 치신다. "뭐, 남 안 낳는 애 낳냐. 아, 에미가 어련히 잘 보살펴줄까. 운다고 쉬 낳누. 지 팔자가 그리딘 걸 우짜라구. 이눔아, 내 마음은 편한 줄 아느냐. 울지 말고 그만 미역이나 담그거라."

홍영감은 아차 싶다. 우선 몸 내리면 첫국밥 먹여야 되는데 애비라는 작자는 울고만 있다니 참 한심스럽다. 얼굴은 울어서 부어 맷돌짝같이 돼가지구는…. 금옥이도 언니 옆에 쭈그리고 앉아서 "언니야, 성아. 빨리 애기 낳아. 이모가 업구 댕기고 찔루도 꺾어주고 괭이시금치도 꺾어줄게. 또 이 이모가 얼라 업고 학교에도 델구 갈게. 응, 성아. 자지 말구 애기 낳아라."하면서 금순이 손을 꼭 잡아준다.

금순이는 다시 진통을 겪는다. 금순이는 이를 악문다. 동희어미는 "아가, 이 악물지 말그라. 이 망가진다." 그러더니 명주수건을 물에 빨아 불끈 짜더니 착착 접어서 입에다 물려준다. 치아를 보호하기 위함이다. 여자가 출산을 하는 것은 우리 몸 전체의 수천 개나 되는 뼈들이 일제히 물러나고 오장육부 모든 장기들이 다 늘어나서는 출산 후 석달 열흘, 즉 100일 후에, 그것도 산후조리를 잘해야 뼈와 모든 장기들이 제자리로 찾아 들어간다.

만약 산후조리를 잘못하면 산후풍으로 골병이 들거나 죽을 수도 있다. 또 늘어난 뼈 장기들이 제 자리로 들어가지 못하고 늘어진 그대로 자리 잡히면 병신이 된다. 또 몸조리를 제대로 못하면 부기가 빠지지 않고 그대로 멎어 버린다. 여자들이 출산후 몸이 비대해 진 것은 산후풍으로 봐야 된다.

어떤 못된 시어머니들은 딸 낳았다고 미역국은 고사하고 곧바로 온갖 집안 일을 시킨다. 보리방아 찧기와 얼음 깨고 방망이질로 광목 빨래하기등…. 그리고 나면 애낳은 여자가 퉁퉁하니 얼굴은 눈 코 입 모여 있고 얼굴 테두리만 늘어나고 처지고 얼굴 형태까지 변해져있다. 또 뼈들은 늘어난 그대로 굳어져서 약해지고 잘못하면 빠스라진다. 그러면서 뼈속에 구멍이 숭숭 뚫리면서 관절염으로 이어진다.

그렇게 남의 자식 데려다 병신 만들어 놓고는 못된 시에미는 이웃사람들한테 돌아다니면서 "우리 어멈은 미역국을 어찌나 달게 잘 먹던지 하루 다섯 끼 아니 일곱 끼는 먹나 봐유. 이 시에미가 우리 어멈 밥챙기

주기 바쁘다우. 그리 먹더니 몸이 저리 불었다우. 이 시에미가 구환을 바지런히 해줘서 몸이 저리 낫다우."하며 너스레를 떤다. 참 기가 막히는 노릇이다. 처죽일 망할 놈의 시에미다. 죄받을 게다. 요망스런 시에미다.

금순이는 모든 오장육부가 칼로 저미듯이 찢기는 아픔이고 엉덩이뼈는 빠스러질 듯하고 밧줄로 꽁꽁 묶어서 땅바닥에 내리치듯이 그 고통을 어찌 말로 할 수 있겠는가. 또 자궁은 밑으로 빠지듯이 자꾸 밀어대는 것 같고 어찌된 일이 항문으로 나올 것 같다.

잘못하면 애가 정상적으로 자궁으로 안 나오고 항문으로 밀고 나와버린다. 분명 산모는 항문으로 나온줄 안다. 자궁과 항문이 합통으로 위 아래로 내리찢어지면서 나오는 애들이 간혹 있다. 그런 애들은 항문으로 나오는 것이 대물림된다는 속설이 있어 비방으로 이름을 분이(똥)라고 짓는다. 오죽하면 산모들은 산통을 견디다 못해 애 아범 서방을 '개새끼, 소새끼, 말새끼'라고 욕지거리를 해댄다. 오죽하면 그럴까.

애 낳다가 앞뒤가 합통으로 찢어져 합통된 마누라한테는 서방이라는 작자들이 두 번 세 번 아픔을 주고는 한다는 소리라니 기가 막히다. 지조강지처한테 "에이, XX 옆에 가구 싶어도 X에 똥칠갑을 하니 원 더러워서." 하고는 조강지처 가슴에 대못질을 해대고는 한다는 짓거리가 두 첩 세 첩 계집이나 얻어들이고 거기다 한술 더 떠서 시에미라는 것도 한통속으로 병신된 며느리를 구박한다. 왜 여자만 고통을 겪는지. 무슨 잘못이 이리도 많다고.

금순이는 죽을 힘을 다해 23시간만에 뼈에 가죽만 씌운 아주 작은 여식을 낳았다. 지치기는 동희네도 홍영감도 마찬가지다. 무엇보다 아버지 홍영감은 온통 입술에 핏줄이 터졌다. 누가 보면 홍영감이 애 낳은 줄 안다. 금순이는 너무 시간을 많이 끌어서 지쳐 애만 겨우 떨어뜨려놓고는 태가 쉬 나오지 않아서 또 동희네를 애를 태우다가 생피를 한 동이는 쏟고 동희네가 금순이 어깨 뒤에 서서 아랫배를 지그시 누르자 술러덩 하고 태를 쏟아 낸다. 그러고는 그대로 나가 떨어져 정신을 잃고 말았다.

동희네가 금순일 흔들자 겨우 입을 연다. "어미이, 지는 괜찮습니다. 좀 누웠다가 일어 날께유. 어머이, 아는 성합니까?" "오오냐, 아주 똘망똘망한 녀석이, 니 닮은 녀석이 먼제 세상 구경 할라꼬 살핀다." 어린 것이 에미 뱃속에서 나오면서 부리부리한 눈을 반짝이 뜨고 있기에 하는 소리다.

금옥이 낳을 때는 금순이가 지 동생 탯줄 잘랐는데 이번엔 지 언니가 조카를 낳자 이모인 금옥이가 탯줄을 잘랐다. 탯줄은 생명줄이다. 이제 어미의 뱃속에서 분리되어 떨어져 나와서 세상의 모든 기운을 받으면서 어미의 사랑으로 서서히 첫 발을 내딛는 첫번째 관문을 이모와 조카가 품앗이 한 셈이다.

두 영감님들은 구수한 미역국과 흰쌀밥을 고슬하게 맛있게 잘 짓고 미역국은 옹팩이에 담아 들고 왔다. 금순이는 지치고 늘어져서 일어날 수도 없다. 아버지의 정성으로 금옥이 동희네와 함께 서로 권하면서 미역국을 훌훌 들이킨다. 밥알은 꼭 모래알처럼 입안에서 굴러댄다. 미역국만 한대접 마시고 그대로 드러누워 있다. 그런데 꼭 조막만한 작은 물체가 앵애거리고 울어 제긴다. 고생한 어미를 위해서 우는지 금옥이 쓰던 포대기 안에 싸여서 계속 운다. 홍영감님이 애기를 들여다보시면서 "내 새끼 고생했다. 어미 새끼 얼마나 힘들었누." 위로의 말을 건네신다. 금순이를 안아 주시면서 또 눈물을 흘리신다. "이 애비가 내 새끼 헌티 아무 것도 도와주지 못하고…. 아가, 이젠 걱정말고 푹 조리 잘해야 된다." 또 어린 것을 들여다 보신다. 이럴 수가. 아주 작게 나온 어린 것이 눈을 반짝거리면서 입을 달싹거리면서 울어 제긴다. 동희네가 어린애가 어디 불편한가 싶어 두더기를 들쳐봐도 아무렇지도 않다. 계속 입을 달싹거리면서 울기에 혹시나 하고 손가락을 양쪽 볼에 대자 번갈아가며 손가락을 따라 움직인다. 금방 에미 뱃속에서 나온 녀석이 먹을 것을 요구하는 것이다. 산모는 보통 애를 낳으면 3~4일 후부터 젖이 도는데 이럴 수가. 크기나 하면 또 몰라도 아주 작고 새빨갛다 못해 새카맣게 털투성인 녀석이 어찌나 성질이 급한지 계속 입을 달싹거리고 울어 제낀다.

아버지께서 "애가 배구레가 팅팅 비어서 배고서 우는 거구나. 이 할애비가 암죽 끼레줄게."하시더니 화롯불에 밥을 푹 끓인다. 벼락치기로 한 숟갈 끓여서 말간 밥물을 종지에 담아 따뜻하게 먹기좋게 식혀서 동희네가 어린 것 입에 흘려 넣자 쪽쪽 잘도 빨아먹는다. 그러더니 큭하고 트름까지 하더니 잠이 들어 버렸다.

어미 뱃속에서 나온 지 한 시간도 되기 전에 밥물 한 숟갈 만큼을 먹어 치운다. 모두들 정신이 하나도 없다. 금순이는 하늘이 노래지도록 죽을 힘을 다해 출산을 해놓고는 훗배 아플 겨를도 없이 어린 것 때문에 혼줄이 쏙 빠졌다. 배 아픈 것도 없어져버렸다. 동희네는 '녀석이 얼마나 성질이 급하려고 그러는지 모르겠다' 며 조금 마음을 놓고 있자니 꼼지락 꼼지락 거리더니 또 울어댄다. 그러면서 '삐삐' 하고 아랫쪽에서 소리가 난다. 포대기를 들춰보니 시커먼 배내똥을 쫙 쏴놓고는 울어제낀다. 성깔이 보통은 넘을 듯 싶다.

다 저녁 때 동희아버지 중혁이 퇴근을 하면서 자전거 뒤에 아주 소중하게 비료 포대에 싸고 또 싸서 뭔가 실고 왔다. 쇠고기를 한칼 끊어 온 것이다. 솔직히 자신의 아버님 생신때도 안 사오던 귀한 쇠고기를 끊어 온 것이다. "우선 아부터 살리야지. 이 괴기에 마늘 좀 넉넉히 두고 폭 과서 아 멕여. 몸 보신하는 데는 최고래. 원기회복도 되구."

금순이는 고마움에 또 울어버렸다. 금순이는 결심했다. 어린 것 앞에서 이제부터 열심히 건강하게 몸 추스리고 꼭 일어서 이 모든 어른들께 효도하리라. 은혜에 꼭 보답하리라고 또 맹세하고 결심했다.

어린 것은 에미 젖이 돌 때까지 계속 하루 대 여섯번씩 밥물로 배를 채웠다. 사흘 후 금순이 젖이 돌아 애기한테 물리자 어찌나 세게 빨든지 땀을 뻘뻘 흘리면서 한통 다 빨아먹고는 또 잔다. 얼굴은 눈은 어글어글하고 눈꺼풀이 살짝 있다. 코는 오똑하고 입술은 도톰허니 욕심이 많게 생겼다. 머리카락은 곱슬머리로 머리는 팔랑개비처럼 뱅뱅 돌아가 있다. 피부빛은 가무잡잡하다. 꼭 서양사람처럼 생겼다. 지애비 정형근을 빼다 박았다. 먹성도 좋다. 금방 먹고 자고 잠시만 지체할라치면 금방 넘어가듯이 운다.

금순이는 생피를 그렇게 쏟았는 데도 동희아버지께서 쇠고기로 몸을 보해주신 덕으로 어지럼증도 가시고 국밥도 잘 먹고 회복도 빠르다. 두 영감님 또 동희네 세 사람은 번갈아가며 금순일 꼼짝도 못하게 몸조리를 시킨다. 한여름에 애를 낳아서 온갖 바람을 다 맞아서 골병들까봐 지켜가며 몸조리를 시킨다. 동희네는 나무 함지박에 물을 데워서 어린 것을 깨끗이 씻겨서 융단 포대기에 싸서 뉘여 놓고 꽃 보듯이 들여다 보고 있다. 요 쬐그만 녀석이 할머니를 골린다. 인상을 쓰는가 싶더니 똥을 팍 싸놓고는 울어 제낀다. 또 어른들의 얼굴에 웃음을 준다. 이쁘다. 곱다. 똥을 싸도 곱고 이쁘다.

두 어른들께서 아침부터 머리를 맞대고는 어린 것 이름을 지으셨다. 옥편을 뒤지고 또 옛 고서들도 뒤지고 심혈을 기울여 고은 이름을 지어주셨다. 옥처럼 귀하고 빛나라고 구슬 옥, 착하고 선하게 살아가고 늘 기쁘라고 기쁠 희, 이런 뜻으로 좋은 이름을 지으셨다.

'정옥희(丁玉熙)'

"에미야, 우리 옥희 잘 키워라. 공부도 많이 시켜라."

옥희는 점점 살이 올라 골격이 잘 갖춰지자, 체격도 큼직큼직하고 뼈대도 사내아이처럼 굵직하다. 키도 크고, 목소리도 우렁차고 성격도 고집이 세어서 꼭 사내아기 같다고들 한다.

예전에 그렇게 모질게 하던 마을사람들도 줄줄이 애기보러 온다. 빈손으로 오지 않고들 하다못해 수수쌀 한 되씩이라도 들고들 왔다. 사람같이 간사한 동물은 없을 것 같다.

19. 상록수 청년 봉사자들

금순이는 어머니가 생부 이재호한테 끌려가고 난 후 넋이 나갔다. 이제는 어머니에 대해서는 아예 체념했다. 이제 갓 돌이 지난 금옥이와 정신줄 놓은 아버지 보살피랴, 어린 동생업고 밭에서 가을걷이 하랴, 양식부족 할까봐 남의 집 밭에 다니면서 품도 팔고 방앗간 방아품도 팔고 남의 집 목화도 따주는 품도 팔고 그저 닥치는 대로 일을 해댄다.

품일이 없는 날이면 어머니가 사라진 태백산 골짜기 형제봉 골짝을 헤매면서 가을송이버섯도 따고 머루, 다래도 따고 또 도토리도 주워서 자루에 넣어 이고 내려온다.

특히 머루는 머루주를 담가서 두 아버님께 드린다. 머루, 다래를 딸 때는 평평한 나무 둥치에다 금옥일 내려서 끈으로 꽁꽁 묶어놓고는 머루, 다래나무로 기어올라 간다. 혹 애기한테 가을 독 오른 독사, 살모사 등 가을뱀이 달려들어 물을까봐 머리부터 온몸에 잎담배로 칭칭 감아 놨다. 뱀은 담배 냄새를 싫어하기 때문에 항상 잎담배 뭉치를 가지고 다닌다. 혹시 뱀에게 물리면 곧 바로 즉사한다.

오늘은 다래끼로 잘 익은 머루와 다래를 하나 가득 따 담았다. 머루, 다래, 송이버섯은 머리에 이고 도토리자루는 칡넝쿨 끈으로 묶어서 끌고 애기는 바싹 묶어서 업고 산을 내려온다. 누가 보면 업고 있는 금옥이가 애기인 줄 모를 것이다. 온통 담배잎으로 칭칭 감아놓고 머리에는 솔잎개비가 잔뜩 달라붙고 콧구멍의 콧딱지는 말라 붙어있고 울어서 눈물자국에 땟국이 줄줄 흐른다. 금순이 역시 삼베수건으로 머리를 질끈 동여매고 얼굴은 가을볕에 타서 구리빛이다.

금옥이도 이제 14개월째다. 그런데 대답을 어찌나 잘하는지 모른다.

또 순하다. 산에 오르다 나뭇가지에 확 걸려서 나뭇가지가 애기한테 부딪쳐 얼굴에 맞아도 금방 자지러지게 울다가도 그냥 그쳐 버린다. 울어도 달래주지도 않고 얼굴이 나뭇가지에 부딪쳐 상체기가 나서 피가 나와도 그냥 울다 지치면 잠에 곯아 떨어진다. 그리고 자면서도 흑흑 느끼면서 열이 펄펄 끓어 오르다가도 지 언니 어려운 형편을 알기나 하듯이 고맙게도 집에 오면 열이 싹 내린다.

금순이는 그런 금옥이가 불쌍해서 마음이 천갈래 만갈래 찢어진다. 집에 돌아와서 얼굴을 씻기려고 살펴보노라면 금순이는 눈물이 앞을 가린다. 그 햇솜 같은 귀여운 애기 얼굴이 시퍼렇게 멍이 드는가 하면 찢어져 피 딱지가 말라있다. '금옥아. 이 죄인인 언니를 용서해줘. 미안해. 착한 내동생.' 금순이는 금옥일 안고 하염없이 운다.

그런데 이게 웬일인가. 금순이 저를 안고 울자 그 조그맣고 고사리 같은 손으로 지 언니 금순이 눈물을 닦아주고는 '응 응 응' 하고는 언니를 달래준다. 금순이는 그날 저녁 금옥일 안고 밤새도록 울었다. '금옥아, 내 꼭 널 잘 키워줄게. 내 동생 금옥아. 널 훌륭히 잘 키워줄게. 꼭 약속할게.'

금순은 며칠동안 산에도 가지 않고 금옥일 데리고 맛있는 것을 해먹였다. 어린 것이 살갗이 보드랍기는 커녕 꺼칠꺼칠하다. 머리는 길어서 산발이 돼있다. 머리도 가위로 곱게 잘라줬다. 물도 따뜻이 데워서 목욕도 깨끗이 씻겨 놓으니 어찌나 귀엽고 예쁘던지.

한번은 이런 일이 있었다. 그날도 금순이만 아는 송이 밭에서 비싼 가을 송이를 다래끼로 하나 가득 따 넣고는 굵은 도토리가 하도 지천이라 줍다보니 어느덧 자루로 하나 가득 채워졌다. 도토리 자루는 무거워서 아구리는 단단히 묶어서 발길질로 냅다 밀어 굴리고 머리에는 송이 다래끼를 얹어 이고는 한손으로 애기 업은 궁둥이를 받치고 한 손으로 다래끼를 붙들고 내려오는데 애기 업은 띠가 오래돼서 나긋나긋 낡아서 그만 뒤쪽 엉덩이 쪽이 확 나가면서 업고 있던 애기가 뚝 떨어졌다.

금옥이는 그만 '쿵' 하고 떨어졌다.

'악, 금옥아!' 금순이는 당황해서 얼른 몸으로 애기를 덮었다. 굴러 떨어지지 않게 하기위해서다. 그런데 그만 금옥이 뒷머리에 소나무 옹이가 박힌 것이다. 금순이는 환장을 해서는 애기 뒷골을 꽉 움켜쥐고는 날 듯이 뛰어내려왔다. 금옥이는 죽은 듯이 고요하게 늘어져 있었다. 피는 쉴새없이 계속 흘러 내린다.

금순이는 "어머이, 어머이. 우리 금옥이 죽었어유." 완전히 정신이 돌았다. "내 동상 죽었다 말이여. 어떻게 해. 어머이야, 내 동생 살리내라." 그러더니 겅실 겅실 뛴다. 동희네는 "아가, 애, 아가." 그러면서 금옥을 흔들어보고 우선 수건으로 머리를 꽉 묶고는 담배잎을 두껍게 여러 겹 펴서는 수건에 발라 온통 머리를 감쌌다. 금순은 환장을 해서는 마당 한구석에 두 다리를 뻗고 온 몸이 피투성이다. 금옥이 머리에서 나온 피에다 금순 자신도 온 다리가 성한 데가 한 군데도 없다.

다행히 금옥이는 기절해 있던 것이 울음을 터트렸다. 동희네는 영사를 찾아서 갈아 먹인다. 동희네의 긴급 약은 순전히 금순네를 위해 사놓은 것이다. 이 때 중혁이 퇴근해 오자 버럭 역성을 낸다. "아, 언내를 직일기여? 빨리 공의한테 데리구 가야. 이 미련한 곰탱이 같은 예편네하고는." 하면서 금옥일 포대기로 꼭 묶어 자신이 들쳐 업고는 자전거를 몰고 J면소재지 한 군데 뿐인 의원한테 20리길을 울퉁불퉁한 산골길을 자전거로 덜컹거리고 석양을 등지고 달린다. "금옥아, 울지마. 우리 아프지 않게 하자."

다행히 고맙고 감사하게도 머리만 찢어졌지 뼈는 상하지 않았다. 그렇지만 작은 나무조각이 살속에 그대로 박혀 있었다. 얼마나 아팠을까. 그 어린 것을 생으로 머리 속에 나무조각도 빼고 10바늘이나 꿰맸다. 경끼를 한다. 어린 것을 주사로 얼굴 군데 군데 찔러대고 강제로 입을 벌리고 약을 들이 붓고는 또 똥구멍으로 알약을 집어넣어 관장을 시키자 '으아' 하고 울음을 터트렸다. 병원에서 하룻밤 지내면서 상태를 지켜봐야 된다기에 동희부부는 병원에서 지샌다.

금순이는 동생을 죽인 자신이 살아 뭘 하겠냐고 목숨을 끊으려다 병원에 가서 동생시신을 거둬다 묻고 그 뒤를 따르기로 작심하고는 포유하는 짐승의 소리로 울부짖으면서 20리길인 장덕희의원으로 단숨에 달려왔다. "어머이, 내동생 죽었으면 내줘유. 내가 따뜻한 양지에 묻어줘야 돼유." 완전히 정신나간 몰골이다. "야가 왜 이러냐. 니 동상 금옥이 끄떡없어."

온통 흰붕대로 머리를 묶고는 퉁퉁 부은 얼굴, 두 눈은 붙어있고 입으로는 오물오물하고 강엿을 깨서 먹고 있다. 어린 것은 지 언니의 목소리를 듣고는 손을 달라는 시늉을 한다. 금순이 얼른 손을 잡자, 어린 것은 안심하는 눈치다. "금옥아, 성 여기있어. 성이 잘못했어." 그러자 부어있어서 눈도 못뜨는 금옥이 눈에 눈물이 흘러내린다. 동희네도 중혁도 또 간호원 아가씨도 운다. 어린 것이 아픔과 배신감을 동시에 느끼는 것 같다.

중혁, 금순이는 병원에서 금옥일 번갈아가면서 안고 밤을 지새운다. 의원선생님이 퇴근도 못하시고 시간 시간 오셔서 주사도 찔러주고 약도 먹여 주신다. 금옥이 얼굴은 세수대야처럼 부어 올랐다. 어린 것이 생 피를 하도 많이 흘려서 얼굴이 니리끼리하다. 금순의 뜨거운 눈물이 연신 금옥이 얼굴에 떨어진다. 금순이의 눈물이 소독약이라면 금옥이 얼굴이 아마도 거뜬히 깨끗하게 나았을 것이다.

금옥이는 이틀 후 동희네 등에 업혀 집으로 돌아왔다. 지 언니 등에는 안 업힐려고 울어댄다. 또 몇 날 아니 한 달 정도는 동희네가 금옥일 거둬야 될 것 같다. 집에 오자 홍영감은 또 정신없는 소리로 엉뚱하게 "이눔아, 느희 둘이 이 애비 굶기고 괴기 사 처먹고 오냐."고 투정을 부리며 엉엉 울어 제낀다. 보다 못해 완재영감이 목덜미를 잡아 끌고 갔다. "이 사람아, 지발 정신좀 차리라. 니 언제 꺼정 정신줄 놓고 이럴래. 니 딸 금순이 불쌍치도 않나. 이 바보 멍충아. 니 질래 이래하믄 니 딸내미 니 놈 두고 도망가라고 한다."

완재영감은 친구인 홍영감을 끌어안고 울면서 애원을 한다. "자, 생각해봐. 니 딸내미 금순이, 금옥이 생각나나, 응? 응?" "내 각시는 그럼 어데 갔어?"

완재영감은 가슴이 철렁한다. 정신줄 놓으면서 아무 것도 모를 때는 속히 정신줄 돌아오길 오매불망 했는데 갑자기 지 마누라부터 찾는다. 기가 막히다. 어떻게 말을 해줘야 될지 너무 잔인한 처사다. 내 어찌 지 마누라 행방 사건을 말해줄까. "아, 이놈아. 니 왜 내 속을 또 아프게 하냐. 불쌍한 사람아." 완재어른은 통곡을 한다.

홍영감은 친구가 울자 갑자기 "왜 울어. 울지마. 속상해도 니가 참아라." 한다. 완재영감은 홍영감에게 친구, 아니 친구 이상이다. 피를 나눈 형제 이상이다. 그날 저녁 완재영감은 홍영감이 불쌍해서 저녁을 떠먹여 기분을 좋게 해주면서 꼭 새끼 품듯이 품고 재웠다. '불쌍한 사람아. 니 빨리 정신 채리서 나하고 니 각시 찾어 나서자.' 완재 어르신은 혼자 말로 중얼거리며 홍영감을 데리고 슬픈 밤을 보냈다.

금순이는 하루 하루 살아가는 삶이 긴장과 두려움 그 자체다. 오늘도 산에 올라 혼자 운다. 금옥이는 아예 동희네가 거두신다. '나는 언제 맘 편히 살아볼까. 다른 집 또래 동무들 하고는 격이 다르다. 그 곱고 곱상하던 얼굴은 온데 간데 없다. 면경을 들여다 봤더니 자신이 봐도 끔찍하다. 면경을 벽에서 뜯어 깨버리고 싶다. 아버지 방 경대는 종이로 싹 발라 버렸다. 금순은 자신의 모습이 꼭 천년 묵은 여우가 둔갑한 매구 같다. 무섭고 징그럽게 보인다.

오늘도 금순이는 다래끼에 끈을 매어서 산더덕 등 돈 되는 것들을 긁어 모아 집으로 내려왔다. 또 며칠 전에는 무서운 짓을 행동에 옮길려다 깜짝 제 정신으로 돌아왔다. 천벌 받을 짓을 할 뻔했다. 금순은 모든 것을 버리고 도망가려다 정신이 확 돌아와서 대성 통곡을 했다.

정신줄 놓은 아버지와 아직까지 밥숟가락질도 제대로 못하는 금옥일 떼버리고 멀리 멀리 도망을 가려고 그동안 약초를 캐서 팔은 돈을 몽땅 챙겨서 새벽에 집을 나온 것이다. 그래도 도망가는 주제에 공부는 하고 싶어서 초등학교때 최국병 선생님이 구해다 주신 중학교 책을 챙길려다 아차 싶었다. 얼마 전 아버지가 정신이 없어 엿 장수한테 다 가져다 주고 엿을 바꿔 드셨다. 금순이는 맨손으로 돈은 전대에 넣어 아구리가 배로 오게 허리에다 꽉 묶고는 도망을 가다가 갑자기 금옥이 우는 소리가 들리는가 하면은 또 어머니의 환영이 눈앞에 어른거린다. '이놈의 에민 아이레, 아바님 조반 진지 안 해드리구, 또 얼라는 남의 집에 맡기 놓구는 어델 가는 기야. 너래 기리믄 안되는 기야. 니 아바님 온전치도 못하신 어르신을 홀대하므는 니레 벌 받아야. 어서 돌아가라야.'

금순이는 정신이 번쩍 든다. 사방을 살펴보니 9년 전 어머님 손에 이끌려 지금 아버님을 찾아오던 그 길, 금순이 엄지발가락이 떡 벌어져 빠져 나간 그 길, 그 산길을 넘어왔던 것이다. 금순은 안개가 자욱한 고개를 넘어 왔던 것이다. 갑자기 무섬증이 확 든다.

그런데 눈앞에 번들거리는 물체가 갑자기 보이길래 내려다보니 가을 살모사가 고개를 빳빳이 치켜들고 금순일 공격할 태세다. 금순은 얼른 옆으로 미끄러져 넘어졌다. 살모사는 확하니 훌쩍 뛰어 넘듯이 앞으로 날아가면서 '찍' 하고는 독을 내뿜고 앞으로 튀듯이 가버렸다. 어머니의 환영이 금순일 살리신 게다. 살모사의 독이 눈에라도 튀면 눈이 먼다. 살모사가 물면 열을 세기도 전에 급사한다.

금순은 정신을 수습하고 곧장 집으로 되돌아왔다. 집에 돌아온 금순은 아버지 앞에 엎드려 "아버지, 죄송해요." 백배 사죄를 하고 울었다. 그런데 아버지께서 평소와는 달리 "아니다. 금순아, 내 딸아, 날 용서해라. 그 동안 이 바보 천치된 애비 보살피느라 니가 이 모양이 됐구나. 내 이젠 정신 바싹 채릴게. 내 이제는 다시는 정신줄 놓지 않으마. 내 딸 금순아. 미안하다. 정말 미안해, 응. 애비라는 것이 헛소리만 해대고 니 동생도 냅다 던진 이 애비를 그 어린 것이 얼마나 무서워 했을꼬. 동희네 집에서 거두지? 내 이제부터는 올바른 애비 노릇할게."하신다.

금순이는 미안하고 고마워서 아버지 품에 쓰러져 울었다. 아마도 어머니의 환영이 아버지께도 보이신 게다.

아버지께서는 예전에 인자하신 아버지로 돌아오셨다. 금옥이도 이제는 아버지 무릎에도 앉고 아버지 등에 업혀서 어리광도 부리고 또 동희어미에게도 '엉 엉 엉' 하면서 따른다. 그러는가 하면 아버지와 동희어미가 서로 오라고 하면 동희네로 가는 듯 하다가 아버지에게로 냅다 뛰어든다.

또 완재어르신이 정신 돌아온 친구를 위해 몸에 좋은 것은 다 해먹이고 둘이서 금옥일 데리고 노는 것으로 소일한다. 금순인 마음놓고 밭일, 들에 또 산에 다니면서 올망졸망하게 약초, 양식 등을 해와서 온통 집안팎에 쌓아 놓는다. 완전히 부엉이 집구석이다.

요즘 금순이는 신이 났다. 아버지께서 예전의 아버지로 돌아오셔서 든든한 울타리가 돼주시고 금옥이도 알뜰하게 챙기시고 집안 안팎을 깨끗히 손도 봐주신다. 또 산에 오르셔서 예전처럼 나무도 하시고 약초도 캐신다고 하셨다가 완재어르신과 동희네한테 크게 나무람을 당하셨다. 올해는 가을이 다가고 곧 추운 겨울인데 올겨울은 몸도 보하고 금옥일 잘 키우시고 집안에서 다리 근육운동이나 하시고 내년 봄부터 하시라고 극구 말렸다.

"아유, 난 애비두 아니여. 금수만도 못해. 우리 금순이 그간 얼매나 고생을 시켰던고." 아버지는 괴로워 하신다. 가슴이 갈갈이 찢어진다. '그래, 이 염치없는 애비 열심히 팔 다리 단단하게 운동해서 명년 봄부터 내 새끼는 집안에서 살림이나 살리고 이 애비가 다 할게. 불쌍한 내 딸내미, 복도 지지리도 없지. 오냐, 그래. 이 애비 일어나믄 복많은 신랑 찾아 짝 지워줘서 시집이라도 잘 보내줄게. 부모 복은 없어도 서방 복은 있어야 되는데….'

오늘도 금순인 금옥일 아버지께 맡겨놓고 맘 편히 산에 올라 상황버섯, 영지버섯, 느타리버섯, 표고버섯, 확 펴진 송이버섯, 더덕 등을 한 자루 해서는 짊어지고 또 다래끼에도 잔뜩해서는 집으로 돌아왔다. 아버지는 저녁밥도 고슬고슬하게 지으시고 화롯불위에 된장찌개도 맛갈나게 보글보글 끓여 놓으셨다. 버섯도 넣고 고추도 뚝뚝 분질러 넣고 감자도 숭숭 썰어 넣고 멸치도 넣으셨다. 금순이가 얼갈이배추로 담가논 김치 또 금옥이 먹이려고 심심하게 담가논 국물김치, 더덕장아찌 등, 아주 진수성찬으로 차려놓고 금옥일 등에 업고 금순이가 돌아올 길목을 왔다 갔다 하고 마중을 나오신 게다. 금순이는 이 작은 행복에 감사해서 마음 속으로 '하늘님요, 이 행복 깨지지 않게 해 주시요.' 하고 빌고 또 빈다.

요즘은 금순네 세 식구 웃음꽃이 활짝 피었다. 금옥이도 이제 4살이다. 어찌나 영리하든지 아버지와 언니한테 갖은 재롱을 다 떤다. 이 산골 마을은 겨울이 빨리 찾아온다. 해도 늦게 뜨고 또 빨리 진다. 오후4시면 어둡다.

요즘 금순이는 뒷집 권씨댁에 삼 삶는 일을 하러 다닌다. 어머니가 손끝이 야물어서인지 어미 뒤를 이어 삼 삶는 일도 다른 사람 두 배 정도로 가늘게 1등품으로 삶아 낸다. 무릎 앞을 확 걷어서 손바닥으로 싹싹 밀어내면서 곱게 삶아낸다. 아침은 집에서 먹고 가서 따뜻한 방에 궁둥이들을 붙이고 삼들을 삶아 낸다.

권씨댁은 삼밭이 만 평이나 된다. 겨울내내 음력 3월까지 삶아 내야 된다. 삶은 삼을 실꾸리로 만들어 베틀에 올려 베를 짜 놓을라 치면 먹지 않아도 배가 부르다. 하루 네 끼는 여기서 먹는다. 아침, 점심, 새참, 저녁 이렇게 네 끼다. 별식으로 먹어가며 일을 하니 일의 능률이 다 좋다. 금순이에게는 먹을 때마다 함지박에 음식들을 담아서 꼭 집으로 보내주신다.

권씨댁 마나님이 "니는 집으로 가거라. 가서 아바님이랑 먹고 오니라. 우리는 술 한잔 해야되니까." 하시면서 음식도 넉넉히 싸서 함지박을 머리에 이어 주신다. 꼭 더운 점심으로 보드라운 밥에다 간도 짭짤하게 해서 싸주신다. 늘 고맙고 감사하다. 대신 금순이는 다른 사람들보다 더 두 배 세 배 꼭 딸같이 빨래감도 걷어다가 새벽에 개울에 가서 솥을 걸고 삶아서 눈처럼 하얗게 빨아다가는 빨래줄에 확 걸어 놓으면 속이 다 시원하다. 대신 아침은 아버지께서 따뜻이 지어 놓으신다. 승늉도 구수하게 시원하게 꼭 끓여 놓으신다.

금순이 손은 손이 아니다. 갈쿠리다. 그 곱던 얼굴도 사방에 찢기고 긁혀서 온통 상채기 투성이다. 그 흔해 빠진 동동구리므 한 통 안 사 바른다. 얼굴, 특히 볼태기는 터서 금이 쭉쭉 그어져서 실피가 흘러 내린다. 지독한 것이 밤이면 쌀 뜬물을 받아서 세수를 하고 오강에다 금옥이 오줌을 받아서 얼굴 손 발 등에 바른다. 아침에 자고 나면 보들보들하다. 오줌에 담그면 따끔거리지만 일단 바르고 나면 시원하다.

금순이는 일 년 열두 달 열심히 일을 해서 가용도 따습게 살 뿐 아니라 예축도 한다. 정지바닥을 살금살금 파서는 단지를 묻고 돈을 채곡채곡 넣어둔다. 금순은 지난 5월에 완재 영감님 생신때 제법 큰 돈으로 포로모리한 양단으로 중의바지에다 짙은 수박색으로 조끼까지 완전 한 벌로 끊어다가 바느질 삯까지 들여서 크게 선물을 두 아버님께 똑같이 해드렸다. "아버님, 지금은 선물이 보잘 것 없지만 지가 돈 많이 벌어서 두 아버님께 금반지, 금시계 해드릴께유. 참말이에유. 지는 빈말 안 하는 것 아시지유?" 금순이는 그러면서 눈물을 흘리면서 손수 담근 동동주를, 어미에게 배운대로 아주 톡 쏘고 달짝지근하게 잘 담근 술을 올린다.

두 아버님들은 쌍둥이처럼 고운 바지저고리에 조끼까지 받쳐 입으시고 중혁이 J면소재지에 중국요리 집으로 모시고 가서 치킨도 사드리고 효를 다했다. 완재 어르신댁 모든 식구들이 안 계시면 지금의 금순이는 존재하지 않았을 것이다. 그 만치 크신 어르신들이다. 정말이지 옛말대로 머리카락을 다 뽑아서 신발을 삼아 드려도 못 갚을 은공이시다.

금순이는 마음 속으로 세 분 아버님 또 두 분 어머님께 반드시 효도 하리라 마음 먹는다. 자신의 어머님을 잊어본 적이 없다. 꼭 찾아 오실 것이다. 그리고 동희언니 동욱이 금옥이, 이 대 식구라면 대식구다. 꼭 자신이 책임지고 함께 모시고 살면서 평생을 바칠 것을 다짐 또 다짐을 해본다.

금순이는 요즘 참 행복해진다. 앞으로 더 많이 행복해 질 수 있는, 아 니 행복 해 질 수 있도록 연습 중이다. 금순이는 권씨댁에서 챙겨주시 는 점심 함지박을 머리에 이고 집으로 가는 것이 아니고 완재아버님댁 으로 직행한다. 아버지와 금옥이는 저녁까지 거기 계신다. 집에는 잠만 주무시고 낮에서 저녁까지 드시고 오셔서 군불만 지피신다. 점심이 특 히 꿀맛이다. 두 집의 간들이 더욱더 입맛을 돋군다. 점심 후 금순은 깨 끗이 설거지를 한 그릇들을 챙겨서 권씨댁으로 간다.

음력 동짓달이다. 눈이 2미터도 넘게 높게 쌓여있다. 간밤에 소리없 이 내린 눈이다. 그런데 동네가 시끌시끌하다. 심지어 동네 개들도 짖 어댄다. 중혁께서 우마차에 물건을 잔뜩 싣고는 젊은 청년들을 앞세워 눈을 치우며 완재 어르신댁 큰 마루에 또 광에 헛간에 짐들을 부린다. 짐의 내용은 귀하디 귀한 시멘트, 또 공구들, 집 짓는 공구통이다. 또 누런 박스에 영어로 휘갈겨 쓴 그 뭔가가 20박스는 될 것같다. 곧게 잘 려진 합판들 또 철근들도 있다.

마을사람들은 다 저녁때 완재어르신 댁으로 모여 들었다. 그런데 젊 은 청년들은 이곳 사람들과는 딴 세상 사람들 같다. 얼굴들은 떡가루를 바른 듯이 하얗고 미끌거린다. 모두 9명이다. 남자청년 5명, 여자 4명 이다. 모두들 하나같이 조각같이 잘 생기고 또 말소리는 어떤가. "안녕 하세요오오~ 반갑습니다아아~" 끝이 올라가고 간지러워서 못 듣겠다.

특히 이쁜 처녀들이 말을 할라치면 남정네들이 오줌을 질질 싼다. 또 남자청년들이 말을 할라치면 이곳 젊은 예편네들과 동네 처녀들도 오 줌이 설설 나온다. 이곳 남자들은 이 젊은 처녀들의 목소리만 듣고도 몸들이 불끈한다. 모두들 얼굴들이 벌개진다. 이유인즉 서울에서 온 청년들의 세련된 몸들, 얼굴 특히 나긋나긋한 말소리 때문이다. "안녕하세요~~" 모두들 꼭 도깨비한테 홀린 기분이다.

그 때 갑자기 우가놈의 아들이 다른 몇몇 청년들을 앞세우고 곡괭이, 낫, 도끼 등을 들고 나타나서는 벼락치는 소리를 지른다. "어르신, 어째 이리 동니를 망칠라고 하나유. 남녀칠세부동석인데 어디 쌍스럽게 젊은 년놈들이 붙어서 이 깨끗한 동니 망칠라구 꾀어 들었데요. 씨팔, 다 나와라, 이년놈들아. 말캐 때래 직이뻬리야 되유. 에이, 씨팔 년놈들아. 나와, 다 나오라고." 그러면서 몽둥이를 휘두르고 돌을 마구 던져댄다. 모두들 저녁상을 받아 놓고 서로 인사들을 나누면서 저녁들을 들다가 봉변을 당하고 있다. 그 때 방문이 벌컥 열리면서 중혁이 나와서 마루에 딱 서더니 "아, 내가 잘못이유. 이 청년들 소개부텅 시키야 되는데. 너무 늦고 추워들 하길래 밝은 날 인사 시킬라고 이리 됐수. 자, 자, 진정들 하구들 내 말좀 들어들 보시요."

이 마을 사람들은 완재어르신 식구들의 말이면 무엇이든지 다 신봉한다. 다 받아들인다. 모두들 조용해진다.

"이 청년들은 이번에 이 나라에서 새 대통령, 새 장관님들 모두 웃어른들이 국정을 다스리시는 귀하게 크신 분들이 이 나라를 잘 살게 하기 위해서 귀한 일꾼들을 뽑은 거요. 바로 우리 농촌이 잘 살아야 나라가 잘 사는 법이요. 우리 농촌계명운동 즉, 옛날 재래식은 버리고 새롭게 기계화시킨 농사법, 새 기술 새 농법으로 우리들을 잘 살게 교육 시키줄 즉 농업을 전공한 기술학자들이시지요.

우리 지붕들은 꼭 일 년에 한 번씩 영을 엮어서 지붕을 덮어야 되지요. 얼마나 불편하고 큰 일이었소. 번거롭고 예로 남정네가 없는 집들은 지붕을 이을 남정네가 필요해서 동니를 돌면서 아쉬운 소리들을 했지요. 모두들 얼매나 불편하고 심들이 들었수. 그런데 여기 계신 이 젊은 양반들이 초가지붕을 말캐 벗기버리고 스레트로 지붕을 덮으면 비샐 염려도 없고 쥐새끼도 끌지 않구유.

그렇다고 돈을 받고 하는 것도 아니지요. 정부에서 다 무료로 공짜로 손봐준대요. 그렇다고 이분들이 뭐 허술하게 하는 것도 아니지요. 확실하게 튼튼하게 손들 봐줄거유. 만약 일을 허술하게 눈가림으로 했다가는 상부에 우리가 보고를 올리면 이 양반들을 경을 치게 되지요.

또 한 가지 여기 계신 여성동지 여러분들은 의사선생님들이지유. 여러분들은 겨울에 똑 계절 바낄 때 고뿔에 걸리거나 체했을 때, 어떻게 했습니까? 미련하게 언내들헌티도 소주에 고추가리를 타고 강제로 아들 입에다 마구 털어 부었지요. 또 맥히서 꺽꺽 하므는 짠 소금을 한주먹씩 입에다 털어 넣었지요.

바늘로 열 손가락을 찔러 피를 내고 사관을 맞기도 하지요. 또 고뿔이 오래 돼 열이 나고 씨게 아프면 조상님이 노했다고 서낭당에다 밥 해다 놓고 빌지유. 그러거나 당골에 무당 불리 들이서 객구 물리지유. 물, 밥 해놓구유. 그런데 이 훌륭하신 선생님들이 약도 공짜로 나눠 주실 낍니다. 고뿔약, 맥힌데 먹는 소화제, 또 영양제도 한 집에 한 통씩 분배가 될꺼유.

영양제는 아이들하고 어르신들께만 드리시요. 젊은 사람들은 심이 남아돌아 이렇게 죄 없는 사람들 팰라고 몽둥이 들고들 온 그 심을 어디다 쓸기요. 또 영양제도 시부모는 밉다고 쪼금씩 주고, 새끼들헌티만 많이 멕이믄 애들 똥구멍 맥히요. 그러니 어르신네들께는 하루에 아침, 점심, 저녁에 두 알씩 여섯 알 드리고 아들헌티는 아침에 한 알 저녁에 한 알 두 알씩만 멕이시요. 그러면 아들이 밥도 잘 먹고 물똥도 안 싸고 똥도 누렇게 되직하게 잘 쌀기요. 좋은 영양제라고 지 새끼들헌티만 과하게 멕있다가는 애들 십중팔구는 똥구멍이 찢기져 피똥을 쌀기유. 똥구멍이 맥힌다 말이유. 똥이 딱딱허니 돼서 말이유. 몸에 좋은 약도 너무 과하믄 안 먹은만 못하지유.

또 말 나온 김에 한마디만 더 하겠수. 괜히 젊은 아주머이들이 낭군님 위한다구 대구 대구 멕이면 애새끼들만 줄줄이 생기는 약이지유.

두 여선생은 의사선생님이고 또 두 분은 학교 선생님들이십니다. 여러분들 중 아마도 반 이상은 까막눈들이지유. 우리 조선이 망한 이유 중 하나지유. 왜, 뭣 때문에 아녀자들은 공부를 하면 집구석에 망쪼가 든다고 글 근처에도 못가게 했는지 한심스럽고 개탄할 일이요. 우리는 까막눈으로 살믄서 얼마나 수모를 겪고 살았소들. 아, 애 낳고 그것도 아들 낳았다고 면소 호적계에 가서 '지 아들 호적 맹글어줘유.' 하믄 '아, 애 이름이 뭐여?' '야 ,이충성입니다.' '뭐? 이춘생?' '야.' 그러고 나중에 아들 학교 입학시킬려고 보니 그 좋은 이름이 충성이는 온 데간데 없고 이춘생이가 뭐여. '애 애비는 까막눈이 웬수구나.' 하고는 멘소로 달리 가서 '아, 내 삼대 독자 아들 귀한 이름을 왜 맘대루 바꿨대요. 물어내든지 당장 바꿔줘유.' '어, 뭐여. 시방 이 사람이 뭔 말이여. 머시 잘못 된기여.' '아, 내 아들 이름이 이자, 충자, 성자예유. 기런데 여개는 이름이 틀린대유. 발콰해줘유.' '아, 시끄러워. 한 번 올린 이름을 어떻게 바꿔. 나라님이래도 못하는 것은 못해. 첨서부터 똑바로 써오든지 벨 빙신 같은 무식한 새끼가 아침부터 기 와서 개 지랄이여. 에이 씨팔.' 하지유.

여러분들, 우리 인간들은 죽을때꺼정 배워야 되요. 저녁에 저녁들 들고 우리 집으로 와유. 그래서 여러분들 이름 석자는 떡허니 쓰고 면소재지 장에 나가서도 글자를 알아야지 물건도 마음대로 사고 하지유. 아, 또 애들학교도 이제는 착실히 보내요. 정부에서 이제부터는 문맹퇴치로 무조건 애들을 낳으면 딸이고 아들이고 무조건 학교는 보내야 된다고 공문이 내리 올기요.

자, 그럼 낼부터 이 양반들 아니 선생님들 일하러 다닐 때 여러분들이 솔선수범해서 앞장 서서들 협조하시요. 아, 또 여기 선생님들 드시는 음식도 정부에서 다 내리주시서 우리한테는 쌀 한 톨 소금 한 주먹 손해 안 끼칠거요. 단지 이 추운 겨울에 밖에서 주무실 수는 없는 일이지요. 그래서 보다시피 우리 집에 기거하실거요. 그럼 다들 해산합시다."

모든 마을 사람들은 올 때와는 달리 머쓱해져서는 "아이구, 즈이들이 몰라서 또 실수를 했구만유. 이렇게 훌륭하신 선상님들을 몰라보고들 증말 죄만스럽습니다."

이튿날부터 젊은 청년 봉사자들은 활기차게 움직였다. 바로 이 청년 봉사자들이 상록수 회원, 4H클럽봉사대다.

우선 한 집씩 선정해서 지붕개량부터 시작했다. 썩어 문드러진 낡은 이엉을 걷어내고는 구멍난 곳은 화톳불 옆에 기름통 반 쪼갠 데다 모래, 시멘트 동량으로 섞어 비벼서 구멍들을 흙칼로 잘 바른 후 스레트를 얹고 세멘못으로 박아준다. 바람이 불어도 폭설이 내려 쌓여도 또 우기때 퍼 붓는 비에도 요지부동도 안 할 것이다. 만년구자다.

우선 시범적으로 완재어르신 안채부터 지붕을 고쳐 나갔다. 그 외에도 허물어진 벽도 흙 또는 시멘트로 매끈하게 바르고 또 깨지고 떨어져 나간 문짝들은 깨끗이 수리를 해주고 외양간, 닭장 등 골고루 손봐 나갔다.

이 마을은 총 8채이고 조개골 6채, 덕골 6채로 총 20채다. 너무 일이 많아서 한글학교는 후로 미루고 저녁 늦게까지 마을길 넓히기, 다리 놓기, 또 과실 하나라도 키워서 따 먹게 하기위해서 울타리를 뽑아내고 대신에 유실수를 심어주다보니 어느덧 한달이 후딱 지나갔다.

어느덧 13채의 지붕들이 새롭게 단장이 됐다. 동네 청년, 장년들이 모두 다 합세해서 마을을 가꿔나간다. 온통 마을이 훤해졌다.

음력 섣달이 저물어가자 이들 일행은 서울로 돌아가서 설 명절을 보내고 다시 오기로 약속을 하고 내일 모래면 돌아간다. 마을 사람들은 맛난 별식을 만들어 저녁 한 끼라도 대접할 것을 상의해 준비를 한다. 닭은 10마리나 잡고 또 쌀이 귀한 고장이라서 찰옥수수 팥시루떡을 두 시루나 찌고, 도토리묵도 두 솥이나 끓이고, 두부도 닷 되나 하고, 메밀

전도 부치고 또 수수 부꾸미도 부치고 온갖 푸짐한 산골음식들로 상다리가 휠 정도로 잘 차려서 그간의 고생들을 서로 치하하고 또 격려하며 정겹게 먹고 마시는 조촐한 임시 송별식이 치러졌다.

모두들 고맙고 감사해하고 악수들로 서로 아쉬운 짧은 이별을 했다. 예전 같으면, 아니 작년 겨울에 농한기 때만 되면 우가놈 아들, 서가놈 아들 두 놈과 못된 놈들 너댓 명이 다른 마을로 다니면서 술타령에 노름판, 쌈박질, 과부집 주막출입 등 못된 행위로 부모님들의 애간장을 태우기 일쑤였는데 이제는 360도로 확 달라졌다. 꼭두새벽부터 일어나 돼지우리, 닭장 등을 살피고 마을길 동네어귀에서부터 눈들을 치우고 새로 놓은 다리에도 가서 뛰어도 보고 밑에 들어가 비도 안 새어들게 탄탄한 다리 난간 밑을 살펴보는 등 아주 신이 났다. 이제 이들은 근실한 청년들로 변모해 간다. 정확히 1958년 2월 28일이다.

2월을 마지막으로 보내고 서울에서 재건단 청년선생들이 다시 내려왔다. 지난번 올 때보다 더 많이 짐들을 실고 왔다. 이번에는 총 10명의 남녀 학생이 다시 돌아왔다.

그런데 이번에는 새로운 청년이 한 명 새로 왔다. 한눈에 보기에도 귀공자 타입에 아주 잘 생긴 약간 중후한 멋도 깃든 청년으로 30세 가량으로 보인다. 이들 중 제일 연장자로 보인다. 미국서 유학을 마치고 의학박사 학위를 받고 대한민국이 불러서 돌아 온 장래가 촉망되는 귀한 인재, 의학박사 정형근이다. 29세 미혼이란다. 또 이번에 청년 재건당 상록수 본부에 시멘트 50포, 영양제 포함 약 30박스 또 현금 1만 원까지 큰 돈을 기부하신 아주 훌륭하고 고마우신 의학박사 정형근님이다. 그 다음에 지난번 리더로 이끌던 이영수, 최철민, 강민호, 강준호, 또 건축설계자 박충효, 박수근, 그 다음 여자대원 이영수의 약혼녀 김봉금 의사선생, 간호원 김순자, 최경애 선생님, 최애실 가정과선생님 등이 내려오신 것이다.

정형근 의학박사 그는 누구인가?

부친은 서울의 K대학 교수이신 정태우 교수님이시고 모친은 서울의 어느 내과 전문의 여의사 곽명숙이시다. 정형근은 외동 아들로 고등학교 졸업 후 미국으로 건너가 의학을 공부한 박사로서 미국 유명한 대학의 전임교수로도 재직했으나 대한민국 정부가 부른 것이다. 이런 인재가 아직까지 결혼을 안한 이유는 미국에서도 수많은 여자들이 유혹했지만 절대로 미국 여자와는 결혼을 하지 않겠다고 선언하고 서울의 부모님께서 결혼을 종용해도 한마디로 거절했다. 학식도 따지지 않고 인물도 안 보고 그저 인성이 바로 된 시골의 순수한 처녀와 혼인할 것이라고 늘 대원들한테 말을 한다. 부모님들도 아들의 선택을 받아들여 아들의 생각을 늘 존중해주신다.

정형근의 서울 자택 식구는 총 6명이다. 두 분 부모님, 집안을 돌보는 집사 김선생, 형근을 키운 유모님 정정자, 또 살림 살아주는 안성댁, 정형근 본인 이렇게 산다. 이번에 일행들과 동행한 것은 시골 사람들의 건강상태, 청결 상태 등을 보고 또 근 15년만에 대한민국 그것도 공기 좋고 산 좋고 물 맑은 산골 풍경이 보고 싶어서이다.

이번에 내려온 젊은 선생들은 모든 마을 사람들에게 말 그대로 입안에 혀 같은 존재들이다. 평상도 튼튼히 새로 만들어주고 꺼진 마루도 새로 싹 발라주고 또 시골 부뚜막들은 시멘트로 각이 지게 잘 발라서 영구적으로 쓸 수 있도록 해주고 또 유실수 심을 울타리 제거를 해낸다. 여자의사들은 낮에는 일일이 진찰들을 해서 치료도 해주고 약도 나눠준다. 정형근이 기부한 약으로 요긴하게 쓴다.

또 유실수 심을 곳은 구덩이를 파고 미리 퇴비 등 비료로 묻어둔다. 4월 한식때는 유실수 200주를 보내기로 했다. 한 집당 10그루씩 심기로 구덩이를 각자 파놓고 밑 퇴비들을 넣고는 묻어둔다. 이들 청년선생들은 밤낮으로 일들을 한다.

일이 대충 정리되자 밤에는 야학당을 열기로 하고 칠판도 걸고 화덕에 불도 지피고 이번에 내려올 때 준비해온 천막으로 바람을 막고는 열심히 한글들을 가르친다. 배우는 사람들은 남자는 너댓 명이고 여자들은 애, 어른, 노인에 이르기까지 누더기로 몸을 감싼 채 더운 물에 찐 감자 등으로 간식을 먹으면서 아주 열심이다.

아무리 세상이 변해서 바꿔진다 해도 대대로 내려온 가부장적인 남정네들이 어디 그리 쉽게 변하겠는가? '에험, 에험.' 하고는 식구들이 '아부님도 가시지요. 아, 울매나 배우는 글이 재미잡든지 바로 광명천지래유. 또 배고프다구 감재 찐 것도 내놓구, 아주 신선놀음이예유.' 하면 '나는 안 갈란다. 쭈글스리 공부는 무신 공부. 낼 모래 땅 속에 누울 몸이. 아, 그리고 글 모리고도 지금꺼정 잘 살아왔는데….' 하신다.

며느리와 아들은 더 이상 권하지 않는다. 아버지 말도 일리는 있다. 칠십을 바라보는 노인이 언제 어떻게 된다고 글은 무슨 글을 배우시겠는가 하고는 포기한다. 상록수 선생님들은 처음부터 권하지들 않는다. 본인들이 스스로들 오고 싶을 때는 오지 말라고 해도 올 사람들이다.

한 열흘쯤 되자 혼자 집구석에서 긴긴 밤을 보내던 노인들이 하나 둘 모여들기 시작한다. 등잔불도 기름 아낀다고 얼른 꺼버리고 캄캄한 방구석에 혼자 누워 뒤척여도 잠은 안 오고 눈알이 새빨갛게 충열되면서 새벽을 맞다보니 부와가 치민다. '에이, 벵신년놈들 꼴에 꼴값들 하고 자빠졌네들. 빌어 처먹을년놈들.' 하던 영감탱이들이 하나 둘 나와서 마당 끝 멍석에 궁둥이를 부치고 '에헴.' 한다.

그 양반들이 지금은 더 열성적이다. 적극적으로 배운다. 수가 많다 보니 서울에서 사온 공책, 연필이 부족하다. 낮에 J면 소재지에 나가서 여분으로 노트 20권과 연필 한타스를 사왔다. 정말 눈물 날 정경이다.

선생님들은 정말 열과 성의를 다해서 가르친다. 또 가리방을 긁어서 꺼면 밀대로 쓱쓱 밀어 긁어 한 스무장 정도 복사를 해서 쓰기도 했다. J면 사무소에 가서 근 보름정도 가르치자 어느 정도 눈도 떠진다. 받아쓰기도 90점 정도씩 나온다. 또 청년들에게 정부에서 쌀, 보리쌀, 그외 김치, 된장, 간장은 올 때 차에 실어 온 것들을 동희네에게 함께 보태서 먹는다.

또 서울에서 올 때 50개들이 요술국시도 한 박스 가져왔다. 그리고 그 진귀한 음식을 마을사람 모두에게 한 개씩 나눠줬다. 그야말로 이름 그대로 요술국시다. 끓는 물에 그냥 집어넣고, 양념은 따로 가루로 포장된 것을 뜯어서 국수와 함께 넣고 끓이면 기가 막힌 맛이 난다. 이 세상에서 제일 맛난 맛이다. 괴기국보다도 맛나다. 국시는 쫄깃거리면서 국물은 사람 환장하게 맛나다. 나라님도 기절하실 만한 음식이다. 그것이 라면이라는 이름의 음식이라는 것은 나중에야 알게 된다.

사람들은 간편 요술국시라고들 부른다. 한솥 가득 물을 끓이다가 김치도 숭숭 썰어 넣고 그것을 3~4개 뜯어 넣고 끓여서 식은 밥하고 먹다보면 온통 조용해진다. 개미새끼 방귀 뀌는 소리도 들린다.

이곳 사람들은 처음에 이들이 서울서 내려와 젊은 것들이 동네를 휘젓고 다니면서 애국청년단이니 뭐니 할 때는 어딘지 모르게 꼴사납게 보이던 모양새인지라 이 청년들을 부를 때에도 '어이, 이것봐. 어이, 어이, 어이.' 하고 불렀는데 지금은 360도로 확 바뀌어서 70세 고령들도 '아유, 선상님. 펜히 주무싯시유?' 하고는 코끝이 땅에 끌리듯이 절을 해댄다. 참 기가 막힌다. 자신의 손주보다도 나이가 어린 청년들한테 인사하는 모습이 어찌보면 순수하기도 하고 어찌 보면 간사해보이기까지 한다. 어쨌든 이 마을에 새로운 변화를 가져다준 고마운 청년들이다.

오늘부터는 노래 공부, 아니 노래를 가르쳐 주기로 했다. 바로 새마을 운동 노래다. 나라님이 글을 쓰시고 작곡을 하셨다. 즉 나라님이 작사 작곡하신 명곡이다. 우선 청년들이, 아니 선생님이 한 소절 부르면 늙은 학생들이 따라서 한다. 처음에는 쑥스러워서 주저거리더니 지금은 얼굴들이 벌개지면서 어찌나 힘차게 잘들 부르시는지 아주 신들이 났다.

♬새벽종이 울렸네 새아침이 밝았네 너도 나도 일어나 새아침을 가꾸세 살기 좋은 새마을 우리 힘으로 가꾸세/새벽종이 울렸네 새나라가 밝았네 우리 모두 일어나 새 나라를 가꾸세 살기 좋은 새나라 우리 힘으로 만드세♬

한 4~5일 동안 배웠다. 마을사람들은 타령조로 '새벽~ 종~이 울~ 렸네~' 하면서 아예 꼭두새벽부터 나와서 이 노래를 힘차게 부르면서 마을사람들을 깨운다.

웃마을과는 징검다리로 오고가는데 혹시 비라도 많이 오면 마을과 마을이 차단된다. 물이 줄어들어야 왕래가 가능하다. 그래서 오늘부터는 윗동네와 아랫동네의 유일한 연결고리인 징검다리를 없애고 튼튼한 시멘트로 다리를 놓기로 했다. 철근으로 먼저 튼튼히 속대를 박고는 시멘트, 모래를 동량으로 잘 비벼 발라서 혹시 밤에 비라도 올까봐 천막으로 처놓고, 짐승들이 시멘트 젖은 곳에 발자국을 남기고 망가뜨릴까봐 밤새도록 두세 명이 교대로 화덕에 불을 놓고 감자를 구어 먹어가면서 지킨다.

밤낮으로 한 열흘을 지킨 끝에 아주 튼튼한 다리가 세워졌다. 다리 위에서 씨름을 해도 춤을 춰도 끄덕없다. 선생님들은 더욱 신바람나게 일할 수 있도록 새로운 노래를 가르쳐 준다. 〈일하러 가세〉라는 노래다.

♬1절:삼천리 반도 금수강산 하나님 주신 동산 삼천리 반도 금수강산 하나님 주신 동산 이동산에 할 일 많아 사방에 일꾼을 부르네 곧 이 날에 일 가려고 그 누가 대답을 할까 일 하러 가세 일 하러가 삼천리 강산위해 하나님 명령 받았으니 반도 강상에 일 하러가세/
2절:삼천리 반도 금수강산 하나님 주신 동산 삼천리 반도 금수강산 하나님 주신 동산 봄 돌아와 밭 갈때니 사방에 일꾼을 부르네 곧 이 날에 일 가려고 그 누가 대답을 할까 일 하러 가세 일 하러가 삼천리 강산위해 하나님 명령 받았으니 반도강산에 일하러 가세/

3절:삼천리 반도 금수강산 하나님 주신 동산 삼천리 반도 금수강산 하나님 주신 동산 곡식익어 거둘 때니 사방에 일꾼을 부르세 곧 이 날에 일 가려고 그 누가 대답을 할까 일 하러 가세 일 하러가 삼천리 강산위해 하나님 명령 받았으니 반도 강산에 일하러 가세 ♫

이제 청년들은 며칠 후 이 고장을 떠나서 충청도 어느 산골마을로 또 다른 봉사의 길을 가야 한다. 마을사람들은 미리부터 섭섭한 나머지 서로 편지를 쓰기로 하고 주소들을 교환하고는 여름에는 이곳으로 한 달간 휴가를 얻어서 천엽을 오기로 약조들을 한다. 아무리 국가에 매인 몸들이지만 여름 한철을 여기서 보내기를 간곡히 원한다. 미리부터 아쉬운 이별들을 준비해 나간다.

변화는 아녀자들의 부엌에도 찾아 왔다. 예전 같으면 남존여비 사상에 젖어 생각도 못할 일이지만 남정네들이 마누라 치마꼬리들을 잡고는 정지에 나와 불도 때주는가 하면 파도 가려주고 마늘도 벗겨 깨끗이 씻어 빨아주고 콩나물도 골라 다듬어준다. 심지어 아무도 보는 사람이 없으면 설겆이도 해준다. 밥상도 덜렁덜렁 들어 나르고 또 부뚜막에 걸터앉아 바가지에 숭늉도 훌훌 거리고 마셔댄다.

오히려 여자들이 귀찮아진다. 늙은이들은 눈치 봐가며 할망구 따라다니고 아들놈은 부모님 보실새라 눈치껏 따라다닌다. 이 덕으로 금실도 좋아져 이 마을에서 몇 몇 여자들은 늦둥이를 가진 듯하다는 소리도 들린다. 상록수 본부가 좋긴 좋은 것이다.

대부분 선생님들은 예수교를 믿는 분들이다. 마을 사람들도 몇 명은 믿기로 약속하고 J면 소재지에 있는 예배당 목사님과 주일날 꼭 가기로 약조도 했다.

오늘밤 금순이는 영어공부에 재미를 붙여서 시간 가는 줄 모르고 새벽 1시가 넘도록 최애실 선생님께 회화법 등 서로 주고 받다가 시간이 늦어졌다. 동희어머니가 "야, 금순아. 니 어서 집에 가야지" "아, 예,

어머니." 밖은 칠흙같이 어두운 데다 날씨는 따뜻한 방에서 금방 나와 서 그런지 얼마나 춥던지 살을 에는 듯한 맹추위에 금방 볼택지가 떨어 질 것 같다. "어여 나와라.""야, 어머니.""가자, 델다 줄게.""야, 어머 이."

이곳은 워낙 산골이라 겨울이면 눈이 보통 한 질이 넘게 쌓인다. 옆 집을 갈려면 미리 빨래줄로 연결해놓고는 줄을 마구 흔들어 굴을 뚫고 서로 길을 내서 왕래한다. 또 산짐승들이 눈 속에 갇혀서 먹을 것이 없 으니까 마을로 내려와 닥치는 대로 울타리도 물어 뜯어먹고 자칫 사람 들도 상하게 한다. 이놈들이 제일 무서워하는 것은 불이다. 불만 보면 꼬리를 빼고 냅다 달아 내빼버린다.

동희네가 횃불을 들고 계신다. "어여 나오니라. 아버님 기다리시겠 다." 방문을 열고 나와서 어머니 팔짱을 끼고 나선다, 그때 사랑방에 기거하던 남자대원들의 방문이 열리면서 "어, 사모님. 이 새벽에 어디 가세요." 묻는다. "예, 선상님. 우리 금순이 데려다 줄라구 나왔습니 다."하고 대답하자 "아, 잠깐만 기다리세요."하더니 형근이 두터운 오 바를 걸치고 휘래쉬를 들고 나온다. 이 산골마을에서 휘래쉬는 처음 보 는 아주 신기한 물건이다. "사모님, 어서 들어가십시오. 금순이는 제가 데려다 주고 오겠습니다."

형근인 아침 저녁으로 아니 시간만 있으면 윗동네 아랫동네 천지 사 방을 혼자 뛰어다닌다. 금순네 집 가는 길도 환하다. "어디 새벽 공기 한번 상쾌하게 쏘여 볼까요." "아이구, 선상님. 치울텐데." "아니에요. 겨울은 추워야 제격이죠. 그래야 모든 질병도 사라집니다." "아유, 그 럼 지야 뭐 안심이지유. 그럼 선상님, 우리 금순이 좀 부탁드려유." "아, 네 네, 사모님. 들어가셔서 주무시지요."

사실은 정형근이 이 마을에 오는 그 날부터 동네 젊은 여편네, 처녀 들은 오줌을 잴금잴금 쌌다. 마음이 울렁거리고 제각기 훔쳐보고들 얼 굴들이 화끈 달아오르는가 하면은 덜덜 떤다. 그리고 자신의 서방들은 꼭 끓는 물에 튀겨놓은 닭대가리처럼 보여서는 "어이구, 저웬수. 밤일도 제대로 못하믄은 낮짝이라도 좀 잘생기든가. 아 코 잔딩은 개가 베어 먹은 것도 아니고…." 하고는 땅이 꺼지게 한숨들을 몰래몰래 내쉰다.

젊은 여편네들은 형근일 훔쳐보는 재미로 산다. 권씨댁 사랑방에서 모여앉아 히히덕거리면서 음탕한 소리들을 지껄여댄다. "아, 내는 그 박사님, 정박사님 품에 한 번만 안겨봤으면 죽어도 원도 한도 없겠노라." "아, 나는 잘 때마다 꿈에서라도 그 정박사님 품에 안겨서 자는 꿈이라도 꾸고 싶어 몸을 정갈히 하고 자지. 그런데 묵직한 그 박사님이 내 위에 기시길레 오 박사님! 하다가 그 웬수한테 오지게 한 대 맞고는 이틀이나 야학당에 못나갔다구유." 여편네들이 모두들 배꼽을 잡고 눈물을 흘리면서 웃어 제낀다.

정형근은 모든 여자들 아니 어중떼기 여편네들의 로망이다. 형근을 생각하면 자신도 모르게 힘이 주어지면서 오줌들을 질금 질금거린다. 그만큼 여자들이 사족을 못 쓸 정도로 매력적이다. 얼굴은 까무잡잡하고 눈은 어글어글하고 눈썹은 꼭 송충이처럼 검고 숱도 많고 코는 오뚝하니 입술은 불그스레하고 윤이 반들 반들 나면서 또 입속은 어떤가. 꼭 박속처럼 이가 가지런하고 머리카락은 구불구불한 반 곱슬머리로 얼굴은 꼭 조각 같다. 또 골격은 어떤가. 어깨가 떡 벌어지고 상체는 뒤에서 보면 삼각형으로 멋있게 보이고 키도 알맞게 크고 팔다리도 길쭉길쭉하고 또 손은 하얗고 길쭉길쭉하다.

말은 영어를 섞어서 사용하고 말할 때마다 어깨를 들썩거리면서 잘못 알아듣겠다는 시늉을 한다. 게다가 누런 황금반지에 구슬이 박힌 반지도 끼고 있다. 이곳 여자들은 남자가 반지 낀 것은 처음 본다. 팔뚝에는 누런 금시계를 차고 다닌다. 솔직히 젊은 여편네들의 기쁨조다.

금순이 역시 정형근 박사는 자신하고는 하늘과 땅 같은 처지로 감히 올려다 보지도 못할 나무처럼 보인다. 그런 남자가 자신의 팔짱을 끼는

가 하면 또 자신의 코트를 벗더니 금순일 감싸 준다. 금순인 온몸이 굳어버리듯이 정신이 아뜩해지고 몽롱해진다. "어서 가자, 금순씨. 왜 어지러워? 이 선생님한테 기대." "아, 아니에요." 그러자 형근은 금순일 끌어 안다시피하고는 걷는다.

금순이는 정신이 하나도 없다. 요 며칠동안 형근을 훔쳐본 금순은 가슴이 쿵쾅거리고 얼굴이 화끈거리면서 몸도 나른하고 생전보지도 않던 면경에 침을 뱉어가며 자신의 얼굴을 요모조모 비춰보기도 한다. 공부하러 갈 때는 아버지가 사다주신 크림도 찍어 바르고 머리도 잘 빗어 땋아서 묶고 면경을 쳐다보고 웃는 연습도 해보고는 간다. 혹 형근이가 자신을 쳐다보면 꼭 얼굴이 뚫어지는 것 같아 냅다 도망을 가고는 했다.

그런데 형근이 갑자기 자신의 팔을 덥석 잡고는 금순이 얼굴에 바싹 입을 들이대면서 "금순이 ,안추워?" 하면서 그 두터운 팔로 감싸 안는다. 그런데 세상에서 이처럼 좋은 냄새는 처음 맡아 봤다. 자신의 크림 냄새는 썩은 방구 냄새다. 그에게서 나는 냄새는 아주 향긋한 냄새다. 풀잎냄새 같기도 하면서 백합꽃 냄새 같기도 하고 어딘지 톡 쏘는 사과 냄새, 아니 아무튼 제일 좋은 냄새다. 그 냄새에 더욱 더 몸에 힘이 빠지는 듯하다. 금순이는 이제껏 이런 냄새는 처음이다.

그런가 하면 "금순아, 잠깐 아 해봐. 괜찮아, 선생님은 안 무서워. 무서운 사람이 아니야. 이것 먹어 비타민이야." 하면서 얼른 입에 밀어 넣어준다. 금순인 얼떨결에 받아먹고는 꿀떡 삼켰다. 형근이 '빨아 먹어야 되는데.' 하면서 무언가를 새로 또 한 알 꺼내서 다시 입속에 밀어 넣는다. 맛은 아주 새콤하니 달짝지근하다. 새코모리한 과자다. "이것은 비타민C야. 먹으면 얼굴도 이뻐지는 거야. 이것 집에 가지고 가서 니 동생 금옥이는 한 알만 빨아먹이고, 넌 두세 알씩 빨아 먹어라." 꽤 큰 병을 금순이 주머니에 쑤셔 넣어준다. 금순이가 한사코 사양을 하면서 거절하자, "선생님이 주는 것을 받아야지." 하고는 말을 못하게 한다.

　저만치서 아부지께서 "금순이냐?"하신다 "예, 아부지." "다 큰 녀석이 왜 이리 늦게 다니냐."고 나무라신다. 형근은 "어르신 죄송합니다. 금순이가 영어공부에 열중하다보니, 그만 늦은 것도 모르고, 어르신 죄송합니다. 일찍 보고 챙겨서 보내야 되는데 내일부터는 일찍 보내겠습니다." 아주 깍듯이 또 정중하게 인사를 하고는 "그럼, 어르신 밤이 너무 늦었습니다 .편히 쉬십시오." 인사하고 뚜벅 뚜벅 저만치 걸어간다. 신사 중 신사다. 아버지께서는 "아무리 공부가 중해도 이 늙은 애비 기다리는 걸 왜 모르냐. 경을 칠 녀석 같으니라고. 다 큰 녀석이 남의 남자와 밤길을 걷는 것은 아니여. 그래도 워낙 점잖은 젊은이니 다행이지만." 하시고는 안도의 숨을 쉬시는 것이 역력히 드러난다.

　그 일이 있은 후 금순이는 마음이 콩닥거려 걷잡을 수가 없었다. 금순이는 항창 곱게 피어날 스물세 살이지만 어린 아이된 아버지 수발과 어린동생 금옥이 키우랴 정신없이 살다보니 사춘기가 뭔지도 모르고 지나갔다. 한창 필 나이지만 얼굴은 상처 투성이고 피기도 전에 그만 시든 꽃잎이 된 듯하다. 그렇게 하얗고 곱던 얼굴은 거무티티하니 옛날 인물이 묻혀버린 것 같지만 눈, 코, 입 생김새는 그래도 또렷이 남아 있다.

　금순이는 그날 이후 부쩍 이성에 눈을 뜨게 되었다. 밤에 잠잘 때도 형근에 품에 안겨 그의 숨결에 그 향에 취해 허덕이면서 황홀한 꿈을 꾸다가 깜짝 놀라서 깨어나 옆에 새근새근 자고 있는 금옥이한테 또, 아버지께 죄짓는 기분이 들어 잠을 설치기가 일쑤다. 금순이는 아침에 일어나서는 아버지께 너무너무 죄송스럽고 동생 금옥이한테도 죄를 짓는 기분으로 자신을 질책하면서 하루를 가슴조이면서 시작한다.

　이제 한 4~5일 후면 형근과 서울 손님들은 마을을 떠난다. 금순이는 그 날밤 그의 품에 안겨 집까지 오던 일이 부끄럽기도 하고 아버지와 동생 금옥이한테 죄짓는 기분이면서도 그가 떠나는 것이 너무 너무 슬프다. 꼭 사랑하는 님을 떠나보내는 심정으로 한번만 더 그를 만나 봤으면 싶으나 도저히 용기가 생기지 않았다.

그 때 밖에서 "저, 금순씨, 금순씨!" 하고 누가 부른다. 아버지께서 "누구요." 하고 방문을 열자 최애실 선생님이 오셔서 "네, 어르신 안녕하십니까. 저는 최애실이라고 합니다. 금순씨에게 영어공부를 가르치던 사람인데 금순씨가 이틀이나 안 오시기에 행여 무슨 일이 있으신지 하고요." "아, 예. 아니올시다. 추운데 들어오시지요, 선상님. 금순아, 선상님 오셨다."

방에서 듣고 있던 금순이 살짝 모습을 보이자 "오, 금순씨. 왜 안나오셨어요?" 하고 반가워 하신다. 금순인 얼굴을 붉히며 "네, 오늘밤엔 가려고 했어요. 아버지 저 다녀 올께요." 하고 선생님을 따라 나선다. "그래, 늦지 않도록 해라." "어르신 번거롭게 해드려 죄송합니다." "아, 아니요. 제 여식을 가르치는 선상님께 고맙다고 인사를 드려야 되는데, 그럼 살펴 가시요." "네, 어르신. 염려마시고 주무십시오. 금순씨 공부 마치고 꼭 바래다 주겠습니다. 그럼 이만…."

그렇게 해서 최애실 선생님 덕분으로 다시 한번 정형근 그 분을 볼수 있게 되었다. 금순은 마음속으로 최애실 선생님께 수없이 고맙다고절을 올렸다. '고맙습니다. 선생님. 그 분을 다시 볼 수 있는 은혜를 주신 고마우신 최애실선생님….'

금순은 지금도 볼이 간지럽고 화끈거린다. 그날 저녁 그분의 얼굴이 자신의 볼에 닿았기 때문에 온몸이 찌릿찌릿 하고 힘이 쫙 빠진 일을 생각하니 또 얼굴이 화끈거린다.

그때 "오, 금순이 왔구나. 왜 이틀이나 빼먹었지? 선생님이 기다렸는데. 자, 이 건 내 선물." 하시면서 그분이 영어단어 책을 건네주신다. "혼자 공부할 때 도움이 될 거야." 형근이 금순이를 위해 낮에 새로 사온 것이다. 그의 손이 또 자신 손을 잡아준다. 그의 손은 따뜻하고 매우 매끄럽다. 또 촉촉하다. 그날 밤 예의 그 향기가 또 금순이 코끝을 자극한다. 그 날 저녁 그 분이 뜨거운 입김을 토해 내던 일, 금순을 자신의 한쪽 팔로 포근히 싸안고 집까지 오던 일은 평생 못 잊을 것 같다.

오늘 저녁은 공부가 전혀 안 된다. 아니 오늘 밤에도 그에 품에 안기는 상상으로 딴 생각에 빠져있다. "금순씨!" "아, 예. 선생님." "왜 그래? 오늘은 공부하기 싫어? 난 열심히 설명하잖아." "선생님 죄송해요." "자, 그럼 우리 다시 한번 해보자."

선생님께 죄송스러워서 열심히 회화법을 익혀 나갔다. 어느덧 11시, 12시 또 시간이 흘렀다. "어머, 또 열두 시가 넘었네. 자, 금순씨. 옷 입어. 가자, 내가 또 늦게까지 붙들었나봐. 내 바래다 줄게." "아니에요, 선생님. 저 혼자 가도 됩니다. 선생님은 어떻게 오실려구요." 그러자 잠시 생각하던 최애실 선생님이 남자 선생님들이 기거하는 방문 앞에 가서 문을 똑똑 두드린다. 그때 잔뜩 잠에 취한 목소리로 "누구요?" 하고 묻는 소리가 들린다. 최애실 선생님이 머뭇거리며 "네, 저~" 하자 "잠시만 기다리시오." 하고는 문을 빼긋이 열고 바로 그 분이 나오신다. "아, 또 늦은 게로군." "네, 박사님." 최애실 선생님은 염치가 없는지 아주 죄송스러워한다. "알았어. 내가 바래다 드려야지. 잠시만…." 하고는 방문을 열고 들어가더니 두터운 담요처럼 생긴 국방색 오바를 걸치고 휘레쉬를 들고 나오더니 "애실이는 들어가. 내가 우리 아가씨 모셔다 드려야지."한다.

금순은 몸둘 바를 몰라 하면서도 목적을 달성한 기쁨을 감출 수가 없다. 기쁘고 또 기쁘다. 만약 혼자라면 환호성이라도 지르고 싶은 심정이다. 그렇지만 기쁨을 드러낼 수가 없다.

20. 순결

　금순이는 기어들어가는 소리로 "선생님 죄송합니다." 그러고는 발발 떤다. 그런 금순이를 지긋이 바라보던 형근은 "자, 가실까요? 겁쟁이 아가씨." 그러더니 마당을 벗어나자 곧바로 자신의 외투 속으로 자그마한 금순일 싸 안듯이 끌어당겨 안고는 몸을 완전히 밀착시키고 걷는다. 금순은 달달 떤다.

　"금순이, 추워?" "아니예요." "그럼 왜 그렇게 떨어. 이 선생님이 무서워서 그래?" "아, 아니에요." "금순이, 난 금순이 하고 함께 걸으니깐 무지 기분 좋은데. 금순이도 좋지? 금순이 우리 이대로 영원히 함께 갈까?" 그러면서 그 특유의 향기로운 냄새로 금순이 코를 자극시키더니, 금순이 목덜미에 가벼운 입맞춤을 한다. 그러더니 "금순이, 난 금순일 볼 때마다 이런 생각이 들어. 가장 고고하고, 또 청초한 그리고 아름다운 진흙 속에 활짝 핀 한 송이 청초한 연꽃송이 같은 고운 여인이여. 작고 아스라질 것 같은 그대를 볼 때마다 내 마음이 찢어져. 그렇다고 여러 사람들 앞에서 표현도 하지 못하는 난 못난 사내였소. 금순씨! 처음 볼 때부터 내 마음이 설레이고 두려웠지요. 미안하오. 30년 가까이 살아오면서 이런 기분 처음이요. 미안하오."

　그러더니 가는 길목 반대쪽 언덕 위에 있는 디딜방앗간 쪽으로 금순이를 데려가서는 "금순이, 우리 얘기 좀 조금 더 하고 가자."고 말한다. "안돼요. 아버지 기다리세요." 말은 그렇게 하지만 솔직히 말하자면 금순이가 더 원했는지 모른다. 오히려 금순이 쪽에서 더 바라던 행동인지도….

　옛부터 디딜방앗간은 신성한 곳이다. 제사를 올리거나 또 혼인잔치를 하거나 할 때도 상에 올리는 음식을 만들기 위해 방아를 찧는다. 벼도 여기서 찧어 등겨를 불어내고 쌀을 거둔다. 모든 음식을 장만할 때, 모든 곡식들은 이곳 돌절구공이를 두 사람이 발로 밟아 찧어서 까불어 알곡들을 소중히 거둔다. 거둔 알곡들은 맑고 깨끗한 샘물로 잘 씻어 다시 떡쌀 가루로 빻아서 떡을 쪄서는 제사를 올려드리고 또 잔치를 하는 잔치음식을 만드는 유일한 마을의 한 군데 밖에 없는 없어서는 안될 중요한 곳, 신성시되는 곳이다. 가을이면 집집마다 추수를 해놓고는 십시일반 쌀을 조금씩 모아 팥을 듬뿍 두고 시루떡을 한 시루 쪄서는 시루째 놓고 방앗간의 고마움에 대한 제사를 드린다.

그런 신성한 곳으로 형근은 금순일 달랑 안고는 문으로 놓은 거적을 머리로 들치고는 성큼 들어선다. 한쪽 옆 짚을 쌓아 놓은 곳에 금순일 살포시 내려놓는다. "선생님, 이곳은 안돼요. 벌 받아요.""괜찮아, 다 미신이야. 우리 10분만 얘기하다 가자. 나의 진실한 속마음을 까뒤집어 보여줄 수만 있다면 보여주고 싶어. 요, 작고 귀여운 아가씨. 내 인격을 믿어주오."

형근은 온전하지 못하고 이성을 잃은 듯 싶다. "내 인격을 믿어줘. 난 나쁜 사람이 아니야. 난 당신을 보는 순간, 내 스스로 무너져 내려 버렸어. 실은 오늘 낮에 면소재지 우체국에 가서 우리 부모님께 전화를 드렸지요. 당신들의 며느리감은 이곳에 보물로 감춰져 있다고 말이오. 아마도 이곳으로 두 분이 내려 오실 것이오. 나의, 이 정형근의 진심을 받아주지 않으면 죽을 것 같소." 그러더니 갑자기 금순일 포개안듯이 하면서 그의 뜨거운 혀가 금순일 스르르 무너뜨리고 만다. 그렇게 해서 22년동안 지켜온 순결이 선홍빛으로 찢겨 버렸다.

순식간에 벌어진 일이다. 금순이는 아차 싶었다. 금순이의 귀에는 어머니의 목소리가 점점 크게 들린다. 아니 울려온다. "야, 이 에민아리레. 거저 에민아이레 몸은 벌어진 밤송아리야. 먼저 주워 까먹는 놈이 임자니끼니, 거저 조심조심 또 조심하라야." 억센 함경도 사투리의 어머니의 슬픈 듯한 목소리가 금순의 귓속 아니 온 머리 속을 크게 크게 울려댄다.

금순이는 22년간 지켜온 순결을 떡 방앗간 어둡고 칙칙한 짚더미 위에서 그에게 고스란히 바쳤다.

금순은 이제 제 정신으로 돌아왔다. 정신이 번쩍 든다. 노기에 찬 아버지의 모습이 눈앞에 선하다. 갑자기 서럽고, 무섭다. 어떻게 수습할 방도가 없다. 뜨거운 눈물이 하염없이 흘러 내린다. 금순은 어깨를 들먹거리면서 운다. '이제 난, 난, 헌계집이다. 아주 쓸모없게 한순간에 찢기고 버려진 몸이다.' 서럽다, 두렵다.

그때 뒤에서 형근이 감싸 안는다. "용서해줘, 미안해. 하지만 울지마. 내가 당신 책임질게. 영원히 내 삶이 다하는 그 순간까지 우리는 한 몸이야. 내가 영원히 책임질게. 자 우리 아버님께 가자고. 여기 함께 온 친구들 모두에게 나에 대한 모든 것 다 알아봐요. 나는 이 나라에서 필요해서 선택한 사람이오. 그 친구들은 모두 다 내 제약회사 중역들이야. 미안해, 난 당신을 내 사람으로 차지하고 싶은 마음에 앞뒤 생각도 없이 이렇게 일을 저질렀어. 미안하오. 날 용서하시오. 내 영혼까지 바쳐서 당신만을 사랑하고 또 사랑하고 꼭 책임지겠소. 당신을 내 사람으로 영원히 간직하고 싶어서 이런 무례한 행동을 취했소. 자, 울음 거두시고 우리 당신 아버님께 가서 모든 사실을 이실직고 합시다." 형근은 금순일 달랑 안고는 금순네 집으로 향한다.

홍영감은 초저녁부터 왠지 이 생각 저 생각하다가 잠든 금옥일 내려다 보면서 마나님 생각에 또 혼자 눈물을 흘린다. 생각할수록 가슴이 미어 터진다. '도대체 어디 있소. 살아는 있는 건지.' 또 자꾸 커가는 금순일 보고 있노라면 천년만년 데리고 있을 수도 없다. 어디 적당한데 시집보내야 되는데, 지 에미가 있어야 시집보낼 준비도 할텐데. 불쌍한 사람, 또 지금껏 고생만한 딸내미 금순이, 이 생각 저 생각 하다보니 밤은 점점 깊어가고 바람소리만 요란하고 왠지 불길한 생각이 든다.

아무리 기다려도 딸내미가 오지 않자 부엌에 나와 군불을 한 소큼 더 때고는 관솔불을 붙여 횃불로 들고 집을 나서는 중이다. 그 때 저만치서 키가 껑충한 시커먼 물체가 저벅저벅 걸어오더니. "어르신!" 한다. 순간 영감님은 가슴이 덜컹 내려앉는다. "어째 된기여. 아가, 금순아. 왜 어디 아픈기여?" "아니예요." "어디 다친기여? 넘어진기여?" "아닙니다. 어르신, 일단 방에 들어가 여쭙겠습니다." 순간 아차 싶었다. '사단은 났구나.'

아버지께서 방문을 열자 형근은 금순일 안고는 아버지의 뒤를 따른다. 형근이 금순일 내려 놓자 금순은 구석에 쪼그리고 앉아 고개를 숙이고는 그냥 눈물만 하염없이 흘린다. 형근은 무릎을 꿇고는 "어르신, 아니 아버님. 저를 벌하여 주십시오. 제가 그만 금순씨를 아버지의 허락도 없이 제 사람으로 삼아 버렸습니다. 일생을 책임질 행동을 저지르고 말았습니다. 무슨 벌을 내리셔도 달게 다 받겠습니다. 아버님, 대신 제가 날이 밝는대로 우체국에 가서 전화도 걸고 전보도 쳐서 저의 부모님 속히 내려오시라고 기별하여 곧바로 혼인을 하겠습니다.

아버님 저라는 인간을 보지 마시고 이 나라 대한민국을 봐주십시오. 저는 미국에서 박사학위를 받고 미국 대학 강단에도 섰지만 나라가 불러서 한국으로 돌아왔습니다. 저는 생명 살리는 일에 제 일생을 바쳐서 매진해 나가는 의학박사입니다. 또 함께 온 모든 친구, 그 친구들은 장차 저의 제약회사에 몸바쳐 함께 공부하고 연구할 인재들입니다. 그보다 앞서 시급한 일은 우리나라의 낙후된 농촌을 계몽하는 일이라 우리 모든 참신한 인재들이 발벗고 나선 것입니다. 저의 부친께서는 현재도 대학 강단에 서시고 제약회사 이사로 계십니다. 이 명함을 보시면 아실 겁니다." 하고는 말로만 듣던 명함을 내민다.

사면이 금테로 잘 짜여진 종이 쪽이다. 종이가득 빽빽하게 씌여져 있다. 서울 S제약주식회사 대표이사 정태우, k대교수, 또 의학박사 정형근, 사장 정형근, 또 뒤쪽은 영문으로 밑줄에는 한문으로, 주소 전화번

호는 길게 한 줄, 또 자택 회사 각각 전화번호가 적혀 있다. 또 대표전
화 등등 한눈에 보기에도 꽉 찬 글씨를 보자 아버지께서는 정신이 하나
도 없다. 낮도깨비한테 홀린 기분이다.

"금순아, 가서 냉수 한 그릇 떠 오니라." 아버지께서는 냉수를 벌컥
벌컥 드시고는, "그래, 니 말은 잘 들었다. 그런데 네 이노오옴! 니 놈
말대로라면 니 놈같이 나라에 국록을 처먹고 사는 놈이 어째 이리 산골
에 사는 순진무구한 남의 딸을 짓밟누. 뭐 혼인을 해? 언제 봤다고 혼
인을 해. 남의 딸내미 신세 망치고 입막음하는 것 아니냐. 니 놈처럼 미
국인지 대국인지 가서 박사 학위까지 딴 놈이 뭐가 답답해 이처럼 가난
한, 그것도 편부 아래서 어린 지동생 키워가며 약초 뿌리나 캐먹는 가
난한, 그것도 배우지도 못한 산골 처녀와 혼인을 한다는 것이 가당키나
하느냐. 니 놈이 남의 딸을 건드리고 주절거리는 것 내 다 안다. 오냐,
니 놈말대로 내 딸 책임진다고 했다. 그래, 오냐. 내가 네 놈을 내 딸 앞
에 꿇어 앉히서 평생 내 딸 허고 살아라. 니는 평생 니 서방 걷어 멕이
고 살아야 될 팔자다. 오냐." 하더니 벌떡 일어나 밖으로 나가신다. 그
러더니 날이 시퍼런 도끼를 들고 오셔서 "오냐, 내가 니 놈 달구 몽댕
이를 찍어 내리 앉힐끼다." 하고는 도끼를 치켜들자 금순이가 외마디
소리로 "아부지, 이러지 마세요. 이 사람 말이 다 참말이예유. 이 사람
부모님들도 여기로 내려 오시기로 돼 있어요." 그러면서 아버지 다리를
부여잡고 운다.

아버지는 스르르 도끼를 내려 놓는다. 그러더니 끊으셨던 담배를, 잎
담배를 금옥이 노트를 찢어 말아서는 달달 떨면서 피워 물으신다. 그러
더니 기침을 세차게 하시더니 비벼 끄시고는 "그래, 좋다. 니 놈이 책
임 회피할라고 내 딸 책임진다고 하는데 내 딸은 국민핵교도 제대로 나
오지 못한 애인데, 니 놈이 내 딸 구박할 것도 불 보듯이 뻔한데 니 놈
이 살라면 내 딸하고 여기서 뱅신으로 살든가, 아니면 여기서 농사나
짓고 살든가 양단간 택해라. 내 아무리 해도 니 놈도 못 믿고 느이 부모

도 못 믿는다.”

형근은 얼굴이 새하얗게 질려서 부들부들 떨고만 있다. “니 놈이 벌써 장개도 들어서 처 자식 거느린 놈이 남의 처녀 망치놓은 것 아니여?” “아닙니다. 아버님, 저 실은 부모님들의 외동으로 계속적으로 혼인을 서두르셨지만 제가 부모님들의 뜻을 받아들이지 않았습니다. 왜 제게 마땅한 혼처가 없었겠습니까. 미국에서도 교포 자녀들 중에 훌륭한 댁들의 따님들과 선도 몇 차례 봤습니다만 실은 그들은 남편의 지위를 등에 업고 치맛바람으로 세상을 살아보겠다는 것 같아 거절했습니다. 저들은 좋은 환경에서 풍족한 부모님 슬하에서 자라 제가 의학박사니깐 사치와 낭비를 하겠다는 여인들 뿐이었습니다. 인성이 바르게 된 처자들은 눈을 씻고 찾아봐도 없었습니다. 제가 귀국 후에도 한다하는 좋은 집 처녀들 하고도 선도 보고 혼인 말이 몇 차례 오고 갔지만 제쪽에서 모두 거부했습니다. 물질로써 제게 다가와 사위 덕에 입신양면을 바라는 그런 사람들이 다반사이기에 혼인을 미뤄 왔습니다.

저는 또 저의 집안에 4대독자입니다. 누이가 하나 있었는데 잘 크다가 중도에 국민학교 다닐 때 잃었습니다. 저의 부모님들께서는 제가 고등학교를 마치자 미국으로 유학을 보내시고 두 분께서는 이 나라를 위해 헌신하신 훌륭한 분들이십니다. 그런 부모님께 늘 이런 말씀을 드렸습니다. 저는 가난하거나 공부를 많이 못해도 내면이 아름답고 인성이 고운 여인을 배필로 맞겠노라고요. 특히 제가 이곳으로 우리 친구들을 따라 내려온 것도 실은 저의 외가가 평창이기 때문입니다.

제가 원하는 여인상은 늘 저의 모친이십니다. 요번에 강원도에 내려간다고 하자, 저희 부모님께서는 이렇게 말씀하셨습니다. ‘얘야, 강원도 처자들은 하나같이 인성이 곱고 바르게 잘 자랐단다. 요번에 내려가면 꼭 네 배필을 찾아봐라. 그러면 우리 부부가 내려가서 며느리로 맞을 모든 뒷일을 책임지마.’ 하셨습니다. 그런데 이 미련한 놈이 한발 앞서서 크나큰 불충을 저지르고 아버님을 노엽게 해드린 미련한 놈입니다. 아버님, 죽여주십시오."

형근의 눈물어린 진지한 말에 어느덧 날이 훤히 밝아 왔다. "아버님, 건강 상하십니다. 노여움 거두시고 저를 한 번만 믿어주십시오. 저는 이 길로 우체국에 가서 저희 부모님께 전보 아니 전화를 걸어 이 자식의 진실함을 보여주십사 하고 부모님을 내려오시게 하겠습니다. 아버님 죄송합니다. 저 먼저 일어나겠습니다."

홍영감은 형근이 나간 후 금순일 안고 탄식을 한다. "니 어미만 있었어도 네가 이리 되지는 않았을텐데, 어찌 이런 일이…. 할 수 없다. 이것도 하늘이 맺어준 인연이다. 죄 짓지 않고 산 니가 설마한들 무슨 험한 꼴은 당하겠느냐. 그래 믿어보자. 이미 엎질러진 물인데 더 이상 시끄러이 굴믄 오히려 해가 될지도 모르니 좋게 생각하고 순리를 따르자. 어찌됐든 기우는 짝은 확실한데, 부모 복 없는 내 딸이 서방복은 있어야 되는데, 하늘만 믿고 있어보자. 순리대로라면 복이 되겠지."

그날은 금순이도 아버지께서도 문밖 출입도 않고 서로 깊은 생각에 잠겨 있다. 다 저녁 때가 되자 형근이 검은 낙타 오바에 검정 사각 가방을 들고 멋쟁이 모자를 쓴 말쑥한 차림으로 들어선다. "저 오늘 서울 집에 전화드리고 왔습니다. 저희 부모님이 곧 내려오실 것입니다. 저는 강릉에 다녀오는 길입니다." 그러더니 가방을 열어서 융단 헝겊에 싸인 누런 황금 쌍가락지 한 쌍과 유리알 같은 것이 박힌 또 다른 뽀얀 은인지 백금인지는 몰라도 반지 하나, 이렇게 반지 두 개를 꺼내더니 금순이의 갈쿠리 같은 손가락에 강제로 밀어 넣는다. 고와야 할 처녀 손이 손이 아니다. 억센 갈쿠리 손이다.

금순은 한없이 울었다. "아버님, 저희 부모님들께서 얼마나 역정을 내시고 큰 야단을 치셨는지 모릅니다. 본데없는 무뢰한 같은 짓거리로 순수한 아이와 어르신께 크나큰 죄를 지었다고 혼쭐이 났습니다. 부모님께서는 이삼 일 후에 이곳으로 내려오실 것입니다. 생각 같아서는 당장 오시겠지만 어머님 병원일로 스케줄을 바꿀 수가 없어서 될 수 있는

대로 속히 오신다고 하셨습니다."

형근의 달콤한 말에도 아버지의 역정은 조금도 누그러들지 않았다. "누가 이런 패물 해달라고 했나, 당장 빼거라." 형근은 완전 살얼음판을 걷는 심정으로 물러나 금순이에게 눈짓을 한다. 어떻게 해서든지 아버님을 좀 안정시켜 달라는 뜻인 양.

그날 밤에도 형근은 아버지 앞에서 또 설득을 했다. "아버님, 저희 회사 내에 관사에는 아무도 살지 않고 있습니다. 앞으로 직원들 살림집으로 쓸 집들은 따로 지어져 있습니다. 다함께 저희 관사에서 아버님 모시고 살겠습니다." 여기서는 간단하게 잔치만 치루고 서울로 함께 모시고 가 살겠노라고 한다. "저는 아버님의 아들로 살겠습니다. 제 말 믿어 주십시오." 아무리 아버지께 형근이 열심히 말을 해도 아버지께서는 묵묵부답이다.

형근은 일행에게로 돌아갔다. 아버지께서는 완재영감님 식구들에게 모든 사실을 털어놨다. 두 집 식구는 금순이 장래에 대한 모든 일을 얘기해 봤다. 그동안 정형근의 행동들과 주위 사람들의 평판 등을 고려해 볼 때 확실한 믿음이 가는 청년이라는 결론을 내리고는 의심의 고리를 늦춘다. 도저히 의심할 여지가 없다.

그날 저녁 내내 두 집 식구들은 금순이 일로 밤을 새운다. 아침이 밝자, 홍영감은 완재영감댁에서 집으로 오는 길에 저 만치서 우체국 배달부가 자전거를 타고 내달리는 것을 본다. 홍영감을 알아본 배달부가 "저, 어르신, 여개 정형근이라고 있습니까." 하고 묻는다. 주소는 맞는데 모르는 이름이라는 것이다. "아, 왜 그려?" "전보에유." "뭐, 전보? 여기로 줘바유. 우리가 아는 사람이유." 전보는 서울에서 곽명숙이가 친 것이다. 형근이 모친이다. 내일 상경할 것을 알리는 전보내용이다.

재건단 청년들은 내일 충청도 서산으로 떠난다. 일부 청년들은 서울로 올라가서 자재들과 의약품들을 싣고 떠나기로 돼있다. 그렇지만 형근은 당분간 이곳에서 그의 부모님들이 내려오셔서 금순이를 며느리로 맞을 준비를 하려고 남아있게 된다.

모든 청년들이 형근이와 금순이의 관계에 놀라워들 하면서 부러워하는 눈치들이다. 사람의 인연은 따로 있다고들 하더니, 모든 일이 억지 춘향이격으로 꿰어 맞춰지는 기분이다. 아버지께서는 마음이 무겁다. 하지만 딸내미가 눈치 챌까봐 "우리 부녀 걱정은 말고 니나 가서 잘 살아라. 시부모 눈에 나지 않게 행동거지 조심하고." 홍영감은 말은 그렇게 하면서도 도대체 뭐가 있어야 시집을 보내든지 하겠는데 답답하다.

홍영감의 눈치를 살피던 형근은 "아버님께서 저희와 서울로 안 가시겠다면 저를 키우신 유모님을 내려보내서 보살피게 하겠습니다."한다. "니 참말로 낼 자꼬 곤란하게 할라믄 우리 금순이 못 데리간다. 아무리 염체없는 애비지만 알몸으로 싸가는 시집인데 무슨 염체로 늙은 장인까지 따라가겠는가. 이제는 내 걱정하지 말구 내 딸이나 잘 좀 보살피 주게나. 에미없이 선머슴처럼 살아온 아이다. 지가 시부모님헌테 이쁨받는것은 다 자네 탓이네. 불쌍한 내 딸이나 잘 좀 봐주게나, 정서방." 아버지께서는 이제 정서방이라고 살뜰하게 부른다.

홍영감은 밤이 늦도록 형근을 붙들고 딸을 부탁한다. "정서방, 오늘은 여기서 자게나. 나는 완재영감한테 가서 의논할 일도 있고." 형근을 집에서 자라고 남겨두고는 완재 영감님네로 가신다.

형근은 낮에 J면 소재지에 나가서 중국 요리집에서 닭튀김과 정종을 받아 와서는 두 영감님께 온 정성을 다했다. 모든 식구들에게 먹을 것을 잔뜩 사다가 먹고 마시며 내일 떠날 젊은이들에게는 먼저들 가서 할 일들을 지시하기도 했다. 형근은 혼인 후에는 물질로는 후원해도 함께 따라 다니기는 힘들 것이니 모든 경비와 물품들을 조목조목 올려주면 자신이 알아서 처리해 주겠노라고 약속했다.

금순이와 형근은 오늘밤이 아버지 허락 하에 호젓이 신방을 치루는 격이다. 금옥이는 한번 잠들면 업어가도 모르게 곯아떨어진다. 형근은 금순이와 평생토록 영원한 사랑으로 한몸 이룰 것을 굳게 약속했다. 금순은 그의 사랑에 감격하고 행복에 겨워하면서도 온전하지 못한 아버지께 금옥이를 맡겨놓고 가는 자신이 한없이 미워진다. 아버지께 죄송스럽고 마음이 아프다. 행복하면서도 마음이 한없이 무겁다.

금순의 마음을 알기라도 하듯 형근이 고맙게도 제안을 내놓았다. 아버님께서 서울로 올라가시는 것을 한사코 사양하시고 형근이도 제약회사를 책임질 막중한 몸이기에 서울을 떠날 수 없게 되자 방법은 한 가지밖에 없다는 것이다. 아버님이 당장은 서울로 안 가시더라도 빠른 시일에 꼭 모셔가기로 하고 그동안 생활을 완재어르신댁에서 함께 하실 수 있도록 모든 물질적인 지원을 해드리자고 금순일 달랜 것이다. 금순이는 또 한 번 감격에 겨워했다. 둘은 서울로 올라가는 즉시 생활비 일체를 꼭 보내드리자고 약속을 했다.

금순이는 이 사실을 아버지께 또 완재어르신댁에 말씀드렸다. 아버지께서는 "아직까지 내 무릎꼬뱅이는 성하다. 운동 삼아 밭도 갈아 먹을 수가 있으니 내 걱정은 하지 말거라."하시고는 극구 사양을 했다. 형근은 "아버님, 알았습니다. 아버님 뜻은 잘 압니다. 저의 작은 효도를 거절치 마시고 받으신다고 하셔야 이사람이 마음이 편할 것입니다." 하면서 마지막까지도 금순이의 마음에 들도록 최선을 다한다.

그 날 저녁 역시 형근은 금순과 아름다운 밤을 보내고 다음 날 아침 식사 후 부모님 마중을 가기로 돼있다. 형근이 "저희 부모님은 시골분이십니다. 토속적인 시골음식이면 족합니다."라고 말했지만 금순네 집에서는 아침 일찍부터 완전 잔치집 분위기다.

완재어르신댁에서 모든 음식들을 정갈스리 만들어놓고 손님 맞을 준비에 하나도 소홀함이 없게 준비해 놓으셨다. 아침 식사 후 형근은 옷을 갖춰입고 금순이 보고는 집에서 준비하고 기다리라 하고는 일찍 J면 소재지 버스 정류장으로 부모님 마중을 나갔다. 전날밤에 출발해서 돌고 돌아 오전 10시에 이곳으로 내려온다. 하루에 한 번 서울서 오는 버스에 그의 부모님께서 오신다고 전보가 왔다. 형근은 또 따로 전화로 부모님이 내려오신다는 시간도 알아왔다. 오전 10시 도착버스로 오신다고 했다.

아버지께서는 귀한 사돈어른이 내려오시는 이 산골길이 눈이 얼어 미끄러운 20리 길을 그분들이 고생해서 오실 것을 생각하니 마음이 무겁고 죄송스러워서 몸둘 바를 몰라 했다. 이곳 촌구석에도 택시가 한 대 있긴 하지만 겨울에는 아무리 돈을 많이 준다고 해도 황부자집 식구들 외에는 탈 수가 없다. 지난 겨울에 손님 태우고 오다가 굴러서 사람도 상하고 차도 부서져서 큰 손해를 본 뒤부터는 겨울에는 J면 소재지 외에는 차를 굴리는 법이 없다.

아버지께서는 할수없이 우마차에다가 요를 깔고 마중을 나가시기로 결심하신다. 완재영감님 소를 끌어다가 덕석을 두둑히 걸치고 여물도 택택이 먹여서 끌고나간다.

홍영감님은 길을 나서면서 가슴으로 통곡한다. 자식이 뭔지 입장을 바꿔 놓고 생각한다. 자신이 형근이 부모라면 아들의 선택을 무조건 반대했을 것이다. 귀한 독자 외아들을 그것도 미국이라는 나라까지 보내 박사로 만든 보기에도 아까운 귀한 자식이 산골의 편부슬하에서 무지막지하게 본데없이 자란 아이와 연을 맺는다고 하면 막말로 다리 몸댕이를 꺾어서라도 주저 앉힐 법한데도 아들의 뜻을 받아들여 이처럼 초라한 내 딸을 며느리로 맞이하는 것을 보면 그 분들은 나랏님보다도 훌륭하신 귀한 어른들이시다. 홍영감은 감지덕지한 생각에 달구지로라도 모셔서 오기로 하고 동희에미를 태우고 J면 소재지로 달구지를 끌고 간다.

오늘따라 어찌 이리도 추운지 콧김이 곧바로 얼어버린다. 홍영감은 또 가면서 생각해본다. '아, 이 무지한 놈이 도끼로 그 아, 우리 정서방 다리를 내리 쪼을라고 안 했던가. 에이 이 놈의 승질머리하구는.' 홍영감은 며칠 전 일을 크게 후회하고 춥고 미끄러운 길이지만 아주 기분좋고 유쾌하게 달구지를 몰고 버스정류장으로 향해 간다.

실은 이 길도 재건단 청년들이 길을 넓혀서 우마차가 지나 다닐 수가 있다. 전에는 우마차는 커녕 지게만 지고 겨우 다닐 정도의 길을 재건단 청년들이 근 한 달간 산을 파내고 나무뿌리를 파서 축대를 쌓아 지금의 길을 만들었다. 그 길을 홍영감님 우마차로 개통을 하는 것이다. 그것도 서울 귀한 사돈 어른들을 모셔오기 위해서 동희네와 함께 연신 형근의 사람 됨됨이를 칭찬해가며 시간가는 줄 모르고 면소재지까지 왔다.

홍영감은 연신 팔뚝을 들여다본다. 형근이가 자신이 차던 묵직한 금테 둘린 시계를 장인 어른 팔목에 채워줬다. 자신은 가방 속에 있던 또 다른 얇은 시계를 꺼내 차고 홍영감에게는 묵직한 금테시계를 채워준 것이 자랑스럽고 기분이 좋아서 연신 들여다 본다.

21. 배신

걸으면 두 시간 걸리는 길이다. 그런데 암소가 새끼를 두 배 낳고 세 배 째다. 조심시키느라고 천천히 걸린 탓일까, 두 시간이 넘는다. 시계를 들여다본다. 9시 56분이다. 잠시 후면 서울 손님이 도착할 시간이다. 그런데 먼저 와 있어야 할 정서방이 보이질 않는다. 홍영감은 "이보게, 정서방! 정서방!" 하고 차부 안과 밖을 두루 찾았지만 보이지 않는다.

그 때 큰 버스가 '크릉크릉' 하고 도착하더니 뒷빠꾸로 차를 댄다. 분명 서울 차다. 도착한 버스는 한번더 '크릉크릉' 하더니 쩍하고 아구리가 열린다. 그런데 내리는 손님은 웬 땡땡한 여편네가 보통이 하나 들고 내리는 것이 전부다. 더 이상 아무도 내리지 않는다. 차장총각이 '오라이' 하더니 빗자루로 버스 바닥을 툭툭 털듯이 쓸어내고는 담배를 피워 물더니 달라 뺀다. 운전수 역시 기지개를 켜면서 저쪽으로 나가자 버스문이 '쾅' 하고 닫힌다.

"어이, 이보시게. 시방 이 버스 서울서 오남유?" "야, 그런데유." "다음 차는 몇시예유?" "아이, 참. 다음 차는 또 무슨 다음 차래유. 서울 차는 한 대 뿐이유." "그럼, 우리 정박사 아니 우리 사둔은유?" "이 양반이 나잇살이나 해가지구 웬 사둔타령이여."

운전수가 별 웃기는 사람들 다보겠다는 듯 비꼬는 말투로 쏘아붙이고는 가버린다. 분명 버스 앞에는 '서울청량리 발'이라고 적혀있다. '그럼 우리 정서방은 어데갔누.' 홍영감은 어안이 벙벙하다.

동희네는 차부로 달려 들어가 표 파는 총각한테 물어본다. "오늘 아침에 낙타 오바에 중절모 쓰고 아주 잘난 30살쯤 보이는 신사 양반 못

봤나유?" "아, 그 사람. 아께 홍천행 버스 타구 갔어유. 아마, 홍천 거의 다 갔겠네유. 사업상 속히 가야 된다구, 서울 가야 된다구 하믄서 떠났지유."

동희네는 눈앞이 캄캄하다. '어찌 이 어려운 난관을 헤쳐나갈꼬. 이럴 수가, 이럴 수는 없다. 아무리 서울사람들은 세워놓고 코 베어 가는 사람이라지만, 어째 이럴 수가, 이럴 수가! 장차 이일을 어찌 할까나. 저 노인 양반 또 정신줄 놓으면 어쩌누. 그런 일이 일어나면 금순이도 금옥이도 세 식구 다 죽는다. 아니다. 의연하게 해야지.'

그런데 홍영감이 휘청하신다. "아재씨, 정신차리시오. 아마도 일이 좀 엇갈린 것 같네유." "아닐세, 아닐세. 내가 다 망치 놨어. 금순일 위한다구 한 것이, 내가 다 망치 놨어." "아재씨, 우선 금순이헌티는 서울에 급한 일이 있어 오늘 날을 미뤘다구 하구요. 우선 어떻게 좀, 금순일 지켜야 해유. 혹시 또 아가 딴 맘 먹지 않도록유."

'금순아, 금순아!' 동희네는 마음속으로 금순일 부르며 소고삐를 잡고 걷는다.

동희네에서는 딸과 같은 금순이가 서울 정박사한테 시집가게 된 것이 못내 기쁘고 또 경사스럽다. 모든 정성을 대해주기로 온 식구들이 신경들을 쓴다. 금순이돈 3,000원에 1,000원을 더 얹어서 내어 놓는다. 4,000원 같으면 큰 돈이다. 웬만한 오두막이 한 채다. 금순이가 그동안 약초 캐서 모은 돈, 품삯 모은 돈을 동희어미한테 맡겨 놓은 금액이 3000원 정도다. 동희네가 이 돈을 늘려준 것이다. 홍영감님도 모르는 돈이다. 금순이가 몇 년 동안 번 돈을 동희네가 관리해 주었던 것이다. 그러다가 이번에 혼사에 쓰기 위해 돈 4,000원을 건네주면서 홍영감도 돈의 출처를 알게 된 것이다. 친부모인들 이처럼 할까. 홍영감은 그 고마운 마음을 어찌 표현할 수가 없다. 어미 노릇을 해준 동희네에게는 어찌 그 은공을 갚을지.

동희네는 이 산골에서는 귀하고 귀한 찹쌀도 닷 되나 구해서 인절미를 쳐서는 고소한 콩고물에 굴려 소복히 담아놓고 또 갖은 맛깔나는 반찬들을 온정성을 다해 차려놓고는 홍영감을 따라 서울 손님 마중을 나왔다가 헛탕을 치고는 다 죽어가는 상판으로 터덜터덜 달구지를 끌고 온다. 혹여 홍영감님 쓰러질까봐 옆에서 붙들고 온다. "동희네야, 내는 괜찮다. 내 오히려 정신 바싹 채리마. 그런데 금순이 그녀석헌티, 그녀석헌티 뭐라고 뭐라고…."

금순이는 지금도 자신의 온몸 구석 구석을 애무하던 형근을 떠올리며 행복에 몸을 떤다. 이제는 잠시도 안보면 안달이 난다. 그 사람에게 중독이 된 걸까. 헤어진 지 반나절도 안됐는데 몹시 그립고 보고 싶다. 잘 보지도 않던 면경을 오늘따라 수차례 들여다보고 아버지께서 사다주신 크림도 덧바르고, 동희언니가 준 루즈도 살짝 발라보고 머리도 매만져본다. 그러다 '아이, 참 그이가 사다준 가락지 끼고 있어야겠다. 그분의 부모님께도 뵈 드려야지.' 하는 생각에 그가 사준 패물들을 넣어둔 옷코리를 꺼낸다.

그런데 이상한 일이다. 옷코리 뚜껑이 반쯤 열려진 채로 삐딱하게 얹혀져 있다. 고개를 갸우뚱하며 '왜 코리가 뚜껑이 열어져 있을까? 금옥이는 키도 적을 뿐더러 언니의 물건은 절대 손대는 일이 없는데.' 이상한 생각에 금순이는 방바닥에 옷코리를 내려놓고 뚜껑을 열다가 그만 기절을 했다. 아버지 중의적삼과 두루마기를 손질해서 잘 접어 넣어둔 것과 어머니 인조 본견 수박색치마와 놀짱한 저고리, 어머니 토끼배자, 금옥이 겨울 즈봉 등이 뒤엉켜있고 반지를 싸두었던 융단은 나뒹굴어져 있다. 아버지께서 어머니께 사주신 3돈중 쌍가락지, 또 금순이가 수건에 돌돌 말아둔 돈 800원도 쏙 빼가고 돈 싸둔 수건과 반지 싸둔 융단만 나뒹군다. 금순은 순간 온몸에 힘이 쫙 빠진다.

엊저녁 설겆이를 하고 들어오자 형근이 얼른 선반 위 코리를 만지는 듯 하다가 금순이 들어오자 정신을 차릴 수 없을 정도로 포옹을 한다. 사랑을 갈구하는 듯한 그런 행위로 금순일 점점 사랑에 눈뜨게 하고 사랑의 늪으로 끌어들인다. 그는 밤새도록 금순이를 길들였다. 점점 남자를 알아가게 휘몰아갔다.

금순이는 옷코리를 확 쏟아 놓고는 어머니의 반지라도 남겨져 있길 빌면서 옷을 흔들어 털어냈다. 그런데, 형근이 사다준 백금알반지만 그대로 남아있다. 금순은 혹시나 싶어 얼른 알반지를 도구통에 갈아 봤다. 금방 칠이 벗겨지고 알은 깨져버렸다. 누가 봐도 싸구려 가짜 반지다. 금순은 머리가 아늑하다. 그길로 냅다 뛰어 갔다.

지금 시간이 손님이 와도 두 번은 더 왔다갈 시간이다. 마중 나가신 아버지도, 동희어머니도 감감무소식이다. 금순은 아버지께서 서울 손님 온다고 마중나간 그 길을 날 듯이 뛰어간다. 한참을 그렇게 가다가 저만치 초점잃은 눈으로 동희어머니의 부축을 받고 힘없이 걸어오시는 아버지를 발견한다.

"아가, 왜 나오냐. 어여 가자." 동희어머니는 금순일 보자 얼른 달려와서 안는다. "아버지, 어머니. 그 사기꾼놈들헌테 당했네요. 어떡해요. 저 당장 서울로 그 인간 잡으러 가야 돼요." "어여, 집으로 가. 이 녀석아, 더 이상 이 애비 직이지 말구 집으로 가자. 이 애비가 다 잘못한 기여. 그돈 4,000원도 억지로 쥐여준 이 애비가 빙신이라."

홍영감이 "내 딸 맨 몸띵이로 싸가는데 시부모 이불이라도 한 채 해야 된다."고 그 돈 4,000원을 형근 손에 쥐어 주자 "아버님, 제가 이 돈 받으면 저의 부모님께 경을 칩니다."하면서 한사코 사양을 한다. 홍영감은 버럭 역성을 내면서 "내가 주는 기 아니여. 니 댁이 그동안 벌어 논 돈이여." 그러자 그 놈이 "아버님이 가지고 계세요. 가지고 계시다가 급할 때, 꼭 필요할 때 쓰십시오."하는 걸 홍영감이 억지로 그놈에게 쥐여줬다. "아버님, 정 그러시면 제가 서울 가서 은행에 저축해서 통장은 아버지께 드릴께요." 나중에 금옥이 처제 대학등록금으로 쓰도록 저축해놓겠다고 하면서 받아 챙겼다. "아버지, 이 못된, 아니 이 모지랜 딸년이 종내는 집안을 말아 먹었네유. 어떻게 해야 될지. 지가 서울로 갈랍니다. 지가 그인간 모가지를 꺾어 놓겠어요.” “아가, 아니다.”

아버지는 떨리는 목소리로 입안에 침이 마르시는지 목이 갈라지는 목소리로 말문을 여신다. “이 애비가 모지래서 알아보지도 않고 그놈의 손아귀에 넙쑥 돈을 쥐어준 이 천지 바보, 벵신이지. 아가 울지 말고, 천천히 일을 풀어가자. 그 후뢰 아들놈 같으니라고. 어데 사기칠 데가 없어서 천벌을 받을 놈 같으니라고.”

두 집 식구들은 온통 한쪽으로 정신을 집중시키고 궁리들을 한다. 결국 서울 재건단 청년놈의 새끼들은 모두다 사기꾼놈들이라고 싸몰아 욕을 하다가, 주소를 받아 놓은 것이 생각났다. 물론 지금 전보를 치거나 전화를 걸어봤자 그놈들은 충청도 서산인지 어딘지로 기어들어들 갔을 것이다.

어쨌든 중혁은 우체국으로 냅다 자전거를 몰고 갔다. 중혁은 숨이 턱 닿게 내달려 우체국에 와서 서울로 장거리전화를 신청한 후 한참을 기다린다. “서울 신청하신 거 나왔어유, 기장님.”한다.

“아, 아, 여보시유. 거기 상록수 본부지유?” “아, 네, 그렇습니다. 어디십니까.” “여기는 강원도구요, 내는 김중혁이요. 거기 이영수 선생 있으면 좀 대주시오. 급한 일이요.” “아, 네, 안그래도 선생님께서 지금 떠나려는 참인데 잠시만 기다리시오. 이 형, 이 형, 강원도 전화요.”기계 속에서 다급한 소리로 이 형을 불러댄다.

“아, 네, 여보세요. 저 이영수입니다.” “내요, 김중혁.” “아니, 계장님. 어쩐 일이십니까? 지금 막 저희들 떠나려는 참인데, 조금만 늦었어도 통화 못할 뻔했습니다. 그런데 계장님 어쩐 일로?”

중혁이 그동안 벌어진 일의 자초지종을 얘기하자 기절을 한다. “저희들도 전혀 의심치 않던 일인데.” 정형근이가 가짜라고는, 또 사기꾼이라고는 믿지 못했다. 그의 덕망과 또 의학지식, 어느 것 하나 의심할 여지가 없었던 것이다. 현금 1만 원도 농촌을 위해 써달라고 선뜻 내주고 상당한 액수의 의약품도 그의 비서라고 하는 사람이 직접 이곳 상록수에 건네주었다. 형근의 일거수 일투족을 보살피는 그의 비서, 허봉수. 그를 모든 상록수 대원들이 깍듯이 형이라고 부를 정도다.

이영수는 최철민과 서산 가는 것을 보류하고 금순의 결혼식 때는 다시 내려와 결혼식을 축하해주기로 준비 중이었다. 훌륭한 정형근과 금순의 결혼식 때는 서산으로 갔던 대원들도 모두 다 잠시 짬을 내서라도 이곳으로 다시 내려와 결혼식을 축하해주기로 준비 중이었던 것이다. 그처럼 훌륭한 정형근을 믿던 대원들은 정형근이 사기꾼이라는 말이 믿기지 않는다. 뭔가 잘못된 것이다.

이영수는 먼저 형근의 명함을 가지고 전화를 걸어본다. 그 번호는 있지도 않는 없는 번호다. 형근은 영어에도 능통하고 어떤 때는 우리말이 조금 서툴 때도 있었다. 어찌되었든 간에 이번 사건으로 금순이 쪽에서 상록수를 상대로 고발을 하면 지금껏 국고를 가지고 해온 농촌계몽운동은 수포로 돌아가고 오히려 국민들을 대상으로 사기행각을 벌인 것으로 내몰릴 판국이다.

새마을운동은 이 나라 지도자들이 국민들을 잘 살게 하기 위해서 시작한 일인데 초기에 이런 불상사라니, 아무튼 큰일이 벌어진 것이다. 서울에서 책임자로 내려온 사람들은 일이 더 커지기 전에 모든 손해 배상을 해주고, 백배사죄하고, 홍영감님, 또 완재어르신 모든 어른들께 용서를 빌고, 하루 속히 정형근을 찾아 법의 심판대에 세울 것을 약속했다.

금순은 얼이 **빠졌다**. 이처럼 허무하게 무너지다니, 할말을 잃었다. 동희 어머니께서는 "그 몹쓸 인사 붙잡으면 평생을 꿇어 앉히서 두 번 다시 못된 짓 못하게 내가 니 곁에 평생을 앉히놓으마. 그만해라. 이제부터는 정신 바싹 채리고 우리 일어서자. 니가 그리하든 아버님은 우째 하시라고 그러느냐."하시며 금순이를 달래신다.

금순은 점점 말이 없어진다. 아버지께서는 불효를 저지른 불효막심한 이 딸내미를 위해 더욱더 자상한 아버지로 달래주신다. "우리 잊자.

앞으로는 우리 남 보라는 듯이 살아보자." 동네사람 모두도 금순일 자연스레 예전과 조금도 다름없이 달래주신다.

상록수 회원들은 서울의 각 대학을 뒤지고 다녔다. 정태우 교수라는 사람은 어디에도 없다. 혹시 몰라 중고등학교 전체를 뒤졌는 데도 없다. 곽명숙 내과의사도 마찬가지다. 심지어 산부인과까지 다 찾아보았지만 어디에도 그런 의사는 없다.

모두가 다 엉터리고 가짜다. 명함은 가짜로 만들어 진 것이다. 그렇다면 이상한 일은 의약품, 시멘트, 또 현금 1만 원은 어디에서 나서 선뜻 내놓은 것일까. 납득이 되지 않는다. 상록수 모든 회원 대학생들에게 존경의 대상이었던 그가 이처럼 후안무치한 인간일 줄이야. 도대체 찾을 수가 없다. 그의 부모도 역시 찾을 수가 없다. 모두들 골머리들을 앓고 있다.

그렇지만 무슨 수를 써서라도 찾아내야 된다. 그때 "아, 형님. 지난번 그 때 그 외투말이요."하고 강준호가 뭔가 생각난 듯이 말을 한다. "무슨?""아, 그 때 춥다고 형님 입으라고 그 사람이 자신의 외투 한 벌을 준 것 있지 않습니까?""그래, 맞다. 그 외투." 강준호가 형 강민호에게 옷장 속에서 외투를 꺼내 보여준다. 외투가 너무 고급이라서 아낀다고 괴짝 속에 넣어둔 것을 동생 준호가 기억하고 꺼내 준 것이다. 분명 맞춤옷이다. 그 외투는 종로통에서 제일 유명한 런던 라사점에서 맞춘 고급옷이다. 정형근이라는 이름이 노란 황금색 실로 또렷이 박혀있다.

그들은 그 옷을 가지고 종로통에 있는 런던 라사점으로 갔다. "혹시, 이분 정형근이라는 분 아시는 분이십니까." 라사점 주인은 아주 오래 전부터 알던 사람인 양 망설이지도 않고 자세히 일러준다. 몇 달 전부터는 행방이 묘연하지만 얼마 전까지만 해도 이 종로통을 휘젓고 다닌 놈이라고 했다. 그와 똑같은 놈 허봉수와 같이 다닌다고 했다. 원래 형근은 그렇게 못된 놈은 아니었는데 허봉수 그놈과 함께 다니더니 완전 개망나니 인간쓰레기로 전락했단다. 그놈들 주 무대는 경기도 파주 양주골이란다.

정형근 그는 실제로 누구인가.

외동아들은 맞는 말이고 그의 아버지는 아주 잘 생긴 미남자로 한때 영화판에서 영화배우로 활동하다가 배우로만으로는 성이 차지 않았는지 영화사업을 한답시고 가정은 아예 뒷전이고 배우 지망생 젊은 여자들을 몰고 다녔다. 그때부터 허파에 바람이 잔뜩 들어 아예 방랑벽에 가정은 나몰라라 내팽개쳤다.

그의 처 곽명숙은 일본 유학을 한 신여성으로 집안도 양반가로 그의 부모님들은 늘 검소하고 윗대부터 학문을 제일주의로 살아가는 선비풍의 사람들이다. 검소함을 자랑으로 살아가는 그런 사람들이다.

정태수와 곽명숙은 부부로 맺어진 인연이지만 맞지 않은 부부다. 곽씨 부인은 시집온 지 한 달도 되기 전에 남편의 외도로 속을 끓여 왔다. 또 혼인하자 곧바로 태기가 있어 바로 형근을 낳게 된다. 시부모님들은 아들이 외도를 하든 며느리를 두둘겨 패든 그저 소 닭 보듯이 보더니 일 년 뒤 시아버지께서 돌아가시더니 한달 뒤 시어머니까지 돌아가시고 살던 집까지도 정태수가 영화사업 한답시고 팔아버렸다. 기가 막힐 노릇이다.

곽명숙은 어린 아들 형근을 업고는 친정집에 몸을 의탁하게 된다. 그것도 부모님만 계신다면 마음 편히 얹혀 살겠지만 오라범과 오라범댁의 싸늘한 눈치에 형근이 울면 오라범댁은 애가 적어 너까지 합세해 우냐고 아예 드러내놓고 구박을 한다.

친정어머님 가슴에 피멍을 들려놓고 곽명숙은 어린 것을 등에 붙이고 남의 집 부엌어미로 겨우 입에 풀칠만 하고 살아간다. 일하는 집, 광 한쪽에 누더기를 깔고 겨우 잠자리를 해결하다가 곽명숙의 성실함을 눈여겨 본 주인 댁에서 은혜를 베풀어 작은 방 한 칸을 내주셨다. 곽명숙은 뼈가 가루가 되게 일을 한 결과 3년 뒤에는 어느 정도 신용도 쌓고 돈 몇 푼도 모으게 된다.

일하던 집에 고마움을 수차례 인사하고 독립을 하게 된다. 종로통 그 옛날 기생집 근방, 단성사 부근에 하꼬방을 하나 얻어서 팥죽장사부터 시작해 떡집을 하게 된다. 곽명숙은 비록 하꼬방이지만 아들 형근이 커가는 보람으로 근면성실히 살아간다.

　형근이 6살이 되던 해, 근 5년만에 남편 정태우가 완전히 기름독에 빠진 제비처럼 미끈하게 빼입고, 예의 그 구불거리는 머리는 기름을 발라서 올백으로 넘기고 그 당시 최고의 멋쟁이들이 입는 양복을 쫙 빼입고 검정 일본제 사각가방을 들고 활동사진에서나 보던 멋쟁이 지팡이까지 들고 찾아왔다. 동행한, 장미꽃처럼 붉은 드레스를 입고 허리는 잘록하게 묶고 뒤에는 커다란 리본으로 묶고 외국배우처럼 생긴 그 여자는 영화배우 지망생인 젊고 싱싱한 어여쁜 여자다. 또 구두도 굽이 높고 앞이 뾰족한 빨간 구두에 머리는 멋쟁이들만 한다는 빠글빠글 파마에 얼굴은 잘 빚어놓은 조각 같다. 같은 여자가 봐도 넋이 빠질 정도로 곱고 화려한 아가씨다.

　곽명숙은 그래도 남편이고, 또 속없는 자신의 남편을 따라 다니는 그 아가씨가 안쓰러워 있는 것 없는 것 다 차려서 잘 차려진 점심상을 겸상으로 차려 냈다. 점심을 먹었으면 그냥 좋게 잘 가든가 해야지 5년만에 나타난 남편은 "너 돈 가진 것 있으믄 내놔바라."한다. "제가 어디 무슨 돈이 있겠습니까. 그 동안 이 어린 것 데리고 살아온 것도 고생을 생각하면 말도 다 할 수 없이 살아 왔습니다." "아, 너희 그 잘난 양반 집구석에 가서 돈 좀 얻어와라. 네년이 내 집에 들어와 시부모를 그것도 한 달 차이로 다 돌아가게 한 재수 대가리 없는 년이, 집구석에는 계집이 잘 들어와야 되는데. 집구석 망쳐 먹는 이년이, 내가 지금 영화사업을 하는데 남편의 출세를 위해 내조를 해야 할 년이. 지금 필림값이 없어 극장 상영을 중단할 처지다. 빨리 가서 돈 구해와라. 이년아." 그러면서 곽명숙을 괴롭힌다. "당신, 우리 친정에 돈 맡겨 놓으셨어요? 저는 못합니다. 우리 친정 부모님, 이 못난 딸년 때문에 속병, 골병드신 분들이십니다. 저한테 돈 요구는 하지 마세요. 이 어린 것 데리고 사는 애처로움을 아신다면 오히려 가장의 책임을 지셔야 할 분이 이러시면 안되지요." 곽명숙이 또박 또박 바른 말을 해대자, 씨근덕 거리던 정태우는 "이년이 뒈질려고 환장을 했나." 하더니 곽명숙을 힘껏 걷어차 마루에서 마당으로 곤두박질 치게 만든다.

곽명숙은 그만 기가 막힌다. 아픔도 아픔이지만 낯선 젊은 여자 앞에서 한가닥 자존심까지 깡그리 짓밟아 버린다. 태우는 마루에서 내려오더니 "오냐, 네 년이 죽고 싶어 환장을 했구나." 하더니 얼굴, 머리, 옆구리, 배 등 닥치는 대로 마구 짓이긴다.

그때 겨우 6살 먹은 형근은 울고만 있다가 어미가 비참하게 매를 맞고 실신하자 아버지의 다리를 붙들고 "왜 우리 엄마 때려요. 아버지 나뻐. 나가요. 나가란 말이야." 하면서 아버지 장단지를 물어 뜯었다. "악~ 이 쬐구만 새끼가. 지 에미년 닮아서 개 지랄이야." 그러면서 구둣발로 여섯살백이 형근을 걷어차자 형근이 얼굴이 세수대야처럼 부풀어 오르면서 귀에서는 피가 분수처럼 솟구쳐 오른다. 상황이 이 지경이 되자 태우 놈은 젊은 여자 손목을 잡아 끌고는 삼십육계 줄행랑을 놓는다.

그런 뒤 일년 후 정태우는 방랑벽에 또 복잡한 여자관계로 성병까지 걸려서 기진맥진하니 집구석으로 들어왔다. 그때 아버지 태우에게 걷어차인 형근은 오른쪽 고막이 완전히 파열되고 또 피를 많이 흘려 자칫하면 죽을뻔 했는데도 하늘이 도우셔서 목숨만은 건졌으나 병원에 일년간 치료를 받았어도 왼쪽 고막까지 울려 웅웅대더니 말이 들리지 않았다.

어머니 곽명숙은 의학서적을 구해다 보고, 아들을 연구해가면서 병원마다 찾아다니며 별짓을 다해서 겨우 말을 알아들을 수 있게 고쳐냈다. 그래도 형근은 귀가 다른 사람들에 비하면 잘 들리지 않지만 눈치껏 눈대중으로 알아듣는다. 또 아버지라는 작자는 타락해 평생을 어머니의 피를 빨아먹는 거머리처럼 살다가 결국에는 성병이 도지고 환장을 하더니 죽어버렸다.

형근이는 아버지를 벌레보듯이 대했다. 어머니의 타이름에도 오히려 빗나갔다. 또 어머니는 아편쟁이 남편을 요양소에 보내는 것을 반대하고 아편을 대주고 병치닥거리를 해주시던 그런 분이시다.

또 곽명숙은 아주 신실한 기독교 신자이다. 가난과 남편의 병치닥거리에도 형근이 학업을 열심으로 시키셨다. 중학교 고등학교까지 애쓰고 노력한 것에도 불구하고 고등학교 후반에 친구를 잘못 사귀어서 퇴학을 하게 된다. 그래서 고등학교 졸업장도 없다. 바로 허봉수라는 친구 녀석 때문이다.

허봉수, 그는 어미가 파주 양주골에서 누가 애비인 줄도 모르게 태어난 아이다. 그의 어미는 미군을 상대로 살아가는 양색시들을 고용하는 포주다. 그 어미와 그 자식 놈은 인생을 쉽게 한탕주의로 살아간다.

같은 고등학교 친구인 두 놈은 그때부터 망가져 간다. 형근의 준수한 외모로 정에 굶주린 양색시들을 이용해 그들의 거머리로 한탕주의와 사기, 공갈로 살아간다. 형근은 머리도 좋고 언어능력이 뛰어나 영어도 금방 배우게 된다. 이웃 양주골에서는 여자들에게 인기가 최고조로 달한다. 훤칠한 외모 또 주절대는 팝송, 세련되게 구사하는 영어, 특히 세련된 그의 외모와 몸매 때문에 늘 궁색하지 않게 풍족하게 살아간다. 대신 한탕쳐서는 유흥비와 포카게임에 다 흘려 보낸다.

한 이 년 뒤에는 더 크게 활개쳐서 미국으로 날아갈 궁리를 하고 봉수 그놈과 머리를 맞대고 미군 장교들에게 접근을 시도하던 중에 형근이가 상대하고 다니던 윤설희라는 착한 여자가 걸려든다. 미군을 상대하던 여자인데 운없게도 형근이에게 걸려들어 피를 빨리면서 살아간다.

형근은 윤설희에게 완전 사냥감을 문 것처럼 그때 그때마다 피를 빠는 거머리로 살아간다. 윤설희한테 갈취해간 돈을 놀음판에 탈탈 털리고는 또 다시 와서 괴롭힌다. 윤설희는 미군들한테 몸둥아리를 팔아 번 돈을 형근이 놈이 지체없이 채 가자 안 뺏길려고 저항도 해보았지만, 부전자전이라고 그 애비의 그 자식 놈이라더니 손찌검까지 하며 돈을 갈취해간다.

그런 설희가 형근이 놈 아이를 잉태하게 된다. 설희는 애원했다. "이제 당신의 아이까지 임신했으니 우리 둘이 이 생활 청산하고, 가난하더라도 사람답게 살면서 당신 어머님 모시고 살자."고 울면서 애원했다. 형근이 놈은 "이 더러운 양갈보 년아. 어째 네 년 뱃속의 새끼가 내 새끼냐. 어느 놈의 새낀 줄도 모르는 년이 감히 누굴 잡고 늘어지는 거야."고 거침없이 걷어차고 참혹하리만큼 매질을 해댄다.

그래도 뱃속의 새끼가 명줄이 질긴 탓인지 그렇게 맞고도 끄덕없이 잘못되지 않고 배는 점점 불러온다. 형근은 사실이지 새끼까지 가졌다고 자꾸 매달리자 슬슬 귀찮아지기도 하고 점점 싫증이 난다.

그때 또 걸려든 어떤 미군 여장교. 그녀는 생김생김이 눈동자도 머리카락도 검고 또 피부빛도 가무잡잡하니 아주 고혹적인 매력을 지닌 남미풍의 여자다. 즉 스페인계 미국인 여장교 대위다. 계급만큼 위엄도 있고 말수도 적은 그녀가 형근이놈한테 홀딱 반해 버린 것이다.

그녀의 직책은 군수품 관리담당이었다. 의약품 또 시멘트 등 중요한 군수물품들을 담당하는 그녀이기에 형근은 처음에는 로사의 발까지 씻겨줄 정도로 잘해준다. 형근에게 완전히 빠져버린 그녀는 결혼해서 함께 미국행을 계획하기에 이른다.

그런 중에 봉수놈이 농간을 부려서 한두 번 군수품을 빼내 헐값에 팔아먹게 되자 강직한 로사가 참지 못하고 형근에게 절교를 선포하게 된다. 처음에는 형근이놈이 싹싹 빌며 용서를 구해도 보고 공갈을 쳐보기도 했지만 그녀는 막무가내다.

상황이 돌이킬 수 없게 되자 아예 봉수놈과 짜고 차까지 훔쳐 의약품, 시멘트, 식품 등을 어마어마하게 빼돌려 마구 팔아치우기에 이른다. 로사도 더 이상은 어쩌지 못하고 자수를 하고는 스스로 군복을 벗고 본국으로 추방된다. 형근 역시 잡히면 끝장이다.

그때 현금 3만 원과 온갖 물품들을 빼내서 임시로 자신이 피신할 곳을 물색하던 차에 상록수 본부를 점찍게 된 것이다. 봉수놈은 형근에게 가짜 명함 등을 준비해주고는 그놈 역시 속리산 어디 사찰에 몸을 숨기게 된다.

상록수 본부는 형근이놈 은신처로 딱 안성 마춤이다. 돈 1만 원과 물건 좀 풀고 명함 몇 장 보여주니 순식간에 귀한 집 자제 또 의학박사 칭호까지 따게 됐다. 그 와중에 그놈은 금욕이 힘이 들었는지 순진무구한 숫처녀 금순이까지 꿀꺼덕 삼켜버린 야차 같은 놈이다.

형근이 로사와 교제 중일 때 윤설희는 죽을 힘을 다해 아들을 낳았다. 종로 사거리에 갖다놔도 형근이놈 아들이라 할 정도로 형근을 쏙 빼닮은 아이다. 그런데 애가 어딘지 모르게 좀 이상해 보였다. 정상은 아닌 것 같다.

설희는 동료들의 도움으로 건강은 다시 회복했으나, 일은 더 이상 하지 않기로 하고 형근에게 연락을 했다. 자신의 아들이 태어났음을 알리는 데도 형근은 자신은 알바 아니라고 딱 잡아뗀다.

설희 아들 치우는 어미 뱃속에 있을 때 애비놈이 허구헌날 수없이 걷어 차서 병신이 돼서 나왔다. 감정도 없고 그냥 오로지 먹는 것밖에 모른다. 때려도 꼬집어도 아픔도 못 느끼는것 같다. 그냥 히죽이 웃으면서 먹어대는 것밖에 모른다.

하루는 설희친구 강미연이 잭 나이프를 수중에 품고는 형근을 찾아가 "이 개같은 새끼야. 어째 니 놈이 새끼까지 낳은 내 친구 설희를 박절한단 말이냐. 오늘 니 놈 죽고 내 죽자."고 칼을 휘두르자 형근이 "그래, 내 잘못했다."고 미연을 달랜다. 지금의 형근은 많은 사람들 눈에 띄면 좋을 것이 하나도 없기에 미연을 달래서 우선 보내는 것이 능사다. 순진한 미연은 형근의 속마음도 모르고 마음이 약해져 "그래, 그러면 니 새끼 데려가라."고 협상한다.

설희는 아이와 힘들게 살고 있다. 형근은 그 길로 온전치 못한 지 새끼를 데려다 종로통에서 떡 좌판을 놓고 장사하는 어머니에게 맡겨 놓고는 몸을 피해 물 맑고 공기 좋은 강원도로 상록수 청년들을 따라 은신한 것이다. 그러다 이곳에서 또 다시 죄를 짓고는 금순이에게서 갈취한 돈과 금 등을 팔아서 또 다른 범죄의 장소를 물색 중이다.

한편 치우할머니 곽명숙은 아들이 파렴치한 행동으로 순수한 산골처녀의 신세를 망친 얘기를 전해 듣고 통곡을 한다.

'아이고, 하나님. 어째 이런 일이. 내 속으로 내놓은 내 새끼가 무슨 할 짓이 없어서 인간으로써 할 수 없는 그런 몹쓸 짓을 했을꼬. 몸 망치고 돈까지 뺏어 갔다는 그 녀석을 이 에미가 어찌 사죄를 올려야 될지. 당장 강원도 처녀의 집으로 달려가 이 에미가 대신 목숨이라도 드려서 죄가 사해진다면 그리 하겠건만. 그러면 이 불쌍한 내 손주 치우는 어쩌라고. 그 누가 이 녀석을 돌볼 수 있을꼬.' 치우를 안고 울고 또 울었다. '내 너를 위해 때로는 인간의 도리도 저버리게 되는구나. 젊은 처녀 아기야, 이 죄 많은 어미가 이 목숨 다 할 때까지 마음으로 빌고 또 빌게. 그저 자네의 앞날에 좋은 날이 오기를 빌고 또 빌겠네.'

22. 자살

용바위골은 낮에도 컴컴하고 어둡다. 바위가 꼭 용이 두 마리가 뒤엉켜서 하늘로 승천하는 듯한 모습이다. 용이 되어 하늘로 올라가야 되는데 두 마리가 서로 먼저 올라가려고 싸우다가 두 마리 모두 다 떨어져서 이무기가 됐다는 전설이 있다.

바위모양이 꼭 용이 승천하는 모습 같아서 옛날 사람들이 용바위라고 부르면서 지금까지 용바위골로 불리어진다. 인간이든 미물이든 욕심이 과하면 죄가 승하는 법이고 죄가 승하면 죽음에 이르는 법이다.

바위가 쭈글쭈글 하면서 웅장하고 골골이 밑으로 갈라져 차가운 물이 계속 흘러내린다. 바위틈에서 나오는 물인지 어디서 나오는 물인지 한여름 뜨거운 날씨에도 이곳에 오면 한기를 느낀다. 자세히 밑을 들여다보면 바위 속에 굴이 있는데 그 굴 속에는 여름에도 고드름이 주렁주렁 달려있어 장관을 이룬다.

또 겨울이면 김이 술술 오른다. 손을 담글라치면 따뜻한 물이 계속 흘러나온다. 참 조화롭다. 조물주께서 만들어 놓으신 작품 중 작품이다.

사람들은 이곳에 오면 경건히 절을 올리면서 저마다의 기도를 드린다. 골골이 흐르는 물은 바위돌들을 굴려서 바위 밑에 쌓아 웅덩이를 만들어 놨다. 흐르는 물들이 모여서 고여 있는 샘이다. 그 물을 한 모금 손바가지로 떠서 마실라치면 이가 시리다. 또 물이 달다. 온통 온몸이 찌릿하니 힘이 생겨난다.

사람들의 말에 의하면 태백산 골짝 골짝에 은둔해 있는 심마니들이 이 샘을 만들었다고들 한다. 심마니들은 이 물로 밥을 지어 산신한테

제를 지내고 산삼을 캐러 간다고들 한다.

또 한 가지 소문은 이 용바위샘에 오는 사람 중에 부정한 짓 또는 여자와 질펀하게 잠자리를 하고 오는 사람은 산에 오를 때 굴러 떨어져 다치든지 아니면 꼭 뱀한테 물려서 크게 욕본다고들 한다.

아무튼 영험한 바위이기는 한 모양이다. 또 하늘이 보이지 않는다. 몇 백 년은 묵은 장송들과 잡목들이 꽉 우거져서 한낮에도 캄캄하다. 또 무슨 놈의 부엉이는 낮도 밤도 분간 못하고 처량하게 구슬피 울어대는지, 부엉이 골이라고도 불려진다. 바람소리도 '웅우우우웅~' 하고 꼭 산짐승 소리처럼 들린다. 이 곳이 더 음산하게 느껴지는 것은 큰 고목에 둥지를 틀고 앉아서 슬픈 가락으로 울어대는 소쩍새 소리 때문이다.

♪솥텅 솥텅 솥텅 솥텅 쌀독 비었다. 솥텅 솥텅 솥텅 솥텅/ 양식 떨어져 배고파서 못살겠다. 솥텅 솥텅 솥텅 솥텅/ 고약스런 시엄씨가 굶겨 죽인 며느리. 솥텅 솥텅 솥텅 솥텅/ 허기진 며느리 먹지 못해 말랐네. 솥텅 솥텅 솥텅 솥텅/ 우리 아기 배고파서 빈젖 빨아 피 넘기네. 솥텅 솥텅 솥텅 솥텅/ 가련하다 굶어 죽은 며느리 귀신 한이 되어. 솥텅 솥텅 솥텅 솥텅♪

금순이는 어머니가 부르시는 소쩍새 노래 소리가 멀리서 들리는가 하면 또 앞에서 들리는듯 하다. 시엄씨가 구박해서 굶겨 죽인 며느리의 한이 서린 구슬픈 가락을 노래하시던 나의 어머니. 또 콩새 떼들이 '콩콩 쪼르르 콩콩 쪼르르 쪼르르' 하며 구슬프게 부르는 노래소리가 금순이 귓가를 맴돈다.

멀어지듯 들려오고 들리는 듯 멀어지는 노래소리를 들으며 금순이는 정신을 차리려고 무겁게 내려앉은 눈꺼풀을 치켜 올리려 애를 쓴다. 갑자기 '�솨' 하는 바람소리와 함께 금순이는 그네가 흔들흔들거리는 것을 느낀다. 금순이는 두 눈을 번쩍뜨고 '어서 가서 아버지 진지상 봐드리고 금옥이 머리 빗겨 학교 보내야지.' 마음 먹는다. 금순이는 지금 그네 위에 기대 있는지 아니면 꽃가마타고 시집가는 것인지 알 길이 없다.

정신이 혼미하지만 곰곰이 생각해 본다. '아, 그렇지. 나는 용바위 꼭대기에서 몸을 날려 떨어져 죽은 거다. 아, 그렇구나. 내가 지금 저승문을 들어서는구나. 우리 어머니가 이곳에 먼저 오셔서 이 딸내미 마중하러 오셔서 소쩍새 노래를 부르셨구나. 어머니, 어머니! 어디계세요. 이 딸내미가 어머니 뒤를 따라왔어요. 어머니 죄송해요. 금옥이를 두고 이 못된 딸내미 혼자 어머님께 왔어요. 어머니, 어머니! 죄송해요. 어서 모습을 보여주세요.'

어머니 모습을 찾으려 두리번거리다 보니 이것은 또 어찌된 것인가. 위를 쳐다보니 바로 용바위 꼭대기가 눈앞에 펼쳐져있다. 가까이 보니 꿈틀꿈틀 골이 진 곳에 물이 졸졸 흘러내린다. 또 자세히 쳐다보니 꿈틀꿈틀한 용머리 형상의 바위는 두 머리가 한군데 뒤엉킨 용의 얼굴처럼 보이는 바위가 아닌가.

금순이는 오싹하니 무섬증이 확 든다. 약간 옆으로 움직여 보자 출렁출렁하니 꼭 그네 속에 누워있는 느낌이다. 정신을 차리고 자신이 누워 있는 곳을 살펴보니 수 백 년은 묵은 듯한 노송가지가 부채살처럼 확 펴진 데다가 안이 움푹하니 솔잎들이 떨어져 쌓여서 푹신하고 또 옆가지 역시 확 펴져서 양손가락 열 개가 서로 꽉 끼듯이 아주 튼튼한 노송 두 그루가 받치고 있는 요람 속에 자신이 아주 편안히 누워있다.

어머니의 노래 소리로 정신이 들은 것일까. 아주 옅은 봄볕이 노송가지 사이사이로 금순이 몸을 살포시 비춰준다. 훈훈한 꽃 바람이 금순일 깊은 잠에서 깨워준다. 몸을 움직여보자 오른쪽 어깨쭉지와 옆구리가 온통 쓰릿한 통증으로 자신도 모르게 약한 신음을 토해낸다. 손도 움직여보니 자연스럽게 움직여진다.

한손으로 어깨쭉지를 만져보자 끈적한 액체가 손에 묻어난다. 나뭇가지에 걸려서 찢어진 듯 피가 흘러있다. 다행히 다른 곳은 아무렇지 않다. 금순이는 옆으로 몸을 돌려 일어나 편히 앉아도 봤다.

지금은 분명 낮이다. 몇 시간이나 지났을까. 아니면 하루 이틀, 더 많은 시간이 흐른 것 같기도 하다. 누가 자신을 안아 내려서 이 노송 요람 속에 뉘여놓은 것일까. 밑을 내려보고는 현기증을 느꼈다. 열 길 아니 스무 길 넘게 까마득히 보인다.

금순이는 정신이 확 든다. 자신도 모르게 무릎을 세우고 어머니께서 하시던 그대로 기도를 올린다. '용천 하늘님네유. 이 미련한 것이 무지해서 앞뒤 안가리고 천금보다 귀한 목숨을 함부로 버릴려고 했습니다. 살리주시요. 불쌍한 울아버지 내 때문에 딴 맘 먹지 않도록 지키주시오. 내 좀 살리시서 집으로 돌아가게 해주시오.'

금순이는 생각해본다. '아마도 우리 어머니께서 날 구해주셨나보다. 날 지켜주신 것이다.' 그런 생각을 하는데 갑자기 나뭇가지가 '뚜뚝' 하고 부러진다. '아이고, 살리주시오.' 소리치고는 손에 잡히는대로 나뭇가지를 잡아 당긴다. 마른 가지가 그만 '뚜욱' 하고 부러지더니 '두두둑' 하고 밑으로 내려간다. 꺾어진 나뭇가지 사이에서 바람이 올라온다. 오싹해진다.

금순이는 형근이에게 몸 뺏기고 돈 뺏기고 어머니 반지까지 도둑질 당한 것이 분에 사무쳐 몸과 마음에 병이 들어 사는 게 사는 게 아니다. 또 온통 그 소문이 눈덩이보다 커지고 커져서 삼 이웃에 별의별 소문이 다 나돈다. 이웃사람들은 약속이나 한 듯이 금순네 식구들을 무슨 벌레 보듯이, 아니 무슨 몹쓸 인간 보듯이 쑤근거리고 아예 대놓고 침을 뱉어낸다.

금순이는 날마다 날마다 초죽음이 되고 또 짓밟힌 자존심, 능욕당한 그 배신감을 어디에다 하소연할 데도 없다. 아니 말로서는 헤아릴 수가 없다. 천하에 때려 죽여도 분이 안 풀린다.

백옥같이 깨끗하고 순진하신 인품의 아버님을 흙탕물을 뒤집어 씌운 그 짐승만도 못한 야차 같은 놈. 산골에서 세상 물정 모르고 묻혀 산다고 이 순하고 깨끗한 사람들을 제 놈의 손바닥 위에 올려놓고 마음껏 주무르고 농락하다가 헌신짝 버리듯이 차버리고 달라 뺀 짐승 같은 놈. 혹여 마을사람 누구든지 쑤근거리는 것이 보이면 금순이는 온통 산으로 들로 뛰어 나간다.

완재 어르신이 붙들어 앉혀서 "네 이녀석. 너희 아버지를 죽일 작정이냐. 그러니 이젠 앞으로 정신 바싹 채리고 누가 뭐라고 씨부리던간에 네 할 도리만 하고 맥 놓치 말고 살어. 서울 청년들이 그 놈 찾으믄 여기 끌어다 다리 몽댕이를 꺾어서 주저 앉히서 천년만년 지천하면서 델구 살믄 되는 기여. 그러니 마음 다 잡고 살 생각해야지." 타이르신다.

금순이는 어르신 말씀처럼 살려고 누가 뭐라 해도 더욱더 열심히 일하고 약초도 더 많이 캐고 나무짐도 남자들보다 더 높게 해서 져다가 장작도 패고 장날 아침 일찍 나가서 약초도 파는 등 일하고 원수진 사람처럼 일만 해댄다.

아버지께서 겨울에 기침병에 쓰게 할 조약도 만들어 놓고 또 산복숭아도 따다가 술을 담궈둔다. 금순이는 말도 잃었다. 굳게 다문 입, 오로지 일에만 미쳤다. 몸은 바람만 불어도 날아갈 듯이 비쩍 말랐어도 팔다리 알통은 꼭 조선 무우처럼 알이 찼다. 꼭 머슴놈처럼 돼 버렸다. 얼굴은 아예 형태도 일그러져서 그림처럼 곱던 얼굴이 꼭 승냥이처럼 변했다. 눈은 광기가 난다.

금순은 오늘도 새벽에 일어나 아버지 조반상을 봐 놓고 금옥일 깨워 머리를 빗겨주고는 여느 때와 마찬가지로 산으로 직행을 했다. 곡괭이로 약초도 캐고 영지버섯 등, 돈 되는 것은 부지런히 거둬 들인다. 또 분이 차서 뱀만 보면 무조건 잡아 죽여 나뭇가지에 척척 걸어 놓는다. 애매한 뱀한테 분풀이를 해대는 것 같다.

그때 저 밑에서 "금순아, 금순아! 같이 좀 가자. 좀 쉬었다가 가자." 하고 누군가가 부른다. 뒤를 돌아보니 윗마을에 사는 원자라고 금순이 또래 서서방의 맏딸이다. 평소에는 별로 친분이 없었는데 아는 체를 한다. "니는 웬 걸음이 그리 빠르냐야." 헉헉 거리면서 따라온다.

원자는 그 아버지에 비해서는 그리 나빠 보이지는 않는다. "금순아, 마을사람들이 쑤근거리고 해도 한귀로 듣고 한귀로 흘러버려라. 니가 잘 견디고 나가면 마을사람들이 지 풀에 나가 떨어질기여. 난 솔직히 말해서 그래도 니가 부릅다야. 그렇게 잘생긴 남정네 품에 안기도 보고 입도 맞추고 니는 한도 원도 없겠다. 그치, 금순아. 내 하는 말에 곡해는 말어. 내가 못 배워서 말을 할 줄 몰라서 내 생각을 그대로 말해 미안하야. 그런데 니가 모르는 것이 있는 것 같아서 내가 좀 알리 줄라꼬. 그 대신 내 입은 무겁다. 아무한테도 얘기 안할게. 내 말 들어봐. 니 혹시 몸이 다른 것은 아니냐?"

원자 어머니는 다산형이다. 1년에 한 명씩 여섯 명이나 낳았는데도 또 배가 북통처럼 불러서는 뒤로 한껏 제끼고 어기적거리고 돌아다닌다. 원자는 장녀로써 어미의 출산도 도울 뿐아니라 해산까지도 다 원자의 몫이다. 그런 원자는 여인들의 얼굴빛만 봐도 임신여부를 알 수 있다. "니 혹시 달거리는 제때하나. 내 보기에는 너댓 달은 돼 보인다. 맞재. 그치, 내말 맞재. 내 소문은 절대 안낸다. 걱정마라." 금순이는 펄쩍 뛴다. "아니다. 달거리는 꼭 한다." "그래? 그런데 니 상이 왜 그리 비틀릿나. 꼭 애서는 에미네같이." "아니야, 아니야, 아니란 말이야." 하고는 톡 내쏜다.

금순이는 애꿎은 원자에게 성질을 내고는 곧장 집으로 달려 내려왔다. 가만히 따져보니 형근과 그 일을 치룬 뒤로는 달거리가 끊긴 것이다. 금순이는 생각도 못한 일이다. 어째 자꾸 가슴이 딱딱하고 살짝만 부딪쳐도 깜짝깜짝 놀랠 정도로 아팠다. 그것도 모르고 치마 말기로 더욱 더 꼭꼭 묶어 놓으니 소화는 안되고 자꾸 헛구역질이 나기에 자극적인 것을 먹고는 했다. 솔잎도 꾹꾹 씹고 또 익지도 않은 산복숭이도 쓱쓱 문질러서 그 쓴 것을 입에 털어 넣고는 우적우적 씨앗까지 씹어 삼키곤 했다.

금순이는 그 옛날 어머니께서 금옥일 가지시고도 몰랐다가 뒤늦게 아시고는 가슴을 만지시고 젖꼭지가 시커멓게 된 것을 보시고 안절부절하던 일이 생각났다. 금순은 자신의 가슴을 보고 또 기가 막혔다. 아주 더럽고 끔찍한 것이 묻어 있는 착각에 빠져서 바가지에 물을 떠서 가슴을 씻어내고 또 씻어도 점점 더 검고 우들우들거리고 징그럽고 더럽다.

금순은 웬수놈의 새끼를 잉태한 것이다. 얼른 장독대로 달려가서 간장독을 열어 눈을 질끈 감고 새카맣게 절은 장물을 한쪽박 떠서 발칵발칵 들이킨다. 죽을 힘을 다해 눈을 꽉 감고 들이킨다. 그러나 쪽박을 떼는 동시에 왈칵하고 넘긴 간장이 그대로 다 토해진다. 금순은 쪽박을 힘껏 내던진다. '이 짓거리도 마음대로 안되는구나.' 금순은 마음 속으로 통곡을 했다. 아버지 들으실까봐, 아실까봐 속으로 속으로 삼키면서 내장이 아니 오장육부가 찢어져 나가도록 가슴으로 통곡을 했다.

그와 딱 네 번 밤을 보냈는데 웬수의 씨가 배태되다니, 금순은 하늘이 노랗다. 금순은 요즘 면경을 본 적이 없다. 그럴 여유도 없고 마음도 없었던 것이다. 그러다 원자의 말이 자꾸 거슬려 면경을 들여다보고는 소스라치게 놀랐다.

예전의 그 곱던 얼굴은 본데간데 없고 면경 속에는 매구 한 마리가 떡 버티고 노려보고 있다. 얼굴은 파리리가 똥을 싸갈긴 것처럼 꺼뭇꺼뭇하고 광대뼈는 툭 불거지고 두 눈은 벌겋게 충혈되고 이빨은 누리끼리한 게 송곳니는 뽀족하게 튀어나온 것이 매구 중에서도 왕매구같이 보인다. 영락없이 여시가 둔갑한 괴물의 모습이다.

금순이는 살 가치조차도 없다는 생각이 든다. '내가 살아 있으면 배불떼기로 마을을 휘젓고 다닐 것이니 십중팔구는 아버지께서 돌아가실 게다. 금옥이 역시 이 더러운 년 때문에 부정한 년의 동생이라고 돌팔매질이나 당하겠지. 우리 금옥인들 온전할까. 또 아버지는 아버지 가문의 수치라고 문중에서도 내돌림을 당하실 게다.'

죽을 결심을 한 금순은 성황당 뒤 밭둑에서 캄캄한 밤중에 힘껏 뛰어 내려보기도 했다. 그렇지만 몹쓸 놈의 배속의 새끼는 끄떡도 없다. 금순은 밤새도록 생각에 빠졌다가 큰 결정을 했다. '그래, 쥐도 새도 모르게 죽는 게다.'

아버지께는 장문의 글, 아니 용서의 글을 써놓고 그간 약초 캔 것과 벌어 놓은 몇 푼의 돈과 양식을 구해다 두고, 약간의 밑반찬도 준비해 두고는 미련없이 떠나기로 결심했다. '아버지, 이 죄많은 딸내미를 용서해주세요. 나의 아버지, 이 세상에서 가장 존경하고 또 존경하는 나의 아버지. 이 불효한 딸내미를 이제는 놔 주세요. 이 불효막심한 딸내미가 죄를 어찌 씻어야 할지 생각에 생각을 거듭한 나머지 내린 결정입니다. 아버지 이 죄인인 딸년이 원수의 씨를 잉태했습니다. 어찌할 방도가 없어서 내린 결정이 이 길밖에 없습니다. 제가 살아있으면 아버님과 우리 금옥이한테 씻지 못할 죄를 짓게 될 것입니다. 모든 사람들한테는 산에 올라가 사고로 죽은 것으로 해주십시오. 이 딸년의 마지막 부탁을 들어주실 줄 믿고 우리 금옥일 아버지께 부탁드리옵니다. 금옥일 위해서도 건강하셔야 됩니다. 이 염체도 체면도 없는 비정한 딸년이 아버지께 마지막으로 인사 올립니다. 만수무강 하소서. 부디.'

그렇게 떠나왔는데 지금 금순은 분명 살아있다. 배속에서는 '툭툭' 하고 냅다 발길질을 해댄다. 또 꼼지락 간질 간질하다. 아랫배를 가만히 만져보자 조막만한 물체가 둥굴게 뭉쳐있는 것이 잡힌다. 금순은 가슴으로 통곡을 한다. '내 새끼야, 이 죄를 어찌 다 씻겠누. 이 죄 많은 에미년이 널 죽이려고 주먹으로 내지르고 뛰어 내리고 온갖 짓거리를 다 했는데두 살아 있어줘서 고맙구나. 이 에미년이 미웠을텐데도 그래도 잘 살아 버텨줘서 고맙다. 내 새끼야. 오냐, 그래. 니랑 내랑 이 모진 세상 한번 살아보자. 어디 한번 여봐란 듯이 잘 살아보자. 아마도 너와 나는 죽을 팔자가 아닌 게다. 내 꼭 약속하마. 널 낳아서 잘 키워줄게. 온 정성껏 키워줄게. 내 새끼야, 하늘님이 내려주신 귀한 생명을 없애려고 이 에미가 하도 때려서 내 새끼 골병 들었으믄 어떻하냐. 이 에미가 무지해서 내 새끼 세상 밖에 나오기도 전에 주먹다짐을 해댄 이 처죽일 에밀 용서해라.' 금순이는 피를 토하는 심정으로 울부짖는다.

금순이는 어렵게 살아남은 배속에 생명을 위해서라도 삶의 애착을 느끼고 이제 정신을 차린다. 노송가지 요람 속에서 무사히 나와 속히 집으로 돌아가야 된다. 혹여 아버지께서 충격으로 큰일을 저지르실까봐 조바심에 마음이 급해져서 서두르고 있다.

금순은 심한 갈증을 느낀다. 둘레둘레 살핀다. 바로 옆 소나무 생가지 순이 올라온다. 햇솔잎이 잔뜩 솟아 오른 엄지손가락만한 연초록 새 가지가 눈에 띄자 금순은 팔을 뻗어 새 가지를 꺾어 솔잎을 훑어내고는 잘근잘근 씹어본다. 도저히 써서 먹을 수가 없어 도로 뱉어내자 그래도 뒷맛은 향기롭기까지 하면서 조금은 갈증이 해소된다. 혹여 뱃속 태아에게 해가 될까봐 그냥 참고 이 요람에서 내려갈 방법을 연구하고 있다.

그때 금순 자신도 모르게 힘을 준 것인 듯 또 나뭇가지 하나가 '뚝둑' 하고 부러지더니 그만 한쪽다리가 쑥 빠진다. 금순은 온몸에 땀이 비오듯이 흐른다. 고개를 숙이고 다리를 빼려는 그 순간 자세히 보니 온통 다래나무순이 칭칭 감겨 올라와서 금순이 타고 앉아있는 요람을 감싸고 있는 것이 보인다. 결국 노송 요람을 다래나무순들이 칭칭 둘러 감싸서 튼튼한 요람이 된 것이다. 용케도 그런 요람 속에 몸이 떨어져 살아있는 것이다.

살펴보니 옆쪽으로 다래순이 퍼져서 용바위 얼굴형상 뒤쪽으로 웅장하게 뻗어져 있다. 뒤쪽으로 돌아가기만 하면 아주 쉽게 내려갈 수가 있을 것 같다. 다래순은 유연하면서도 질기기 때문에 얼마든지 타고 내려갈 수가 있다. 거기다가 칡넝쿨까지 뒤엉켜 있기에 뒤쪽으로 돌아가기만 하면 쉽게 내려갈 수 있는 희망이 보이자 금순이는 다시 한번 이를 악물고 배속에 태아에게 다짐을 해 본다. '우리 아기야, 이 어미에

게 꼭 붙어 있거라. 어미가 뛰드라도 꼭 붙어 있어야 된다.'

금순이는 평소에 늘 산을 타고 나무에도 잘 오르고 농사를 업으로 살던 몸이라 팔 다리 근육이 남자 못지않게 짱짱하다. 금순은 양 옆으로 몸을 굽혀 쉬운 쪽으로 오른쪽을 택하고 굵은 다래순을 꼭 쥐고는 몸을 요람 속에서 옆으로 눕듯이 빼고는 크게 한 번 숨을 내쉬고 다시 몸을 더 옆으로 빼면서 손아귀를 옆으로 밀어 왼손으로 나무둥치를 다시 거머쥔다. 아차해서 수 십 길 낭떠러지기에 떨어지는 날이면 금순이도 뱃속의 태아도 가루가 된다. 아니면 또 나뭇가지에 걸려 찢겨져 비참한 생을 마감할 것이다.

금순이는 입속으로 '하늘님, 하늘님!' 부르면서 다래순을 꽉 거머쥐고는 양쪽 발바닥으로 발에 걸리는 나뭇가지를 밀어내면서 한 발 한 발 옆으로 옆으로 밀고 나간다. 땀이 비오듯이 흘러내린다. 주문을 외듯 '하늘님' 또 '아기야' 하면서 얼마나 버둥대며 밀고 나갔는지 무언가가 손에 부딪친다.

한숨을 크게 내쉬고는 눈을 떠 살핀다. 금순은 자신도 모르게 '아이구 하늘님요. 고맙소. 고마워요.' 하고는 소리친다. 금순이가 그토록 죽을 힘을 다해 밀고 또 밀고 옆으로 돌아온 곳은 다름아닌 바로 용바위 용머리 뒤쪽이다.

금순의 눈에 들어온 광경은 탄성이 절로 나올 정도로 기가 막히게 아름답다. 꼭 손톱만한 약간 연두빛이 도는 하얀색 꽃들이 수 만 개가 나무에 붙어 있기도 하고 또 온 바위에 떨어져 꽃길을 연상케 한다. 다래꽃은 옴팍한 작은 접시처럼 앙증맞게 생겼다. 또 화려하기로는 둘째가라면 서운할 정도의 보랏빛 칡꽃들이 주렁주렁 피어서 장관을 이룬다. 거기다가 붉은 빛이 도는 붉은 보라색 싸리꽃도 합세한 꽃길이 쫙 깔려 있다.

용바위 앞에는 낭떠러지만 뒤쪽은 넓은 바위로 꽃길 융단을 깔아 놓은 것 같다. '아기야, 이것은 꿈도 아니고 내 아기랑 이 어미가 죽어

서 낙원에 온 것도 아니지. 그래 우리는 살아있는 거구나.' 분명 하늘
님이 도우신 게다. 금순은 꽃들이 너무 곱고 아름다워 감탄을 하다가
정신을 차려서 바위에 엎드리듯이 하고는 다래 넝쿨, 칡 넝쿨을 잡고
살살 내려온다. 꽃 향기가 꼭 크림 냄새처럼 향긋하다. 향기에 취해서
살살 내려오다가 혹여 낭떠러지가 있을 수도 있기에 살펴가면서 조심
스럽게 내려왔다.

금순이가 정신을 차리고 요람에서 내려 올려고 궁리할 때는 아침햇
살이 막 퍼지는 시간이었는데 바위를 타고 땅에 내려서 안도의 숨을 내
쉬고는 살펴보니 저녁 지을 때인가 보다. 마을에서 저녁 짓는 연기가
피어오른다. 하루가 꼬박 지난 갓이다.

금순이가 내려온 곳은 풋팥골 제관오라버니가 사는 윗동네다. 조개
산골이라고 부른다. 금순은 우선 바위를 돌아 용바위 앞 샘에서 손바가
지로 물을 떠서 마신다. 시원하니 온몸과 마음이 깨끗해지는 것 같다.
그간의 몸과 마음의 더러운 찌꺼기가 말끔히 씻겨지는 느낌이 든다. 물
을 실컷 마시고 나니 허기도 싹 가시고 몸에 힘이 솟는 느낌이다. 몸빼
는 찢어져 볼기짝이 드러나고 위에 걸친 윗도리도 어깨쪽은 다 찢어져
맨 살이 드러났지만 개의치 않는다.

금순은 일어서서 집으로 가려다가 자신을 발을 들여다 보니 맨발이
다. 샘에서 조금 씻고 가려다가 발밑을 바라보니 모래가 퐁퐁 솟아오른
다. 손가락으로 살살 파내자 산골이 송송 나온다. 금순이는 산골을 집
어서 삼킨다. 얼추 열 마리는 족히 삼켰다. 산골은 관절, 뼈에 좋은 약
이다. 산골로 배를 채운 금순은 어두움이 드리우는 작은 숲길을 눈 짐
작으로 더듬어서 발길을 옮겨 집쪽으로 부지런히 걸어간다.

집집마다 등잔불 호롱불을 밝혔는데 산 밑에 사는 제관오라버니댁은
기름 아낀다고 등잔불은 안 켜고 마당에 때 이른 모깃불이 타는지 연기
가 섞인 불꽃이 보인다. 금순이는 제관오라범, 올케 순옥을 생각하며
집쪽으로 걷고 또 걷는다. '아기야, 우리 할아버지와 이모가 기다리시

는 집으로 가자. 이제는 다시는 안 때릴게. 귀하고 귀한 내 아기야.'

이제 잠시 후면 정든 집이다. 금순이는 착각에 빠졌다. 무슨 장한 일을 하고 돌아가는 길인양 아주 용감하게 개선장군처럼 활발하고 씩씩하게 걷고 또 걷는다.

드디어 집앞에 당도했다. 우선 헝클어진 머리는 둘둘 말아서 얹고 볼기짝 나온 것도 몸뻬를 확 돌려서 가리고 어깨쭉지의 피나는 곳도 손으로 툭툭 만져서는 꾸득해진 것을 아무렇지도 않은 양으로 삽짝을 살짝 밀고는 마당에 들어서자 마루에는 호롱을 내 걸어 놓으셨다. 아버지께서 이 딸내미 어둡지 않게 불빛 보고 찾아오라고 켜서 내 걸으신 것이다.

그런데 집안에서 웅성웅성 말소리가 들린다. 혹여 울 아버지께서 잘못되신 걸까. 금순은 뛰어들려다가 아버지 목소리가 들리기에 '휴' 하고 긴 한숨을 내쉬고는 안에 동정을 살핀다. 완재어르신, 동희어머님, 아버지 말씀이 들린다.

"아, 벌써 사흘째다. 아무래도 잘못된 기다. 불쌍한 것 같으니. 다 이 애비 잘못 둔 것 때문이다. 이 애비가 못나서 생떼같은 내 새끼 직인게다. 낼부터 찾아서 양지 바른 곳에다 묻어줘야지."

그때 동희어머니의 통곡소리가 들린다. "아이, 불쌍한 지지바 하고는. 어쩨 그리 팔자가 기박한지. 아무튼 좋은 곳에 가서 후생에는 팔자 좋게 태어나그라." "아, 시끄러워. 그눔의 지지바, 뒤지긴 왜 뒈져. 어떻게해서든지 그 놈 그 처죽일 놈 끌어다 다리 몽뎅이 뿌질러 앉히서 살면 될 것을 죽긴 왜 죽어. 두 목숨을 함부로 버리다니, 독한 년 같은 것."

금순은 더 이상 안에서 들려오는 어른들의 말씀을 들을 용기가 없다. '저토록 날 아끼시고 믿으시는 분들을 배신한 이 모진 년.' 금순은 더 이상 서 있을 수가 없어서 그만 "아버지, 지가 잘못했어요." 금순이는 문을 벌컥 열고는 방으로 들어섰다.

모두들 어안이 벙벙한 채 금순일 쳐다보고 있는데, 그때 동희네 무릎을 베고는 자는 척 하던 금옥이가 발딱 일어나 앉는다. "언니, 나뻐. 왜 이제 왔어. 언니는 아버지가 얼마나 울고 밥도 안 먹고 언니 땜에 울면서 산에서 언니 찾다가 다리도 삐고 했는데." 그러면서 조그만 주먹으로 마구 마구 때린다. 완재 어르신께서 "네 이놈의 자식. 그 못된 버릇 어디서 배웠는고. 니 놈 하나 목심 끊는다고 니 아비와 니 동상은 맘 편히 살기라구. 이 천하에 맹꽁이 같은 녀석하고는." 하시면서 호통을 치신다.

그 때 아버지께서 "이사람아, 그만하시게. 암, 그럼 내 딸아. 꼭 니 녀석 올 줄 알았지. 암암 오구 말고 허허. 과연 넌 내 딸이지. 그럼, 그럼. 그래 한 사흘 헤매보니 어떻든고. 그래, 금순아. 우리 딴 맘 먹지 말고 심내서 잘 살아보자. 하늘이 점지 해주신 자식이다. 니 놈 혼자의 자식이 아니여. 하늘이 주신 자식이여. 그 자식으로 해서 네게 복이 될지 누가 아누. 또 형근이 그놈도 이 자식으로 인해서 개과천선해서 복된 가정 이루고 살게 될지 누가 아누. 인제 앞으로는 그런 어리석은 맹꽁이 같은 짓 하지 말거라."하신다. "예, 아버님."

완재어르신이 장황하신 말씀으로 타이르신다. 동희어머니께서는 금순일 데리고 상처도 닦아내고 묶어주시고 옷도 새로 갈아 입혀주시고 숭늉을 끓여서 천천히 마시게 해주신다.

동희어미는 오늘저녁 금순네서 금순과 함께 잠을 잔다. 친정어머니로서 태기가 있는 금순이 몸에 대해 여러 가지로 가르쳐주시고 지금이 제일 조심해야 할 때라며 별탈이 없어야 할텐데 하시면서 걱정을 하신다. 다음날 아침 동희네는 흰밥에다가 생선도 지지고 볶고 해서 온 정성을 다해 아침을 지어 금순일 먹이고 또 안아주시고 격려하시고 모녀의 정을 듬뿍 주시고는 가셨다.

'넌 영원한 내 딸이다.' 마음으로 눈으로 말씀하신다. 금순은 감사의 눈물이 계속 흐른다.

23. 옥희의 호적

금순이 사업은 나날이 번창해진다. 극장 간판은 군인극장이다. 고객은 주로 군인들이다. 그래서 간판을 아예 군인극장으로 달았다. 완재어르신, 동희어머님은 금순이에게 아버지이고 또 어머니와 같은 존재다. 어머니때부터 크신 은혜를 입고 금순이에게는 생명의 은인이시다. 또 어머니께서는 동생 금옥이 산파 역할을 하시고 자신의 딸 옥희도 받아주신 친정어머니나 다름없는 고마우신 분이시다. 금순이 일거수일투족 모든 것을 다 지키시고 부모님 역할을 해주시는 귀한 분들이시다.

금순이와 금옥이는 어머니라고 부른다. 사실, 족보를 따지고 보면 이상하게 돌아간다. 아버지 홍영감님과는 같은 피를 나눈 형제 이상이신 완재어르신께도 아버지, 그 아버지의 며느리인 동희어머니 또한 어머니라고 부르니 말이다.

그분들이 항상 버팀목이 되어 주셨기에 오늘날 금순이가 사업가로 성공을 하고 탄탄대로를 갈 수 있는 것이다. 아마도 그분들이 지켜주지 않으셨으면 금순이는 인생 실패자로 비극적인 삶을 살았을 것이다.

이곳 J면은 인구가 유동인구 합쳐서 5,000명 가까이 된다. 군부대를 낀 면소재지는 오락시설도 없고, 놀이문화도 전혀 없다. 군인들이 외박, 외출을 나오면 기껏해야 가는 곳이 막걸리 주점에서 술을 마시는 것이 고작이다. 그런 열악한 이곳 J면소재지에 극장이 들어서자 이전과는 비교도 되지 않을 정도로 늘 붐빈다. 또 술집도 늘어난다. 극장에서는 명화도 상영하고 또 반공영화는 중, 고등학교, 초등학교에서 단체관람도 하고 애정물과 순정영화 사업도 갈수록 번창한다.

또 동희어머니께서 관장하시는 만복당 빵집, 옆에 건물을 붙여 지어서 큰 홀을 잘 꾸며 중화요리 대원각 간판을 걸고 동희아버지가 운영하신다. 면사무소에 사표를 내시고 총 책임지고 중화요리 사업을 확장해 나가고 계신 것이다. 중혁은 또 농협조합장 직함도 가지고 계시면서 사업을 총괄하신다. 메뚜기도 한철이라고 했던가. 돈을 긁어 모은다는 말이 딱 맞는 말이다. 아버지 홍덕근님은 군인극장 대표이사로 극상시켰다.

그 누가 금순이를 보고 옛날 산골에서 나뭇단 지고, 어린 동생 등에 붙이고 농사일도 하고, 도리깨질로 콩 타작 하며 산으로 휘젓고 다니면서 약초 캐고, 남의 집 빨래품 팔고, 길쌈 품 팔고, 또 남의 소 꼴 머슴도 하던 아이라 하겠는가. 인간만사 새옹지마라더니 바로 금순일 두고 하는 말이다.

특히, 설, 추석 명절은 대목이다. 영화를 풀가동한다. 서울의 영화골 충무로에서도 신프로는 무조건 강원도 군인극장, 이금순 사장한테 다 내려보낸다. 중화요리 대원각, 만복당 빵집도 극장의 구색을 훌륭히 맞출 뿐 아니라 완전 돈 방석에 앉았다. 5일에 한 번씩 모아놓은 돈 보따리를 풀어 온 식구가 둘러 앉아 돈을 센 다음 중혁이 자신이 조합장으로 있는 농협에 예금을 한다.

돈이 모이자 J면 일대 토지도 상당히 사들이고 장학재단도 설립해서 불우한 학생들 50명에게 학자금을 대 주기도 한다. J면에서는 어느 누구도 금순이의 사업 수완을 따라 올 자가 없다. 사람은 때를 잘 맞추고 줄을 잘 서야 된다. 금순의 지혜는 어느 누구도 따를 자가 없다.

동생 금옥이는 내성적이고 또 이지적이면서 천상 여자다. 늘 조용하고 공부도 역시 반에서 늘 1등이고 전교에서도 10등 안에 든다. 머리도 좋을 뿐 아니라 노력형이다.

금순이는 똑똑한 동생을 강릉으로 유학보내 공부시킨다. 모든 선생님들께도 늘 칭찬을 받고 교우 관계도 최상이다.

금옥이는 또 일찍 기독교에 눈을 떴다. 반 친구따라 교회에 출석하면서 아주 열심히 신앙생활도 한다. 집에는 한 달에 한 번씩밖에 안온다. 공부하는데 시간 빼앗기는 것이 아깝다고 한다. 대신 집에 오면 아버지와 이쁜 조카 옥희와 함께 교회에 나간다. 아버지께서는 처음에는 어색해 하시더니 J면에 한군데밖에 없는 장로교회에 아주 열심히 출석하신다. 젊은 전도사님께 성경공부도 하시면서 얼마 전에는 학습도 받으시고 주일이면 꼭 옥희를 데리고 교회에 가신다.

사랑하는 아내가 산으로 들어가 소식이 끊기고 또 피를 나눈 형제 이상이던 친구도 세상을 뜨고는 늘 우울해 계셨는데 교회에 나가시면서부터 성격도 여유가 생기시고 모든 것이 다 긍정적이시고 늘 감사하는 삶을 사신다.

아버지께서는 늘 입버릇처럼 "내 평생 소망은 꼭 느이 어머니 찾아서 재미지게 한 일 년만 살다가 천국 가는 거여."하신다. 금순이는 가슴이 철렁했다. 일에만 빠져서 아버지께서 어머님을 그리워 하시면서 못잊어 하신다는 사실을 까마득히 잊고 있었던 것이다.

돈 버는데만 온 정신을 쓰느라 아버지께 불효막급했던 것을 깨닫고는 "아버지, 죄송해요."하고 후회의 눈물을 흘렸다. 춥고 배고프고 슬플 때는 한 날 한 시도 어머니를 잊어 본 적이 없고 어떻게 해서라도 찾으려고 혼자서 태백산 골짝 골짝을 헤매고 다닌 적도 수도 없이 많았다.

그런 자신이 돈푼꽤나 벌고 사업가로서 성공 좀 했다고 교만해져서는 아버님께 소홀했다. 배은망덕한 일이다. 아버지께서는 모자라고 바보 같은 딸내미가 처녀성을 잃고 애까지 가져 동네를 더럽혔다고 내몰리고 몰매를 맞고는 봉변을 당할 때 딸내미를 대신해 목숨까지 내놓으신 분이시다. 그런 아버지를 생각하니 금순이는 고개를 들 수 없을 지경으로 죄송하고 또 죄송한 마음이다.

부모님이 안계시면 자신이 어디에서 왔겠는가. 금순이는 새로이 다짐을 한다. '날 위해 죽을 고비를 수없이 넘기시며 낳아주시고 또 굶기지 않으려는 일념으로 혹을 달고 재를 넘고 산을 넘어 시집오셔서 귀한 아버지를 내게 있게 하시고, 그러고는 아버님께 날 맡기시고, 내 동생을 맡기시고 사라지신 내 어머님. 나의 어머님, 이제부터 다른 무슨 일보다 우선으로 어머님을 찾아 나설게요.'

아버지께서도 기다려 줄 시간이 그리 많이 남지 않으셨다. 연로하시다. 팔순을 바라보시는 연세이시다. 몇 해 전, 한 오 년 전쯤이다. 옥희가 태어나던 해에 사위가 유명한 심마니인 속사리 고모님께 부탁을 드려서 심마니들을 모아 태백산 골짝골짝을 누비며 어머니의 행방을 이 잡듯이 뒤지고 다녔다. 그러나 어디에도 심마니인 생부 이재호의 모습은 보이지 않고 어머니 정월선 역시 그림자도 보이지 않았다.

그러던 중 얼마 뒤에 바위 밑에 남자의 시신이 한 구 발견됐는데 아마도 이재호가 바위꼭대기에서 실수로 떨어져 죽은 것 같다고들 했다. 심마니들은 시신을 수습하여 양지바른 곳에 묻어줬다.

원래 심마니들에게는 원칙이 있다. 이들은 삼삼오오 짝을 지어서, 즉 1조, 2조, 3조 이런 식으로 짝을 지어 움막을 짓고는 그곳에 기거한다. 산삼은 매일 매달 찾아 떠나는 것이 아니다. 음력 6월에서 7~9월까지 산삼을 캐러 떠난다. 일 년에 세 번만 산삼을 캔다. 그 외는 산삼이 자라도록 보호하고 그냥들 산속에서 다른 약초 버섯들을 체취해서는 산에서 먹고 지낸다. 이때 괴팍스런 성격의 이재호는 독불장군처럼 혼자서 빈 숯가마에 기거하면서 지낸다. 다른 사람들과는 일체 아는 체도 않는다. 또 심마니들은 1년에 한 번씩 가족이 있는 마을로 내려가서 한 달동안 여편네들과 질펀하게 잠자리들을 한다. 단 한 달동안이다. 그리고는 열한 달은 산속에서 금욕생활을 한다.

산으로 돌아온 이들은 몸을 정갈히 찬 냉수로 씻어내고 산신제를 그릴 듯하게 지내고는 비로소 산삼을 찾아 산에 오른다. 만약 이 원칙을 어기는 사람이 있으면 그는 호랑이 먹이감이 된다는 풍설이 있다. 다행이 호랑이를 피해도 반드시 눈이 멀어 바위나 높은 곳에서 떨어져 죽는다고들 한다.

그럼에도 불구하고 이재호는 아예 여자를 어깨에 걸머메고는 산으로 들어 왔으니 부정이 타도 백 번도 더 탓을 일이다. 필시 산신님을 노하게 한 벌을 받아 죽었을 것이라고 심마니들은 생각한다.

이재호의 죽음은 그렇게 풍문으로 들리는데 여자는 흔적도 없다. 시신도 전혀 발견되지 않았다. 땅 속으로 숨었는지 아니면 하늘로 솟았는지 흔적도 안 보인다. 혹시 몰라 근동 마을 숯가마 등, 사람이 갈만한 곳은 다 뒤져보았지만 흔적도 없다. 심지어 강에 뛰어 들었나 싶어 몇 날 며칠을 홍영감님과 완재영감님이 헤매고 다녀도 못 찾았다. 그러다가 그냥 흐지부지 되고 만 것이다.

금순이는 그 후로 아예 어머님은 체념하고 살다시피 했다. 어머님을 잃고 정신줄 놓아버린 아버지 모시랴, 젖먹이 동생 보살피랴, 자신을 화냥년이라 욕하는 동네사람들에게 보란 듯이 살기 위해 그저 돈 버는 일에만 몰두하느라 어머니는 잠시 잊을 수밖에 없었다. 그렇게 돈을 벌기 위해 술청을 열고 정신없이 살다보니 뜻한 바대로 팔았던 고향집도 다시 사들여서 기와도 새로 얹고 아주 멋들어지게 수리도 했다. 그렇게 살다보니 어느덧 아버지께서는 연로해 지시고 여전히 어머님에 대한 그리움으로 나날을 보내시고 계신다.

또 한 가지 급한 일이 바로 옥희의 호적문제다. 곧 학교에 가야 되는데 아직 호적이 없어 출생신고도 못한 채 벌써 여섯 살이다. 돈으로 안 되는 일이 없다지만 호적문제만큼은 안 되는 일이다.

생각을 거듭하던 금순이는 할 수 없이 죽기만큼 가기 싫은 서울행 버스에 몸을 실었다. 첫 새벽에 떠나서 홍천에서 갈아타고 왔는데 한밤중에 도착했다. 정류장 부근 여관방에서 잠시 눈을 붙이고 이른 아침에 전차를 타고 종로통 낙원 떡집에 당도했다. 말만 떡집이지 작은 송판떼기에다 〈낙원떡집〉, 〈치우네떡집〉이라고 써서 달랑달랑 매달아놓은 가 건물 같은 곳이다.

천막 속 좌판에 김이 술술 나는 팥시루떡, 바람떡, 인절미, 송편 등을 차려놓고 긴 의자 하나에 탁자 하나 놓고 노부인이 앉아 계신다. 꼭 황소만하게 뚱뚱하고 백치 같은 남자애를 허리에 든든한 끈을 묶어서는 천막 옆 기둥에 묶고 귀 떨어진 소반에 밥을 국에 말아서 퍼먹게 놔두고 노부인은 손님들한테 떡과 나박김치를 부지런히 놔준다.

손님들이란 주로 지게꾼들로 보인다. 누추하지만 인상들은 다 너그러워 보인다. 또 노부인의 후덕함으로 손님들은 떡으로 요기를 하고 작은 돈을 지불하고는 공손히 인사들을 하고 자리들을 뜬다.

금순은 한참동안 한쪽에 서서 지켜보다 손님들이 대략 빠져나가자 좌판 앞으로 들어선다. 노부인이 건성으로 얼굴을 들었다가 "어서 오세요. 앉으십시오." 한다. "저, 저, 어머님. 저 옥희 에미…." 그러자 노부인은 고개를 들어 자세히 쳐다보며 놀란 얼굴을 한다. "아니, 이 사람아. 여길 어떻게…." 그러시면서 "우선 집으로 가세나." 하고 재촉한다. "아, 예. 가게는?" 그러자 형근모는 얼른 옆집 죽 파는 인상좋은 노파에게 가게를 좀 봐달라고 부탁을 하고는 금순일 데리고 자신이 사는 골목 한쪽 귀퉁이 낡은 한옥 문간방으로 안내한다.

방으로 들어온 형근모는 금순일 부여잡고 "이 사람아. 어떻게 이 죄인 집에 오셨나. 내가 감당하기가 어렵네." 하면서 굵은 눈물을 후득후득 흘린다. 금순이는 "어머니, 이러지 마시고 절 받으셔야죠."하고 일어나 절을 올린다. 형근모는 어쩔줄을 몰라하며 "아니, 가당키나 한 소린가. 내가 무슨 염체로 절을…." 그리고는 "이리 오셨으니 조금 쉬었다가 그냥 가시게. 내 자네 볼 면목도 없고 내 마음이 괴로워서 똑 죽고 싶다네. 이 늙은 여자를 불쌍히 생각해서 자네의 이런 행동 내 감당 못한다네. 나는 어머니라고 말을 들을 수도 없는 죄인일세. 내가 낳은 내 새끼는 죄인인 이 어미로 해서 그 녀석이 죄를 지었네. 바로 내가 큰 죄인일세." "어머니!" 금순이도 울고 말았다.

금순은 마음으로 얘기한다. '이처럼 훌륭한 어른에게서 왜 그런 망나

니가 나왔을꼬. 이것은 뭐가 잘못된 것이다.'

금순은 감정을 추스르고 단도직입적으로 옥희의 호적 얘기를 꺼냈다. "저, 어머니! 아직까지 우리 옥희 호적이 없습니다. 아이는 자꾸 자라가고 이제는 학교에도 입학시켜야 되는데…." 형근모는 흠칫 놀란다. "아, 우리 옥희 호적!" 하시더니 금새 풀이 확 죽어 보인다. "이 사람아, 자네는 지금껏 성공도 하신 것 같은데 어떻게 그리 순해 터져서는 왜 꽃 같은 이 고운 자네가 새 출발을 안하셨노 말이다. 그럼 우리 옥희 데리고 지금껏 독신인 겐가." "네!" "할 수 없이 말 다 하리다. 자네는 내 말 잘 들으시고 이 길로 곧장 가시게나. 그리고 아까 봤다시피 떡집 기둥에 묶어놓은 천치는 내 새끼의 새끼라네. 치우라고, 정치우, 형근이 그놈의 새끼라네. 갸가 왜 그리 됐는지 아시겠나. 그애 어미는 윤설희라고 파주 양주골 출신이지. 아주 심성이 곱고 고운 아이였다네. 형근 그놈이 미군부대 근처에서 인간쓰레기처럼 굴러 댕기면서 어떻게 그 애를 건디려서는 지 놈의 새끼꺼쩡 배게 해놓구는 그 아이가 형근에게 둘 다 과거를 깨끗이 청산하고 새 사람으로 애기 낳고 어머님 모시고 살자고 형근 그놈헌티 애원을 했다네. 그런데 그놈이 배속의 지 새끼를 지 새끼가 아니라고 얼마나 발길질로 마구 마구 걷어차고 팼는지 치우, 그 불쌍한 것이 배속에서부터 지 애비놈 헌티 맞아서 병신이 돼서 나온 거라네.

그래 놓고는 그 외에도 크게 미군부대 물건을 도둑질해서 팔아먹다가 들통이 나서 임시방편으로 자네한테 은신한 거라네. 그때 설희는 치우를 낳았지. 설희는 형근이놈한테 버림받고 미군상대하던 일도 접고는 형근일 기다리다가 어떻게 한두번 괴로움을 잊으려고 손을 댄 아편에 중독이 됐다네. 그 애는 오갈 데가 없어져서는 내가 한 일 년 에미 새끼를 거뒀지.

그런데 그 아이는 도저히 아편 때문에 않되겠더군. 이 에미 장사 밑천까지도 보는 대로 닥치는 대로 갖다주고는 아편을 찔러 대더구면. 내가 하도 답답해서 '아가 니가 한 일 년만 요양소에 가서 있거라. 그런 후에 네가 아편 싹 끊으면 나와서, 어쨌든 간에 병신이든 천치든 백치든 간에 니 몸에서 떨어진 니 새끼다. 그때 우리 셋이서 잘 살아보자. 나는 널 의지하고 넌 또 날 의지하고. 넌 지금부터 내 며느리가 아니고 내 딸내미다. 응, 알겠지?' 하니까 '네, 어머니. 제가 꼭 새사람이 돼 나와서 어머니 잘 모시고 우리 치우도 병 고치고 또 돈도 벌어서 오손도손 우리 잘 살아요. 어머니, 내 아들 불쌍한 치우 잘 돌봐주시고 또 어머니 건강하시게 꼭 기다리세요. 저 빨리 치료받고 나와서 효녀 노릇할 께요.' 하더구먼.

그 후 우리 치우 에미는 치료를 잘 받는다고 했고 또 내가 면회를 갔었다네. 그 때 얼마나 울던지, 난 지금도 후회가 되네. 그때 면회할 때, 그렇게 울면서 그 아이는 내게 눈으로 말을 하더군. '어머니, 도저히 죽을 것 같아요. 여기서 나가게 해주세요.' 라고 말일세. 그때 나는 야멸차게 '안된다. 니는 여기서 죽을 각오로 아편을 싹 끊고 나오너라.' 하면서 발길을 돌렸다네.

그런데 이틀 후에 요양소에서 연락이 왔더군. 그 애, 치우 에미가 아편끊는 고통이 너무 힘들어서 그만 혀를 깨물어 자살을 했다는 것일세. 정말 끔찍스러워서 차마 볼 수가 없더군. 그 불쌍한 것이 그만 내가 좀 더 일찍 알았더라면 아편 중독자까지는 안됐을 것인데 다 내가 죄가 커서 생떼 같은 죄없는 애를 죽이는가 하면 또 자네 옥희에미한테도 죄인이지. 치우에미 설희는 유언장을 남기놓구 갔더군.

유언장에는 '어머니, 이 철없는 어머니의 딸 설희 좀 용서해주시고 또 제 부탁 하나만 들어주세요. 내 아들 치우 잘 키워주시고 또 저는 어려서부터 한탄강에서 어부의 딸로 어린 시절을 보냈습니다. 지 동무들하고 놀던 추억이 눈에 선합니다. 제 시신을 불태워서 한탄강에 꼭 뿌려주세요. 어머니, 내 어머니, 만수무강하소서. 딸 설희 올림' 이라고 쓰여 있었다네."

말을 마친 형근모는 한숨을 크게 내쉰다.

금순이와 치우어미 설희는 모두 다 한 남자에게 무참히 짓밟힌 가여운 여인들이다. 금순은 마음 속으로 윤설희의 명복을 빌고 또 빌었다.

말을 끊고 있던 형근모는 금순의 손을 부여잡고 "이 사람아, 그놈 형근이는 지금 서대문 형무소에 있다네. 무기징역을 받았는데 국선 변호사께서 은혜를 베풀어 주어 20년 감형으로 떨어졌다네. 곧 안양교도소로 이감을 한다더군.

아, 그놈이 글쎄 미군부대에서 외국여자 장교 하나도 신세를 망쳐놨다네. 그 여자는 형근이 그놈 때문에 군복도 벗고 본국으로 추방까지 됐다더군. 아, 그래놓고 바람막이로 자네의 신세까지 망치고 자네의 돈까지 뺏어온 그놈이 서울로 잠입해 와서는 그 돈으로 화신백화점인가, 어딘가 기어가서는 한 벌 쫙 빼걸치고 캬바레 인간 사냥에 또 나선 게지.

그곳에서 어느 골빈 돈쟁이, 지 놈보다 한참은 연상인 속에 바람이 잔뜩 든 여자를 골라 잡아서는 두 년놈이 그야말로, 내가 자네 앞에서 상소리를 하게 되네. 두 년놈이 최고로 비싼 호텔에서 밤낮 뒹굴며 죄를 지어 나간 게지.

그 여자는 악명높은 종로 경찰 간부의 제수라네. 형근이 놈은 그 여자를 꼬드겨서 현찰, 패물들을 훔쳐 내다가 팔아 쓰고 지내다가는 이놈이 또 싫증이 난 게지. '누나, 우리 미국 가서, 아무도 없는 미국 가서 우리 마음놓고 자유롭게 살아보자.' 하고는 밤새도록 형근이 녀석이 꼬드기자 여자는 홀라당 꼬임에 빠져서 제 집에 가서 하다 못해 돈 될만한 것은 모두 들고 나왔다더군.

그러자 형근이놈이 '누나, 내가 공항 가서 비행기 티켓 끊어올게.' 그래놓구는 몽땅 다 챙겨서 내빼다가 호텔지배인이 숙박료도 한 푼도 내지 않고 나가는 것이 아무래도 수상한 터라 기색을 살피다가 형근을 붙들고 따졌다는구먼. 그러자 여자가 앙탈을 하면서 '야 이 XX놈아.

우리 시아주버님이 누군 줄이나 알고 까부는 거야. 종로경찰서 과장이다. 이 개새끼야.' 하고 욕을 퍼붓고 난리였다는 걸세. 시아주버님이 경찰간부면 그 제수는 온전할까. 지배인은 그 동안 밀린 숙박료를 받고는 그 후 두 년놈이 업치락 뒤치락 하다가 형근이 그놈이 겁준다고 잡은 과도를 쥐고는 여자를 찌른 것이네. 여자가 소리소리 지르고 악다구니를 하자 피를 본 형근이 놈이 여자를 마구 마구 찔러대서는 과다출혈로 사망하게 되었지. 즉시 병원으로 옮겼으면 목숨은 붙어있을 것인데. 그런 후에 형근이 놈은 그래도 가방을 들고는 냅따 달아나다 호텔의 종업원들이 붙들어 경찰에 넘겨진 모양이더구먼."

형근모는 떡장사를 하면서 백치의 손주를 키우며 그래도 자식이라고 '에미 잘못 만나서 잘난 내 아들 형근이 저리 됐노라'고 늘 자신을 탓하면서 아들의 옥바라지를 한다. 형근모는 "옥희에미야. 내 자네한테 부탁드리겠네. 자네 친정오라버니 앞으로 우리 옥희 입적시키시게. 오래비 딸로 말일세. 이다음 우리 옥희 어른되면 그때 지 출생의 사연을 말해주게나. 지금의 내가 자네한테 부탁하는 말은 이 말밖에는 해줄 말이 없네. 또 꽃 같은 자네 청춘을 그대로 보내지 마시고 새출발 하시게나. 이 에미가, 아니 늙은이가 죽는 그날까지 자네의 앞날을 위해 빌고 또 빌겠네." 하신다.

금순은 시골로 내려오는 길에 택시를 잡아타고 한탕강으로 달려가, 윤설희의 명복을 빌고 그를 위해 눈물도 흘려주고 집으로 돌아왔다. 집에 돌아온 금순은 마음이 착잡하다. 금순이 주위에는 모두 다 아픈 사람 투성이다. 치우가 자꾸 눈앞에 어른거린다.

금순은 며칠을 고심하다가 옥희의 호적문제를 결정해야 되기에 오라버니 종대를 찾아가기로 했다. 근 20년 만에 오빠를 만나러 간 것이다.

종대 역시 지금껏 불쌍하게 비참하게 살아왔다. 코찔찔이 아홉살백이 그 어린 꼬맹이가 대궐같이 큰 집에 새끼 머슴으로 들어가서 중머슴 놈들의 발길에 차이고 매질을 당해서 이빨도 다 부러지고 얼굴은 늘 푸르둥둥하다. 또 중머슴들은 주인어른들께 야단 맞으면 그 분풀이를 몽땅 종대에게 해댄다.

밤만 되면 술 심부름, 담배 심부름 등 잡다한 것들을 전부 시킨다. 재떨이 심부름이며 형님들 다리 주물러라, 어깨 주물러라, 발가락 사이사이 가려운 곳을 형들 잠들 때까지 긁어라 등등 온갖 못된 심부름을 다 시킨다. 개도 이보다는 낫게 대할 것이다.

한번은 추운 겨울에 머슴 놈들이 머슴방에서 투전들을 하면서 발치에서 즈이놈들 방귀냄새, 담배냄새 맡아가며 자는 꼬맹이 종대를 툭툭 걷어차서는 "야, 저 다리 건너 쌍과부집에 가서 술 두 되 받아와라" 한다. 밖은 눈이 온통 앞을 분간키 어려울 정도로 내리 퍼붓는다. 종대는 춥고 무서워서 형님들께서 "가시서 잡수구 오면 안되겠소. 눈이 와서 못가유."했더니 그랬다고 싸대기를 그것도 얼어있는 양쪽 볼을 얼마나 왕복 내리쳤는지 의혈이 낭자했다.

그런데도 그 상태로 자신을 버린 어머니를 원망하며 지척도 분간키 어려운 눈밭을 울면서 걷는다. 쌍과부집까지는 무사히 가서 술을 받아오다가 그만 미끄러져서 다리 난간에 떨어져 크게 다쳤다. 그 어린 새다리 같은 다리가 똥강 분질러진 것이다.

머슴놈들이 술 받으러간 꼬맹이가 안오자 겁이 덜컥 나서는 횃불을 들고 나가보니 어린 종대가 다리까지 부러져 동사하게 생겼다. 머슴놈들은 '결국 뒈질 놈인데 버리고 가자', '아니다' 옥신각신하다가 간신히 들쳐업고 와서는 그냥 누더기를 씌워놓고 방치한다.

나중에 종대는 주인어른께 그간에 겪은 일을 모두 다 고해 바쳤다. 주인댁에서는 아주 무섭게 들고 일어났다. 머슴놈 일곱 명 죄다 내 쫓고 새경 3분의 1은 종대 앞으로 보상해주는 조건으로 만약 거부한다면 지서에 신고해서 콩밥 먹게 한다고 하자 백배 사죄하고는 일곱 놈 몽땅 나갔다. 또 혹시 어린 종대한테 해꼬지 하는 놈 있으면 잡아서 다리 몽뎅이를 꺾어놓는다고 하자 얼씬도 못하고 모두 다 타지로 떠났다.

그뒤부터 종대는 주인댁에서 음으로 양으로 보호를 받으면서 잔뼈가 굵어진다. 그 머슴놈들한테 보상 받은 새경은 암소 새끼가 한 마리나 됐다. 종대는 아주 열심히 성심껏 주인댁의 근 3만 평이나 되는 논과 5만 평이 넘는 밭농사 등을 주관하는 큰 머슴으로서 새끼머슴부터 장정 머슴들을 다룬다.

종대는 열심히 일해서 주인댁들에게도 신임을 받을 뿐 아니라 건장한 청년으로 잘 자랐다. 또 군대도 다녀 왔다. 주인댁을 부모님처럼 모시면서 휴가도 주인댁으로 나오고 그러면서 훌륭하게 커나갔다.

주인댁 어른들은 "야, 종대 니도 펭생 남의 집에만 있을기 아니구, 니 살림도 해보고 장개도 들어 새끼 낳구 기집 거느리고 사는 재미도 좀 봐얄 긴데."하시면서 어여삐 여기신다. 종대 앞으로 논 밭이 한 3천 평 되고 소도 중소 한 마리, 송아지 한 마리, 꽤 알차다. 모두 다 주인댁 은공이다.

주변에는 비럭질해 먹는 거지들도 많았다. 특히 다리 밑에 남녀거지들이 어울려 낮에는 초상집 또 잔치집으로 다니면서 곡도 해주고는 했다. 거지들 중 아주 구슬프게 곡을 잘 하는 거지들은 초상집에서 데려들 간다. 곡도 하고 밤샘해주고 장지에도 따라가고 온갖 궂은 일을 다 해주고 입 얻어먹고 또 몇 푼의 지전도 챙긴다.

이 무렵 종대가 있는 인심 후하고 사람 좋은 주인댁에서 먹고 자는 젊은 여자를 구하고 있었다. 빨래꾼을 구하는 것인데 그들은 낮에는 개울가에 솥을 걸고 광목, 옥양목 등등을 삶아 빨아 내고 또 머슴놈들 옷도 빠는 일을 한다. 네댓 명이 뽑혀왔다.

그 중에 다리 밑에 사는 거지 중에서 처녀애가 하나 들어왔다. 송이라는 계집애다. 낯짝은 오종종하니 양볼딱지는 기미가 깜실깜실 슬은 데다가 또 양볼은 얼어서 포로족족하다. 눈은 사팔떼기다. 또 이빨은 하도 닦지 않아서인지 시커멓게 앞니에 금이 죽죽 내리뻗었고 머리는 완전히 뭉크러진 물새둥지처럼 딱딱해 보인다. 누가 봐도 거지중 상거지지만 사람 좋은 주인댁에서 거둬주시기로 했다.

 그날 밤 행랑어멈이 정지깐에서 송이를 완전히 허물을 벗긴다. 볏짚 수세미에 소금을 발라서 이빨도 문질러내고 두더기도 벗겨 태우고 새로 지은 속곳서부터 바지 치마 저고리를 입히고 머리는 도저히 빗도 안 들어가고 이가 득실거려 아예 홀라당 백구로 밀어냈다. 아이가 새로 만든 것처럼 몽돌처럼 됐다.

 송이는 눈치는 백단이다. 머리는 자라기까지 수건으로 늘 가리고 꼭 쓰고 지낸다. 그리고 이빨은 계속 닦아내게 해서 이제는 냄새도 안 나고 좀 깨끗해진 것 같다. 또 처음에는 어찌나 먹어대는지 한 열흘정도 퍼먹어 대더니 얼굴이 히끄므리 해지면서 조금씩 나아진다. 머리도 새카맣게 올라온다. 숱도 많다. 잠은 부엌에미가 데리고 잔다. 부엌에미는 시집보낸 간난이 딸이 보고싶던 차에 송이를 딸처럼 이뻐해준다.

 송이는 씻고 닦아놔도 인물은 그대로 추녀다. 지지박색이다. 송이는 부모님도 안 계시고 단지 어머님 등에 업혔던 희미한 기억 외에는 없는 불쌍한 아이다. 그러나 싹수는 없다. 어려서부터 비럭질로 뼈가 굵은 터라 그저 도적질이나 하고 버릇도 없다. 나이도 모른다. 보기에는 스물두셋쯤 돼 보인다. 성씨도 모른다. 또 계집애가 머슴애들만 보면 생쫄생쫄거리며 사팔떼기 눈을 끔쩍끔적 해대면서 꼬리를 친다. 영 행실이 온전찮다.

 그런 송이는 한달포가량 있으면서 종대의 사람됨됨이와 재물도 어느 정도 있는 것과 찬찬한 것, 또 준수한 외모 등을 눈여겨 본다. 주인댁에서도 아들 이상으로 대해주고 뒤에 종대의 집도 지어준다고 터까지 돋운다. 웬만한 집 아들에 비하랴.

 송이는 늘 종대 앞에서는 수줍어하는 듯 아주 조심스럽게 대한다. "저, 아저씨. 승냥 가지왔어요." "어, 어, 안 그래도 되는데." 그런가 하면 또 "아재씨, 여기 빨래 가지왔어요."하고는 종대 앞을 오간다.

 그런 송이를 지켜보는 종대는 한창 피끓는 25세의 청년이다. 오후에 비는 추적추적 내리고 오늘따라 몸이 나른한 것이 특히 아랫도리가 묵지그리하면서 참 기분이 묘하다. 종대는 그야말로 글자 그대로 백옥 같은 깨끗한 숫총각이다. 종대는 온몸에 힘이 하나도 없고 꼼짝도 못하겠다. 주인댁은 횡성 큰댁 잔치에 가시고 남의 식구들만 집을 지키고 있다. 머슴들도 오후에는 점심 먹고 한숨씩 눈을 부치다가 들로 일하러 나갔다. 종대는 굳이 들에 안 나가도 된다.

그때 밖에서 "아재씨, 저 여그 이것 좀 드시지유."하면서 송이가 문을 발칵 열고 들어온다. 꿀물을 진하게 타서 들고 들어와서는 "아재씨, 어디 괴로우세유. 지가 좀 주물러 드릴께유."하더니 종대의 말이 떨어지기도 전에 종대의 양쪽다리를 주무른다.

처음엔 얌전히 다리를 주무르더니 그만 거기를 툭툭 치는가 하면서 종대를 자극해 놓는다. 종대에게 25년만에 처음으로 여자를 알게 해준다. 백주 대낮에 그것도 단 2~3분내에 금방 순식간의 일이다.

그렇게 해서 종대는 동정을 송이한테 빼앗긴 꼴이 되었다. 물론 송이는 처녀가 아니다. 아예 작정을 하고 종대를 꼬드긴 것이다. 그 일이 있은 뒤로 송이는 아예 종대방에서 펴놓고 자고는 콧소리를 내면서 나간다. 종대에게는 자제할 능력이 없다. 종대 눈에는 이미 송이가 천하일색 양귀비로 보인다.

한번 두번 하다보니 주인댁에서 아시게 되고 종대는 안채에 불려 들어가 크게 꾸지람을 듣는다. "내 그러지 않아도 횡성 내 사춘동생의 딸을 요번에 네놈헌티 짝 지워줄라고 갔는데, 아 저런 더러운 년한테 코가 꿰여가지고. 이제 앞으로는 일체 송이년 아는 체 말그라. 아 사내가 외입 한번 한 요량으로 치고 니는 내 조카 사위가 되는기다. 알겠냐?"
"예, 어르신."

그날 저녁에 주인댁은 송이를 불러들여 그동안 일한 삯을 넉넉히 쥐여주고는 "너는 우리 집에 있을 곳이 못된다. 나가거라." 말한다. 송이는 "어르신 내외분, 지가 모지라는 것은 용서하시고 내치지만 말아주세요." 울면서 애원했다. 그래도 안되자 막무가내로 버틴다. 하지만 주인 댁의 호령이 무섭게 내리자 송이는 독을 내뿜으면서 큰 대문을 나선다.

주인댁에서는 또다른 일이 벌어지기 전에 종대의 혼인을 서두르게 된다. 내달 스무닷세가 길일이라서 사주단자를 보내고 서두른다. 그 날 저녁때 누가 대문을 두드리기에 길용이 꼬마 머슴이 나가보니 송이가 헬쓱한 얼굴로 들어선다.

온통 집안이 벌집 쑤셔놓은 듯하다. 송이가 태기가 있는 것이란다. 이제 석달 째란다. 맞다. 종대가 처음 일을 저지르고 한 열 번정도 끼고 잤던 것이다. 종대는 제대로 코가 꿰인 것이다. 횡성 주인댁 조카하고 의 혼인은 백지화 시키고 결국 그 백씨 부자댁에서 내쫓기다시피 해서 나왔다.

종대 앞으로 지어줄 집도 완전 백지화되고 그 댁 어른들께 실망을 안 겨드리고 종대는 송이를 데리고 교동이라는 그 밑에 마을에 터를 잡고 작은 오두막을 사서 신혼을 시작한다.

미우나 고우나 어쩔 수 없다. 자신의 씨를 배태했다는데 어쩌겠는가. 울며 겨자 먹기로 송이에게 평생을 바쳐야 될 팔자다. 종대는 그제서야 정신을 차리고 후회해도 소용이 없다. 아무 것도 모르고 함부로 몸뚱아 리를 내돌린 자신이 죽이고 싶도록 미웠다. 완전히 신세 망친 꼴이다.

송이는 본데없이 또 무식하기로는 둘째가라면 서러워 할 계집이다. 남정네 알기를 이웃집 똥강아지 보듯 하고 밥하기 귀찮다고 아침 일찍 바가지 들고 나가서 비럭질 해다 놓고는 하루종일 자빠져자고 돈만 훔 쳐서 대화장에 나가 떡, 팥죽, 국밥, 술, 엿, 주전부리로 소일한다.

또 예전에 알던 거지들하고 어울려 술추렴이나 하고 정말이지 인간 이 아니다. 종대가 야단을 치면 "아, 내가 니 놈의 삼대 독자를 벤 몸인 데 그까짓 것 돈 좀 쓰고 댕긴다고 집구석 망하냐."고 오히려 대든다. 종대는 화가 나고 또 자신의 어리석은 그 날 일이 생각나서 자신을 죽 이고 싶은 마음으로 송이에게 손찌검을 했다. 그런데 손찌검을 한 번 또 한 번 하다보니 이제는 습관이 됐는지 마구마구 패댄다. 애를 가진 몸인데도 매질을 해대고는 종대는 논밭은 거들떠 보지도 않고 주구장창 술과 담배를 마시고 피워댄다.

종대의 매질도 잦아졌다. 다른 사람들은 신혼이 깨소금 맛이라던데, 이건 원 허구한 날 악다구리 속에서 무절제한 삶의 연속이다. 송이는 북통 같은 배를 안고는 뭇사내들 하고 술 마시고 외박도 일삼는다. 집에 들어오면 종대의 매질도 쉬지 않는다.

그런 어느 날 또 술이 거나해서는 들어와 "어, 이년아. 왜 아직꺼정 안기어 나가고 자빠져 자냐." 하자 송이가 배를 움켜쥐고는 신음을 토해낸다. 산통을 겪고 있는 것이다. "야, 이 새끼야. 내 니 놈의 종자를 낳으려고 한다. 악! 악! 악!" 악을 쓰고 울부짓는다.

종대는 술이 확 깬다. "어, 어, 소 소송이야. 내가 잘못했다. 때려서 미안하다. 어떻게 해야 되누." 종대는 어쩔 줄을 몰라한다. 얼른 가게 집 곰보예편네한테 뛰어가서 "아주머이요, 우리 집사람 몸에 이상이 있는데 어째유. 내 돈을 줄께요. 좀 가봐줘유." 곰보예편네는 종대의 지전 몇 잎을 받고는 산파 역할을 자청한다.

그렇게 죽을 힘을 다해 똥을 싸가며 송이는 열 시간이 넘는 진통을 겪으면서 아들을 낳았다. 종대의 아들이다. 이순구 라는 아들을 낳았다. 가게방 곰보예편네가 된장 한 숟가락 뚝 떠넣고는 미역국을 한 냄비 끓여줬다.

24. 주정뱅이 우리 오빠

금순이는 결코 화려하지는 않지만 깨끗한 옷차림으로 고운 모습이다. 어느 누가 봐도 미인이다.

손가방을 얌전히 든 고운 자태로 어느 집 앞에 서서 "저, 실례지만 이 댁이 이종대씨 댁인가요?"하고 묻는다. 송이는 낯선 젊은 여자의 방문에 눈에 쌍심지를 켜고 더 이상하게 사팔떼기 눈을 치뜨고는 "흥, 어느 쌍것이 남의 가장을 함부로 부르는고."한다. "아, 예. 나는 그분의 동생 이금순이라고 합니다만." "뭐유, 동상? 아 그인간은 지 동상없다구, 부모도 없다구 하던데. 아매도 잘못 찾아온 것 같구먼. 저쪽 가게방에 가보든가. 또 술처먹고 자빠졌는지, 웬 어이 원수 놈의 인간."

금순이는 기가 막힌다. '어쩌다 저런 여자를 아내로 맞았을꼬.' 슬프다. '우리 오빠 불쌍해서 어쩌누.' 금순이가 기억하는 오빠는 잘 생기고 착한 오빠인데, 어디서 저런 여자와…. 금순이는 오빠를 기억해본다. 아주 잘 생겼다. 얼굴은 갸름하니 계란형이고 콧대는 오똑하니 눈은 곱게 은행알처럼 생겨 반달눈, 은행눈에 입술은 도톰하니 유난히 붉은 빛이 돈다. 피부는 약간 검은 편이다. 또 머리카락은 아주 보들보들하고 검은 머리다.

금순이는 저만치서 달려오는 꼬맹이들한테 "얘, 너희들 가게집 아느냐." "야, 왜유?" "아줌마가 사탕 사줄게 가르쳐주지 않을래?" "야."하면서 꼬맹이들이 우루루 앞장을 선다.

꼬맹이들을 잔뜩 몰고 가게집으로 간 금순이는 사탕을 사서 꼬맹이들에게 나눠주고 돌려보낸 후 주위를 둘러보다가 평상에 걸터앉은 남자를 보고는 소리를 지를 뻔했다. 분명 오빠다.

아직 서른도 되지 않은 청년이어야 할 오빠가 한 오십은 돼 보인다. 머리털은 거의 다 빠져 장백이는 번들거리고 완전 대머리 비슷한 남자가 주절대면서 소주병을 나발을 분다. 안주는 굵은 소금을 꾹꾹 찍어 먹는다. 옷은 땀에 찌든 잠뱅이가 회색인지 누런색인지 분간이 되지 않을 지경이다. 검정 고무신은 이미 닳을대로 닳아 발가락은 삐죽이 다 나오고 발톱은 다 썩어 문드러진 듯하고 아예 한쪽 고무신은 밑바닥은 없고 테두리만 발목에 걸고 한쪽 손가락에는 담배가 쥐어져 있다. 참 기가 막힌다.

금순은 다가가 그 앞에 앉는다. "아, 누구여, 시방 건방구지게 남우 남정네 앞에 함부러 앉고 지랄이여." 그러면서 또 병을 집어 들더니 달달 떠는 손으로 입에 가져간다. 금순은 술병을 나꿔챈다. "아, 이 무신 행패여. 남의 술을 씨부럴."

금순은 기가 막힌다. 고개를 돌린 오빠를 잡아당기며 "저 좀 쳐다 보세요."하자 "아, 어디서 이리 빼지름한 여자가 되바라지게 남의 남자헌티 이 무슨 행우지여. 본데없이."하며 또 외면을 한다. "오빠, 오빠! 종대오빠, 종대오빠! 저 금순이예요. 오빠 맞지. 그치?""흥, 누가 날보고 오빠래. 아매도 사람 잘못봤수. 내 누이동생은 우리 어머니와 함께 벌써 이세상 사람이 아니지유. 울아버지가 걸머지고 산으로 들어갔지. 내 누이 동상은 벌써 죽은기여. 죽고말고, 암, 죽고말고.""오빠, 죽기는 왜죽어. 여기 이렇게 살아 있잖아.""아, 몸띵만 살아있으믄 뭐혀. 소문에 애비없는 새끼낳구 술집 작부한다길래 내 마음, 내 가슴에 묻고 산다우." 그러면서 우는지 웃는지 '욱욱우~'하고 기이한 소리를 토해낸다. "그래서, 괴로워서 이렇게 술이나 들이킨다우. 난 부모 형제 복도 없고, 마누라 복은 더더욱 없고, 자식새끼는 지에미 뱃속에 있을 때 내가 하도 팼더니 빙신새끼가 나오구, 집구석은 꼭 구신 나오게 생겼구, 마누래만 보면 매질만 하게 되구. 원수놈의 기집년은 기어나가지도 않고 내 피를 말린다구. 그런데 내가 어찌 술을 안마시냐구." 오빠는 얼굴을 일그러뜨리며 울면서 주절댄다.

금순은 오빠를 끌고 오빠의 귀신나올 듯한 집으로 갔다. 앞뒤 밭에 곡식들은 삐삐 말라서 노랑병이 들고 곡식보다 풀이 더 우묵장성을 이루고 있었다. 풀은 한 질이 넘는다.

집구석은 발붙일 틈이 안보인다. 정말 엉망이다. 오빠 아들, 어린 순구가 기어다니면서 아무데나 똥을 소복히 싸놔서 파리떼가 웽웽거리는데 그 똥을 집어 먹기도 하고 기어다닌다.

에미라는 년은 윗통은 완전히 벗어내놓고 손에는 곰팡이가 핀 떡쪼가리를 들고 쿨쿨 거리면서 잠에 곯아 떨어져 있다. 금순이는 기가 막힌다. 오빠와의 20년만의 상봉이 이지경이라니. 잘돼 있을 줄 알았던 오라버니인데.

금순은 넋을 놓고 온 집안을 살펴본다. 그래도 종대는 동생 금순이가 그리워, 아니 솔직히 말해서 어머니께 그 어린 시절 문중 아재벌되시는 어른의 지시로 어머니를 돌아가시라고 했던 그 편지를 보내놓고 행여 어머니가 돌아가셨을까봐 걱정을 돼서 어느날 주인댁의 허락하에 어머니와 누이 동생이 사는 동리에 찾아가 보았다. 마을 어린 아이들한테 묻기도 하고 또 어떤 청년들한테 넌지시 묻기도 해서 그때의 근황을 자세히 듣게 된다. 어머니의 동생 금옥이 출산과 또 생부 이재호에 의해서 납치된 것, 그런 후 2년 뒤 J면소재지에서 금순이 술집작부라는 소문을 듣고는 아예 발길을 돌린 후 지금껏 가슴 깊이 묻어두고 살아왔다.

종대도 금순이도 서로 쳐다보고 울고 있다.

오누이는 말 안해도 다 안다. 금순이가 먼저 입을 뗀다. "오빠, 난 오빠가 생각하는 그런 삶을 살지 않았어요." 금순은 그간의 내력을 소상히 다 말해줬다. 옥희의 출생도 말하고 현재 형근의 처지도 말하고 아주 상세히 말했다. 지금의 아버지께서 지켜주시고 또 동희 아버지, 어머니의 크신 은혜까지 모든 것을 말해주었다.

오빠도 울고 금순이도 울었다. "오빠, 우리 이제부터는 다 함께 살아요, 응. 내가 진작 찾아오지 못한 것 정말 잘못했어."

오빠 종대가 살고 있는 작은 초가는 방 하나, 부엌 하나 또 마당은 온통 밭이다. 가느다란 옥수수대와 시커멓게 독이 오른 풀들과 꼭 뱀이 기어 나올 듯한 집구석이다. 아들 순구는 물에 불은 두부처럼 컬렁컬렁하게 생긴 커다란 몸으로 엉금엉금 기어다닌다. 그리고 닥치는대로 마구 입속에 걸어 넣고는 꿀떡하고 소리가 나게 삼켜버린다. 또 이상스럽게 머리통과 배는 뚱뚱하고 팔다리는 가늘다. 머리통도 이마 위로 큰 혹 같은 것을 매단 것처럼 생겨서 아예 서지도 못하고 걷지도 못한다. 말도 잘 못한다.

금순이가 보기에는 애를 밖에는 데리고 나가질 않고 집구석에 혼자 방치해 두는 눈치다. 마당 한구석에는 소주병이 굴러다닌다. 병 밑에 술인지 물인지 남은 것을 아이가 병을 들고 입에다 들이 붙는다. 기가 막힌 광경이다. 또 아랫도리는 아예 홀라당 벗겨놨다. 아무데나 똥 오줌을 싸고 돌아다닌다. 또 얼굴색은 니리끼리하고 눈알은 노랗다. 완연히 황달기가 드러나 보인다. 이빨은 새커멓게 된 것이 하나도 성한 것이 없다. 빠진 것인지 부러진 것인지 모를 지경이다. 너댓 살은 돼 보이는데 아직도 기어 다닌다. 지가 싸놓은 똥을 손으로 꼭꼭 찔러대더니 먹기 시작한다.

이를 지켜보던 금순인 얼른 아이를 끌어다 놓고 세상 모르고 자고 있는 올케를 흔들어 깨운다. "올케, 올케."하자 기지개를 켜는가 싶더니 아이를 안기자 귀찮다는 듯이 휙 밀친다. 아이는 울지도 않고 머리를 땅에 대고는 목이 쉰 듯이 '큭큭' 한다. 금순은 아이를 손수건으로 대충 닦아서는 빨리 병원부터 가야겠다고, 어서 준비하라고 하자, 송이가 하는 말이 참말이지 인간이 아니고 야차다.

"아, 손 귀한 집에 와서 삼대독자 쑥 뽑아 놨는데 어디서 굴러온 여시같은 씨누가 그 혼 빼먹는 병원에 가서 침으로 찔러 대라구 벵원 벵원

하구 지랄발광을 떠는 거여."하면서 악다구니를 쓴다. 이 소리를 들은 종대 오라버니는 누이 동생 금순이한테 함부로 말한다고 "이 개같은 년 아. 어디다 대구 아가리를 함부로 놀리는 거여."하면서 발길로 송이 얼굴을 냅다 걷어찬다. 평소에도 많이 맞아봤는지 송이는 툭툭 털고는 아무렇지도 않게 예사로 생각한다.

금순은 정신을 가다듬고 무엇을, 아니 이 일을 어떻게 해결해야 할지 생각해보지만 어디서부터 시작할지 엄두도 나지 않는다. 크게 숨을 한 번 들이마신 금순은 아주 무섭게 올케를 향해 무서운 시어머니 버금가는 위엄으로 조목조목 짚어가며 야단을 친다. "낳기만 하면 부모냐. 당신들은 인간도 아니다. 아주 흉측스런 야차다. 더 말할 것 없이 이 아이는 몸 전체가 병마에 휩싸여 있으니 당신들 새끼 살리고 싶으면 내 말대로 하고 죽이고 싶으면 내 뜻에 반대해라. 난 지금껏 독하게 살아왔다. 조그만 인정도 없다. 어쩔 셈이냐."

가만히 듣고 있던 송이가 선뜻 "씨누 뜻에 따르지유, 뭐."한다. 금순은 오빠와 송이한테 애도 씻기고 준비하라 이르고 가게집 곰보 예편네한테 "이 동네 자전거 가진 분이 계십니까?"하고 물어본다. "왜유. 우리 집에 재장구 있구만유. 왜그러세요."

금순은 가게방 남자에게 수고비로 돈을 주고 자전거를 타고 대화에 가서 택시를 한 대 불러 달라고 부탁을 했다. 그리고 다시 오빠한테 달려와서 아이의 옷 등을 챙겨놓고 기다리자 가게방 남자가 와서 택시가 도착했다고 기별을 한다.

금순은 오빠 내외와 순구를 데리고 다 저녁때 자신의 대궐같은 집으로 데려다 놓고 동희어머니께 오빠 내외를 부탁하고는 J면소재지에 유일한 장덕희의원네로 아이를 데리고 간다. 아버지대부터 의원을 하는 꽤 역사도 깊고 병도 잘 다스리는 곳이다. 또 홍영감님의 주치의이고 친분도 두터워 평소에도 홍영감님을 형님으로 대하는 분이다. 금순이한테도 조카 이상으로 대하신다.

아이가 택시 타고 오는 동안 차멀미로 기진맥진해 꼭 죽은 아이 같다. 장의원은 아이를 벗겨 놓고 요리조리 둘러보고 엑스레이도 여러 판 찍어보는 등 검사만도 한 시간은 걸렸다.

의원님은 걱정스런 눈으로 "조카, 자네 어디서 이런 아이를 데려왔누."하신다. "네, 실은 제 오빠의 아이입니다." 의원님은 한숨을 '혹' 하고 내쉬더니 "살리긴 살려야 되는데, 한 한달만 늦었어도 그냥 갈 뻔했네. 아주 심각해."하시면서 자세하게 설명하신다.

병명은 복잡했다. 우선 뇌에 물이 차고, 또 폐에 염증이 생겨서 자칫하면 결핵으로 진행될 가능성이 있고, 또 디스토마균으로 간염을 앓고 있는 상태이고, 황달도 심하고 무엇보다 배속에 회충, 요충, 편충, 십이지장충 등 벌레가 수 백 마리가 알을 까놓고 아이의 피를 빨아먹고 있다고 한다.

아이의 뼈는 구멍이 숭숭 뚫려서 조금만 다쳐도 부서지고 부러진단다. 또 애를 뒤집어 놓고 항문을 보니 까뒤집기도 전에 항문 입구에 하얀 넙적한 국수토막 같은 편충이 꼭 거머리 늘어나듯이 쭉쭉 늘어나면서 수십마리가 항문을 파고든다. 금순은 자신도 모르게 왝 하구 토악질이 난다. 장덕희 선생님은 간호부와 둘이서 핀셋으로 벌레 뭉치를 끄집어내 깡통에 담는다.

그 어린 것이 온갖 병덩어리에다 또 어미의 매질로 아파했을 어린 조카를 쳐다본 금순은 가슴이 터질 듯이 아파온다. '이 아이는 왜 이다지도 기구한 운명을 타고 났을까.' 금순은 당장 달려가 오빠고 뭐고 둘다 아주 요절을 내고 싶으나 참고 또 참는다.

아이는 장기간 입원을 해야 할 정도로 상태가 심각했다. 금순은 우선 집으로 돌아왔다. 그래도 에미 애비라고 애 입원시키면 교대로 병원에서 지켜야 되기에 상의하려고 동희어머니가 운영하시는 대원각에 들어섰다.

동희어머니께서는 금순이를 보자마자 "애, 에미야. 뭐 저런 사람이다 있누. 다짜고짜 주방식구들한테 하대하며 '우리 씨누 국시집이니 앞으로는 내가 맡을 것이여. 그러니 니들 나한티 잘못하면 국물도 없을 줄 알어.' 하고는 주방아주머니랑은 아예 머리끄뎅이 잡고 싸우고 엉망진창이다." 하신다.

금순은 할 수 없다. 무조건 내쫓아버리고 어느 누구든지 받아들이면 똑같이 내쫓김을 당할 줄 알라고 으름장을 놓았다. 밖에서 악을 쓰든 어쩌든 간에 무조건 내쫓아 버렸다. 하루 이틀 지나고 오일이 지나자 송이는 자취를 감췄다.

종대와 금순, 또 아버지, 어머니 모든 식구들이 교대로 순구의 병원을 지킨다. 뇌는 함부로 다룰 수가 없기에 일 주일에 한 번씩 장선생님의 소견서를 들고 강릉 큰 병원에 다닌다. 아이도 몸이 많이 줄어들고 북통 같은 배도 쏘옥 들어갔다. 이제는 아픔도 느낀다는 것이다. 주사를 찔러대면 운다. 여지껏 링겔만 꽂았는데 이제는 국물도 먹인다. 아이가 약도 잘 받아 먹는다. 날로 날로 경과가 좋다.

종대는 교동 살던 곳의 집과 토지를 내놓은 것이 팔려서 몽땅거려서 아주 동생한테 합쳤다. 그래도 연민이 남아 있었는지 사랑하지도 않지만 불쌍해서 종대는 길을 걸을 때마다 거지들이 모이는 다리 밑도 기웃거리고 거지떼가 지나가면 유심히 살핀다. '어디서 또 비럭질이나 하고 있는 것은 아닌지. 불쌍한 가시내.' 종대는 마음으로 아파한다.

순구는 한 7개월 병원에 있다가 퇴원했다. 고모를 엄마라고 부른다. 이제는 걸음도 천천히 걷는다. 이빨은 썩어서 거의 다 빠졌다. 이제 젖니가 다 빠지고 영구치아가 나와야 되는데 종대는 순구를 안고는 자신의 무리함을 후회한다. 뱃속에 들었을 때부터 애비라는 작자가 그렇게 패댔는데 죽지 않고 살아준 것만도 고맙고 한없이 미안하다.

종대는 누이동생 금순네와 함께 사는 것이 벌써 1년이 됐다. 비록 낳지는 않았지만 아버지 홍영감님은 법없이도 사실 어른으로 아버지로 모시게 된 것이 황송하다. 감사하다. 또 아버님을 따라서 교회도 열심히 다닌다. 금순이 오빠로서 든든한 버팀목이 돼줘야 되는데 오히려 동생의 덕만 보고 산다.

아들 순구도 다 죽게 된 아이를 살리고 또 삶 자체도 건전하게 바껴졌지만 단지 순구에미 송이가 어디에 있는지….

금순이는 어느날 오빠에게 진지하게 아직 옥희 호적을 올려 주지 못한 것을 털어놨다. "이제 내년이면 학교에 가야 되는데 오빠 호적에 우리 옥희 올려줄 수 없을까" "뭐?" 오빠는 깜짝 놀란다. "금순아, 미안하구나. 실은 순구도 호적이 없다. 내가 술먹고 미쳐 날뛰느라고 제 에미하고 민적도 아직 못올렸다."

송이는 고향도 모르고 성씨도 모른다. 순구는 옥희보다 10달 먼저 낳았다. 문제는 송이를 찾아야 된다. 찾아서 혼인신고부터 해야 되는데 도대체 어디에서 굴러다니는지, 수소문해서 찾기로 했다. 누가 그러는데 강릉단오제때 엿장수 떼거리들과 함께 춤추는 공연을 한다는 소리를 듣고 금순은 사람을 풀어 찾아보기로 했다. 맞다. 강릉에서 엿장수 패거리와 유랑생활을 한다.

송이를 찾아나선 종대가 송이를 발견하고 "송이야!"하고 부르자, 각설이로 얼굴을 꾸며서는 한바탕 춤판을 벌일 참이던 송이는 왈칵 눈물을 쏟는다.

그렇게 해서 송이는 다시 종대와 함께 돌아왔다. 송이도 예전에 비하면 많이 변했다. 그간에 고생도 어지간히 한 모양으로 좀 더 어른스러워지고 예전의 막 나가던 그때에 비하면 많이 나아져서 돌아왔다. 금순이는 손위 올케지만 날마다 날마다 가르친다.

금순이는 송이에게 오빠와 혼인신고부터 해야 순구도 학교에 다닐 수 있다고 얘기해 준다.

송이는 어렸을 때 기억을 더듬어 올라간다. 송이는 울면서 금순이 시누이한테 고마워하고 '이제 앞으로는 고모님이 시키는대로 다 하고 순구를 잘 키우겠노라.' 하면서 자신의 어렸을 때를 떠올리고는 하염없이 운다.

송이는 어미의 등에 업혀서 추운겨울인가 싶다. 어미가 방망이질로 빨래를 하던 기억이 떠오르고 어미는 늘 머리에 수건을 폭 쓰고 있던 것을 기억한다. 또 어떤 날은 송이를 앞으로 돌려 안고는 굴뚝 앞에서 굴뚝을 부여안고 추위를 녹이던 기억, 또 송이를 안고는 '에휴! 왜 하나 뚝 달구나오지, 넙적한 지집으로 나와서 니 팔자 에미 팔자 쪽박차게 했누.'

그래도 그때 어미의 넋두리를 들으면서 안겨있던 그때가 송이한테는 최고의 행복이었다. 그나마 그 행복이 끝날 줄이야.

어미의 이름은 서현주다. 그녀는 아버지 서용대의 장녀로 태어났다. 가난하고 순하고 착한 부모의 슬하에서 태어난 현주는 열여섯 되던 해에 오십 리나 떨어진 횡성에 대궐 같은 기와집을 짓고 부자로 사는 박재철의 집에 씨받이로 들어가게 된다. 아들을 낳으면 논 두 마지기 400평을, 딸을 낳으면 밭 200평을 받기로 하고 그 집에 들어간 후 1년 만에 현주는 잉태를 했다.

늙은 박재철은 밤마다 현주를 찾아와 잠자리를 했었다. 겨우 몸에 것이 있는 날만 빼고는 현주는 밤마다 박재철에게 아이 배는 의식을 치뤄내야만 했다. 그러던 중 몸에 것도 안비치구 갑자기 욕지기가 나기 시작하자 현주의 몸이 다른 것을 알고 박재철은 현주의 골방에는 얼씬도 하지 않는다.

뿐만 아니라 열 달동안 마당에도 한발자국 못 나오게 한다. 방에서만 먹고 자고 볼일도 요강에 봐서 문밖에 내놓으면 본댁이 요강을 비워다 넣어준다. 그리고 아예 밖에서 문을 잠궈 놓는다. 그리고는 하루에 한 바가지씩 물을 넣어준다. 그 물로 고양이 세수를 하고는 불결하게 지내게 된다. 열흘에 한번씩정도 머리만 겨우 감게 하고는 또 방에 처 박혀 하루종일 누웠다 일어나 앉았다 한다. 사는 게 사는 게 아니다.

또 무슨 병인지는 몰라도, 아니면 운동부족인지는 몰라도 애 들어서

고 대 여섯 달 될 때쯤 몸이 짚단처럼 부어오르고 변도 볼 수가 없다. 소변도 노랗다 못해 붉은색으로 조금씩 꼭 병아리 오줌싸듯 겨우 눈다. 또 숨이 차서 조금씩 서서 방안을 왔다갔다도 못할 지경이다.

한 번 누우면 일어날 수가 없다. 한 번 일어나려면 한참씩 걸려서 겨우 일어난다. 숨이 턱에 차서 곧 숨이 넘어갈 듯하다. 밥은 완전히 조밥을 한 숟갈 정도나 되게 넣어준다. 혹 불면 날아갈 듯한 노란 좁쌀로 지은 밥이다. 작은 나무구박에 조밥과 된장 한 숟갈을 옆 군데기에 찍어서 주인댁이 봉창을 열고 디밀어 넣어주고는 고무신을 짤짤 끌고는 안방으로 사라진다. "야, 이년아. 자빠져 있지만 말고 서서 왔다갔다 해라." 한다. 그러면 현주는 '왜 마당에라도 나가게 해주지 않는지 못된 예편네.' 하고는 울고 있다. 숨을 죽이고 울고 또 운다.

'왜 우리 부모는 날 이런 곳에 보내서 이 고생을 하게 하나. 아무리 가난하기로서니 날 팔아 먹다니.' 현주는 무능한 부모를 원망해 보기도 하면서 하루하루 뱃속에 애가 나올 날만 고대한다. 애가 나오면 논이나 밭이 생긴다. 그럼 부모님에게 돌아갈 수 있다. 돌아가서 어미품에 안겨 어리광도 부려 보고 싶다.

현주는 오늘도 벽을 밀어가며 겨우 겨우 일어나 앉아서는 밥을 한 숟갈 떠서 목구멍에 넣어 보지만 꼭 모래알을 씹는 것처럼 넘어가지가 않는다. 먹는 것은 포기하고 벽을 짚고 겨우겨우 걸어본다. 운동이다.

현주는 하루가 천 일 같다. 하루하루 죽지 못해 산다. 또 본댁이 와서는 속곳은 아예 입지도 못하게 하고 홑치마만 걸치게 하고는 갈아 입으라고 넣어주고는 욕을 하면서 입고 있던 치마를 가져간다.

현주는 오늘도 울면서 결심한다. '속히 애를 낳아서 부모님에게 논이고 밭이고 간에 땅을 가질 수 있도록 내 임무를 완수하고는 어미품에 안겨서 실컷 울어보고는 죽을 것이다. 이처럼 가혹하고 기구한 팔자 살아봐야 뭐 하겠누. 지금 죽고 싶어도 아니다. 우리 부모님께 땅뙈기라도 마련해 드리고 가도 가야지.'

하루하루 날짜를 보내는 일로 책임을 다해 간다. 이제 얼추 애가 나올 때가 된 것 같다. 주먹구구로 계산해봐도 아홉 달은 넘은 것 같다.

달포 전부터는 본댁이 속곳을 벗겨가면서 얼굴이 화끈거릴 정도로 수치심을 자극하더니 요즘은 방문을 따고 현주의 아랫도리를 아예 대놓고 들여다 보고는 간다.

현주는 꼭 죽고만 싶다. 이건 사람이 당할 일이 아니다. 개 돼지한테나 하는 짓이다. 이제 열일곱 살이면 아직 부모슬하에서 어리광을 부릴 나이에 애를 배서 북통 같은 배를 하고 있는 아이에게 속곳도 입히지 않고 그것도 더럽다고 막대기로 치마를 걷어올린 채 들여다보고는 뭐라고 궁시렁 거리면서 어린 것 가슴에 못질을 해 대는 어른들은 인간이 아니다.

먹지 못해 힘도 없는 데다가 운동 부족으로 변을 못 봐서 열흘정도에 한 번 토끼똥 같은 것을 한 덩이씩 뺄 때는 피를 철철 흘리면서 땀을 비 오듯이 쏟는 고통을 겪어낸다. 그러고나면 하늘이 노랗다.

오늘은 똥도 나오지도 않으면서 꼭 나올 듯 나올 듯하면서 배가 뒤틀린다. 창자가 꼬이면서 온 내장이 갈기갈기 찢어지는 아픔을 겪는다. 그러더니 엉치뼈가 빠질 듯이 아파오는가 하면은 앉지도 못하고 눕지도 못하고 창문틀을 부여잡고 아픔을 겪는다. 저녁때에 본댁이 밥을 들여다 주고는 오늘따라 아랫도리도 안 살피고 그냥 간다. 바로 산통을 겪고 있는 것이다. 현주는 아프다고 말을 하려다 그만둔다.

어두운 밤이 되자 무섬증이 덜컥 난다. 꼭 얼라가 나올 것 같다. 칠흙 같은 어두운 밤에 그래도 다행으로 히끄므레한 반달이 좁은 봉창 창살로 비춰준다. 달님도 현주의 고통을 조금이라도 달래 주려는 듯이 불쌍한 현주를 지켜주는 것으로 삶의 희망을 주는 듯하다.

현주는 배를 살살 문지르면서 '아기야, 속히 나와거라. 니도 어서 나와서 주인마님댁의 귐을 받고 호강하면서 살고 이 어미도 우리 부모님께 가게 해다오. 너도 살고 나도 좀 살자.' 현주는 주문을 외듯 배속에 아기한테 웅얼웅얼거리면서 진통을 겪어낸다. 아침동이 훤히 트자 달님도 그만 먼 산너머로 숨어 버렸다. 늦가을이다.

현주는 소리를 내지 않으려고 이를 악물고 결국 해냈다. 아기가 몸밖으로 나왔다. 현주는 그만 기절을 했다. 이것이 송이의 출생이다.

송이는 아주 작고 뼈에 가죽만 씌어진 털투성이로 꼼지락거리면서 울음소리도 꼭 모기소리 마냥 '앵 앵' 할 뿐이다. 날이 훤히 밝아오자 닭장에서는 수탉이 꼭 애 낳았다고 알리듯이 오늘아침따라 퍼들쩍거리면서 유난히 소란스레 울어댄다. 본댁이 '이눔의 달구새끼 오늘 아침따라 벨시레 퍼덕거리네.' 하면서 현주의 방으로 고무신을 짤짤 끌고 오는 소리가 들린다.

본댁은 오늘 아침에도 습관적으로 현주의 굴 속 같은 방을 기웃이 들여다 보고는 기암을 한다. 조막댕이만한 새끼를 지 윗도리에 싸 놓고는 태를 내놓고 기절을 한 듯 벌거벗은 몸으로 벌러덩 누워있다. 밑으로는 생피를 쏟은 것처럼 뻘건 피가 흥건하다.

그래도 태는 잘라 났다. 기다랗게 잘라 났다. 탯줄이 길면 혹여 균이 들어가 어린 것한테 해로워지질까 봐 조마조마하는 마음으로 그래도 본댁은 같은 여자라고 약간의 인정을 보인다. "아이구, 이 맹추 같은 지지바야. 나를 부르지. 그래 니 혼자 아이구…." 그러면서 훌러덩 벗은 현주에게 누더기를 잔뜩 가져다 방바닥을 닦아내고는 대충 옷을 입으라고 던져준다.

그런 후 "아이고, 이것아. 그만 하나 떡 달구 나오지. 그래야 니 신상도 피고 니 에미 신상도 확 필 것 아니야. 지지바가 뭐여, 지지바가 뭐냐구. 또 쥔양반이 얼마나 노발대발하실꼬."

하기사 본댁도 아들을 못낳았다고 내치려 했으나 차마 조강지처라, 또 집안 문중사람들의 만류로 그냥 데리고 살지만 아들 못낳은 것이 어째 여자들의 몫이고 죄인양 달달 볶아대지 않았던가. 어린 것이 울고 보채다 애비 눈에 뜨이면 홱홱 집어 던지질 않았던가. 결국 어린 딸은 경끼로 일찍 묻어버리고 말았지만 본댁은 자신도 딸을 낳은 그 서러움을 생각하고 현주를 안쓰러워한다. 만약 현주가 아들을 낳았다면 본댁은 현주를 미워하고 구박했을 것이나 딸을 낳은 현주에게는 약간의 동정심을 베푼다.

우선 엊저녁에 먹던 국을 데워서 찬밥 한술을 뚝 말아서 먹으라고 손에 들려준다. "어여 먹고 몸 추스리고 여기서 나가야 된다. 어여, 한술 떠라." "마님, 지금, 아니 오늘 바로 나가야 되나유." "아, 그럼 처음에 약조하지 않았느냐. 아를 니 탯줄에서 바로 떼놓고는 나가야 되는 기다. 어여 국 식기 전에 퍼먹어라." "마님, 그럼 우리 집에 줄 땅문서는요. 언제 주나요." "아, 그거야 어른들이 할 요량이지. 니는 니 할 도리는 했다." "안돼요. 지한테 땅문서 쥐어줘유. 아무리 지가 여식을 낳았기로 안됩니다. 밭문서 주기 전에는 죽어도 못나갑니다." 현주가 어린 핏덩이를 잡아당겨 안으려 하자 "그 아한테서 손 떼라. 그 아는 박씨의 자손이다, 그말이여. 그리고 내가 이 어린 것 어미다. 난 이제부터 이 어린 것 안고 산깐에 들어간다. 석달열흘동안 산깐을 해야 한다. 니는 이제 니 갈 데로 나가거라. 닌 나가야 된다."

현주는 본댁의 말은 무시하고 박재철이 자고 있는 안방 문을 박차고 들어선다. 박재철은 번들거리는 마빡을 눕히고 양단 이불속에 누워 아직 일어나기 전이다. 박재철은 현주가 해산한지도 아직 모른다. 현주가 내려다보고 서서 "이봐유, 어르신. 어여 내놓으시오."하자 박재철은 자다가 기암을 하고는 "뭐여, 이년은 응?" 하고 소리를 냅다 지른다. "예, 지가 엊저녁 아니 조금 전에 애기를 낳았어요. 딸을 낳았어요. 약조대로 제 땅문서 주세요. 어서요." 그러자 박재철은 "이년이 뒈질려고 환장을 했나." 하면서 목침을 집어 던지려다 말고 그만 현주의 부어오른 몸과 헝클어진 머리, 벌겋게 충혈된 두 눈을 보고는 "이년아!" 하고 악다구니로 본댁을 불러제긴다.

본댁은 얼굴이 허옇게 질려서 어린 것을 싸안고는 급히 안방으로 건너온다. "뭐여?" "예, 여식이구만유." "뭐여, 이년아. 내가 아들 낳아 달라구 했지, 딸년 낳아 달라구 했냐. 뻔뻔스러운 년 같으니라구. 뭐 땅 문서? 밭문서? 에이 이 도둑년아." 하면서 죽을 힘을 다해 밤새도록 저 승문을 갔다 왔다 그 무서움에 떨고 수 십 번도 더 까무라쳐 가며 산고 를 겪은 현주의 퉁퉁 부어 오른 뺨을 사정없이 후려친다.

현주는 그대로 나가 떨어진다. 밤새도록 피를 흘린 몸인데 또 흘릴 피가 남아는 있는지 코와 입에서 피가 쏟아진다.

본댁이 말린다. "아이구, 영감님. 고정하세유. 아이가 아직 시근머리 가 없어서 한 소릴 가지구. 금방 몸 내린 아를 뭐하라꼬 갈습니까. 손은 대지 마시구 밭문서 하나 떼서 내줘서 보내지유." "아니 뭐여? 이 개같 은 년, 니 년도 맞아 뒈지고 싶냐? 아, 니 년도 이참에 나가서 뒈져라." 하고 소리치더니 "네 이년, 그 지지바도 니 년이 데리고 나가라. 나는 양석만 축내는 지지바는 필요없다. 어서 내 보내라." 한다. 현주는 "예, 어르신. 애기 델구 가지유." 하고는 이를 갈면서 조금 전 자신의 속에서 떨어진 핏뎅이를 홱 나꿰채서는 품에 안고 "그럼 천 년 만 년 배아지가 터지게 잘 먹고 잘사시오. 어르신." 하고 쏘아붙이고는 나온다.

그래도 본댁은 사람인지라 아기를 누데기로 싸서 현주의 품에 안겨 주면서 마지막 동정으로 눈물을 흘리면서 대문 앞에까지 따라나온다. "에이그, 불쌍한 것. 목숨이나 연명해야 하는데…." 하고는 현주의 뒷 모습을 눈물로 배웅한다.

막상 큰소리치고 나왔지만 현주는 갈 곳이 없다. 울면서 울면서 핏뎅 이를 안고 집으로 향한다. 야속하고 또 야속한 부모님이 있는 집으로 무거운 발걸음을 옮긴다. 바보스러울 정도로 순해 터지고 야속한 부모 는 뒤늦게 피눈물을 쏟는다.

초근목피로 여덟 식구가 명줄을 이어간다. 현주는 한시도 어린 것을 자신의 몸에서 떼어 놓은 적이 없다. 뒤를 보러 갈 때도 등에 붙이고 볼 일을 본다. 그런데 아이는 자라면서 눈이 이상하게 검은 눈동자가 안으로 모이듯이 하더니 사팔떼기가 된 것이다.

그래도 순하다. 어미의 젖이 나오지 않자 외할머니가 낱알을 곱게 갈아서 아주 멀겋게 끓여 어린 것 입에 흘려 넣어주고 산 밤을 주어다 생밤을 꼭꼭 씹어 그 물을 입에 넣어서 살렸다. 모진 것이 목숨이라고 그 속에서도 어린 것이 죽지 않고 살아남아 살도 통통 오른다. 아이 이름은 외할아버지가 송이라고 지어줬다.

송이는 어느덧 네 살이 됐다. 이제는 말도 할 줄 알고 워낙 약해서 두 돌이 지나도 겨우 한발 한발 띄던 걸음이 지금은 뛰어다닌다. 그렇지만 어려서부터 하도 굶어서 창자가 오그라 들었는지, 뭐든지 조금밖에 못 먹는다. 꼭 쥐 창자만 하다는 소리가 송이에게 맞는 말인양….

25. 칼부림

　현주는 이제는 송이를 어머니, 또 동생들한테도 맡길 수 있을 정도로 키워났다고 생각하고 그동안 미뤄왔던 자신의 일을 실행에 옮기기로 작정을 한다. 밭 200평에 대한 문서를 찾는 일이다. 그것도 아들이면 논 400평, 딸이면 밭이 200평을 주겠다던 약속을 헌신짝버리듯이 무시한 박재철을 한시도 잊은 적이 없었다. 현주는 땅 문서를 받아 내리라는, 아니 찾아 내리라는 다짐을 하고 50리 길을 걷고 또 걸어간다.

　3년전 박재철 그 독사 같은 인사가 갓 애기 낳은 산모인 자신의 뺨을 후리쳐서 입안 가득 피범벅이 되게 만들고 어금니를 몽창 다 내려 앉힌 일을 생각하면 아직도 진저리가 쳐진다. 독사보다도 더 독한 박재철 그 놈을 한시도 잊은 적이 없다. 밤새도록 산통을 겪으면서 죽을 고비를 수도 없이 넘기면서 지놈의 새끼를 낳은 어린 산모를 무지막지한 놈이 때려서 내쫓았다.

　아무리 초가을이라 하지만 추위에 떨고 기구한 자신의 운명을 슬퍼하며 50리길을 횡성에서 산을 넘어 울면서 이곳 대화땅 부모에게 가기 위해 이를 갈며 죽을 힘을 다해 넘어오던 그 고갯길을 현주는 오만가지 생각으로 다시 되짚어 넘어간다.

　어느덧 저 만치 볼상사나운 기와집의 비뚤어진 대문이 보인다. 현주는 허리춤에 싸온 나물밥 주먹밥을 뜯어서 입속으로 밀어 넣어 배를 채운다. 밤이 되어 어두워지길 기다린다.

　현주는 두려움도 없고 오히려 정신이 맑아진다. 또 용기도 생겨서 그 당시는 높게만 보이던 대문을 아무 주저함없이 박차면서 소리를 지른다. "여보시오. 문 여시오. 문 여시오." "거 오밤중에 어느 후레 아들놈이여. 남의 대문을, 감히 누구여! 어떤 놈이여!" 박재철이 목소리다.

한참 후 박씨의 계집이 고무신을 짤짤 끌고 나와서는 "뉘시유?"한다. "내요, 내 서용대 어르신 장녀 씨받이로 이 귀한 박씨 가문에 여식을 낳아준 애 어멈이요." 예편네는 대문 틈으로 고개를 빼쯤이 내 놓구는 "야가 시방 정신이 있는 기여, 없는기여. 여갤 어데라구 또 온기여. 아 죽을라고 환장했나." "아, 내 땅문서 찾으로 왔소." 그러면서 현주는 대문을 끼익하고 밀고는 마당으로 들어섰다.

그리고는 검정고무신 바닥을 새끼줄로 칭칭 동여맨 발로 마루에 성큼 올라서서는 방문을 벌컥 열어 젖히고 "내 땅문서 어서 내 주시오." 귀청이 떨어지게 냅다 소리를 지르면서 방으로 성큼 들어섰다. 박재철은 "아, 이년이 뒈질려고 환장을 했나." 하고는 목침을 냅다 던진다.

현주는 몸을 옆으로 살짝 피한다. "아직까지도 손찌검하는 행우지는 여전 하시오. 아, 내가 내 땅문서 찾으러 왔소. 손님, 아니지 땅 주인한테 이런 무례함이 어디 있소." 박재철은 이번에도 또 때리려고 송이에게 덤벼든다. 송이는 "네 이놈. 내 너를…." 하면서 품에 품고 온 날이 시퍼런 식칼로 재철의 가슴을 찔러 대는가 하더니 순식간에 목에서 배 또 온 몸을 정신없이 마구 마구 찔러댄다.

현주는 소름끼치는 괴음을 질러가면서 계속 피를 부른다. 마루 끝에 서서 바라보던 본댁이 "새새새인, 샐인, 샐인이다." 하고는 대문 밖으로 뛰어나가더니 소리를 질러댄다. 현주는 박재철이 두 눈을 부릅뜨고 숨이 멎는 것을 두 눈으로 지켜보고는 자신도 칼을 세우듯 하면서 그 칼에 엎어져서 짧은 20년생을 원수와 함께 저승으로 떠나갔다.

송이 어미는 그렇게 송이만 남겨두고 가버렸다. 그후 1년도 되기 전에 외할아버지, 외할머니 두 분도 충격으로 세상을 뜨고 이모와 외삼촌의 도움으로 열 살정도 될 때까지 살던 송이는 집을 나와 걸인들을 따라 다니면서 막 살게 된다.

대략 나이는 24~25세 정도로 금순이와 비슷하다. 호적은 외삼촌 앞으로 올렸다. 법원에 벌금을 내고 나이는 25세로 정해 서송이로 새로 태어났다. 금순은 불쌍한 올케를 위해 많은 눈물을 흘렸다. 이제는 가족으로써 서로 사랑하고 감싸안고 아픔을 달래가며 살게됐다.

올케 송이는 시누이 금옥이한테 글도 배우고 예전의 송이가 아니다. 교회도 열심히 나가고 아주 달라졌다. 순구도 많이 치료되어 퇴원을 했다.

이제 순구 옥희 두 아이를 오빠 종대 앞으로 호적을 만들 수 있게 되었다. 전 호적계장이자 지금은 조합장이신 중혁 아버지 덕분으로 한 살 차이 오누이로 호적을 올리게 된 것이다.

오라버니 호주 이종대, 장남 이순구, 녀 이옥희, 순구는 6세, 옥희는 5세, 처 서송이, 이렇게 해서 이제는 가계도가 완벽하게 이뤄졌다. 옥희의 호적문제도 말끔히 해결되었으니 이제 어머니만 찾아 모시면 되는데, 아버지께서는 더 기다릴 수 있는 연세가 아니다. 속히 모셔야 되는데….

동생 금옥이는 선생님이 되려는 꿈도 있지만, 또 신학을 해서 전도사나 목사가 되고 싶어 했으나 언니의 권유로 사범대학을 가기로 했다. 또 금옥이는 아버지께 자신이 오래 전부터 사귀어 온 남자친구에 대한 말씀을 드리자 언니가 만나보고 싶다고 한다. 금옥이 중학교때 교회로 인도한 친구 이상이다. 이름은 강영수라고 하는데 할아버지께서는 목사님으로 젊으셨을 때부터 시무하시던 교회에서 은퇴하시고 지금도 작은 산골마을에서 개척교회를 하시면서 왕성하게 목회를 하신다. 아버지께서는 교회 장로님이시고 어머니께서는 권사님으로써 모든 식구가 다 믿음이 투철한 신앙인들이다.

금옥이는 남자 친구 강영수를 집으로 데리고 왔다. 아주 착실하고 반듯한 청년이다. 장래 꿈이 목사라고 한다. 나이는 금옥이보다 한 살 아래다. 금옥이는 국민학교 한 학기를 쉰 적이 있다. 언니가 마을사람들한테 몽둥이 찜질을 당하려고 할 때 아버지께서 대신 어깨를 물푸레 나무 몽둥이로 맞고 쓰러지시던 그날 밤, 그 무시무시한 광경을 목격한 뒤 금옥이는 충격으로 바보 천치가 되어서 한 학년을 쉬고 그 이듬해 다시 입학을 한 탓으로 강영수보다 한 학년이 늦고 나이는 한 살이 위가 된다.

둘은 공부도 전교 석차 5등 안에 드는 수재들이고 양가 부모님 허락 하에 이쁘게 교제중이다. 대학을 마치고는 혼인시킬 예정이다.

영수의 할아버지 강인덕 목사님은 아버지 홍영감님과 각별한 사돈간을 떠나 아름다운 인간관계, 아니 신앙의 선배로써 늘 좋은 친구 같은 관계를 이어 오시면서 홍영감님을 신앙으로 이끌어 준다. 종대 오빠도, 올케 송이도 아버님을 모시고 순구, 옥희와 함께 일요일마다 교회에 나가신다. 아버지께서는 학습세례도 받으시고 아들 며느리와 늘 행복하게 지내신다.

26. 사랑하는 나의 어머니

홍영감님은 노년을 복되게 보내시지만 마음은 늘 무겁다. 사랑하는 아내 정월선, 마음 속에 늘 함께하는 그 이름. 홍여감은 오늘 새벽기도에 참여해서도 '내 사모하는 그 사람을 꼭 만나고 하나님 앞에 나가겠노라' 고 울면서 기도를 마치고 교회를 나선다.

♫자장 자장 자장 자장 우리 귀한 내 강아지. 잘도 잔다 잘도 자 천상에서 내려주신 곱고 귀한 우리 얼라 달님처럼 맑고 맑은 귀한 자식 내 자식 멍멍개야 짖지마라 우리 얼라 잠 깨운다. 꼬꼬닭아 울지 마라 우리 얼라 단잠 깬다. ♫

여자는 행여 바람들어갈까봐, 포대기를 어린 것 머리꼭대기까지 덮어씌우고 토닥토닥거린다. 동구 밖을 나섰다. 엊저녁에 재 넘어 큰 댁에 제사 모시러 간 서방님을 기다리며 어린것을 잠재운다.

머리에는 흰 명주 수건을 폭 쓰고 귀한 자식 낳았다고 서방님이 끊어다 주신 톡톡한 짙은 수박색 모본단 치마와 볼그미리한 본견 저고리를 곱게 받쳐 입고 발이 고운 무명에다 노란치자 물을 곱게 잘 들여 누빈 포대기로 어린 것을 업고 낭군님을 기다리며 행복에 겨워 얼굴에 홍조를 띤다. '하마 오실 때가 됐는데, 어캐 앙이 오시는기야.' 여자는 낭군님을 기다리다 하늘을 쳐다 보며 노래를 흥얼거린다.

날 저무는 하늘에 별이 삼형제 반짝반짝 정답게 비추이더니 웬일인지 별 하나 보이지 않게 깜박깜박 작은 별이 눈물 흘린다.

각시는 서방님이 오시면 함께 먹으려던 이웃집에서 가져다준 시루떡을 선반에서 내려 네 귀퉁이를 조금씩 떼어서 삽작 밖에 '고수레' 하고 내던지고는 입에 넣고 옴삭옴삭 씹어 삼킨다.

여자는 집으로 들어간다. 어린 것을 누이고 자신의 가슴을 풀어 헤치고는 팅팅 불은 젖을 손으로 썩썩 비벼서 어린 것 입에다 대고 '마이 드시게나. 어캐 이리 잘났누. 천상에서 옥황상제가 내리오시사 며늘님 삼자 하시겠네.' 중얼거린다.

여자는 어린 것에게 젖을 물리고 깊은 단잠에 빠졌다. 행복한 생각으로 연모하는 님을 기다리며 그 님의 어린 것을 안고 젖을 물린 채 행복한 단잠을 자고 있다.

강원도 평창군 도암면의 작은 마을. 이곳은 주로 옥수수, 감자, 콩, 수수, 메밀, 팥, 조, 고추 등 온갖 밭농사로 풍요로운 지방이다. 언제부터인가 군부대가 들어서는가 하더니 마을은 더욱 풍요롭게 돈이 돌고 돈다. 장사하는 집들이 자꾸 들어서는 추세다. 또 이 마을에는 손비비는 푸닥거리 하는 무당, 박수들 그것도 똑바른 무당은 아니고 선무당들이 판을 친다.

어리숙한 아낙들한테 '부적을 써라. 니 년헌티 공방살이 끼어 니 가장이 딴 계집을 본다. 니 년의 정성이 부족하다.' 나이가 많으나 적으나 반말 욕지거리로 겁을 줄라치면 어리숙한 촌댁들은 서방 몰래 꼬불쳐 놓은 돈으로 떡시루에 씩 웃고 있는 돼지대가리를 떡 얹어서 푸닥거리에 여념이 없다. 한심스러운 작태다.

이곳 마을 어귀에는 570년됐다는 큰 고목 당산나무가 마을입구에 떡하니 버티고 서 있다. 해마다 파릇한 새순을 틔운다. 마을사람들의 정성이 부족하면 이듬해 봄에 나무에 잎이 돋지 않는다고 무당을 불러 들여서 당산제를 잘 지낼라치면 이듬해 생사화복이 편안하다고들 마을사람들이 추렴들을 해서 당산제를 지낸다. 돈, 쌀, 떡, 고기 등, 무당들만 땡잡는 일이다.

올봄에도 여지없이 고목에 새파랗게 싹이 터오르자 마을 늙은이가 앞장을 서서 무당들을 불러 들여 꽹과리, 북, 징을 쳐가며 무당, 박수무당 혼합으로 겅실겅실 뛰고 너스레를 떨며 당산제를 그럴 듯하게 잘 지냈다. 마을의 애 어른 모두 다 들뜬 마음들로 나무 앞에 지전을 놓고 넙죽 넙죽 절을 해댄다. 그 돈은 모두 무당들의 몫이다.

마을사람들은 저마다 애들이 고뿔에 걸려 열이 나도, 먹고 체해도, 머리를 감지않고 긁어대서 딱지가 앉아 부스럼이 나도 유일한 버팀목인 이 당산나무 앞 상석에 밥과 나물 세 가지를 해다 놓고 싹싹 손바닥을 비벼댄다.

우리 민족은 한이 많은 민족이라 그런 것일까. 모든 한풀이를 해댄다. '당산할배, 당산할배, 어여삐 봐주시유. 야!' 하고들 간밤에 밥, 나무새 등을 갖다 놓고 빌고 가면 귀신이 와서 먹는지 아침이 되면 누가 깨끗이 먹고 그릇까지 깨끗이 씻어서 가지런히 놓여 있다. 상석도 깨끗하다.

어느 날 마을이 발칵 뒤집어졌다. 이 마을에 한 남자가 큰댁에서 제사지내고 새벽에 돌아오는데 당산나무 상석에 누가 걸터앉아 있길래 '누가 손비는구나' 하고 지나오려는데 몰골은 귀신같고 온 누더기로 몸을 감싸고 등에는 애를 업었는지 보따리를 졌는지 하고는 상석에 차려진 음식들을 개걸 들린 듯이 먹어치우고 있다. 그 남자는 거렁뱅이인 줄 알고 조용히 지나오려는데 뒤에서 '서방님 어서 오시라우요. 어서 진지드시라우요.' 하고는 와서 앵겨든다. 남자는 머리끝이 쭈뼛해서는 '걸음아 내 살려라.' 하고는 냅다 도망을 왔다. 그 소문이 그 남자 여편네를 통해서 엄청 부풀어져서 마을 전체가 뒤숭숭해졌다.

또 이상한 일은 주위에 콩밭, 조밭, 수수밭, 팥밭, 곡식밭들이 아침에 밭 임자가 일을 하려고 나가보면 밤새 누가 아주 말끔히 김을 매 놓았다. 호미로 맨 것은 아니고 송곳 같은 뾰족한 것으로 맨 듯하다. 풀이 우묵장성으로 자란 게으른 집 밭은 거들떠 보지도 않고 부지런한 집들의 밭만 골라 말끔히 매어 놓는다.

밭 주인들이 호미와 함께 음식을 해서 함지박에 담아 맞엎어 두고 갔다가 아침에 와 보면 음식도 다 먹고 김도 잘 매어져 있다. 귀신이 곡할 노릇이다. 마을사람들은 당산할배가 복을 줘 할배 손주가 사람으로 환생해서 김을 맨 것이라고 믿는다.

그 후로는 함지박에 흰쌀밥과 함께 비린 것도 해서 갖다 놓는다. 밤에 몰래 할배 손주가 김매고 일하는 광경을 훔쳐보면 마을의 모든 사람이 급살을 당한다는 박수무당의 소리들을 믿고 일체 해가 지면 마을사람 그 누구도 코빼기도 안내민다.

어쨌든 우렁각시 출현도 아니고 수호천사의 출현이다. 가을에는 가을 건이도 한 집 한 집 해놓는다. 마을은 더더욱 당산나무에 맹신을 건다. 아니 믿는다. 마을사람들은 아침에 일어나면 애 어른 모두다 집집마다 나무에 대고 절을 날아갈 듯이 해댄다.

당산나무 뒤쪽으로 쭉 올라가며 묵정 밭이 하나 있다. 마을사람 어느 누구든지 이 묵정밭 근처에는 지나다니지 않는다. 어느해 이 마을에 살던 지서방이라고 있는데 지 마누라하고 대판 싸우고는 홧김에 이 곳에 와서 양잿물을 마시고 목을 매고 축 늘어져 죽었다. 입에는 보글보글하니 보랏빛가지 색깔의 침을 내물고 끔찍하게 죽어 있었기에 목맨 귀신이 나온다고 수 년동안 사람들의 발길이 끊어진 곳이다.

그런데 이 마을에 전라도 사람인 군인이 한 명 살고 있었다. 군인 가족으로 이 마을에 방을 얻어서 가족과 함께 살면서 마을사람들과 함께 살아간다. 그 군인 상사는 처가가 이곳인데 처남들이 다 어려서 처가댁 농사도 틈틈이 돕는다. 아들 맞잽이다. 장인이 "이보게, 지게목하게 튼튼한 박달나무나 물푸레 나무 하나 짤라다 주게." 하자 박서방네 사위는 나무를 하러 당산나무 뒤쪽으로 꺼덕꺼덕 손도끼 톱을 짊어지고 묵정밭쪽으로 올라간다. 가다보니 옥수수 마른 대로 엉성하게 엮어진 곳에 어떤 할머니가 하얀 머리는 온통 풀어 헤치고 이빨은 뾰족하니 송곳

같이 갈라지고 몸통만한 나무 토막을 안고 토닥토닥 두드리며 아주 구슬픈 노래를 부르고 있다. 정선아리랑인 것 같다.

♬아우라지 뱃사공아 배 좀 건네주게 싸리골에 검은골에 검은 동백이 다 떨어진다~~ 아~~ 아리랑 아라리요 아리랑 고개 고개로 나를 넘겨주소.♬

할머니의 손은 완전 갈퀴같다. 목에는 굵은 목을 맨 상처가 지렁이 기듯이 징그럽게 번들거린다. 젊은 상사는 무성증이 들어 걸음아 내 살려라 하고 냅다 뛴다.

이 소식을 전해 들은 마을사람들은 박서방 사위의 장황한 설명에 여러 가지 의견들을 내 놓았다. 그 노인은 온전한 노인은 아니지만 당산나무 상석에 놓여있던 음식을 먹고는 고마워서 노인 자신이 농사꾼으로 살아온 것이 분명하다. 그러기에 밤에 밭들을 가꿔 온 것이다. 이 모두가 다 당산할배의 은덕이라고 믿는다.

그 노인에 대한 고마움에 동정심도 베푼다. 겨울에는 분명 그대로는 동사 할 것이다.

마을 사람들은 의논끝에 마을에서 받아들여 함께 잘 지내보기로 결정을 했다. 그렇지만 사람들이 우루루 몰려가면 그 노인 분이 놀라서 분명 산으로 들어가든가 아니면 또 어디로 사라질 것이다. 궁리 끝에 "누가 대표로 그 노인한테 가서 한 번 만나보는 게 어떨까유." 의견이 나왔다.

그때 박서방 마누라가 그래도 국민학교도 다닌 몸이고 말줄꽤나 제법 조리있게 하는 터라 자신이 가보겠노라고 했다.

박서방 마누라가 손에는 늙은 호박에 수수가루에 강낭콩을 넉넉히 넣고 끓인 호박죽을 한 버래기 담아 들고 또 사위가 주는 군용 담요 한 장도 챙겨서 이고 지고 찾아갔다. 가서 "아주머이요. 내는 해로운 사람은 아니요. 아주머이께서 우리 마을에 이를 주시기에 고마워서 지가 인사차 왔써유."하고 들어가자 여자는 겁에 질려 자리에서 벌떡 일어나 앉는다. "누, 누구십네까." 여자는 두려움에 몸을 웅크리며 반격할 태세를 갖춘다. "아이, 안심하세유. 따뜻한 호박죽 좀 잡사보세유. 절대 안심하세유. 지는 단지 고마워서 마을 대표로 인사드리러 왔어유. 고향은 어데세유. 꼭 우리 친정 어머이 같네유." 그러자 여자는 어머이라는 소리에 눈물이 그렁그렁해진다.

여자의 목에는 시커먼 줄이 생겨져 있다. 목을 매달린 것 같은데, 꼭 목 속에 삼줄 같은 것이 감겨져 생긴 흉터인양 끔찍스럽다. 맞다. 여자의 몸에 아주 꼭 조이는 삼줄로 챙챙 감아 놨었다. 여자가 손으로 끊으려고 몸부림쳤지만 끊어지지 않고 점점 조여들어 아예 살에 묻힌 것이다.

또 큰 충격으로 정신이 온전치 못하고 안고 있는 나무토막은 닳아서 반질반질하다. "아주머이, 그 나무토막은 왜 안고…." 그때 여자가 말이 채 끝나기도 전에 "안된다. 내 새끼다. 금옥이다. 함부로 손대지 말그라. 쥑인다." 하고 대든다. "만약 손대믄 니는 천벌 받을 게다." 그러면서 "아가, 이 오마니가 지켜줄끼니 걱정말라야." 하고는 꼭 품에 안는다. "아, 아니예유. 얼라가 참 곱네유."하고 다가가자 "기렇티? 내새끼 천상에서 내리주신 선물이야요."하며 행복한 미소를 짓는다.

한쪽 구석에는 도토리도 얼추 한버래기 택이나 되고 늙은 호박, 싸락감자, 볕본 시퍼런 감자 몇 알이 바닥에 뒹군다. 늙은 호박은 묵정밭에 저절로 씨가 떨어져서 자라나는 돌호박인 것 같다. 아마도 겨울 양식인양 춥고 어설프다. "아주머이, 얼라하고 치운데 이 담요 덥구 계울 나세유." 하고 들고 있던 담요를 내밀자 여자는 담요를 받아들고는 수없이 절을 한다. 고마움에 표시다.

박서방 마누라는 마을로 돌아와 전후사정을 다 얘기했다. 마을사람들은 흙구덩이에 지붕이라도 엮어서 덮어주기로 했다. 싸리대와 수수대를 촘촘히 엮어서 입구는 길이를 짧게 잘라내 꼭 여자애들 단발머리 모양으로 엮어놨다.

　그 여자의 동태를 살펴본 결과 낮에는 앞은 산에 올라 도토리도 줍고 약초도 캐 질겅거려 씹기도 하고 머루, 다래도 따서 먹는다. 지붕은 낮에 움막을 비운 사이에 몰래 가서 덮어주었다.

　그런데 밤이 되어 돌아온 여자가 지붕이 덮어진 움막을 보더니 빙빙 돌다가 다시 산으로 올라가 버린다. 울면서 올라간다.

　박서방 마누라는 당황했다. 노인을 도우려고 한 일인데 난감하게 됐다. "아주머이요, 아주머이요. 여게가 아주머이 집이에유. 산으로 가시지 마세요." 뒤따라가면서 만류하자 여자가 "내레 인간이 싫어. 내레 다른 곳에 터를 잡갔소."한다. "아니예요, 아주머이. 우리 마을 사람 어느 누구도 아주머이를 아는 체 안할께유. 지붕 덮은 것은 겨울에 아주머이 춥지 않게 하기 위함이예유. 이제 아주머이를 아무도 찾아오지 않을께요. 움막으로 내려갑시다."

　박서방 마누라는 노인을 달래서 겨우겨우 산을 내려왔다. 노인은 정신이 들락날락하는 듯했다. 그 후로는 마을사람들이 움막앞에 음식물을 조금씩 가져다 놓을 뿐 누구도 접근하지 않았다.

　여자는 움막에서 늘 행복한 생활을 한다. 서방님의 사랑과 사랑하는 나무토막 아기를 어루고 달래고 가슴 풀어 헤쳐 젖먹이고 또 노래하고….

　♩한치 뒷산에 곤두레 딱쥐는 님에 맛만 같아도 고것만 뜯어 먹어도 올봄은 살아난다~ 아리랑 아리랑 아라리요 아리랑 고개 고개로 나를 넘겨주우소오~ ♫

27. 사랑하는 이에게 쓰는 유서
(아름다운 고백)

연모하는 나의 사람 정월선님 보십시오.

여보, 여보. 내 일신을 다 바쳐서 연모하는 그대 정월선님, 어디 계시온지요. 이 못나고 또 부족한 나 때문에 날 대신해서 어둡고 아픈 곳에서 당신께서 받으실 고초 어찌하오리까. 그 아픔을 어찌하오리까. 이내 몸 살을 찢고 뼈를 태워도 당신의 고통만 하오리까.

어여쁘고 어여쁜 내 사람, 정월선님. 이 무지하고 못난 나한테 오셔서 백옥 같은 나의 사람 월선님이 한 날 한 시도 몸 편히 살지도 못해보구, 이 늙은 지아비 병치레로 또 지아비 살리려고 단지까지 하셔서 내 목으로 당신의 뜨거운 피를 흘려넣어 날 살리시고 당신은 진작 왜 어디로 가셔서 감감무소식이요. 강산이 두 번 아니 세 번이나 변해도 왜 안 돌아 오십니까.

여보, 나의 고은 님이신 당신. 내 꼭 당신을 만내서 못다한 나의 마음, 못다한 정을 다 드리고 떠나야 되는데. 여보, 당신과 나의 딸 우리 금순이가 당신의 빈자리를 피 눈물로 지켜 나왔소. 또 당신이 낳으신 보석, 보물, 우리들의 보물 금옥이는 잘 곱게 성장해서 지금은 대학교에 다니고 졸업 후 선생님이 되구 또 아주 반듯하고 잘생긴 청년과 혼인을 한다오.

장차 우리 사위는 하나님을 섬기는 목회자 목사님이 될 귀한 청년이오. 사둔님들도 다 훌륭하신 인품을 지니신 귀한 분들이지요. 우리 딸 금옥이를 귀하게 잘 맡아서 자식으로 맞아주실 귀한 분들이지요.

여보, 또 우리 금순이 아주 총명한 딸을 낳았지요. 모든 효도를 이 염체없는 내가 다 받고 산다오. 종대, 금순이 우리 모두다 한 집에서 복되

게 살아간다오. 부와 명예도 다 걸머진 우리의 딸내미지요. 자식들의
효도를 내가 다 받다니 그저 당신께는 죄인입니다. 손주 손녀 효리를
받으시고 또 저의 마지막 정까지도 다 드려야 되는데 어디 계시오.

여보, 전 이젠 곧 떠나야 되는데 기다릴 여력이 없소. 부탁드릴 말씀
이 있소. 어서 속히 돌아오셔서 우리 귀한 자식들의 효리를 다 받으시
고 이 못난 지아비를 용서해주시오. 당신 몸 성히 잘 지내시다, 우리 천
국에서 꼭 다시 만납시다.

나의 반쪽 나의 님이신 정월선님.

이 지아비가 믿는 예수그리스도를 당신도 꼭 믿으십시오. 우리 딸내
미 금옥이가 당신을 잘 인도해줄 겝니다. 우리 꼭 천국에서 다시 만납
시다. 그곳은 아픔도, 슬픔도, 배고픔도 없고, 우리는 영원히 천사들의
인도함을 받고 영원히 산답니다.

여보, 나의 님, 나의 반쪽, 내 그리운 님이시여. 어여쁜 당신을 기다
리지 못하고 먼저 가는 이 지아비를 용서해주시오. 영원히 영원히 연모
합니다.

금순이는 아버지의 유서를 볼 수가 없었다. 아버지께 죄송하고 또 죄
송해서 견딜 수가 없다. 이토록 어머님을 그리워하시다가 몸져누우신
내 아버지 죄송합니다. 그저 돈 버는 일에만 정신이 팔려서 아버지께서
어머니를 그토록 애간장을 녹이듯이 그리워한다는 생각은 못했다.

금순이는 억장이 무너져 내려앉는다. 그저 예전에 고향에서 온갖 수
모와 고생을 한 것이 한이 되어 돈이라도 잔뜩 벌어 드리는 것이 예전
의 아픔을 보상해 드리는 것이라고만 생각했다. 아버지께 신경을 안 쓴
것이 아니고 그냥 편히 모시는 것만이 능사고 어머니 찾을 생각을 포기
했던 자신을 지금 와서 후회한들 무슨 소용인가.

금순은 아버지께 불효한 것이 뼈를 깎는 아픔으로 이제라도 속히 어
머니를 찾아 모시기로 결심했다. 그러나 딱히 별다른 방법이 떠오르지

않아 금순이와 종대는 눈물과 한숨만 내쉰다.

서로 울기만 하다가 종대가 '우리 신문에 한번 내볼까.' 하고 제안한다. 그래서 신문에도 광고를 내고 덩달아 전단지를 수 만 장 인쇄해서 배포하기로 결정했다. 금순은 극장과 함께 모든 사업은 오라버니와 이한성 지배인, 동희아버님, 어머님께 모두 일임하고 자신은 잠시도 아버지 곁을 떠나지않고 지키고 있고 또 어머니를 찾아주시는 분에게는 사례금도 후히 드리기로 하고 전단지 제작에 들어갔다.

전단지는 동희아버님께서 책임지고 다 만드시기로 했다. 강릉과 춘천 등 강원도 일대는 다 돌렸다. 신문에도 내고 산골짝에도 사람을 풀어 전단지를 돌리는 방법으로 어머니를 찾을려고 백방으로 노력들을 했다.

28. 아버지의 죽음

금순이는 아버지 무릎에 엎드려 한없이 울었다. '아버지 1년만 더 사세요. 딱 1년도 못 기다리겠어요? 어머님 꼭 찾아드릴께요.' 금순이는 아버지 무릎 밑에 엎드려 애원한다. 마음속으로 아버지께 애원을 했다.

아버지께서는 힘없는 모습으로 "날 좀 일으켜 앉혀다우." 하신다. 종대 오라버니와 금순이, 금옥이가 아버지를 안아 일으켜 드린다. "아버지, 힘드신데 천천히…." 그러자 "아니다, 아가. 내 딸 금순아, 울지 마라. 넌 내게 할 만큼 했다. 내가 네게 무거운 짐만 안겨주고 애비 노릇도 못한 내가 분에 넘치는 효리를 받고 가게 되는구나. 내 아들 종대야, 내 아들이 돼줘서 고맙다. 우리 막내 금옥아, 에미 잃고 니 성이 닐 키웠다. 니는 니 성 은공 모르면 안된다."

아버지는 힘이 드셨는지 한참을 쉬었다가 또 "아가, 너희 작은 애비와 재관이를 용서해라. 다 이 애비가 모지래서 이래 됐구나."

그때 밖에서 자동차 소리가 나고 '흐흐흑' 울먹이는 소리가 나더니 "성님, 지가 왔구만유. 잘못했습니다."하고 작은아버지 홍덕배가 양자 제관이와 함께 들어서며 통곡을 한다. "성님, 지가 무지해서 형수님한테와 형님께 죄를 지었구만유."

홍영감도 동생의 손을 잡고 운다. "그래, 잘 왔다. 나는 자네를 못보고 가는 줄 알았다. 역시 내 아우구나. 그럼, 그럼. 이제는 내가 맘 편히 갈 수 있게 됐다."

금순이는 아버지께는 말씀을 안 드렸지만 수차례 작은 아버지를 찾아 뵙고 잘못을 빌고 용서를 구했다. 덕배 영감은 금순이 손을 덥석 잡구는 "네가 무슨 잘못을 했느냐. 모든 잘못은 다 내게 있다. 내가 하도 염체가 없어서 성님 앞에 나타날 수가, 아니 갈 수가 없구나. 그리고 니 한테도 볼 면목이 없다." 하신다. "작은 아버지. 무슨 그런 말씀을 하십 니까. 이젠 아버지께서 연로하셔서 노환으로 자꾸 자리에 누워계시는 날이 잦습니다. 속히 두 분 만나셔서 아버지 마음 위로해 드리세요."하 고 간청한다. "오냐, 내 곧 가마."

그렇게 다짐을 받고 금순은 돌아와서 아버지께는 말씀을 드릴 겨를 도 없었다. 마지막 유언을 언제 쓰셨는지 만리장성으로 쓰셔서는 "꼭 니 어머니 찾아 뫼셔라. 그리고 내 대신 니가 니 어머니께 용서를 빌어 다우." 홍영감은 눈물을 주르륵 흘린다.

동생 덕배는 애간장이 녹는 울음을 운다. 형님의 가슴팍에 엎드려 "성, 성. 어여 일어나시유. 지가 잘못했써유. 안돼유. 이렇게는 못가십 니다. 성, 성, 성!" 덕배는 어린아이처럼 콧물 눈물이 범벅이 돼서 울어 재낀다. 그때 아버지는 다시 기력을 차리셔서 "이보게, 아우! 내 대신 자 재관이하고 우리집 사람, 자네 형수 꼭 찾아 주게. 내 꼭 부탁함세."

홍영감은 동생 덕배에게 형수를 꼭 찾아 달라고 부탁한다는 말을 마 지막으로 눈을 감는다.

홍영감은 사랑하는 딸내미들 또 아들 종대, 며느리, 손자, 손녀, 동 생, 양자, 그리고 금옥이 약혼자 강영수전도사 모든 사랑하는 사람들의 안타까운 배웅을 받으면서 생을 마감한다. 그러나 사랑하는 아내를 잊 지못해 가슴에 영원히 품고 다시는 돌아 올 수 없는 길을 한많은 삶을 마감한다.

1960년 2월 18일 목메이게 그리던 사랑하는 아내의 61세 환갑날 그 는 영원히 돌아올 수 없는 길을 딸들의 눈물과 흐느낌을 뒤로 하고 떠 나갔다. 향년 86세를 일기로 떠나신 것이다.

강영수 전도사의 할아버지 강인덕 사돈 목사님은 카세트에 찬송가를 계속 틀어 놓았다.

1. 잠시 세상에 내가 살면서 항상 찬송 부르다가 날이 저물어 오라 하시면 영광중에 나아가리. 열린 천국문 내가 들어가 세상 짐을 내려놓고 빛난 면류관 받아쓰고서 주와 함께 길이 살리.

2. 눈물골짜기 더듬으면서 나의 갈길 다간 후에 주의 품안에 내가 안기어 영원토록 살리로다. 열린 천국문 내가 들어가 세상 짐을 내려놓고 빛난 면류관 받아쓰고서 주와 함께 길이 살리.

3. 나의 가는 길 멀고 험하여 산은 높고 골은 깊어 곤한 나의 몸 쉴곳 없어도 복된 날이 밝아오리. 열린 천국문 내가 들어가 세상 짐을 내려놓고 빛난 면류관 받아쓰고서 주와 함께 길이 살리.

4. 한숨 가시고 죽음 없는 날 사모하며 기다리니 내가 그리던 주를 뵈올때 나의 기쁨 넘치리라. 열린 천국문 내가 들어가 세상 짐을 내려놓고 빛난 면류관 받아쓰고서 주와 함께 길이 살리.

고향 모든 사람들이 홍영감님 살아 생전에 한번 더 보기 위해 모여와서는 곧 세상을 뜰 것 같기에 가지 않고 기다리며 다시 기력을 찾을 것을 기원했건만 결국 초상을 치루고 가기로 했다. 온통 고향을 옮겨다 놓은 것 같다. 그 예전에 홍영감한테 함부로 무례하게 대하던 사람들은 하나같이 크게 죄의식을 느끼고 진심으로 죄송스러워 하고 또 아파하고 슬퍼한다. 온통 통곡들을 한다.

홍영감이 출석하던 돌기둥교회 교인들과 전도사님도 모두들 첫 새벽부터 함께 했다. 또 강인덕 사돈목사님이 홍영감님 운명하시는 것을 함께 하며 천국으로 인도했다. 모든 교인들이 찬송으로 천국 길로 인도했다. 슬픈 것이 아니고 아주 엄숙한 분위기를 자아냈다.

동생 덕배 영감은 기가 넘어갈 듯이 울었다. 고향 모든 사람들도 애통한 울음을 터트렸다.

이 때 강인덕 목사님이 "자, 여러분들 진정하십시다. 사랑하는 우리 형제, 홍덕근 성도님은 천사들의 호위를 받으면서 지금 천국에 이르십니다. 우리 모두 후에 천국에서 다시 만납니다. 슬퍼하지들 마십시다."
하고 온 교인들이 찬송가로 천국으로 가시는 길을 인도한다.

1. 괴로운 인생길 가는 몸이 평안히 쉴 곳이 아주 없네. 걱정과 고생이 어디
는 없으리 돌아갈 내 고향 하늘나라.
2. 광야에 찬바람 불더라도 앞으로 남은 길 멀지 않네. 산 넘어 눈보라 세차
게 불어와도 돌아갈 내 고향 하늘나라.
3. 날 구원 하신 주 모시옵고, 영원한 영광을 누리리다. 그리던 성도들 한자
리 만나리. 돌아갈 내 고향 하늘나라.

금순이는 몸을 못 가눌 정도로 운다. 어머니가 생부에게 끌려가고 어
린 금옥일 등에 업고 정신줄 놓으신 아버지를 돌보면서 어린 금순인 너
무 힘이 들고 슬플 때는 정신없는 아버지를 상대로 원망도 하고 막말도
서슴치 않았었다. '이렇게 정신 못차릴 바에는 차라리 죽어버리세유.
날 이렇게 힘들게 할라면 차라리 죽어버려요. 그럼 나도 애기도 다 죽
을게. 아버지가 먼저 죽어버려유.' 하고 악을 쓰고 대들면 아이처럼 돼
버린 아버지는 '난 죽기 싫다. 니하고 얼라하고 죽어라.' 하셨다. 이렇
게 싸우던 그 때 그 생각으로 금순이는 아버지께 죄송스럽고, 또 죄송
스러워서 기가 넘어갈 듯이 울고 또 운다. 모든 사람들이 금순이 때문
에 더 슬퍼한다.
금옥이는 맥을 놓고 그냥 멍하니 넋을 놓은 듯 하다. 금옥이 약혼자
강영수는 눈물을 흘리면서 처형을 진정시키기 위해 안간힘을 쓴다.
금순은 결국 기절을 했다. 장덕희 선생이 왕진가방을 들고 자전거를
몰고 와서 진정제를 주사하고, 옥희는 할아버지, 엄마의 슬픈 모습에
새파랗게 질려서 울어댄다. 횡성댁이 업고 나가서 달랜다.
남자 어른들이 어느 정도 진정을 시키고들 장례절차를 의논 중이다.
오일장으로 고향인 덕골 선산으로 모시기로 했다. 또 고인께서 평소 기

독교식으로 장례를 치뤄달라는 유언을 하셨기에 따르기로 했다.

선산에 부모님 묘지 밑에 홍영감 전처 옆 자리에 자신이 묻히고 옆에는 금순, 금옥이 어머니 정월선묘로 해달라고 했기에 그대로 모시기로 했다. 홍영감은 전처와 정월선 사이에 다정히 묻히고 싶은 모양이다.

금순네 대궐같은 큰 집 대문 앞에는 근조라는 검은 글씨가 쓰여진 호롱불이 내걸려 있다. 온통 대낮같이 환하게 전기불을 끌어다 켜 났다. 그 때 20명이 넘는 젊은 청년들이 홍영감님을 아버님이라 부르며 찾아왔다. 금순이도 모르게 홍영감님께서 장학금을 주던 학생들이었다. 굴건제복을 할 상주들이 모여 든 것이다. 상주래야 딱히 종대, 제관, 금순이, 금옥이 네 명이 고작인데 20명이 넘는 청년들이 상주로 찾아왔으니 이 지방에서는 고금에 보기드믄 광경일 게다.

아무튼 어느 대가댁의 초상에 비할 바가 아니다. 고인의 인품을 추앙한다.

29. 목격자

김서기는 털모자 속에 마누라의 무명수건으로 온통 목덜미를 바람한 점 들어갈 틈도 없이 칭칭 감고 머리에는 시커먼 인민군 모자 같은 털모자를 쿡 뒤집어쓰고 자전거를 몰고 달린다. 양손이 얼어 터져 감각도 없다. 할수없이 마누라의 수 십 번도 더 기운 버선을 손에 끼고 자전거를 몰고 '끼끼끼' 하고 눈 덮인 얼음이 얼은 신작로 길을 냅다 달린다.

눈은 얼추 녹았지만 대신 얼음이 미끄러워 조심스레 페달을 밟아 나간다. 자칫 잘못해 곤두박질치는 날이면 크게 다친다.

얼마 전에는 미끄러운 길을 방심하고 자전거를 냅다 달리다 사정없이 곤두박질치면서 밭둑에 쌓아놓은 돌짝에다 면상을 갈아 얼은 얼굴에서 피를 얼마나 쏟았는지 염치불구하고 엉엉 울었다. 자전거도 오래돼 바퀴가 달아서 갈아야 되는데 그냥 타고 다닌다. 자전거는 아프다고 '끼끼끼' 하며, '아파요. 아파요.' 하는 듯한 소리를 낸다.

김서기 양수는 산림조합 서기다. 말이 좋아 서기지 막 심부름꾼으로 보면 된다. 오늘도 왕복50리 길을 자전거를 타고 달려서 가가호호 호루라기를 불어대며 부랄이 땡땡 얼어서 소리가 날 정도로 남의 집집마다 헛간, 광, 부엌, 화장실 등을 뒤지고 다닌다. 사람들에게 욕이란 욕은 다 먹어가면서 '더러운 놈의 시상, 월급도 쥐꼬리만큼 주면서 욕멕이는 일만 시키는 개새끼들. 에이 씨팔, 그저 돈 베락이나 하늘에서 떨어지거라. 죽어도 돈베락에 맞아 죽으면 원두 한두 없겠다.' 하고 궁시렁거린다.

김양수가 하는 일은 대충 이렇다.

지금은 예전과 달라서 함부로 산에 나무를 베면 감옥에 간다. 그저 벌목꾼들이 베어 제낀 솔가지정도만 주워다 떼야지 목재로 쓸려고 굵은 나무 하나 베다 들키면 순사놈들이 포승줄로 묶어서 경찰서로 끌어가서는 생똥을 싸게 두들겨 맞고 영창을 가서 한 1년 살다 나온다. 그러면 집구석은 완전 망쪼가 든다. 남은 계집들은 새끼와 늙은 시부모 버리고 그만 보따리를 싸들고 나가버리고 형을 마치고 나와보면 늙은 부모와 새끼들만 오골오골 거린다.

그런 형편인데도 간덩이가 부운 놈들은 벌목꾼들이 베어 놓은 통나무를 하나 슬쩍 굴려다 집구석에 감춰둔다. 그 감춰둔 통나무를 찾으러 김서기는 아침부터 저녁까지 돌아다니다가 집구석으로 퇴근을 한다.

몇 년 전만해도 자전거 한 대 끌고 다니면 출세한 것이다. 모름지기 공무원이라는 감투다. 자전거는 공무원들만 타는 것이다. 유일한 교통 수단이기 때문이다. 그 때는 양수의 부모들도 아주 으쓱해서는 공무원 부모라고 목에 힘꽤나 주고 다녔다.

국민학교밖에 못나온 그런 양수가 하늘에 별따기보다 힘든 공무원이 된 것이다. 그것도 번쩍 번쩍 빛나는 재장구를 '띠링띠링' 하고 몰고 다녔으니 목에 힘이 들어갈만 했다. 하지만 지금은 말짱 도루묵이다. 양수는 자신이 한심하다. 자전거 뒤에는 시커먼 무명보자기에 돌돌 말아 싼 벤또를 매달고 '끼익끼익' 달리고 또 달린다.

양수는 집집마다 헛간 또 디딜방앗간, 정낭, 또 귀신들의 합숙소인 상여막까지 샅샅이 뒤지고 다닌다. 그래도 양수는 천성이 순하다. 사람들이 욕을 하긴 해도 사람들에게 원성살만한 행동은 안한다. 단지 좀 고지식한 것 땜에 욕을 먹는다. 나무토막을 봐도 못 본 척할 때도 있다. 단지 한 집도 안 빼고 다 뒤지는 것이 흠이다. 예로, 애 낳을려고 산통 겪는 집도 뒤지는 그런 융통성이 좀 없기에 욕을 먹는 것뿐이다.

양수가 공무원이 된 경위는 이렇다.

그는 가난한 농사꾼의 집 장남으로 근근히 국민학교를 졸업했다. 어떤 날은 년년생인 동생을 업고 학교에 가서 애가 똥이라도 교실 바닥에 싸는 날이면 선생님한테 눈총도 받아가며 그래도 국민학교는 겨우 졸업을 했다. 학교 성적은 완전 양가집 규수형이다.

국민학교 졸업 후에는 늘 동생을 등에 업고 바로 집 앞에 있는 강원영림서 창문을 삐끔히 들여다 보는 게 낙이었다. 안에서 핀셋으로 작은 풀씨나 잣나무 잣송이를 따서 세어보고 하는 것을 창문으로 삐끔히 들여다 보고 있는 것이다. 매일 매일 안을 들여다보는 아이를 보고는 안에서 일하던 사람들이 "야, 니 저 가서 담배 한 봉 사오니라."하고 심부름을 시킨다. 또 어떤 때는 '야, 니 저가서 탁배기 한 되 받아 와라.' 또 '야, 니 저그 옴팍한 묶은 이엉초가집에 이것 좀 갖다주고 와라.'

그렇게 심부름을 시키고는 먹을 것을 나눠준다. 양수는 처음 먹어보는 이팝에다 달걀지진 것을 얻어먹어보고는 아예 밥숟갈만 빼면 영림서에 가서 살다시피 했다. 공일날은 숙직실 소제도 해준다. 앞 뒤 마당도 쓸어준다. 그렇게 해서 영림서 소사가 됐다.

그렇게 한 10년 착실하게 소사로서 청소, 관리 온갖 궂은 일은 다 해냈다. 월급도 2,800원씩 받았다. 농사꾼 집에서는 꽤 큰 돈이다. 그런데 소사 생활 10년이 지나자 양수를 서기 공무원이라고 불러주면서 자전거를 줘서 매일 매일 외근을 하게 한다.

말이 좋아 공무원이다. 김서기는 스물다섯 살이다. 일찍 장가를 들어 벌써 새끼가 둘이다. 그것도 부모님과 함께 한 집에서 산다. 먹는 양식은 안 사먹지만 부모님이 허리 한 번 못편다.

1년 후에 분가를 해서 나와 살게 된다. 마누라는 새끼 둘을 빼더니 얼마나 먹어대는지 몸뚱아리는 짚단 만 해가지고 월급 3,500원으로 겨우 먹고 산다. 어머니께는 단돈 100원도 못드린다. 그런데도 본가의 어머니는 아버지, 동생들 몰래 감자 알갱이라도 몰래 가져다 주고 가신다.

마누라쟁이는 천성이 게으르고 먹어대기만 한다. 없는 살림에 알뜰살뜰해도 사는 것이 어려운데 노다지 엿이나 왕눈깔사탕으로 주전부리를 해 제낀다. 양수는 속이 상한다. 어머님 뵙기도 죄송스럽다.

양수는 이래저래 속이 상해서 외근을 나갔다가 시커먼 굴 속 같은 꼬랑창에 자전거와 함께 처박혀서 허둥거리는데 마침 탁발나갔다가 오는 중이 잡아당겨줘서 겨우 나왔다. 자전거는 핸들이 홱 돌아가고 많이 망가지고 양수는 얼굴 옆구리 등을 많이 다쳤다. 절뚝거리고 50리길을 걸어오다가 마침 맘씨 좋은 소달구지를 얻어타고 J면소까지 오게됐다.

사무실에 와서 숙직실에서 자고 집에도 못가고 아침에 높은 상사들한테 보고를 했더니 사람 다친 것은 안중에도 없고 자전거 앞 대가리가 돌아갔다고 지랄 염병을 한다. 참 더러워서 공무원 그만 두려다가 처먹어대는 마누라와 새끼들, 또 얼굴에 주름이 주글주글하신 어머니 얼굴이 눈앞에 어른거려 그냥 참고 잘못했노라고 하면서 계속 자전거로 외근을 한다.

오늘따라 그 때 다친 옆구리도 뜨끔 뜨끔 거리고 날은 추운데 오줌은 왜 또 자꾸 마려운지.

뱃속에서도 밥먹자고 회가 동하는지 양수는 서글프다. 우선 개울가 다리 밑에 자리잡고 돌맹이를 쌓아놓고 나뭇가지를 주워다가 불을 피워 벤또도 뎁히고 밥을 한 술 뜨고 가려고 자전거를 떡 세워놓고 오줌을 누고는 나뭇가지를 주우려고 눈이 녹은 곳을 살핀다. 눈 앞에 커다란 종이가 펄떡거리고 날아가기에 불쏘시개로 쓸려고 집어들어 구기려는데 주소 J면, 극장, 만복당 그런 글씨가 보인다. 물에 종이가 젖어서 글씨가 희미하게 보이긴 하지만 보시는 분은 꼭 연락주시면 사례하겠음, 뭐 이런 내용이다. 자세히 펴서 찬찬히 훑어봤다.

'나이는 60세 정도 얼굴은 갸름하고 고운 편이고 머리숱은 많고 쪽진 머리고 살결은 흰편이고 몸은 호리호리하고 함경도 사투리를 쓰시는 분을 보시면 여기 주소로 꼭 연락주십시오. 후사 하겠습니다.' 하고 쓰여 있고 연락처는 군인극장 안집이다.

그때 양수는 머리끝이 쭈뼛해진다. '바로 그 안노인 아니여?' 정신은 오락가락하고 미친 여자, 정신줄 놓은 여자, 나무뭉치를 등에 업고 심한 함경도 사투리를 쓰고 하얀 백발 머리는 풀어 헤치고…. '맞다. 그 안 노인이다. 그래, 뭐 손해 볼 것은 없다. 밑져야 본전이지. 오늘 출장은 여기서 끝이여. 뭐, 매일 댕겨도 성과도 없는 것을. 아예 밥이나 뎁혀 먹고 그 댁에나 가보자. 서로 좋은 일인께.' 생각하니 마음이 갑자기 푸근해지고 추위도 사라졌다.

그 댁은 사람좋기로 소문난 집이다. 사람 차별 안하고 양반 중에 양반들이다.

양수는 어제 또 영림서 최계장한테 얼마나 깨졌는지 당장 이 허울뿐인 공무원을 내려 놓을 생각도 해봤다. 하지만 근심에 싸여 계신 본가의 어머님 얼굴이 떠올라 그냥 꾹 참고 또 다시 열심을 내서 책임 완수할 것을 굳게 마음먹고 오늘도 이곳까지 온 것이다.

최영도 계장은 좋게 말로 해도 될 것을 지하고 나하고 7~8년 차이밖에 나지 않는데도 밤주먹으로 머리를 콩콩 때려가면서 "야. 이 벵신 새끼야. 재장구는 뽄으로 타구 댕기냐. 어쩨 그렇게 한 집구석도 못 찾아내누. 방구석도 뒤지고 정낭도 구석구석 뒤지서 죽은 나무토막 한 토막이라도 끌어내봐. 이 벵신새끼야. 내도 웃대가리 놈헌티 죽사발이 되게 얻어 터졌다. 오늘은 무슨 일이 있어도 한 건 멋들어지게 해 봐. 알았나." "야, 기장님." 고분고분하게 대답은 하고 나왔지만 오늘아침 내내 자전거를 끌고 오면서 공무원 때려치우고 그만 어머이 집에 얹혀 살면서 농사나 지어 볼까 생각도 했다. 그렇지만 밑에 동생들을 오롱조롱 달고 겨우 남의 밭 조금 부치는데 골이 빠지게 농사지어봐야 도지 주고 나면 어머니는 늘 굶으시고 아버지와 동생들도 죽물도 제대로 못먹을 것이다.

양수는 눈물을 머금고 자갈들이 얼어서 매끌매끌한 신작로를 자전거를 타고 또 끌고 오늘도 용평일대를 휘젓고 다닐 참이다.

지난 여름인가, 횡계로 출장을 가던 중에 까치골 어디쯤인가에서 갑자기 뒤가 마려워 어디 적당한 곳에 궁뎅이를 까놓고 똥을 냅다 깔기는데 당산나무 뒤쪽에 풀이 짙어서인지 어째 좀 으스스한 기분이 들었다.

배가 아파 설사를 계속하는데 사람소리가 웅성웅성 나길래 겁이 덜컥 나서 얼른 볼일을 마치고 둘러보니 바로 앞에 갈잎을 엮어 지붕을 얹은 움막이 보였다. 돌아서 나오려다 손가락 굵기의 틈이 있기에 들여다 보는 순간 '악' 하고 비명이 터져 나오는 것을 억지로 참고 얼른 나왔다.

어떤 노인이 머리는 하얀 백발에 풀어 헤치고 또 가슴을 헤쳐서 축 처진 가슴을 들어내서는 손때가 반들반들 묻은 나무토막을 애기 안듯이 안고는 꼭 젖먹이는 듯한 행동을 하면서 토닥토닥 두들기며 뭔가 노래를 흥얼거린다. 맞다. 말소리도 함경도 사투리다. 어딘지 모르게 정신줄을 놓은 듯한 노인이었다.

양수는 사람들이 말이 많은 것은 딱 질색이다. 그래서 자신이 본 그 광경을 어느 누구한테도 말하지 않았다. 괜히 그 노인 자신만의 행복을 깨뜨리는 것 같아서 양수 혼자만 보고 아무한테도 말한 적이 없다.

맞다. 그 노인이 그댁에서 찾는 분인것 같다. 그댁은 잃었던 노인을 찾아서 좋은 일이고 나 또한 좋은 일로 노인을 찾아준 댓가로 종이에 적힌대로 한 2,000원만 주면 얼마나 좋을까. '없는 듯이 어머이 손에 슬쩍 쥐어드리면 우리 어머이 심이 좀 필텐데.' 생각만 해도 절로 웃음이 나온다.

그런 부잣집은 또 극장에 군인들, 학생들, 또 돈쟁이들이 영화를 보러 올때 마다 돈을 끌어 모을 것 같다. '아니지, 3,000원 아니 5,000원 아니 딱 10,000만 보상금으로 받는다면 5천 원을 우리 어머이 손에 슬쩍이 쥐여 드리면 우리 어머이가 얼마나 좋아하실까. 나머지는 울아부지 출입하실 때 입으실 의복 한 벌 장만 해드리고 나름대로 효도할텐데.'

양수는 혼자서 미리부터 보상금 받아서 부모님을 기쁘게 해드리는 생각에 모닥불에 벤또를 집어 넣어두고는 타는 것도 모르고 생각에 젖어있다. 구수한 누룽지 냄새에 얼른 정신을 차리고 벤또를 끄집어 내서 뚜껑을 열자 누런 옥수수 밥이 누릇이 눌려있다. 옆 귀퉁이에 있던 된 장도 녹아져서 구미를 돋군다.

양수는 새카맣게 된 벤또를 끌어당겨 구수한 밥을 게눈 감추듯이 먹고는 찔레나무 밑에 쌓여있는 눈을 콱콱 쳐서 떼어낸 다음 벤또에 넣고 불꽃이 발간 불 위에 얹자 금방 녹아서 물이 끓는다. 숭늉을 만들었다. 부지깽이로 벤또를 꺼내 놓고는 숟갈로 물을 떠 먹었다. 속이 확 풀린다. 옥수수밥을 불에 덥혀 먹으니깐 구수하니 아주 꿀맛이다.

양수는 불씨가 다 사그라들자 말끔히 단도리를 한 후 아주 기분좋게 명쾌하게 자전거를 끌고 군인극장 안집이 있는 J면소재지로 달리고 또 달린다. 양수는 있는 힘껏 쎄게 달리고 또 힘에 부치면 자전거를 끌고 부지런히 땀을 흘려가며 왔건만 얼추 저녁 때가 다 됐다.

그런데 이게 또 웬일인가. 그 집 앞에 당도하자 사람들이 바글바글하고 알부랄 전기불 여러 개가 대문 밖에 또 대문 안에 대롱대롱 거리고, 근조라고 쓴 큰 시커먼 호롱불이 대롱대롱 거린다. '어, 혹, 혹여 그 영감님께서 시상 베렸나.'

말 그대로 그 집 앞에는 사람들이 문전성시를 이룬다. 양수는 우선 마당 한쪽 구석에다가 자전거를 세우고 자물쇠로 단단히 걸어 매 놓고 집 안으로 들어간다. 일도 성사 안되고 자전거만 잃어 먹으면 가차없이 공무원 옷 벗는 동시에 자전거 값도 물어줘야 되기 때문이다. 자전거는 양수네 모든 친척들의 즉 가문의 영광이기도 하다. 이 촌구석에서 자전거 한 대는 부의 상징이나 다름없다.

양수는 얼굴도 좀 가다듬고 인민군 털모자도 벗고 손에 끼고 있던 마누라 버선도 호주머니에 쑤셔넣고는 우선 병풍 앞 고인이 누운 곳에 절을 날아갈 듯이 하고는 상주에게도 정중히 절을 한다. 동희아버지가 굴건제복 차림으로 "어디서 오신 뉘신지."하고 묻는다.

앞에 굴건제복한 사람이 얼추 20명은 넘고 왠 상주가 이리도 많은지 양수는 바짝 쫄아든다. 얼른 대답을 못하고 머뭇거리고 있자 젊은 청년이 "이쪽으로 오십시오." 하고는 양수가 미처 말도 꺼내기 전에 양수를 챙이 쳐진 넓은 마당 큰 화덕 옆 한쪽으로 인도하더니 "우선 국밥부터 드시지요." 하고는 안내한다.

그렇잖아도 괴기국 냄새가 사장기를 확 돋구고 배속의 회가 동하던 차에 양수는 이끄는대로 자리를 잡고 앉는다. 그 젊은이는 "저 죄송하지만 저기 저분들과 합석하시면 안될까요." 한다. 양수는 "아, 예." 하고는 너댓 명의 양수 또래 아니 좀더 나이가 들은 사내들과 동석을 했다.

아, 그런데 큰 뚝배기에 김이 모락모락 오르면서 괴기가 트직허니 파를 숭숭 썰어 넣은 괴기국에다가 하얀 쌀밥을 뚝 떠서 넣은 쇠고기 국밥이 나왔다. 소 다리를 하나 삶아서 썰어서 말아내온 쇠고기 국밥이다. 양수는 꿈인지 생시인지 모르고 숟갈로 퍼 넣는 것이 아니고 입으로 그냥 걷어 넣는다.

한참을 먹다가 갑자기 어머이 생각에 목이 메인다. 새끼들한테 조금이라도 더 먹일 양으로 어머이는 늘 죽 한 방울도 당신 목으로 넘기시는 것을 아끼셔서 그저 손주새끼들과 먹성 좋은 며느리한테 날라다 주시는 거미같이 마르신 우리 어머니.

갑자기 양수는 목구멍 저 밑에서 뜨거운 무엇인가 감정이 올라와 눈물이 핑 돈다. 남의 눈만 아니면 이 맛있는 괴기국을 우리 어머니께 가져다 드리련만. 양수는 이 맛있는 국밥을 먹는 자체가 어머니께 큰 죄를 짓는 기분이다. 양수는 먹던 것을 중지하고 어머니 생각에 눈물이 자꾸 흐른다.

그때 마주 앉은 사내가 "아, 이사람아. 대구 대구 먹어. 이 집구석은 부자여. 아, 부자 중 알부자래. 우리도 첫 새북에 대화서 소문 듣고 한 열흘 배아지에 지름 찌우러 왔지러."하고 먹기를 재촉한다. 그러더니 한쪽 사내가 "아, 여기 마른 괴기좀 더 줘요. 탁배기도 더 줘유."하고 목청을 돋운다. "아, 예,예!" 젊은 청년들이 수육과 탁배기를 가져다 주면서 "부족한 것이 있으면 말씀하십시오." 하고는 놓고 간다.

양수는 얼른 나머지 국밥을 몰아 넣고는 자리에서 일어선다. "아, 술은 안먹고 가는 기여. 괴기도 더 먹지 않구." "아, 배아지가 덜 고픈 놈인가 부지." 하고들 먹어대는 것이다. 양수는 두건을 쓴 어느 젊은이한테 "저, 긴히 여쭐 말씀이 있어서 그러는데, 상주되시는 분을 좀…."한다. 그 청년은 "아, 예. 무슨 일로…." "저, 만나뵙고 말씀 올리지유." "아, 예." 젊은이는 보기에도 온순해보인다. "그럼, 절 따라 오십시오." 양수는 깨끗하고 아담한 방으로 안내되었다. "손님, 조금만 기다리십시오."

잠시후 중혁이 들어왔다. 양수는 빨딱 일어서서는 부동자세로 맞는다. "아, 앉으십시오. 그래 무슨 일로 그러시오." "지는 J영림소 공무원 김양수 서기입니다. 그런데 지는 재장구 타구 용대리, 횡계, 싸리골 여러 군데로 출장일 댕기지유. 그런데 지가 여름에 싸리골서 어느 안노인을 뵈었는데 움막 안에서 기거 하시믄서 살짝 정신줄을 놓은듯 싶구 햄경도 사투리 또 낭구 토막을 얼란줄 알구 젖을 멕이는 행동등, 혹시 이 댁에서 찾으시는 분이 아닌가 싶기두 해서유. 염치를 무릅쓰고 찾아 뵈었는데 큰일을 당하셨네유." "아, 그렇습니까. 거기가 어딘줄 아시유. 언제 뵈었지유. 정확히 지금도 거기 계시오. 아니지, 아니지. 누구누구 그분을 뵌 것이요."

양수는 올 여름에 본 그 일을 장황히 털어 놓고 아무한테도 그분 본 것을 말을 안한 것등 자신만 알고 있는 사실을 말하자 "고맙소. 김서기, 잠시만…. 곧 차를 불러 우리 함께 가봅시다."

중혁은 곧바로 젊은이들 대 여섯명과 종대, 금순이와 함께 택시 두대를 불러와서는 총 여덟 명이 두 차에 나눠 타고 용대리로 떠난다.

택시 한 대에는 앞 운전석 옆에 양수가 타고 뒷좌석에 종대, 금순이, 중혁이 탔다. 또 뒷차에는 이한성, 강민호, 준호 형제, 또 박철의 총 여덟 명이 그 동안 그렇게도 애타게 찾던 어머니를 모시러 가는 길이다. 혹여 어머니가 아니고 다른 분이라고 하면 금순이 마음은 또 어떨지. 금순이는 오히려 울지도 않고 담담하게 정신을 가다듬고 아무 말도 없이 앉아있다.

양수는 태어나서 문명의 혜택을 받아보기는 전기불의 놀라움과 또 기름 기계의 힘으로 철구조물인 자동차가 굴러가는 것을 처음 타보고는 새삼 신기해하고 또 놀라워한다. 운전하는 기사가 꼭 하늘님처럼 위대해보이는가 하면 보통사람으로 보이지 않는다. 하늘에서 내린 특수한 사람으로 보인다. 양수는 평소에 감히 놀라워하고 존경해 마지않던 J영림서지소장 임택근소장보다도 더욱 택시 운전기사 양반이 위대해보인다. 그리고 부럽다.

그런데 양수는 기가 질려서인지 갑자기 어질어질하면서 어떻게 말로 표현할 수없을 정도로 속이 확 뒤집어지는가 하면서 몸이 그냥 스르르 옆으로 쓰러질듯 하면서 똑 죽을 것만 같다. 그러자 기사가 "어, 이양반 멀미하네." 하더니 길 한쪽 가로 차를 세운다. 그리고 내려서 차문을 열어준다.

"어서 나오시오. 찬바람 쐬면 좀 괜찮을게요." 양수는 기사의 도움으로 차에서 내리자마자 갑자기 창자 끝에서부터 뭔가 용수철처럼 확 튀어나오면서 조금 전에 먹은 쇠고기국밥을 다 게워내놓고 말았다. 평생에 처음먹은 괴기국을 그만 한순간에 다 토해냈다. 기사양반이 등을 쳐주자 낮에 먹은 옥수수밥도 몽땅 다 나왔다. 나중에는 올라오다 못해 쓴 똥물까지 몽땅 다 쏟고나니 좀 살 것 같다.

모든 사람들에게 부끄럽기도 하고 죄송스럽기도 하다. 그 귀한 고기국 먹여 준 것을 단 한 시간도 안돼서 모두다 게워 내놓다니 죄송하고 또 죄송스럽다. 양수는 몸둘바를 몰라하고 길옆 밭둑에 쌓여있는 눈으로 입을 닦아낸다.

모든 사람들이 차에서 내려 걱정스런 눈으로 안타까이 쳐다 봐 주신다. 그때 기사양반이 "어여, 여기 앉아서 속을 좀 달래시요. 이래가지고 어찌 가겠누. 아 참 여기 이것좀 씹어 보시지요." 하고 내민다. 귀하고 귀한 약재, 당귀 말린 것을 건네준다. 차멀미에는 홍삼이나 당귀 마른 것을 씹으면 속이 편해진다.

양수는 상주분들을 향해 죄송스런 마음을 어찌 해야될지 몸둘 바를 몰라한다. 그런데도 택시의 모든 사람들은 '괜찮소.' 하는 눈빛으로 오히려 양수를 위로해주고 자신들이 더 미안해한다. "걱정마시고 속을 달래가지고 갑시다."하고 종대는 "밝은 날 올 걸 그랬소."한다. 양수는 "아닙니다. 지가 죄송해유."하고는 어느정도 속을 달래고 다시 차에 올라 천천히 용대리 까치골까지 갔다. 양수는 속이 비어서인지 이가 딱딱거릴 정도로 춥다.

일행은 금순이 민호, 준호만 남고 눈짐작으로 서낭당 뒷길로 살살 올라간다. 풀들이 말라서 바람에 다 날려가고 길이 생긴 것 같다.

양수는 앞장 서서 길을 잡고 나간다. 그 때 저만치 봉곳이 솟은 얇은 지붕이 보인다. 일행은 휘래쉬를 들고 있었지만 안에 계신 노인이 놀랠까봐 어두운 길을 불도 없이 더듬어 오른다. 그런데 귀에 익은 노래소리에 종대는 '흑' 하고 울음을 토해낸다. 종대와 금순이가 어렸을 때 잠을 자기 전에 어머니가 늘 불러 주시던, 자장가 겸 오누이를 사랑으로 보듬어 주시면서 불러주시던 노래소리가 들린다.

♫애들아 오너라 달 따러가자 장대로 달을 따서 망태에 담자 뒷동산 올라가 무등을 타고 장대로 달을 따서 망태에 담자.♫

어려서 듣던 어머니의 그 곱고 청아한 목소리다. 종대는 그만 주저앉아 오열을 한다. 짐승 소리처럼 구슬피 울었다. 중혁이 어깨를 두드리며 "울지 말그라. 괜히 어른 놀래신다. 그냥 지켜보고⋯." 한다.

중혁은 다른 일행에게 지켜보게 하고 종대와 마을로 들어섰다. 저만치 가게방이 있다. 부지런히 가게방으로 가서 주인한테 노인에 대해 물어봤다. 노인은 마을 사람들한테 손톱끝만큼도 해되는 일은 안하고 일년내내 밭일을 밤에 해놓은 일, 마을사람들이 노인을 위해 지붕 엮어 덮어준 일, 몰래 음식도 해다 놔준 일 등을 자세히 알려준다.

마을사람들 모두는 다 노인을 도와줄려는 마음들이다. 어쩌다 정신줄을 놓으셔서 그렇지 인품은 그럴 수 없는 좋은 분이라고 말한다.

중혁은 마을분들 모든 분들께 감사하는 마음으로 치하를 하고 노인에 대해 모든 사실을 알렸다. 그리고 날이 밝는대로 마을 사람들에게 인사도 못드리고 모시고 가게 된 것을 죄송하게 생각한다고 전하고 약주라도 드시라고 거금 1만 원을 선뜻 내주고 지금껏 노인을 보살펴준 것을 감사했다.

일행은 마을사람들 몇몇과 함께 움막을 살핀다. 젊어서 그렇게 고우시던 어머니는 백발의 노인으로 변해있고 하얗게 박속같이 고르시던 어머니의 이는 다 빠지고 얼굴은 상처 투성이다. 그 모습은 꼭 매구같다. 무섭게 보인다. 눈은 반짝반짝 빛나고 손가락은 새끼손가락은 짤려나가고 꼭 갈쿠리 처럼 변해있다. 그러더니 늙은 호박을 주먹으로 깨어부스는가 하더니 몇 개 남은 송곳니로 어석어석 깨 먹는가 하면 또 누더기 속에 나무토막을 안고는 '우리 금옥이래 어캐 이리 달댕이 같누. 아바디는 어캐 앙이 오시누.' 그러더니 또 노래를 부른다.

♬신구산이 우루루 화물차 떠나는 소리에 고무공장 큰 애기 단보짐만 싸누나. 어랑어랑 어허여 어허여 디여 내 애 사랑아.♬

마을사람들은 이 안노인이 군인극장 사장님의 어머님이신줄 다 알게 됐다. 박서방 마누라가 따뜻한 호박풀떼기를 항구에다 떠서 숟가락을 얹어서는 "아주머이, 지 왔네유. 아적 안주무시지요?"하고 움막안으로 들어온다. 노인은 뒤로 물러나 앉는다. "이것좀 들어 보시라고 가지

왔어유." "예 고맙습니다." 어머니는 호박죽을 게눈 감추듯이 먹는다.

"아주머이요. 놀래지 마시유. 이 얼라 성 이름이 금순이지유." "엉, 우리 금순이레 어캐 됐시유." "아, 예. 여개 왔어유."

그때 금순이와 종대가 들어오면서 "어머이!" "엄마!"하고는 두 녀석이 품에 안긴다. 노인은 아연질색을 한다. 나무토막을 끌어 안고 또 정신이 혼미해지는지 멍해진다. "어머니, 우리 집으로 가요. 이제는 우리 집으로 가세요. 손주, 손녀 보러 아니 금옥이한테 가자구요."

금옥이는 어머니 얼굴도 모른다. 첫돌 이틀 전에 어머니와 생 이별을 했다. 어머니젖도 떼기 전에 어머니와 헤어진 금옥이다. 세상에 이런 비극 중에 비극이 또 어디 있을까. 26년 아니 27년 만에 처음보는 어머니다. 어머니는 종대와 금순이의 품에 안겨서 택시를 천천히 몰고 밤새도록 걸려서 집에 돌아왔다.

아버지께서는 그렇게도 목 매이게 그리시던 어머니신데, 늘 입버릇처럼 '내 꼭 니 어머니 만내서 한 일 년만 재미지게 살다가 니 어머니 배웅 받으면서 천국갈기여.' 하시던 아버지께서 불과 이틀을 못기다리시구 가시다니.

아버지께서 운명하신 이틀 뒤에 어머니는 백치의 어머니로 아버지가 누워계신 집으로 돌아왔다. 영원히 일어나 앉지 못할 아버지 앞에 백치의 여자로 돌아왔다.

어머니는 아들 종대, 딸내미 금순이의 품에 안기듯이 택시에서 내려서는 사람들이 에워싸자 불안해 하신다. 모두들 길을 터주고 자연스레 대해주자 대청에 올라 병풍 앞에 털썩 주저앉는다.

크게 웃고 찍은 아버지의 영정사진을 쳐다보더니 더듬듯이 사진을 손에 대고 싶은 모양이다. 얼른 내려드렸더니 사진을 쳐다보고는 "영감님, 영감님." 하면서 끌어안고는 하염없이 운다.

금순이가 "어머이. 아버지 아시겠어요?"하고 묻자 고개를 끄덕이신다. "어머이, 아부지께서 어머이를 한평생 기다리시다 어제 그제 가셨어요." 그러자 고개를 또 끄덕인다. "어디 메로 가셨는지 알고 있느냐. 너래 아바디 기신 곳을."하신다.

금옥이가 들어와 "어머니, 전 아시겠어요? 제가 어머니의 막내딸 금옥이예요."하자 물끄러미 바라보시더니 "어캐 저리 인물이 좋소." 한다. 그때 옥희가 '엄마' 하고 어미품에 안기자 "오, 우리 금옥이, 이리 오니라. 이 오마니한테."하면서 옥희를 품에 안는다.

옥희는 워낙 영악한 아이라 사태를 금방 파악했는지 외할머니 품에 그냥 안겨 그대로 할머니의 하시는대로 가만히 있다. 모든 사람들의 눈물을 자아낸다.

어머니는 콧대가 옆으로 휘어져 주저 앉아버렸다. 어디서 넘어져 다친 것인지, 누가 쎄게 때린 것인지. 목에는 시커먼 보기 흉한 굵은 줄이 강아지 목줄처럼 살에 묻혀서 꼭 지렁이가 꿈틀거리는 듯한 푸루둥둥한 목줄이 여러 사람들의 마음을 아프게 한다. 꼭 삼줄로 목을 조여서 목이 패이고 짓무르고 곪아터지길 반복해서 생긴 흉터인 것 같다. 누군가 동물도 아닌 사람을 그것도 약한 여자에게 동물처럼 목에 올가미로 옭아매는 비정한 짓을 한 것이다. 누가 그랬을까. 그럼에도 지금껏 살아계신 어머니시다. 참으로 위대하신 어머니시다.

세 모녀는 모진 삶 속에서도 살아계신 어머니가 감사해서 부둥켜 안고 한없이 울었다.

우선 금순이와 금옥이가 큰 목간통을 뜨겁게해서는 어머니를 흥분하지 않도록 씻겨 드리고 새 내복과 새 옷을 입혀드렸다. 어머니는 다행히도 기분이 좋으신지 노래를 흥얼거리신다. 고기국물에 밥도 말아서 조금만 드시게 해드렸다. 모든 것이 급격히 바뀌면 어머니를 더 혼란시켜드릴까봐 많은 신경을 써서 최대한 자연스럽게 해드렸다.

또 어머니 머리를 빗겨 드리기 위해 살펴보다가 가슴이 메어지는 아픔을 느꼈다. 정중앙 장백이에 큰 흉터가 있어 머리털은 아예 없고 그냥 번들거린다. 누가 곡괭이 같은 것으로 내리 찍은 상처 같다. 그 와중에 정신줄은 놓으셨을지라도 살아계셔서 자식들에게로 돌아온 것이 하나님의 돌보심으로 느껴진다.

금순은 믿지 않는 하나님이지만 아버지와 오빠, 동생, 모두가 믿는 하나님을 신임한다. '내 형제들이 믿는 당신을 이제는 믿겠소. 내 어머니도 믿으시게 하겠소.' 하고 마음속으로 기도인지 약조를 한다.

모두들 돌아오신 어머니에게 정신을 쓰느라고 진짜로 고마운 분, 김서기 그 분을 잠시 잊었다. 양수 역시 모든 식구들이 노인을 대하는 것을 지켜보고 어머니의 정을 그리워하는 식구들의 눈물어린 때늦은 효도에 가슴이 메어지는 아픔을 느꼈다. 노인이 귀한 분임을 알게됐다.

양수는 정신없는 식구들에게 감히 들어설 틈이 없음을 보고는 보상금따위는 다 잊어버리고 자신이 좋은 일을 한 것만 같아 마음이 뿌듯하다.

그때 마침 중혁이 다가오자 "저, 지는 그만 너무 늦어서 가볼랍니다." 인사를 하고는 발길을 돌려 자전거 잠금을 풀고 떠나려 한다. 중혁은 당황하며 "아니, 김형! 죄송합니다. 저희가 경황이 없는 터라 김형을 깜빡했습니다. 정말 죄송합니다. 이런 법은 없지요. 귀하신 은인을, 죄송합니다."하고는 다시 자전거 열쇠를 건네받아 잠그고는 깨끗한 방으로 안내했다.

중혁, 종대, 금순 세 사람과 양수를 포함해서 늦은 저녁상을 받았다. 융숭한 대접을 받았다. 트직한 고기국과 흰쌀밥, 새빨갛게 잘 양념된 햇 배추김치에 생선은 조기다. 양수는 또 어머니 생각에 목구멍으로 음식이 잘 내려가지 않는다. '나물 죽으로 연명하시는 우리 어머니, 언제 한번 이 아들놈이 이런 진귀한 음식으로 봉양해볼까.' 양수는 목이 메인다. 아무도 눈치채지 못하도록 가슴으로 통곡한다.

금순네 식구들은 양수에게 진심으로 고마워하고 또 감사해한다. 너무 황송스런 대접에 양수는 "아, 아닙니다. 지는 단지 할 일을 했을 뿐입니다. 제가 진작 알았으면 말씀드렸을 것을…. 그래도 다행스런 일입니다."하고 인사를 한다. "예, 고맙습니다." 종대는 양수의 손목을 덥석 잡고 고마워했다.

금순은 종대 오빠와 중혁 셋이서 한참동안 의논 끝에 국민학교 뒷편에 금싸라기논 다섯 마지기 1,000평 문서를 선뜻 내준다. "우리 어머니 찾아주신 그 은혜에 비하면 아무 것도 아니지만 저희들 성의이니 받으십시오. 햇볕도 잘 들고 또 옆에 연못도 있어서 가뭄에도 물걱정이 없고 또 칠팔 월 우기에도 물이 잘 빠지게 둔덕도 쌓여져 있는 땅이다." 말 그대로 금싸라기 논이다. 거기에다 누런 봉투에 지전을 꽉 채운 봉투까지 건넨다. 1만원정이라고 조합인이 딱 찍혀진 돈봉투까지 손에 쥐여주니 양수는 펄쩍 뛴다.

"아, 아닙니다. 이건 있을 수 없습니다. 저는 단지 그냥 서로 어려운 일을 도왔을 뿐입니다. 제가 어찌 이런 일로 제 팔자를 펼 생각을 하겠습니까. 안됩니다. 정 주시고 싶으면 돈 5,000원만 주시지요. 제게는 족합니다."

양수는 착하다 못해 누가 들으면 바보 천치로 볼 것이다. "제 진심이예유. 저는 제 어머니께 불효만 저지른 자식이지유. 주신 돈으로 어머님께 효도 한 번 해드릴 요량입니다. 정 제게 주시겠다면 5,000원이면 감지덕지입니다요. 제게 큰 재물을 내리시믄 하로 아침에 사람이 벤하면 망가집니다. 지는 원래 모지라서 큰 재물을 내리시믄 감당이 안됩니다. 제 마음을 헤아려 주시지요." 양수는 막무가내로 사양을 한다.

"그럼 이렇게 합시다. 그 논은 부모님이 농사를 지으시니깐 그냥 부쳐드리게 합시다. 도지는 안 받는 것으로 하구요. 김서기는 영림서에 사표를 내고 모든 식구가 함께 극장에 직원으로 들어와서 함께 극장일과 제과점 식당일을 도우면서 평생 한식구로 살기로 하고 살림집도 한 채 내줄테니 자네 안사람도 여기 와서 매점일이나 만복당 일도 돕고, 장사하는 것도 배우고 이제부터 자네는 우리와 한집 식구로 살기로 하세."

양수는 노인을 찾아 드린 댓가로 하루 아침에 귀한 대접을 받고 사람 사는 것처럼 살게 됐다. 또 부모님께도 크게 효도를 하게 됐다. 양수 부모님은 금순네 모든 식구에게 늘 큰 은혜를 입었다 하시고 금순네는 언제나 양수를 어머니를 구해주신 귀한 은인으로 생각하고 살아간다. 서로들 고마워한다.

금순은 더욱더 아버지께 죄를 지은 것으로 생각돼 아버지 영정 앞에 엎드려 아버지께 용서를 빌었다.

어머니는 계속 불안해 하신다. 환경이 갑자기 바껴서인지 계속 앉아 계신다. 혼란스러워 하신다.

'어서 속히 정신을 차리셔야 되는데….'

30. 영결식

오늘은 아버지와 영원히 이별을 하는 영결식이다. 아버지께서 다니시던 돌기둥 교회 전도사, 교인들이 모두 출석해 강인덕 목사님의 집례로 영결식이 치뤄진다. J면의 모든 사람들이 다 운집돼서 치뤄지는 장례식인가 싶다. 대략 100명이 넘는 인파다. 음력 2월 22일이다.

지난 밤에는 하얀 눈이 목화송이처럼 소담스럽게 쏟아지더니 지금은 바람도 자고 겨울 날씨치고는 꽤 푸근하다. 굴건제복을 입은 상주 외에도 두건 쓴 사람들이 한 50명은 되는 것 같다. 그들은 모두 홍영감님께 은혜를 입은 젊은이들이다. 학비도 대주고, 혼인 후 직장도 없을 때 금순이한테 말을 해 금순네 직원 또는 아는 사업자들한테 다리를 놔 직장을 구해준 일이 비일비재하다.

모두 다 은혜를 입은 사람들이다. 이들 모든 젊은이들은 홍영감님을 아버님으로 불렀던 청년들이다. 아버지께서는 단지 어머니를 생전에 못 만나 서럽고 한스러웠지만 그 외에는 복 많은 어른이시다. 또 그처럼 사랑하는 아내가 뒤늦게라고 살아서 돌아와 눈물의 전송을 해 주지 않는가.

남기신 유언장에 보면 꼭 예수 믿으라고 신신당부하셨기에 금순이도 강인덕 목사님 앞에서 아버지의 유언을 따르기로, 꼭 예수님을 믿겠노라고 다짐을 했다. 또 아버지의 유언대로 기독교식으로 영결식을 치르면서 많은 사람들도 결단하는 일이 일어났다. 이승에서는 애통하고 슬펐지만 이제는 영원한 부활의 세계로 천사들의 호위를 받으면서 올라가는 축복이었다.

드디어 강인덕 목사님의 집례로 기도를 올린다.

"이제 사랑하는 우리들의 형제 홍덕근 성도는 이 땅에서 영원한 천국으로 천군 천사의 인도함을 받아 하나님 품으로 들어가게 하심을 감사드리옵니다. 내가 받은 것을 먼저 너희에게 전하였노니 이는 성경대로 그리스도께서 우리 죄를 위하여 죽으시고 장사한바 되셨다가 성경대로 사흘만에 다시 살아나사 게바에게 보이시고 후에 열두제자에게와 또 그 후에 500명의 형제에게 일시에 보이셨나니 그 중에 지금까지 대략 수는 살아있고 어떤 사람은 잠들었으며 그 후에 야고보에게 보이셨나니 이제 그리스도께서 죽은 자 가운데서 다시 살아나사 잠자는 자들의 첫 열매가 되셨나니 이제 형제에게도 부활의 축복을 주신 것을 감사드리옵고 예수그리스도의 이름으로 기도드리옵나이다."

모든 교인들과 모여 있는 사람들이 '아멘'으로 화답하고 찬송을 드린다.

1. 고생과 수고가 다 지난후 광명한 천국에 편히 쉴때 주님을 모시고 나 살리니 영원히 빛나는 영광일세 영광일세 영광일세 내가 누릴 영광일세 내가 누릴 영광일세 주 은혜로 주 얼굴 뵈옵나니 지극한 영광 내 영광일세. / 2. 주님의 한없는 은혜로써 예비한 그 집에 나 이르러 거기서 주님을 뵈옵는 것 영원히 빛나는 영광일세 영광일세 영광일세 내가 누릴 영광일세 주 은혜로 주 얼굴 뵈옵나니 지극한 영광 내 영광일세. / 3. 앞서간 형제를 만나볼 때 기쁨이 내 맘에 차려니와 주께서 날 맞아 주시리니 영원히 빛나는 영광일세 영광일세 영광일세 내가 누릴 영광일세 주 은혜로 주 얼굴 뵈옵나니 지극한 영광 내 영광일세. 아멘.

모든 사람들이 흐느끼고 완전히 울음바다를 이룬다. 어머니도 한없이 눈물을 흘리시고 관을 부둥켜안는다.

강인덕 목사님이 "자, 여러분들 고정하십시오. 사랑하는 우리 형제 홍덕근성도님은 천사들의 호위를 받으면서 천국에 이르십니다. 우리를 대표하셔서 고인이 섬기시던 교회, 돌기둥 교회 전도사 김대영 전도사께서 대표기도를 드리겠습니다."하신다.

"전능하신 여호와 하나님 아버지 영광과 찬양을 받으시옵소서. 이제 이 세상에서 수많은 질곡과 근심걱정을 다 내려놓고 사랑하는 우리들의 아버지요 스승이신 홍덕근 성도님은 하나님의 부름을 받아 순종하는 마음으로 하나님 아버지 품에 안기셨습니다. 고통도 슬픔도 배고픔도 추위도 더위도 없는 영원한 아름다운 곳에서 주님을 모시고 영원히 영원히 살게 하옵소서. 이제 또 사랑하는 미망인도 돌아오게 선한 길로 인도하신 내 아버지 하나님 감사드리옵니다. 이제 남아있는 사랑하는 자녀들 아드님과 두 따님 또 고인께서 늘 품안에 안으시고 기도하시고 기도하시던 손주 손녀 고인의 유언대로 아니 소망대로 축복을 하셔서 꼭 하나님의 자녀로 인침받을 수 있는 복된 자녀들로 축복하옵소서. 그리고 고인을 떠나보낸 사랑하는 미망인과 자녀들 또 가족 친지들 여러분들의 아픈 마음을 달래 주소서. 또 어제까지도 함박눈을 내리셨으나 오늘은 포근하니 바람도 잠재우시고 좋은 일기를 주셔서 감사드리옵니다. 모든 순서를 성령님 친히 인도 하실 줄 믿사옵고 존귀하오신 예수 그리스도 이름으로 기도 올리옵나이다. 아멘."

모인 사람들이 찬송으로 화답한다.

1. 천국에서 만나보자 그날 아침 거기서 순례자여 예비하라 늦어지지 않도록 만나보자. 만나보자 저기 뵈는 저 천국 문에서 만나보자 만나보자 그날 아침 그 문에서 만나자. / 2. 너의 등불 밝혀 있나 기다린다. 신랑이 천국 문에 이를때에 그가 반겨 맞으리. 만나보자 만나보자 저기 뵈는 저 천국 문에서 만나보자 만나보자 그날 아침 그문에서 만나자.

예배중에 차소리가 나더니 서울 형부 이영수 목사와 봉금언니가 급히 내려왔다. 서울 이문동에서 개척교회를 하는데 하필이면 어제가 입당예배를 드리는 날이다. 계획을 변경시킬 수가 없었다. 형부 언니의 마음대로라면 충분히 그럴 수 있지만 각 교회에 이미 연락이 되어있고 그 교회 목사님들의 짜여진 스케줄 때문에 도저히 변경시킬 수가 없었기에 이리 늦어진 것이다.

평소 살아 생전에 부모님처럼 모시고 아들 딸 노릇을 하던 두 사람이고 또 무엇보다도 아버님을 신앙으로 이끌어주신 분들이고 어느 누구보다도 금순이 아픔을 감싸 안아주던 피를 나눈 형제이상인 분들이다. 아버지는 늘 "내가 떠나고 난 후에 우리 금순이 잘 돌봐주시고 꼭 예수 믿게 자네가 꼭 이끌어줘야 되네."하고 당부하셨다.

아버지는 서울에 가시면 근 달포씩 계시다가 내려오신다. 그것도 이영수 목사가 친히 자동차로 모시고 다니신다. 그야말로 친 아들 딸과 진배없는 두 사람이다. 한 열흘 전에 미리 다녀갔지만 정작 마지막 떠나실 때 자리를 지키지 못한 것이 내내 마음을 아프게 했다.

두 사람은 진심으로 오열했다. 아무리 목사지만 슬픈 것은 슬픈 일이다. 그렇게도 목메이게 마나님을 애타게 그리워 하셨는데 이럴 수가 있을까. 아버님께서 소천하신 지 이틀 후에 돌아오시다니 기가 막힌 노릇이다.

아버님은 매일 새벽마다 눈물의 기도를 올려드리고 딸내미가 알면 걱정한다고 꼭 서울에 오시면 금식기도 또 철야기도로 울부짖던 어른이신데. 이틀만 기다리시면 목 메이게 기다리던 마니님을 만나고 떠나셨을텐데. 그것이 안타까워 이영수 목사 내외는 애간장이 녹아내리게 울었다. 아니 애통해한다. 또 외아들 주찬이를 너무 이뻐하셔서 서울에 오시면 꼭 주찬이와 함께 주무시고는 하셨는데 모든 것이 다 걸린다.

아버지는 서울에만 다녀오시면 시골에서는 구경하기 힘든 문방류들을 잔뜩 사다가 꼬맹이들한테 나눠주신다. 교회에서는 할아버지 주일학교 선생님이시다. 소망님반 선생님이시다.

아이들한테는 산타크로스할배로 통한다. 아이들 어른들 모두 다 홍영감님을 좋아하신다. 어려운 이웃에게 소리 소문없이 도와주고 날마다 베푸는 기쁨으로 노년을 사시다가 또 마나님을 그리워하며 사랑의 전도사 역할을 하시다가 떠나신 어른이시다. 이영수 목사 내외는 아버님이 천국으로 가신 것을 감사해하며 감사 찬송을 올려 드렸다.

1. 저 장미꽃위에 이슬 아직 맺혀있는 그때에 귀에 은은히 소리 들리니 주 음성 분명하다 주님 나와 동행을 하면서 나를 친구 삼으셨네. 우리서로 받은 그 기쁨은 알 사람이 없도다. / 2. 그 청아한 주의 음성 우는 새도 잠잠케한다. 내게 들리던 주의 음성이 늘 귀에 쟁쟁하다. 주님 나와 동행을 하면서 나를 친구 삼으셨네. 우리 서로 받은 그 기쁨은 알 사람이 없도다. 우리 서로 받은 그 기쁨은 알 사람이 없도다. / 3. 밤 깊도록 동산에서 주와 함께 있으려하나 괴론 세상일 할일 많아서 날 가라 명하신다. 주님 나와 동행을 하면서 나를 친구 삼으셨네. 우리 서로 받은 그 기쁨은 알 사람이 없도다. 아멘.

모여 있던 모든 사람들이 아멘으로 화답한다.

이제 아버지께서는 정든 집을 떠나서 영원히 돌아올 수 없는 본향으로 떠나신다. 금순이와 금옥자매는 어머니를 부축하고 아버지께서 누워계신 관을 따라 버스에 오른다. 장지가 50리는 족히 되는 거리라 마을 어귀까지는 버스로 모시고 마을 어귀부터는 새 하얀 꽃상여를 모든 정성을 다해 잘 꾸며 냈다. 버스 세 대를 강릉에서 전세를 냈다..

새벽에 장지 또 옛집에서 일할 사람들은 100명 가량이 먼저 와서 기다린다. 그런데도 버스 세 대가 꽉 차서 택시로도 몇 번이나 실어 날랐다. 영사를 든 어린아이부터 청장년들이 200명이 넘으면 넘었지 모자라지는 않을 지경이다. 정말 말 그대로 인산인해를 이룬다.

홍영감님 마지막 떠나는 길이야 말로 울긋불긋한 영사가 수 백 개에 이르고 말 그대로 일대장관이다. 또 300명이 넘는 인원이 먹고 마실 음식들도 풍성하다. 소, 돼지도 5마리나 잡고 떡, 밥, 쌀도 세 가마 이상 풀었다. 100리 밖에 있는 대화, 횡성 또 청주에서도 구경꾼들이 전전날부터 와서 먹고 자고 했다. 곡만 좀 해주면 갈 때 차비도 얻어서 돌아간다.

묘지는 선산에다 부모님 묘지 밑에 먼저 간 본처 강씨 옆, 홍영감님, 또 옆은 지금의 사랑하는 아내의 자리다. 즉 두 여자 가운데 누워 있는 모양새다.

이로써 영결식은 하나님의 은혜 가운데 순조로이 잘 마치고 운집해 있던 모든 손님들에게 고마움과 감사한 마음을 전하고 잘 마쳤다.

이제는 어머니만 잘 모셔서 치료해 드리고 어머님 정신만 돌아오게 해 드리는데 모든 정성을 다하면 되는데….

'불쌍하신 어머니 그동안 얼마나 무섭고 떨고 계셨을까. 어떻게 보상해 드려야 될지….'

31. 어머니와 나는 예수님을 영접했다

온 가족이 다 모였다. 작은 아버지 내외, 제관 오라버니 내외, 또 제관 오라버니 딸 홍계순. 계순이는 어찌나 순둥인지 있는 듯 없는 듯하다. 이제는 제관 오라버님도 올케한테 함부로 하지 않는다. 서른아홉에 낳은 귀한 딸이다. 또 서울 형부, 언니 모두 다 삼오제를 지내고 갈 것이다.

금순이는 형근이 사건 후에 봉금언니와 의형제를 맺었다. 그 당시에는 서로 마음이 맞으면 실에 먹을 묻혀서 바늘로 팔뚝 안쪽 살을 꿰어 잡아 당겨 살에 먹물을 집어넣는 의식을 치뤘다. 즉 피를 나눔으로 의형제로 지내는 것이다.

그 당시 금순은 형근에게 당한 수치심과 배신감으로 죽을 결심을 하고 있을 때였다. 이를 눈치 챈 봉금이 서울을 떠나 아예 금순네 집에 내려와 있으면서 금순일 달래고 위로해 준다. 그러나 당시의 금순인 마음이 닫혀 있어 누구의 위로도 귀에 들어오지 않았다. 자신을 우롱하는 것이냐며 오히려 화를 낼 뿐이다. 봉금은 할 수 없이 의형제를 맺어서라도 금순의 마음을 다잡고자 했다.

결심을 한 봉금은 우선 자신의 팔에다 실에 먹물을 잔뜩 묻힌 바늘을 관통시켜 표시를 했다. 금순이 팔에도 똑같이 하는 의식을 치룬 탓에 지금도 금순이 팔에는 새카만 점이 남아있다. 그래서 금순은 자연스럽게 이영수 목사를 형부로 부른다. 정말 피를 나눈 형제인들 이들 두 집안사람들 같을까.

삼오제도 끝나고 또 어느 정도 안정이 된 후 어머니를 서울로 모시고 가서 유명한 병원에 모시고 다닌다. 형부가 더 신경을 써서 모시고 다닌다. 어머니께서 지치지 않도록 신경정신과, 내과, 외과, 치과 등을 두루 한 달가량 계획을 짜 내려간다.

치료를 마치고 금순은 어머니를 시골로 모시고 와서 옛집에서 생활하며 어머니를 돌본다. 모든 사업은 중혁 아버지께 맡기고 오로지 어머니의 기억이 돌아올 수 있을까 기대감으로 옛날 집에서 어머니를 모시고 지낸다.

어머니는 너무도 많이 변했다. 예전에 삼단 같던 어머니 머리가 지금은 숱도 다 없어지시고 하얗게 백발이 되시고 머리 속도 큰 상처로 아예 머리가 나지 않고 반들거리신다. 머리 속은 상처투성이시고 정말이지 눈물이 나서 못 보겠다.

얼굴은 계란형으로 타고 난 미인형이신데 그 곱던 어머니는 어딜 가고 지금은 눈은 아주 작아지시고 눈꺼풀이 늘어나셔서 눈을 덮다시피 하시고 오똑하던 콧날은 옆으로 확 휘고 콧잔등은 뼈가 부러지신 것인지 팍 주저 앉았다. 어디서 누가 몸둥이를 때려서인지 치아는 빠지고 부러져서 어떻게 손을 댈 수 없을 정도고 또 목에는 삼끈이 감긴 것처럼 굵은 시퍼러둥둥한 줄이 살에 생겨서 보기조차 아프고 고통스럽게 보인다.

어머니의 손톱은 거의 다 빠지고 그것도 오른쪽 새끼손가락은 짤려 나가고 또 늘 불안해하신다. 그래도 가끔씩 금순일 자세히 살펴보시기도 하고 옥희가 오면 그렇게 좋아하신다. 어머니는 옥희를 보면 늘 무언가 말을 하려다가 자꾸 망설이신다.

금옥이는 또 어떠한가. 어머니를 처음 보는 금옥이는 기가 막혀 그만 대성통곡을 하고 우는 통에 보는 모든 사람들의 마음을 안타깝게 했다.

금옥이는 내성적인 성격이다. 그동안 어려서 언니 등에 업혀 산으로 들로 다니면서 언니가 송이버섯 따러가서 땅에 떨어뜨려 나무옹이에 머리가 박혀 죽는 고비를 넘긴 일을, 아직까지 그 소스라치는 악몽을 생각하고 그 아픔이 잊어지지가 않는다.

어머니가 돌아가신 줄 알고 살아온 금옥이는 이런 모습으로 집으로 돌아오신 어머니를 처음에는 어떻게 받아들일지 혼란스러웠다. 모든 전후 사정을 언니를 통해 들은 금옥은 어머니를 감싸 안고, "엄마, 내가 엄마 막내딸 금옥이예요."하고 각인 시켜드리려고 무진 애를 쓴다.

금옥이는 겨울방학이 끝나고 개학을 맞았어도 휴학계를 내고 시골집 어머니 곁에서 어머니 시중을 들어 드리고 어머니의 기억이 돌아오실 수 있도록 성심을 다한다. 작은 일 하나라도 어머니가 기억하실 수 있도록 자세하게 얘기해 드린다. "어머니, 잘 생각해보세요. 어머니 젖먹고 어머니 품에서 잠들던 이쁜 아기 금옥이, 금옥이 아시죠? 그 아기가 저예요. 아버지 어머니의 보물중 보물인 금옥이가 저예요. 아시겠어요? 더운 여름에는 어머니 밭일 하시다가 이쁜 아기, 작은 아기 금옥이 젖먹이실 때 더위에 어머니 젖무덤이 땀에 젖었다구 샘물을 바가지에 떠서 어머니 젖을 찬물로 닦아서 제 입에 물리시고 저를 톡톡 두드리시며 어르시며 젖먹이셨지요."

어머니는 멍하니 듣더니 과자봉지를 잡아 당겨 금옥이에게 건넨다. "이것 먹으라우. 니 성이 사온기여." 하신다. 그러시다가 문득 생각나신 듯 "아바디 오실 때 되지 않았네?" 하신다.

이제 조금씩 조금씩 예전 일이 기억나시는 것도 같지만 아버지께서 돌아가신 것은 인정하기 싫으신지 어디 출타하신 것으로 생각하신다. 또 금옥일 쳐다보며 어깨를 토닥이면서 "울디 말아야. 이 오마니 이제 아무 데도 안 갈기야. 그러니끼니 거저 심내서 공부 열심히 하라야. 이쁜 내새끼, 니래 금옥이가 참말로 맞네?"하신다.

금옥인 자신을 알아봐주는 것이 감격스러워 "네, 엄마. 엄마, 내가 금옥이라니깐요."하고 와락 어머니를 안는다. "그래, 어째 이리 잘 생겼누."

어머니는 장기 기억상실증이라고 진단결과가 나왔다. 큰 충격으로 기억을 상실하신 것이므로 지금 드시는 약물과 또 주위의 환경 등 주변의 노력이 더해지면 60%는 가망이 있다고 한다. 4월에 다시 서울로 모셔서 병원의 검사결과를 듣고 목수술, 치과 치료 등을 받을 계획이다.

어느 때는 정신이 많이 돌아오신 것처럼 보이지만 또 어느 때는 엉뚱한 소리로 금순이 마음을 아프게 한다. "어머니, 죄송해요. 제가 일찍 어머니를 찾지 못해서…. 제 잘못을 용서 해주세요." 금순은 또 오열한다.

거기다가 어머니는 음식을 잘 드시지 못한다. 위가 오그라 드신 것인지 아무리 좋은 음식이라도 조금밖에 못 드신다. 금순이는 옥희를 앉혀놓고 옥희와 어머니를 견주듯이 한 숟갈씩 떠 먹여드린다. 어머니도 옥희가 권해 드리면 조금은 더 받아 드신다. 지금껏 무엇이든 손으로 집어드시던 습관 때문에 더 힘들다. '어쩌다 그렇게 고우시고 깔끔하시던 내 어머니께서 이리 되셨을꼬.' 금순이와 금옥이는 교대로 어머니를 모신다.

종대오라버니는 어머니를 보면 가슴이 찢어지는 아픔을 느껴 가급적이면 치료가 어느 정도 되시기 전에는 어머니의 모습을 보여드리지 않는다. 어머니를 한 번 보고난 후 종대오라버니는 점점 더 말이 없어지고 눈물이 마를 날이 없다. 어린 나이에 애 머슴으로 뼈가 굵은 자신의 그 어렵던 시절 생각이 나서 오빠도 치료를 받아야 할 지경이다.

종대오라버니와 금옥이는 지독한 내성적인 성격 탓에 슬픔을 내색하지는 않지만 속에서 병을 만든다. 걱정이다. 강인덕 목사님, 또 매제 강영수의 격려와 기도로 좀 달라지기는 했어도 종대오라버니의 아픔은 늘 주위사람들의 눈물을 자아낸다.

'속히 어머니께서 정신이 돌아와야 아들 딸이 안정이 될텐데.' 금순이는 할 수 없이 오빠와 금옥이한테 으름장을 놓는다. "우리 서로 합심해서 어머니를 치료 해드려도 힘든 판에 두 사람은 어찌 그리 도움이 안되느냐."며 당차게 나무라면서 "이제부터는 오빠도 금옥이 너도 어머니 근처에 얼씬도 말라."고 매몰차게 얘기한다.

금순이는 지금껏 힘들고 지친 삶을 통해서 또 많은 직원들을 거느린 사업가로써 생활하다보니 성격은 엄격하고 어느 누구도 감히 함부로 할 수 없다.

금순이는 어머니, 동희어머니 두 어머니를 모시고 서울로 올라간다. 치료를 앞당길 요량이다. 동희어머니는 늘 어머님 곁에서 금옥일 낳을 때 애기, 받던 애기 등 옛 애기를 들려주며 어머님 곁을 지키신다. 어머니와 많은 얘기를 나누신다. 기억이 돌아올 수 있도록 옛 추억들을 상기시켜 드린다.

서울 형부, 언니는 한치도 소홀함이 없이 어머니를 모신다. 또 서울에 있는 동안 금순이는 열심히 예배와 기도로 기독교에 더욱더 심혈을 기울인다.

사실은 이 반석교회와 사택을 짓는 모든 건축비를 금순이가 부지 구입에서부터 거의 도맡아 하다시피 하였다. 금순이는 이제 확연히 주님을 영접했다. 동희어머니께서도 함께 주님을 영접했다.

어머니의 검사결과가 나왔다. 내과에서는 위염 등이 있지만 6개월 정도 약물치료를 받으면 완치된다고 한다. 기억상실증도 가족들의 사랑으로 안정된 생활을 하시면 앞으로는 좋아진다고 한다. 문제는 머리를 다치면서 뇌 속에 물이 고이는 바람에 더 기억을 살리기 힘든단다. 또 비염도 심하시고 눈도 안좋으셔서 복합적인 치료를 병행하며 약을 계속 복용하는 수 밖에 없다고 한다.

지난번 오셨을 때 썩은 이를 모두 뽑고 의치를 맞추시고 가셔서 이번에는 의치를 해넣으셨다. 목에 감긴 줄을 제거하는 수술도 하고 코뼈가 부러진 것도 수술을 해드려야 되지만 노인이신데다 쇠약하시기 때문에 목에 줄 제거하는 수술만 먼저 하기로 했다.

수술 들어가기 전날엔 어머니께 맹물만 드시게 하고 음식물은 아무것도 못드시게 했다. 모든 식구들이 어머니와 함께 다 금식을 했다. 오늘은 어머니께서 전신마취로 목에 감긴 줄을 제거하는 수술에 들어갔다. 한 시간 걸린다는 수술은 두 시간이 넘게 걸렸다. 어머니는 목에 붕대를 감고 축 늘어져서 나오셨다. 금순이는 뼈를 깎는 아픔을 느꼈다.

어머니는 마취에서 깨어나셔서는 계속 눈물을 흘리시더니 금순이를 눈으로 부르는 것 같다. 금순이가 다가가서 "어머니, 많이 아팠죠. 어머니 목 편하게 해드리는 수술이예요. 용서해줘요." 그러자 "응, 그래." 하시더니 금옥이한테 "니 오래비헌티 울디말라고 기래야." 하시더니 "이 오마니 괜찮다구. 저 사람도 잘해주라야. 큰 애야." 한다.

아니 이게 또 어찌 된 일인지. 금순이는 얼른 형부, 언니, 또 한 분의 어머니께 이 기쁜 소식을 알려드렸다. 형부는 신경정신과 선생님께 이 사실을 알려드렸다. 모든 식구들이 최대의 기쁨이다. 그렇지만 모든 사람들에게 자연스럽게 대해야 된다고 당부했다.

어머니는 잘 견디어 내시고 남은 치료도 잘 받으시고 목 수술한 것도 잘 치료가 되어서 실밥도 다 뽑아냈다. 어머니는 목수술 등 여러 가지 시술 치료로 많이 수척해지셨다. 밥맛 좋아지는 영양제를 계속 드시게 했다. 그러나 의치가 잘 맞지 않는 것 같다. 처음이라서 그런 것 같다.

어머니는 또 주찬이를 좋아하신다. 주찬이도 '할머니, 할머니.' 하고 잘 놀아드린다.

어머니가 서울에 오신 지 두 달이 넘었다. 이제는 봄이 되었다. 3월에 와서 5월에 시골로 돌아간다. 서울의 세 식구도 함께 시골로 돌아간다. 이 목사는 예배인도 때문에 시골에 모셔다 드리고 바로 혼자 서울로 올라간다.

어머니는 많이 치료가 되어서 돌아 오셨다. 이영수 목사한테 "자네 욕봤어야. 기레 하룻밤 자구 가지 기래." 하고 어른으로서의 인사도 하신다.

종대와는 부둥켜 안고 그렇게 또 우신다. "내 아들아, 이 오마니 밉디. 어린 너를 남의 집으로 보낸 이 오마니는 죄인중 죄인이다. 거저 이 오마니를 용서하라야." "어머니, 그런 소리 마세유. 지는 더 잘됐지유.

두 번 다시는 그런 소리 마세요."

보는 사람들 모두가 울음바다다. 이제 어머니는 근력만 회복하시면 될텐데….

그날 저녁 온 식구들이 모여서 감사의 예배를 드렸다. 기도는 강영수 목사가 올려드렸다.

이제 극장 뒤쪽에 진행 중인 교회 건축도 마무리가 되어간다.

주찬이는 학교에 3일간 결석을 할 것을 선생님께 허락받고 내려왔다. 이제 국민학교 5학년이다. 옥희와는 둘도 없는 사이다. 옥희가 한 살 위다. 호적상으로 동갑으로 되었지만 옥희가 한 살 위다. 학년은 같은 5학년이다. 주찬이는 반에서 상위급이지만 옥희는 공부는 소질이 없고 피아노만 잘 친다. 공부는 반 학생 50명 중에서 42~43등이다. 어머니의 꾸지람에도 끄떡없다. 그저 명랑하고 노래를 좋아하고 잘 부른다.

32. 주 사랑 교회

　금순이는 깜짝 깜짝 놀란다. 하는 행동, 너스레 떠는 것, 콧노래 등 노래에 소질이 있는가 하면 걸음걸이까지도 형근을 빼 닮았다. 금순은 옥희를 보고 있노라면 옛일이 생각나서 울분을 토해 내기도 한다.

　금옥이 신랑 강영수 목사는 목사안수를 받고 목사로써 목회를 시작한다. 처형이 교회 부지도 구입해주고 건축비의 90%는 처형이 헌금을 드린 것이다. 아무 어려움 없이 극장 뒤 언덕 위에 아름다운 교회를 건축하고 입당식과 더불어 목사안수 첫 예배를 많은 어른들을 모시고 은혜중에 드렸다.

　교회 풍금은 할아버지 강인덕 목사님께서 헌물로 드렸다. 금옥이는 사모의 역할과 교직을 병행해서 해나가기로 했다.

　금옥이는 한 20리 떨어진 중학교의 국사 선생이다. 그렇기 때문에 강목사는 신방을 다녀도 사모없이 교인 중에서 연세 드신 성도님을 모시고 심방을 다닌다.

　또 작년에 귀여운 딸아이 은혜도 낳았다. 시어머님 권덕혜 권사님이 핏덩이를 받아 키워 주신다. 어미, 아비 잘난 곳만 닮아서 그림처럼 곱고 예쁘다. 또 어찌나 잘 웃든지 웃음공주로 불린다. 이름은 하나님의 은혜로 주신 귀한 딸내미라는 뜻으로 강은혜라고 할아버님께서 지어주셨다. 순하고 예쁘고 눈에 넣어도 아프지 않을 보물중 보물이다.

　교회는 교인 수가 100명정도로 급성장한다. 주로 군인들이다. 부대 안에서 예배를 드렸는데 군목 혼자 감당하기에는 교인이 너무 많아 특별히 주일날 나와서 군인들이 예배를 드린다. 교인의 80~90%는 군인들이다. 또 반주자는 옥희다. 옥희는 주일날이면 아주 신나는 날이다.

어떤 날은 특송도 드린다. 이모가 건반을 두드리고 예쁜 조카는 특송을
드리니 눈물이 날 정도로 은혜롭다.

금순은 어머니, 또 한 분의 어머니인 동희어머니, 두 어머니를 모시
고 교회에 올라온다. 예배드리는 시간 내내 눈물이 난다. 솔직히 말해
서 예배의 거룩성도 잘 모르고 말씀은 들어도 잘 모르지만 그 동안 아
버지, 어머니 또 자신의 일가를 생각하면 한도 많고 눈물의 세월을 살
아온 것이 슬퍼서 자신의 슬픔을 토해낸다. 어머니는 딸이 자꾸 울자
함께 따라 우신다. 그래도 주일날만 되면 꼭 교회에 올라오신다.

금순은 사업도 날로날로 발전돼서 물질의 축복도 크게 받는다. 금순
은 오빠 종대와 상의한 끝에 소형버스를 한 대 구입했다. 주일날은 군
인들을 실어 나르고 그 외는 극장, 식당, 제과점 모든 곳에서 이용한다.
운전기사는 진주관 시절의 지배인이었던 이한성 오라버니가 맡아 한
다.

어머니께서도 많이 좋아지셨다. 기억력도 많이 돌아오시고 옛집에서
지내실 때마다 아버님 산소에 가셔서 산소도 돌보고 망인에게 죄송하
다고, 또 당신이 남기신 마지막 아름다운 편지 고맙고 감사하다고, 망
인과 마음 속으로 아름다운 사랑을 속삭이다가 돌아오신다. 또 교회도
잘 다니겠다고 망인 앞에서 다짐도 해드린다.

내일 모래가 추석이다. 어머니께서는 요즘 금옥이집에 계신다. 아침
에 출근하는 딸내미에게 아침밥도 손수 해 먹이신다. 그 정도로 건강을
회복하셨다. 또 아들 같은 사위에게 자상한 어미의 사랑을 주고 싶어서
온정성을 다한다.

강영수목사는 장모님이 편해 하시게끔 다 받아들인다. 장모님을 어
머니라고 부른다. 또 외손녀 은혜를 사부인께서 데리고 오시는 날이면
어머니는 너무너무 행복해 하신다. 하지만 혼자서 애기를 거두시기에
는 아직 건강이 여의치 못해 한 주일에 한두 번 보는 것으로 만족하신
다. 또 사부인 권덕혜 권사님은 사랑과 따뜻한 마음씨로 어머니와 좋은

관계를 유지해 나간다.

요번 추석은 주일날이다. 주일날 예배 후에 모두는 아버님 산소에 다녀왔다. 서울 형부네는 주일예배 드리고 다음날 내려오신단다. 형부네 식구들이 오시면 다 함께 아버님 산소에 다시 가서 예배를 드리기로 한다.

해마다 특별한 날이면 온 식구들이 소풍가는 날처럼 기쁜 마음으로 산소를 찾아가서 예배를 드린다. 역시 형부와 언니가 내려오시는 날이기에 음식도 풍성하게 싸가지고 낮에는 온종일 산소에서 벌초도 하고 예배를 드리고 저녁에는 옛집에 와서 바비큐 파티도 하고 모든 이웃들과 함께 즐긴다.

누가 금순이를 그 옛날 산골 소녀로 온 동네 사람들에게 몰매를 맞으면서 천덕꾸러기로 살아온 못 먹고 가난해 누더기를 걸치고, 병든 아버지 모시고, 간난 애기 어린동생 등에 달고 닥치는대로 산으로 들로 남의 집 품일로 가정을 꾸려가는 소녀가장으로 보겠는가. 지금은 그 옛날의 모습은 찾아보기 힘들 정도로 확 변한 여사장 금순이를 모든 사람들이 칭송하고 또 좋은 일에 앞장서는 말 그대로 귀부인이다.

무엇보다 영적으로도 놀라운 축복을 받았다. 형부도 목사, 제부도 목사, 또 사돈어른들께서도 목사님으로 장로님으로 신앙에 귀한 분들이시다. 또 종대 오라버니도 교회집사로서 열심을 내고 있다.

제관 오라버니, 올케 옥순, 두 부부도 교회에 열심이다. 작은 아버님은 아버님이 돌아가신 1년 뒤에 타계하셨다. 무엇보다 기쁜 일은 어머니, 우리 어머니께서 정신이 많이 좋아지시고 모든 건강도 점점 좋아지신 점이다.

어머니께서는 금옥이 딸 은혜도 잘 돌봐주시고 며느리 송이한테는 자상한 친정어머니처럼 잘 챙기시고 돌봐주신다. 또 양자 제관이 내외와 그 아이들의 딸 손녀 계순이를 잘 챙겨주신다. 계순이도 잘 자라서 올해 국민학교 6학년 졸업반이다. 내년에 강릉 K여중에 보낼 계획이다. 고모 금옥이가 나온 학교다. 둘이 동문이 되는 셈이다.

이제는 금순이의 파란만장한 삶이 안정적으로 자리를 잡아 가는데 단 어머니를 잘 모셔서 오랫동안 효도해서 장수하실 수 있도록 모시는 것이 소망 중 소망이다.

어머니, 오라버니, 서울형부, 언니, 모두들 금순이의 새로운 행복을 위해 재혼을 권유하지만 금순은 극구 사양한다. 어머니 모시고 오빠, 올케 또 금옥이네랑 늘 한 데 모여서 살면서 딸 옥희 곱게 잘 키워서 최대한 교육시키는 것을 보람으로 삼고 열심히 사는 것이 최고의 행복이라고 생각한다.

또 다른 어머니, 아버님이신 동희어머님, 아버님께도 효도하면서 이제는 정말 사람 사는것 같이 사는 것이다.

기독교에 심취해 아주 열심으로 믿고 또 섬기는 삶을 살면서 후에 노인 복지관을 지어서 어른들을 모시고 사는 꿈을 꾸면서….

33. 경상도에서 온 편지

　서울 형부와 언니는 하루 쉬고 수요일 새벽에 서울로 올라 가셨다. 형부께서 전도사에게 새벽기도를 부탁하고 수요일 예배 전에 도착하지 못할 시에는 전도사에게 설교부탁을 해놓으시고 오늘 새벽에 출발하셨다. '예배 전에 서울에 당도하셔야 되는데.' 금순은 간절히 기도했다.

　인간적으로 보면 목사라는 직업은 힘들고 어려운 직업이지만 영적으로 보면 하나님의 종으로써 크게 축복받은 복된 삶이다. 강원도 중에서도 가장 끄트머리인 이곳까지 오셔서 가족의 끈을 친히 맺으시고 그 끈을 통해 우리 모두를 하나님의 자녀로 살아가게 끈을 연결시켜 주신 귀한 분들이시다. 금순은 이처럼 고마운 분들을 연결시켜주신 모든 은혜는 하나님의 축복임을 더욱더 감사드린다.

　그런데 아버지 산소에 갔는데 추석날 식구들이 잠깐 다녀오고 난 뒤에 누군가가 산소에 다녀간 흔적이 남아있다. 커다란 국화꽃 다발과 과일, 북어포, 사이다 병 등이 산소 상석에 차려져 있다. 누군가 상당한 시간을 지체하면서 잡초도 뽑고 산소를 손 본 흔적이 남아있다.

　금순과 모든 식구들은 아마도 평소에 아버지께 신세를 진 어느 젊은 이의 방문으로 여기고 고맙게 생각했다. 남겨진 과일들은 기도 후 모든 식구들이 맛있게 먹었다. 국화꽃은 상석 앞에 잘 놓아드리고 집으로 내려왔다.

　어머니는 슬피 우신다. '남들도 너희 아버님께서 돌아가신 후에도 이처럼 잊지 않고 묘소에 다녀갔는데 이 철없는 마누라쟁이는 왜 진작 정신이 안 돌아와 집에 돌아오지 않았는지.' 그저 아버지께 죄송하고 죄송해서 하염없이 눈물을 흘리셨다. 두 딸내미에 대해서도 또 아들 종대에게도 죄인의 심정으로 울고 또 우신다.

지금은 어머니께서 정상적으로 정신도 돌아오시고 옛일도 기억해 내신다. 어머니는 금옥이 딸 은혜를 너무너무 사랑하신다. 옥희도, 순구도, 계순이도, 또 서울 주찬이도, 손주 손녀가 다섯 명이나 되는 행복한 할머니로 노후를 행복하게 보내시기를 모든 자녀들은 노력한다.

금옥이의 딸 은혜는 순둥이다. 또 풍금소리에 머리를 끄덕끄덕 대고 하루종일 흥얼거린다. 이들 부부는 은혜가 자라면 찬양목사를 시킬 것이라고 한다. 또 종대 오라버니의 아들 순구는 어려서 부터 병치레로 약하다. 이제부터라도 강하게 키워서 운동선수로 키운다고 한다. 계순이는 제 고모 금옥이처럼 학생들을 가르치는 선생님이 될 거란다. 또 옥희는 꼭 유명한 여자 목사님이 될 거란다.

서울 주찬이는 성격이 차분하다. 진로를 정한 것을 부모에게 드디어 선포한다. 유명한 의상디자인을 꿈꾸는 예능인으로 살고 싶다고 한다.

옥희가 한 살 위다. 옥희는 좀 덜렁대는 성격이고 주찬이는 차분하고 실수라고는 없는 차분한 녀석이다. 두 녀석이 바꿔됐더라면 더 좋았을 테지만 아무튼 금순이의 가계도는 어느 한 군데 흐트러진 곳이 없다. 이 행복이 영원하길 늘 기도한다.

극장사업은 한 때 유행했던 흑백시대는 가고 총천연색 칼라 시대가 왔다. 이제는 서울에서 칼라 필름이 내려온다. 화질이 보다 더 깨끗하고 명화들을 상영한다. 최고의 상한가를 달린다.

금순이 필생의 계획으로 세운 노인복지관 건립을 위해 부지도 구입해 놨다. 현재 제부교회 옆 논을 구입했다. 좀 넉넉한 평수 3만 평을 구입해 놨다.

금순은 또 아버지 생각에 죄송하고 또 죄송하다. 아버지께서 생전에 금순이에게 '복지관을 하나 지어서 노인들을 모시고 살면 좋지 않겠느냐.'고 얘기를 꺼내시면 단 한마디로 거절했던 것을 지금에 와서 뉘우치고 용서를 빈다.

얼마나 서운해 하셨을까. 그때는 금순이에게 예수님이 계시지 않았기에, 마음이 강팍한 상태인지라 금순은 지금에 와서 후회하고 아버님의 생전에 꼭 하시고 싶어하신 복지관을 지어서 아버님 뜻에 따를 것을 새삼 결심한다.

복지관을 잘 지어서 외로운 노인들을 모시고 예배도 드리고 또 의료 시설도 갖출 것을 계획하고 모든 것을 오라버니와 상의해서 결정해야 겠다고 생각한다. 그동안 오빠가 많이 서운하셨을 것이다. 늘 금순이 혼자 결정했던 것을 크게 후회한다.

오빠 종대가 그동안 얼마나 소외감을 느꼈을까 생각하니 정말 미안했다. 금순은 그간의 잘못됨을 털어 놓고 허심탄회하게 모든 오해를 풀었다. 금순이 지금껏 아버지를 모시고 동생 금옥이를 키워 오면서 자신이 가장으로 살아오던 습관 때문에 오빠한테 상의는 하지 않으면서 가장으로 모든 일에 앞장 서도록 오히려 큰 책임만 지워준 격이다.

추석이 지난 지 벌써 이십일이 지나갔다. 어머니께서 "에미레, 펜지 왔어야." 하시면서 "내레 손도장 찍었네라."하신다. 사업을 하기 때문에 국세청에서 속달로 오는 편지가 많아 그러려니 하고 건성으로 받아 들었다. "겡상도에서 온기야." 하시면서 건네신다. 수취인 주소는 '강원도 군인극장 대표 이금순 사장님' 귀중, 또 보내는 사람은 '경상남도 진주 사서함93호 정형근 배상' 이다.

아주 깍듯한 존칭으로 웃어른께 보내는 식의 편지를 근 20년만에 정형근이 처음으로 보내왔다. 금순은 가슴이 쾅쾅거리고 온몸이 사시나무 떨리듯 떨린다. 갑자기 온몸에 열이 펄펄 끓는 기분이다. 열이 나는가 하더니 또 식은 땀이 버쩍 나기도 한다.

흥분한 탓일까. 어머니를 모시고 혈육이 다함께 모여 옛날 그 지긋지긋하고 끔찍스러웠던 악몽을 잊어버리고 안정적이고 행복한 나날을 보내고 있는데 또 다시 그 옛날 악몽이 되살아 난 듯한 분노가 치밀어 오른다.

금순은 아무리 종교의 힘으로 인내하며 옛 구습에서 벗어나서 모든 것을 사랑으로 승화시켜가려 한다지만 금순의 일생에서 가장 저주스러운 일이고 그 악몽에 두 번 다시는 휘말리고 싶지 않다.

잔잔한 가정에 돌을 던질까봐, 되지도 않게 아이의 생부라고 금순의 삶에 흙탕물을 끼얹을까봐, 그냥 뜯기도 전에 불태워 버릴까 하는데 사랑하는 딸 옥희가 양쪽 볼에 귀여운 보조개가 패이면서 '엄마, 엄마! 우리 엄마!' 하고 어리광 부리는 모습이 어른거린다. 또 장차 목사가 될 거라며 설교하는 연습한답시고 열심히 웅변을 하고 외할머니께 멋진 애인을 소개 시켜드린다는 등 열아홉 살 먹은 아이가 온갖 재롱으로 꼭 어린애처럼 기쁨조 역할을 하는 딸 애의 모습에 그만 스르르 무너지게 된다.

형근이 저주스러울 정도로 끔찍한 인간이지만 그래도 그 인간이 처음이자 마지막으로 내게 준 보물단지, 아니 보석 우리 옥희. '그래, 이제는 마음 속으로 죽이는 행위는 그만하고 불쌍히 생각하고 변화되길 기도해줘야지. 그래야지. 어쨌든 불쌍한 인간인데. 또 그의 아들, 온전치 못한 아들 치우는 어찌 살아갈꼬. 어머니께서는 생존해 계신지. 건강은 하신지. 그래, 미워하지 말자. 미워할수록 내가 더 괴롭다. 예수님께서는 이 벌레만도 못한 나를 위해 십자가에 달려 온갖 고초, 멸시, 천대 다 받으시고 쇠 톱날이 박힌 채찍으로 맞으시고 십자가에 달리셔서 피와 물을 한 방울도 남기지 않고 다 쏟으시면서 처참하게 돌아 가셨는데. 그래, 내가 그를 미워할 자격은 없다. 그를 용서해야 된다. 내가 받은 예수님의 은혜와 사랑을 그에게도 나눠줄 의무가 있다.'

금순은 마음을 진정시키고 순간적인 흥분으로 편지를 찢어버리지 않은 것은 다행으로 차분히 편지를 보기로 했다.

옥희 어머니 보십시오. 유수와 같은 세월은 흘러서 어느덧 강산이 두 번이나 바뀌었습니다. 도저히 용서 받을 수 없는 이 철면피한 인간이 감히 옥희 어머니께 엎드려 빌고 또 빌면서 감히 글을 씁니다. 이 못난 죄인이 용서해달라는 말씀은 드릴 수조차 없습니다. 인간으로서는 해서는 안 될 야차보다도 더 숭악한 짓거리를 한 이 죄인이 아무리 가슴을 치고 후회해도 어르신께, 또 당신 옥희 어머니께 어찌 사죄를 드려야 될지. 진작에 어르신께 사죄드려야 되는데 이미 때는 늦었음을 어찌 해야 될지. 이미 고인이 되신 그 어른께 어찌 해야 될지. 제가 죽어져서 용서가 된다면 목숨이라도 끊겠습니다만 옥희 어머님, 실은 추석날 당신이 사시는 그곳에 감히 당신 허락도 없이 숨어서 혹여 옥희 얼굴이라도 한 번 볼 요량으로 서성거리다가 옥희를 보게 됐지요.

옥희를 보는 순간 이 죄인인 저는 얼른 피해서 오고 말았습니다. 누가 보면 제 딸이 아니라고 해도 곧이 듣지 않겠더라구요. 왜 하필이면 그녀석이 곱디고운 당신을 안 닮고 이 못난 애비를 그리도 꼭 빼 닮았는지, 가슴이 철렁 내려 앉았지요.

옥희 어머니, 죄송합니다. 또 당신의 허락도 없이 당신을 한 번 볼 요량으로 숨었다가 당신의 어머님, 또 당신의 오빠되시는 분, 금옥이, 모든 식구들께서 산소에 오셔서 예배드리는 모습을 다 훔쳐 본 후 당신의 모습도 훔쳐보고 아니 영원히 제 눈 속에 당신과 옥희를 담아 두었지요. 당신과 모든 식구들께서 차에 오르신 다음 이 죄인이 감히 어르신 누워계신 산소에 엎드려서 아무리 사죄한들 죄가 사해지겠습니까만은 제 진심으로 어르신 영정 앞에 사죄를 드리고 발길을 돌려 당신이 계시는 집 부근을 배회하다가 그냥 서울로 올라왔습니다.

옥희 어머니, 제 생애 마지막으로 어르신 누워계신 산소에도 다녀오고 당신도 마지막으로 보고 다녀왔지요. 옥희 어머니, 당신께서도 아시다시피 저희 어머니께서는 못난 아들을 둔 죄로 제 아들 치우 녀석을 거두시며 이 못난 아들놈 옥바라지로 고생고생 하시다가 그만 심장마비로 저 세상으로 가시고 우리 불쌍한 치우 녀석은 천애고아가 됐지요. 애비라는 작자는 온갖 더러운 죄 입에 담기조차 더러운 죄, 살인죄로 형무소에 처박혀 있고 바보 천치인 아들인 제 아들 치우는 할머니마저 돌아가시고 어느 누가 그 아이를 돌보고 거두겠습니까. 그렇다고 형무소에 갇혀있는 애비가 그 아이를 형무소에 데려다가 키우겠습니까.

그 와중에 그래도 다행한 것은 이 중죄인이 그래도 나이가 들어가면서 철이 좀 들어서인지 형무소에서 모범수로 무기징역에서 20년으로 감형이 됐지요. 그동안 저는 예수님을 영접하게 되고 열심히 성경도 보고 세례도 받고 또 형무소에서 목공일을 착실히 배워서 설계 선반 등등, 자격증을 5개나 취득했지요. 그리고 성경을 읽다 보니 제 마음이 뜨거워지면서 제가 태어나서 그렇게 많이 울어 본 적은 아마도 없었을 겝니다. 가슴 저 밑에서부터 시커먼 덩어리가 울컥울컥 올라오면서 세상에 냄새도 아마 시궁창 냄새는 꽃향기일게요. 썩다 못해 기절할 정도로 썩어 문드러지는 냄새와 말 그대로 제 속에 들어있던 쓴 뿌리가 다 빠지는 듯 했습니다.

저는 그때 몸 속의 것을 완전히 다 토해내는 것 같은 그런 일을 겪게 되고부터 제 마음이 편해지고 더욱더 수감생활을 감사함으로 받아들이게 됐습니다. 그동안 제가 지은 죄를 잊고 살았는데 다 생생이 기억나게 해주시더군요. 어른신께 지은 죄, 당신께 지은 죄, 치우 어미를 죽게 한 죄, 또 그 사람을 아편 중독자로 만든 장본인이기도 하고 어찌 이루 죄를 다 말할 수 있겠습니까. 한마디로 저라는 존재는 악의 존재입니다. 사회의 악이고 쓸모없는 인간쓰레기지요. 저의 어머님께서는 죄인인 아들을 두신 죄인의 어미로서 모든 사람들에게 '어느 누구에게도 제가 죄인입니다. 아들을 잘못 가르친 죄, 그 아이에게 조금이라도 더 관심을 갖고 사랑하고 안아줬더라면 그 녀석이 저리 되지는 않았을 겝니다. 모두가 다 이 에미 탓입니다. 저를 벌하여 주십시오.' 하시면서 20년을 행상으로 온갖 고생을 하시면서도 이 죄인인 아들의 옥바라지로 이감할 때마다 독 같은 손주 치우를 업고 또 온갖 모멸감을 겪으시면서도 몸을 이끌고 안양 교도소, 대전 교도소, 맨 마지막으로 이곳 경상도 진주 교도소인 천리 길을 멀다 아니 하시고 이곳 진주까지 저를 만나러 오신 나의 어머님.

지금껏 제 앞에서는 눈물을 보이시지 않으시던 어른이신데 유리너머로 얼굴을 부비시며 우시면서 '아이구, 이쁜 내 새끼. 모두가 이 에미가 널 잘못 가르친 죄다. 내 새끼 형근아. 너는 잘나고 착한 아들인데 니 에미 잘못 만나서 니가 그리 됐구나. 내 아들 형근아. 착한 내 아들 형근아. 네가 속히 나와서 이 에미와 니 새끼 치우랑 함께 살아보려고 했는데 아무래도 내가 널 기다릴 수가 없을 것 같구나. 내 아들, 착하구 잘난 내 아들.' 하시며 어머니는 서럽게 서럽게 우셨습니다. 저는 가슴이 찢어질 듯이 아파 '어머니, 왜 그런 말씀을 하십니까. 저 이제 몇 달 뒤에는 나갑니다. 광복절특사로 나갈 수 있는 명단에 올려 있대요. 어머니 저는 모범수입니다. 이제 곧 나가면 새 사람으로 거듭나서 어머님을 편히 잘 모실께요.' 하고는 이곳에서 목공 기술자로써 자격증 딴 것을 어머니께 다 보여 드렸지요. '어머니, 마음 약하게 잡숫지 마시고 멀고 힘든 이곳에 면회 오시지 마세요. 곧 나갈 겝니다. 정말 잘 할께요. 어머니, 어머니!' '그래, 오냐, 오냐. 내 잘난 아들 그럼 변해야지. 넌 원래 착했어. 원래 착한 성품이었지. 그리고 넌 너무너무 잘났어. 세상 어디에 내놔두 내 새끼처럼 잘생긴 사람은 못봤지. 암, 암, 잘나고 말고.'

어머니는 평소와 달리 많은 말씀을 하셨지요. '이 에미가 신경을 못 써서 내 새끼 망가진 게야. 다 이 에미 죄다. 내 새끼 건강하게 지내다가 꼭 오너라.' 어머니는 그렇게 서울로 돌아가셨지요. 그 후 열흘 뒤 어머니께서 아침에 일어나지 않으셔서 치우놈이 옆집에 울면서 '함미 떡줘. 함미 떡줘.' 하길래 평소 어머니와 친분이 두터운 팥죽장수 아주머니께서 달려가 보시고 병원 의사들이 와서 보시더니 이미 운명하신 뒤였대요.

우리 치우는 그 아주머니께서 데리고 계시지만 워낙 아이가 힘든 처지라 아주머니께서는 감당해내지 못하시고 영어의 몸으로 구금돼 있는 이 애비한테 연락이 왔습니다. 저는 치우를 어떻게 해야 좋을지 몰라 제가 믿는 하나님께 기도를 드리는 수밖에는 도리가 없었지요. 하나님께서는 제 기도를 쉬 들어주셨지요.

저의 방을 돌보시는 간수 반장님이 다니시는 시설에 우리 치우를 잠시, 이 애비가 출감하는 날까지 지낼 수 있도록 해 주셨습니다. 그곳은 지체 장애인, 정신박약가 아이들을 보호하는 시설이지요. 저는 너무너무 감사했습니다. 치우는 그 보호시설에서 지내게 됐습니다. 저는 슬픔을 잘 견디어 내면서 남은 형기를 잘 마치고 다행히 주님의 도우심으로 광복절 특사로 19년 2개월만에 가석방됐습니다.

모든 것이 하나님의 크신 은혜와 사랑입니다. 저는 치우를 데리고 서울의 어머님이 사시던 작은 셋방으로 찾아들었습니다. 어머님의 유품을 정리하면서 어머니의 유서를 보게 됐지요. 거기에는 미국에 사시는 어머니 동생분 소식이 적혀 있었습니다. 이종사촌 동생이 그곳 로스앤젤레스 한인타운에서 부목사를 하고 있는데 하는 일은 우리나라에서 미국으로 입양된 한국 고아들 중에 자리를 잡지 못하고 불쌍하게 사는 아이들을 돌보는 일이라고 합니다. 대부분 한국에서 입양된 아이들은 양부모와 뜻이 맞지 않거나 또 사춘기를 잘 견디지 못해 방황하다가 광인처럼 살다가 죽고 죽이는 무서운 갱단에 합류하게 됩니다. 제 사촌은 그런 아이들을 바르게 인도하고 자립도 도와주고 목사이기 전에 그들의 부모로서 역할을 하고 또 아이들을 수용할 수 있는 처소도 마련해 주면서 목회도 하면서 우리나라에서 입양된 불우한 아이들을 돕고 있으니 제 어머님께서는 제가 치우를 데리고 미국에 가서 사촌을 도와 어려운 아이들을 돌보며 살아가기를 바라신 것입니다.

치우를 데리고 미국으로 가서 제 몸이 부서져 가루가 될지언정 죽으면 죽으리라는 각오로 그 젊고 아름다운 우리의 아이들을 위해서 제 몸을 바치라는 어머님의 유언장을 따르기로 했습니다. 이모님에게 연락을 해놓으셨으니 제가 연락드리면 미국에서 초청장과 여권발급도 상세히 알려 주실 거라고 하십니다. 서두르지 않고 먼저 어르신과 옥희 어머니 찾아 보고 잘못을 빌고 또 어르신께 백 배 사죄를 올려드리고 떠나기로 했습니다.

어머님께서는 '욕심같다만 옥희를 꼭 한 번 보고 가거라. 이 에미가 몇 년 전 옥희어미한테는 해서는 안될 모진 소리를 한 적이 있다. 옥희 호적 문제로 옥희어멈이 온 것을 냉정하게 돌려 세우고는 내 새끼를 우리 호적에 올릴 수 없다는 말을 할 때 아픔을 억누르고 옥희어미를 돌려 보냈다. 이 에미는 옥희 어미를 돌려 보낸 후 몰래 가서 밖에서 뛰어 노는 옥희를 보고는 끌어안고 울고 싶은 마음을 억누르고 서울로 돌아 왔단다. 잘생긴 내 아들 형근이를 꼭 빼닮은 녀석을 몰래 보고는 죄 짓는 심정으로 올라 왔다. 내 아들아, 내 잘난 아들 형근아. 이 에미 말 명심하고 너의 남은 삶을 헛되이 보내지 말고 불쌍하고 가련한 아이들을 위해서 온전히 바치길 이 에미는 늘 기도했단다. 이 에미의 소망이구 또 미국에 가서 치우녀석도 사랑으로 안으면 우리 치우 건강도 많이 좋아질 것이다. 이 햄미가 바쁘다는 핑계로 늘 혼자 있게해서 아이가 더욱 더 몸과 마음이 아팠을 게다. 우리 치우도 건강해질 수 있도록 사랑으로 보듬어 주렴.' 하셨습니다.

옥희 어머니, 부디 부디 건강하시고 행복하십시오.

이제 저는 여권도 나왔습니다. 11월 20일날 미국으로 떠납니다.

금순은 편지를 읽어 내려가면서 마음이 철렁 내려 앉는다. 옥희 할머니를 두 번이나 만나 뵈었지만 얼굴도 제대로 쳐다 보지 않고 금순이 자신의 할 말만 조근조근 하고 조금도 인간적인 감정을 드러낸 일도 없고, 냉정하게 차갑게 대한 것이 못내 죄송스럽다.

또, 치우가 한없이 불쌍하다. 금순이가 두 번째 갔을 때 치우는 금순이를 앞뒤로 살펴보고 살짝 만져도 보고 또 좋다고 씩 웃던 그 모습, 그리고 금순이 나오려고 형근 어머니께 인사를 드리자 치우 녀석이 먼저 나서서 금순일 따라오던 생각 등이 떠올라 가슴이 아리다.

치우를 한 번이라도 따뜻하게 안아나 주고 올 것을 나중에 후회했다. 못난 사람, 형근 한사람으로 인해 죄 없는 치우가 엄마도 없이 할머니께 의지하고 무엇보다도 어느 누구한테도 사랑 한번 못 받아보고 자랐으니 얼마나 불쌍한가.

할머니인들 얼마나 힘드셨을꼬. 치우를 보듬어 주고 싶어도 노구의 몸을 이끌고 아들의 옥바라지하랴, 치우 데리고 생계 이어가랴 얼마나 힘들게 사시다가 가셨을꼬. 금순은 가슴이 아프다. 아니 마음이 아프다.

치우는 온전치도 못한 아이가 하루아침에 할머님까지 돌아가시고 얼마나 놀랐을까. 의지가지없는 아이가 오죽하면 형무소에 있는 아버지한테 연락을 했을꼬. 금순이가 그 모든 사실을 알았더라면 치우를 거뒀을텐데.

형근은 자신이 말한 대로 악의 존재다. 이 사회에서 쓸모없는 사람이다. 금순은 형근이 자신이 앞으로 봉사하는 삶을 살겠노라 하는 말도 믿어지지가 않는다. 다만 예수님을 만나서 마음속 밑바닥에 쓴 뿌리가 빠질 정도로 회개를 했다고 하는 것이 진심이기를 바라며 거듭나서 앞으로는 변화된 삶을 살아주길 간절히 기도한다.

새롭게 거듭나서 새롭게 거듭나서….

34. 형근의 환영

　금순이는 두 어머니를 모시고 서울 나들이를 떠나기로 준비했다. 옥희가 서울 언니 댁에서 고등학교를 다닌다. 12월 10일이 방학이다. 고등학교 3학년이라서 연합고사, 학력고사 중요한 공부를 해야 됨에도 함께 데리고 내려가서 한 보름정도 데리고 있다가 올려 보낼 참이다.

　이곳 강원도 지방에서도 눈도 가장 많이 오고 춥기로도 악명 높은 이곳은 긴 평창강 줄기가 어찌나 얼음두께가 두껍던지 대략 눈대중으로도 얼음두께가 2m는 족히 될 것 같다. 음력 3월까지 얼음이 깡깡 얼어서 해머로 내리쳐도 끄덕도 않는다. 얼음이 얼어있는 겨울이 되면 이곳 마을은 군인들이 대대별, 중대별 스케이트 대회를 며칠씩 연다. 이곳 마을은 군인들이 겨울에는 한철이다. 예선에 들고 결승전, 단체전, 개인전 등으로 서로의 실력들을 겨뤄서 개인급으로 우승을 하면 포상으로 상패와 함께 상금 대신 휴가를 받는다. 또 일반인들도 참여한다. 학생들에게도 스케이트 시합에서 우승을 하면 주최 측인 군부대에서 선물로 스케이트를 준다. 또 그 외 다양한 선물도 주어진다.

　주찬이와 옥희도 겨울만 되면 평창강 얼음판을 씽씽 달리는 생각으로 어머니를 졸라대서 두 녀석은 꼭 참가한다. 중학교 때부터 계속 출전하여 한번도 우승한 적은 없지만 얼음이 깡깡 얼기만을 학수고대하는 녀석들이다. 남매 팀으로 나간다. 올해가 3년째다. 한 번도 등수에 들은 적은 없다. 재작년에 사준 스케이트가 작은 데다가 날이 이가 나갔다고 새로 사달라고 성화가 대단하다. 금순이는 서울 식구들과 두 어머님을 모시고 종로통에 있는 화신백화점에 가서 진귀한 모든 물건들에 눈이 휘둥그레질 정도로 온통 취해 있다. 두 어머님들께는 일본제 낙타 코트와 화장품을 사드리고 또 주찬이, 옥희에게도 일본제 최고 비싼 스케이트를 사주고 옥희에게는 화장품도 사줬다.

봉금언니, 종대오라버니, 올케에게도 손목시계, 칠보반지 등을 사드리고 동희아버님께도 최고급 손목시계를 사드렸다. 금순이가 살아오면서 이번처럼 쇼핑에 많은 돈을 써보기는 처음이다.

두 분 어머님께 맛있는 요리도 사 드리고 어떻게든 그 옛날 악몽 같았던 아픈 기억에서 벗어나게 해드리고 노후를 안락하고 편히 쉬시다가 가실 수 있도록 노력한다. 어머님은 장기 기억상실로 옛날의 일은 기억할 수 없다고 의사선생님이 말씀하셨다.

극장일로 형부와 함께 충무로에도 다녀왔다. 서울을 제외한 지방 극장으로는 J면소재지 금순이의 군인극장이 최고의 상한가를 달린다. 역시 신필름을 내려 보내기 위해 들른 것이다. 충무로에 모여 있는 필름협회에서는 금순일 칙사 대접하듯 귀하게 모셔 들인다. 그 옛날 산골에서 먹을 것이 없어 풀뿌리 나무껍질로 연명하던 산골 무지렁이 천덕꾸러기 소녀가장인 금순이가 이제는 어딜 가도 대접을 받고 살 줄이야.

오늘은 두 어머니를 모시고 오전에는 창경원을 다녀왔다. 오후에는 덕수궁, 고궁을 보여드리니 날씨가 춥지만 두 어머님께서는 아주 기분이 좋으신 것 같아 금순은 기쁘다.

어머님은 금년이 70세이다. 동희 어머니는 68세시다. 두 어머니께서는 정정하시다. 금순은 기도 제목이 있다. 어머니께서도 아버지처럼 86세 정도까지만이라도 사시길 기도한다.

이제 내일 모레면 두 아이들을 데리고 시골로 내려간다. 금순이는 새벽에 두 어머님을 모시고 새벽기도를 드리기 위해 예배당으로 들어왔다. 그런데 형부 언니께서는 밤새 철야기도를 하셨는지 예배당에 엎드려 계신다. '네 나중은 심히 창대하다' 라는 말씀으로 '고난 뒤에는 연단하셔서 축복으로 인도하신다.' 는 말씀으로 또 '견디지 못할 시험은 주시지 않으시는 하나님이심.' 을 강론하셨다. 꼭 금순이에게 주신 말씀

같았다. 크신 은혜로 감사드렸다.

금순이는 또 형근이, 그 사람에 대해서 아주 간절히 기도를 드렸다.

'하나님, 우리 아버지. 저희 죄가 주홍같이 붉을지라도 양털같이 희고 맑게 씻어주신 나의 아버지. 주님께서는 우리의 더러운 죄로 인해 우리의 질고를 지시고 고난을 받으셨습니다. 또 예수님께서 찔리심은 우리의 허물 때문임을 고백합니다. 주님께서 조롱을 받으시고 징계를 받으심으로 또 수없이 채찍을 맞으심으로 저희들이 나음을 받았습니다. 눈 어둡고 제 갈 길을 제대로 갈 수 없어 허둥대며 죄의 길로 들어서는 저희를 죄 없으신 예수님께서 모두 다 감당하셨습니다. 저희를 살리신 예수님, 고백합니다. 온전한 주님의 제자되길 원합니다. 자기의 십자가를 지고 따르게 하옵소서. 또 그 사람을 불쌍히 여기셔서 긍휼을 베푸소서. 머나먼 타국으로 병든 어린 아들을 앞세우고 그가 나아갑니다. 그곳에서 온전히 자신을 드려서 주님의 주신 사명을 잘 감당케 하셔서 주님께서 귀히 쓰시는 질그릇이 되게 하소서. 그의 아들 치우도 주님의 능력의 손으로 어루만지시고 안수하셔서 깨끗함을 입게 하소서. 그 사람을 온전히 기쁘시게 사용하시옵소서.'

금순이는 온통 그의 기도로 예배를 마치고 예배당을 나왔다.

언니를 도와 빨래를 삶아 빨아서 교회사택 뒷마당에 높게 매어진 빨래줄에 널다말고 금순이는 높은 하늘을 쳐다본다. 파랗고 맑게 개었다. 겨울 날씨치고는 맑게 개인 높은 하늘에 저만치 동쪽에서 비행기 한 대가 서서히 날아오르는 게 눈에 들어온다. 빙빙 도는가 싶더니 금순이 머리 위에서 머무는 듯 하면서 다시 서서히 떠올라 점점 멀어져만 간다.

금순이는 빨래를 손에서 놓고 비행기를 따라 계속 고개를 돌리며 쳐다본다. 그때 금순이에게 형근의 환영이 다가와 빙그레 웃으며 말을 건넨다. '금순이, 저 갑니다. 아들녀석 치우를 데리고 저 미국으로 갑니다. 금순씨, 어머니 모시고 그리고 내 딸, 이 정형근의 딸 옥희 잘 키우시고 건강하게 잘 살아야 되오. 잘 계시오. 그리고 행복하시오. 여보,

금순씨, 사랑합니다. 저의 진실입니다. 그리고 저 미국 가서 공부도 열심히 하고 우리들 아니 우리 모두의 아이들을 위해 이 몸이 바스라질 때까지 열심히 할게요. 나의 금순이, 또 사랑스런 우리의 딸내미 옥희가 정말 많이 많이 보고 싶을거요. 금순씨, 내가 미국 가서 편지하면 안될까요. 안되겠지요. 제가 너무 뻔뻔한 게죠. 아니 파렴치한 게지요. 뒤늦게 당신의 잔잔한 마음에 흔들림을 준 거겠지요. 내가 언제 또 이 대한민국, 당신과 우리 딸내미 옥희가 살고 있는 이 땅에 다시 올 수가 있을까. 영영 다시 못올 것만 같소. 혹시 우리 옥희 미국에 유학을 보내면 안되겠소? 내 당신께 약속드리지요. 절대로 옥희한테는 아버지라고 밝히지 않겠소. 그냥 어머니의 친구라고 하지요. 제 욕심일테죠. 미국서 내 딸을 볼 수 있는 축복을 주실지. 저의 욕심이오. 맘에 두지 마시오. 내 사랑 금순이, 내 딸 옥희 늘 건강하고 행복해야 되오.'

금순이 고개를 뒤로 또 뒤로 돌리면서 비행기를 쳐다보며 울먹이면서 뭔가 중얼중얼 하는것을 어머님이 내다 보시고는 "애야, 에미야. 치운데 어서 들어오라야. 비행기에 네 님이라도 탄 게냐."하신다. 금순은 순간 깜짝 놀랜다. 형근의 환영에 이끌리어 잠시동안 정신줄을 놓았던 자신을 어머니께 들킨 것 같아 허둥대며 "하늘이 하도 높고 맑아서요."하고 얼버무린다. 금순이는 정신을 차리고 고개를 절래 절래 흔든다. 금순이에게 이번 서울 나들이는 기쁘기도 하면서 가슴 아린 여행이다.

옥희와 주찬이는 나란히 대학에 들어갔다. 옥희는 신학을 하고 싶어한다. 장래 유명한 부흥강사가 되는 것이 소망이다. 성격이 활발하고 사교성이 뛰어난 옥희는 S대에 들어갔다. 대신 주찬이는 내성적이고 침착하다. 공부도 상위권인 반면 옥희는 늘 중간정도다. 두 녀석은 서로 모자라는 점을 보완해주며 누나, 동생으로 늘 붙어 다닌다. 목사인 아버지, 어머니는 아들 주찬의 선택과목을 반대하지 않고 지지해줄 의향이다.

당시 남자 디자이너는 경기도에 딱 한 명 있었다. 아주 훤칠하게 잘생긴 남자 한 명 이외에 남자가 디자이너를 한다는 것은 그리 쉬운 일이 아니었다. 그러나 주찬의 성격과 적성을 알고 있는 형부와 언니는 반대를 하지 않으신다. 부모의 역할이란 자식의 적성을 알고 이를 뒷받침해 주는 일이라고 생각하시는 분들이다.

주찬이는 친구도 별로 없다. 반면 옥희는 쾌활하고 늘 뒤에 선후배와 친구들을 달고 다닌다. 남자선배들도 형으로 부른다. 주찬이는 오로지 옥희만 따라다닌다.

두 녀석은 대조적이면서도 또 잘 어울린다. 목사의 아들인 주찬이를 오히려 옥희가 신앙으로 이끌어준다. 거기에 비해 주찬이는 옥희의 스커트단까지도 손봐 입힌다. 옥희의 모든 코디도 주찬의 몫이다. 남녀가 서로 뒤바뀐 듯하다.

두 녀석은 사춘기도 같이 지내고 지금은 서로 이성친구를 사귀고도 남을 나인데 어찌된 일인지 두 녀석은 이성친구가 한 명도 없다. 두 녀석은 남매, 또는 오누이 같지만 또 어찌보면 연인 같기도 하다. 두 집 부모님들은 친형제와 같다. 어느 누가 맺어진 형제로 보겠는가. 피를 나눈 형제인들 이러하랴.

그런 집안의 아이들이기에 연인 사이로는 발전하지 않을 것이다. 하지만 또 남녀간의 사이는 그 어느 누구도 예상하지 못한다. 슬쩍 떠볼라치면 전혀 이성과는 관계가 없는 듯 하다. 이영수 형부는 목사이기에 늘 봉금언니와 함께 부부가 날마다 교인 가정을 심방 다니고 목사로써 왕성하게 활동을 한다.

두 녀석은 학교에서 돌아오면 주로 주찬이가 식사를 해결하며 부모의 돌봄이 없어도 잘 해나간다. 오히려 두 녀석이 살림을 살아가는 편이기도 하다. 옥희가 '이모, 이모부. 이 찌개 주찬이가 끓였는데 맛있지?' 하면 '그럼 넌 뭘 했냐.' 하고 물으신다. 옥희는 망설임없이 '응, 나는 맛보고 간봤지.' 늘 이런 식이다.

두 녀석은 중학교때부터 늘 함께 살면서 공부를 해온 아이들이다. 그런데 금순은 왠지 불안하다. 서울 언니에게 전화를 걸었다. "언니, 두 녀석 저대로 붙어 다녀도 될까? 저리 방치해도 될까?" "아니, 왜 그래. 두 녀석은 오누이야. 내 지금껏 지켜봐도 한 번도 이상한 느낌은 못 느꼈어. 걱정마. 넌 쓸데없는 걱정이냐. 난 솔직히 말해 옥희를 어느 놈이 채 갈까봐 가슴이 덜컥할 때도 있는데. 내 솔직한 마음은 옥희가 내 딸이면 얼마나 좋을까. 아니 내 며느리라면 또 얼마나 좋을까 싶어. 우리 부부 그런 얘기 한 적도 있다, 뭐." 한다. "언니, 그 녀석들은 오누이야." "그래, 오누이, 걱정마라." "언니, 혹 옥희 남자친구 있는거 같은 눈치는?" "글쎄, 그건 몰라도 주찬이는 곧 여자친구가 인사 온댔어. 옥희에미야, 쓸데없는 생각말어. 전화 끊자. 니 요금 많이 나온다." 하고는 서둘러 전화를 끊으신다.

금순이는 약간 걱정스런 마음이지만 언니의 말에 안도를 하고 일상으로 돌아왔다.

전화벨이 요란하게 울린다. 금순이가 수화기를 들자 옥희의 해맑은 목소리가 금속성을 통해서 들려온다. "엄마, 엄마. 나 토요일날 집에 갈게. 있지, 나 친구, 아니 남자, 아니 신랑될 사람 엄마, 할머니, 이모, 이모부, 외삼춘 앞에 당당히 소개할게. 엄마 그래도 되지?" "오, 그래. 아유, 내 새끼 다 키웠네. 그럼 되지, 되구말구. 엄마는 은근히 기다렸는데. 언제 온다구 ?" "토요일!"

전화를 끊고 금순이는 기쁜 마음이지만 한편으로는 가슴이 철렁한다. 이 에미는 삶이 파란만장했지만 옥희만큼은 흠없이 티없이 맑게 또 밝게 키울려고 무진 애를 쓴 것이 사실이다. 그런데 대학도 졸업하기 전에 시집을 간다고 하니 가슴 한 켠이 아릿해진다. 어렸을 때 할아버지랑 결혼할 것이라고 하던 그 조그맣고 귀엽던 녀석이 어느덧 어미 품을 떠나려 한다니 야릇한 아쉬움이 밀려온다.

옥희의 결혼 얘기가 나오니 형근 그 사람이 금순이의 심경을 또 어지럽힌다. '나쁜 사람, 무정한 사람. 끝까지 날 서운하게 하는 사람.'

옥희가 이쁘게 성장해 가는 모습을 볼 때마다 생각하고 싶지 않은 사람이지만 왠지 또 그 옛날 철없는 산골 가시나였던 자신을 들뜨게 하고 화끈거리게 했던 기억과 함께 비정하게 무참히 짓이겨서 나락으로 떨어뜨린 그 악몽이 되살아나는 것이다.

21년 전, 비명소리 나간다고 문구멍마저도 틀어막아 놓고 입에는 재갈물리듯이 동생 금옥이 헌옷으로 틀어 막아놓고 형근을 원망하며 죽을 힘을 다해 낮밤 꼬박 이틀을 걸린 진통끝에 낳은 아이가 옥희다. 아이를 받는 동희어머님도 우시고 나는 차라리 죽었으면 좋겠다는 마음으로 생똥을 싸가며 낳아놓으니 그 어린 것도 거의 다 죽은 상태로 까무라쳐서 나왔다. 숨도 멎고 울지도 못하던 그 녀석을 동희어머니께서 꺼져가는 작은 생명을 살리시기 위해 소반에 물을 떠 놓고 싹싹 비시는가 하면 새빨간 핏뎅이 어린 것의 코를 냅다 빨아 대시니 그때서야 겨우 '애~' 하고 운다. 동희 어머님은 애가 살았다는 안도감도 잠시, "얘, 에미야. 쪼그리고 앉아라. 태가 안나왔다. 태가 안나오면 낭패다." 하시면서 초죽음이 된 금순이를 일으켜 겨우 앉혀놓고는 등 뒤에서 아랫배를 꾹 하고 훑어 내리시듯 하자 뭔가 물컹하는 느낌이 들면서 피와 함께 태가 술렁하고 빠졌다. 마치 자기 할일을 다 한 듯이, 그때 뒷쪽 서낭당에서는 매미들이 축하한다고 울어 제끼는 것인지 온통 귀청이 떨어지게 '맴맴맴 맴맴애엠' 하고 합창들을 한다. 그 때 금옥이가 들어와 지 조카 태줄을 자르고 '언니, 피 나와서 어떻게 하냐.'고 '죽지말라'고 운다.

게다가 부모님 생신때도 못해 드리던 귀한 쇠고기를 끊어다가 푹 고아서 속히 회복하라고 날 먹이시던 어른들의 그 은혜를 어찌 다 헤아릴 수가 있을까. 그 두 분, 동희아버지과 어머님이 안 계셨으면 나와 내 새끼는 이미 이 세상 사람이 아닐 수도 있다.

어쨌든 나 이금순은 복이 많은 여자다. 날 낳아주신 어머님, 키워주신 아버지, 또 죽음에서 살리신 또 다른 아버지, 어머님을 모실 수 있었으니 말이다.

금순은 옥희 전화를 받고 지난 삶을 되돌아 보면서 감사해서 또 고마워서 눈물을 글썽인다. 또 잃어버렸던 어머니를 찾아 뵈신 것을 감사해서, 옥희를 품에서 떠나보낼 생각이 아쉬워서, 오늘밤에는 두 어머님들 사이에 누워 지난 옛 이야기들을 하면서 자정이 넘게까지 부둥켜 안고들 웃고 울면서 모처럼 아주 편안하게 깊게 잠이 들었다.

'오늘은 내 딸 옥희가 장차 지 남편, 내 사위될 잘 생긴 청년을 이 어미에게 인사 시켜려고 온다지 않나. 아주 듬직하고 반듯하게 양친 부모님 슬하에서 잘 큰 청년일테지. 또 내게는 사위가 아닌가. 아니지, 아들 같은 착한 젊은이일 게야.'

설레이는 마음을 다잡고 있는데 또 형근이 환영이 시야에서 어른거린다. '여보, 옥희어머니. 우리 이쁜 옥희 신랑, 당신에게는 아들 같은 청년 맞이해서 효도 많이많이 받고 아주 아주 행복하시오. 우리 옥희가 벌써 시집갈 때가 된 게구나. 이 죄많은 애비가 비록 너희들 앞에 나서지는 못해도 축복하고 축복해 줄게. 어머니께, 또 할머니, 이모 모든 분들께 효도 많이 하거라. 이쁜 내 딸 옥희야!'

금순은 머리를 절래절래 흔든다. 감히 어디라고 형근 그 사람이 자꾸 눈앞에 어른거릴까. 마치 부정타는 물건이라도 본 것처럼 금순은 질색을 한다. '그래, 그는 내 사람이 아니지. 자신의 아들 치우를 데리고 넓은 대륙 머나먼 미국으로 도망치듯이 떠나질 않았는가. 떠나간 사람을 왜 자꾸 생각하는가. 이제 와서 용서를 구한다고 나타나도 난 결코 받아들일 수가 없다. 옥희는 나만의 딸이야. 난 옥희에게 아버지고 또 엄마로 그녀석을 지금껏 키워 왔다. 어려서 옥희가 아버지에 대해 물어서 아버지는 비행기타고 멀리멀리 가셨으니 이제는 옥희와 이 엄마 둘이서 살아야 된다고 했더니 얼마나 맹랑한지 두 번 다시 아버지 얘기를 내 앞에서는 일체 꺼내지 않는다. 가여운 녀석 같으니라구.'

금순이의 사랑이고 꿈이던 그 어리고 예쁜 아가가 다 컸다고 애인을 데리고 온다니 금순은 기쁘면서도 허전하다. '이제는 떠나보내야 하는구나.' 뭐 꼭 천 리 만 리 보내는 것도 아닐텐데 가슴 한 켠이 뻥 뚫린 것 같다. 또 천방지축인 그 녀석이 지 신랑 끼니나 제대로 챙겨줄는지, 또 어미가 보따리 싸서 핑계겸 드나들게 생긴 것은 아닐지, 또 버릇없이 굴다 시부모님께 야단이라도 듣는 것은 아닐지, 모든 것이 걱정이다. '아니지, 아니야. 다른 것은 몰라도 우리 옥희 어른 공경하는것만큼은 제대로 또 귀에 못이 박히도록 일렀지 않은가. 내 딸은 지혜롭기 때문에 이 어미 욕멕이는 딸내미는 아닐 게다.'

금순은 또 서울언니댁에 옥희를 맡겨 놓고는 언니한테 아주 엄하고 무섭게 교육해 주길 당부했다. 언니 역시 주찬이와 옥희의 인성교육을 나무랄 데없이 잘 시켜 왔다. 금순이는 사업때문에 돌볼 겨를이 없을 때는 그냥 저냥 넘어갈 때도 있지만 서울언니는 앉음새부터 일거수 일투족 무섭게 잘 가르쳐 준 고마운 언니다.

금순은 서울 언니댁에 장거리 전화를 넣었다. 옥희가 오늘 남자친구 데려온다는 보고도 할겸 답답한 심정을 털어 놓을 겸 해서이다. 물론 언니도 옥희가 오늘 남자친구 데리고 집에 내려가는 것을 알고 있겠지만 금순은 답답할 때면 언니한테 상의하곤 한다. 언니는 무슨 일이든간에 속시원히 해결책을 간구해 주기 때문이다.

그런데 어쩐 일인지 언니댁은 계속 부재중이다. '토요일은 형부 설교 준비 때문에 늘 집에 계신데 왜 전화를 안받누. 오늘은 심방도 될 수 있으면 안가는 날인데. 교인 가정들 중에 생신이나 다른 교회 목사님들과 만남이 있는 경우에는 가끔 집을 비우는 경우가 있지만.'

금순은 언니댁에 전화걸기를 포기하고 식구들과 함께 들뜬 기분으로 옥희를 기다린다. 두어머님께서는 음식 준비에 정성을 다해 여러가지로 장만하신다. 집안의 큰 경사다. 약혼식도 아니고 결혼식도 아닌 단지 남자친구 데려온다는데 모든 식구들이 설레인다.

금순은 도저히 집에서 기다릴 수가 없다. 서울 마장동에서 출발해서 빙빙 돌아 이곳 J면까지 오는데 소요되는 시간은 10시간정도다. 도착시간은 오후 2~3시쯤 된다.

금순은 2시30분에 나가서 정류소에서 사랑하는 딸내미를 기다린다. 버스 도착시간은 오후 3시10분인데도 미리 나가서 기다린다. 또 연착할 수도 있다. 5~6분 아니 10분정도 늦어지기도 하는데 한 시간이나 넘게 일찍 나와서 기다린다.

금순이는 또 생각한다. 그 옛날 산골마을에 서울에서 상록수 대학생 봉사 청년들이 내려올 때 그 학생들 틈에 훤칠한 키에 어글어글한 눈망울, 꼭 선데이 서울이라는 잡지에 나오는 미국 남자배우처럼 머리는 구불구불하니 큰 키에 어깨는 떡 벌어진 영화배우 같은 준수한 외모의 남자 형근의 모습을 보고 온동네 여자들이 애간장을 태우던 그 모습, 금순이도 형근을 보는 순간 마음이 콩당거리면서 입안에 침이 바싹바싹 마르면서 얼굴은 화롯불을 끼얹은듯이 화끈거리고 가슴이 조여와 어쩔줄 몰라 하던 그때의 생각이 난다. 그처럼 잘난 사람과 어쨌든 인연이 되어서 비록 그 사람에게 배신을 당했지만 보물 하나는 건져서 지금껏 잘 키워 그녀석 하나 바라보고 살았는데 이제 떠내보내야 한다고 생각하니 섭섭하지만 또 한편 사위 자식이 하나 생기는 기쁨도 누린다.

금순은 혼인은 대학이나 마치면 시키고 우선 약혼식이나 하자고 그쪽 부모님과 합의되길 기대한다. 또 혼인시켜서 손주, 손녀 줄줄이 낳아서 금순이가 키우고 딸내미 사위자식 반찬해다 날르는 생각 등, 옥희가 결혼하고 10년은 지난 생각을 해보고는 혼자 웃는다. 손자, 손녀 키우는 행복한 노후를 생각하고 행복에 겨워한다.

버스가 도착할 시간이 지났는데도 감감 무소식이다. 연착이 된 것이다. 한 5분쯤 지나자 드디어 큰 물체가 덜컹덜컹하고 도착하더니 큰 입을 쩍 벌리고 온통 사람들을 토해 놓는다, 금순은 고개를 빼들고 뒤꿈치를 세우고 한 사람 한 사람 살핀다.

그때 "엄마, 우리 엄마, 이쁜 엄마!" 하면서 옥희가 달려와 품에 안긴다. 또 뒤이어 잘생긴 미남자 주찬이가 씩 웃으면서 "이~ 이~ 이모!" 하더니 얼굴이 확 붉어진다. 그 뒤에는 중년의 아낙이 큰 보퉁이를 머리에 얹어 이고 내린다.

금순은 몸이 휘청한다. 그만 그자리에 주저 앉고 싶으나, '아니다. 설마 아니겠지. 그 청년은 뒤에 내리겠지. 아니면 먼저 와서 어디서 만나서 함께 갈테지.' 그렇게 생각하면서도 참을성 없게시리 "아니, 왜 너희 둘만 오냐. 또 누가 안오니?" 그러자 옥희는 "응, 엄마. 누가 또 올 사람 있어요?" 하면서 평소에는 어리광 투성이인 녀석이 갑자기 경어를 쓴다. 그러면서 또 얌전하게 어머니의 눈치를 살핀다. 주찬이는 뒤에서 조심스레 따른다.

"어머니, 식구들께 인사시킬 내 남자친구는 바로 이사람이야." 금순이는 눈앞이 아찔하다. 설마 이녀석들이. 우려하던 일이 드디어 일어난 것이다. "어머니, 일단 집에 가셔서 말씀 드리겠습니다." 주찬이는 차분하게 어머니라고 하면서 예의 바르게 말한다.

두 녀석은 5년 전부터 서울 언니 댁에서 함께 생활했다. 아니 어려서부터 두 녀석은 서로 죽고 못사는 그런 사이였다. "엄마, 저는 서울에서 이 사람과 함께 한집에서 살았지만 남들이 생각하는 그런, 아니 그 어떤 행동을 한 적은 한번도 없어요. 우리는 손 잡은 것 외에는 서로를 지켜왔어요. 이제는 솔직히 그냥 지켜낼 인내가 부족하기에 저희 두 사람 부모님들께 허락을 받기 위해서 결심을 했습니다. 서울부모님들께는 어제 저녁에 말씀 드렸습니다. 아버지 어머니께서는 흔쾌히 허락해주시면서 이곳 어머님께서 어찌 생각하실지 고민했습니다만 어머님, 할머님, 외삼춘, 저희는 지금까지 한 번도 다른 누구와는 생각조차 해본 적이 없습니다. 저희 둘을 허락해 주십시오. 부디, 저희는 감정에 치우쳐서 하루아침에 결정한 게 아닙니다. 저희 둘은 하늘이 갈라 놓기 전에는 평생을 함께 하겠습니다. 그리고 부모님 아니 양쪽 부모님들께 효도하겠습니다. 허락해 주십시오."

그러더니 두 녀석은 벌떡 일어서더니 날아갈 듯이 절을 올린다. 그때 대문 밖에서 차 소리가 난다. 창의가 나가서 대문을 따준다. 금순은 넋이 나간 듯 멍해 있다. 두 녀석은 무릎을 꿇고 앉아있다.

　서울 언니는 친언니, 피를 나눈 형제 이상으로 생각했다. 그런데 사돈이 될 줄이야. 그때 형부, 언니가 차를 몰아 녀석들을 따라서 내려왔다.

　금순은 "언니, 애들이 뭐라는 줄 알아? 두 녀석이 혼인해야겠데." "그래, 알아. 옥희에미야. 우리 이제 사돈하자. 두 녀석이 얼마나 이쁘니. 그렇게 서로 챙겨주면서 잘 지내더니." "언니, 옥희가 며느리되는 것 못마땅하지는 않우?" "얘, 무슨 소리냐. 네가 우리 집에 전화하기 전에 우리 부부가 먼저 달려온 게야. 형부는 내일 설교하셔야 되는데 퇴임하신 선배 목사님 모셔다 놓고 왔단다. 옥희어미야. 우리는 이제 자매가 아니고 사돈이다. 우리 앞으로 서로 두 녀석들 이쁘게 사는 모습 보며 노후를 행복하게 살자꾸나." "언니, 옥희의 출생의 아픔은 어쩌구. 말해줘야 돼?" "참 나, 너 진짜 이럴래? 미국 형근씨하고 편지도 왕래하면서." "언니, 어떻게 아셨수?" "실은 그이한테도 자주 연락이 온단다. 이제는 그사람 형근씨 새롭게 변화됐어. 새롭게 거듭 났지. 지금 신학해 전도사로서 주님께 몸바쳐 일할 수 있는 주의 종으로 거듭나길 기도해주고 또 네게 상의할 일이 있다. 우리 두 녀석을 하루 속히 약혼시켜서 휴학계 내고 미국으로 보내서 옥희는 형부가 아는 선배 목사님께 부탁해 미국에서 신학할 수 있게 편입시키고 주찬이는 제 꿈이 의상디자인이라고 하니 미국에서 의상디자인을 공부할 수 있도록 해주자. 아니면 한국에서 대학은 여기서 마치게 하고 유학을 보내든지. 미국 보내면 옥희 생부는 옥희와 자연스럽게 만나 가족 구성원을 이룰 수 있는 아름다운 일이 되기도 하지만 네가 어떻게 생각할지 모르겠구나. 내 생각이야. 그렇다고 옥희를 미국에 살게 내버려두는 것은 아니야. 공부마치고 돌아와서 목회자의 길을 갈 수 있도록 해야지.

　옥희 엄마야, 내가 앞서간 것 같아 미안하다. 아무튼 그 일은 차차 의논하고 이제는 우리 사돈이다. 참 지난 번에 네가 나한테 두 녀석 저리 방치해도 되냐고 할 때 못알아듣는 투로 두 녀석은 오누이야, 걱정하지

마라고 모른척 했던 것, 일부러 그런 거란다. 우리 부부는 옥희가 꼭 며느리가 되길 은근히 바랬단다. 주찬이가 사위 같아. 나도 좀 이상하지 금순아."

둘이는 손을 맞잡고 웃어제낀다.

아이들의 약혼식은 온 식구들을 모시고 서울 형부 교회에서 하나님의 은혜로 조촐하게 치루고 하얀 드레스를 입은 귀여운 옥희와 잘 생긴 주찬이의 연미복 차림은 정말 말 그대로 선남선녀의 아름다운 모습이다.

이제 졸업 후에 결혼식을 올리고 미국으로 유학을 떠나 보낼 예정이다. 두 녀석은 약혼식을 마치고 1박 2일로 경춘로를 달려 춘천의 소양강 위 강위에 얹혀진 떠 다니는 강물 위 별장에서 사실상 첫날밤을 보내고 사람들을 모시고 잔치를 벌였다.

금순은 요즘 마냥 행복하다. 이제 두 분 어머님들께서 건강하시면 된다. 건강하시게 오래 오래 사시게 해야 되는데, 어머니께서는 요즘 부쩍 자리에 누우시는 날이 잦다. 금년이 78세시다. 오라버니는 52세고 금순이도 이제 오십이다. 머리도 이제는 히끗히끗하다. 참 숨 가쁘게 살아왔다.

어머니는 며칠 전 오라버니, 금옥이 내외 등을 모두 모아놓고 "내레 너희 남매한테 정말이지 염체가 없네라. 거저 미안하구나. 이오마니레 용서하라야. 기리구 동희오마니는 너희들의 참 오마니야. 기리니끼니 거저 그 은혜 잊지 말구 효도하라야. 내래 그 사람헌티 어찌 신세를 갚아야 할지 모르갔어. 내레 또 예수님의 자녀로 영혼 구원도 받구서리 너희 아바지 계신 천국에 가겠으니 기리니끼리 절대 슬퍼하지 말라야. 그리고 열심히 잘 살아야 된다야. 또 우리 옥희 꼭 목사 되는 것 보고 가야 될텐데. 그리고 내 딸 불쌍한 금옥이, 내 막둥이 금옥이 요즘 교감선생님 하느라고 얼마나 심에 부치겠누. 지 남편 내조도 제대로 못하구. 큰아, 니레 제부좀 잘 살피주고 끼니도 챙기주거라. 기래두 우리 강목사만한 무던한 사람은 없을 게야. 장모라는 것이 늙고 정신도 없구 제대로 조석상 한 번 못차려 주고 늘 미안하구 염체가 없네라." 말씀하신다.

금옥이는 목사인 남편 뒷바라지는 고사하고 오히려 외조를 받으면서 교직에 충실했다. 산골로 산골로 전근을 다니더니 올봄에는 횡계 중학교 교감으로 발령을 받았다. 목사 사모로서는 사모 역할을 제대로 한 적이 한 번도 없었다. 결혼생활의 절반 이상을 주말부부로 살아야 된다. 그렇지만 부부의 정은 꼭 연애하는 청춘남녀 같다.

어머니는 늘 보기 좋아 하신다. 대신 하나뿐인 이쁜 딸내미 은혜는 다섯 살 되면서부터 친할머니손에서 받아 금순이와 외할머니가 키웠다. 은혜는 외할머니 말투를 그대로 배워서 토요일날 엄마가 오면 아빠와 포옹하는 모습을 보면서 한마디 한다. "거저 정분난 머스매, 에민아이 같구만야. 내레 눈꼴 사나와서 내 백일때 먹은 백설기가 다시 올라올 지경이네." 모두들 박장대소하는 바람에 집안에 웃음꽃을 피워낸다.

강목사는 온 정열을 다바쳐 목회를 한다. 교인 수도 늘어나고 전도사도 한 명 들여서 함께 교회를 섬겨 나간다. 종대 오라버니도 이제는 교회 중직자 장로의 직분을 담당해 나가고 금순도 집사로서 또 여전도회장으로 교회 살림을 알뜰히 살아낸다. 어머니께서만 건강하셔서 우리들 곁에 오래오래 계셔서 함께 행복하기를 기도한다.

서울 언니 댁에서는 요즘 많이 바쁘다. 두 녀석, 주찬이와 옥희의 유학문제 때문이다. 주찬이는 의상디자인을 공부하기 위해 대학들을 알아보고 또 옥희는 한국 목사들을 많이 배출한 곳으로 유학을 보내려고 준비중이다.

결국 두 부모들은 사랑하는 자식들을 결혼시키자마자 곧바로 유학길로 오르게해서 앞으로 5~6년을 기다리자는 결정을 한 것이다. 주찬이와 옥희는 학교 입학보다 한 달 미리 미국으로 가게 된다. 그곳에서 아주 귀한 만남이 이뤄지길 바란다.

어려서 옥희가 "엄마, 난 아버지 보고싶다. 우리 아버지는 어디 살어?" 물으면 금순은 어린 옥희의 말에 뭐라고 할말이 없어서 "음, 우리 옥희아버지는 비행기 타구 멀리 멀리 가셨지. 옥희는 엄마랑 살아야 된단다." 말해주자 옥희는 두 번 다시 아버지를 찾지않고 지금껏 이 어미를 기쁘게 해준 귀여운 딸내미다. 그런데 그런 옥희가 미국에 가서 아버지를 만나게 될 줄이야.

옥희는 이옥희가 아니고 정옥희다. '우리 옥희 혼란스러워 하지 말아야 되는데.' 걱정이 앞서지만 평소에도 속이 꽉찬 아이이니까 어미의 말 못할 사정을 그 녀석은 이해 하리라 믿는다. '옥희야, 너에게는 조금도 어두운 그림자가 드리우지 않게 이 엄마가 노력할게.'

옥희는 피치 못할 사정으로 외삼촌의 딸로 입적된 것을 알려고도 하지 않는다. 궁금하지 않아서가 아니라 엄마의 마음이 아파지는 것을 원치 않기 때문이다.

옥희가 주찬이와 결혼을 결심한 데는 둘이 서로 사랑하는 마음이 먼저겠지만 따지고 보면 출생의 수수께끼 때문이기도 하다. 시아버지되는 이영수목사는 옥희에게 "너의 어머님은 어느 누구보다도 바른 마음으로 지금껏 살아오신 분이다. 네가 외삼촌의 호적에 오른 것은 피치못할 사정 때문이란다. 또 너의 생부께서는 생존해 계신다. 언젠가는 꼭 만나게 될 것이다. 너를 낳고 키우고 한 너의 어머니는 도덕적으로 어느 한군데도 벗어난 적없는 순수한 분이시다. 너의 생부를 만나면 너의 엄마에 대해 또 널 외삼촌 호적에 입적할 수밖에 없었던 것을 이해하게 될 것이다. 엄마의 마음을 헤아려 드리고 늘 감사해야 된다. 너의 어머니는 한마디로 이슬을 머금은 푸른 소나무 같은 꼿꼿하고 깨끗한 분이시다. 어머니께서 마음 아파하실 말이나 행동은 삼가야 된다. 우리는 이제 사랑으로 맺어진 사랑의 가정이다."하고 차근히 일러준다.

옥희와 주찬이는 미지의 땅 미국에 도착했다. 아버지께서 주찬이한테 '공항에 너희들을 마중나온 분이 계실 거라'고 했다. 젊고 잘 생긴 부부는 공항에 내려서 두리번거리자 저만치서 눈에 익은 얼굴에 키가 크고 구불거리는 곱슬머리를 한 아주 잘 생긴 중후한 남자분이 보인다. 그러고보니 옥희와 똑같이 생긴 50대 후반, 아니면 60대 초반의 멋쟁이 남자 분이 아주 인자하게 웃으면서 다가와서는 "긴 여정에 힘드셨지."하고는 옥희를 가볍게 안아주신다. "정말 잘왔다, 잘왔어. 우선 숙소로 가야지." 그 분의 안내로 차에 올라 넓은 초원을 달려 한 시간 가량 걸려 도착한 곳은 한인교회 십자가가 세워진 아담한 교회였다. 그곳에는 젊은 남녀 청년들이 30명 가량 있었다. 모두들 한국에서 날아온 이쁘고 잘 생긴 부부를 환영해준다.

"오셔서 기뻐요." "뵙게 되어서 영광입니다." 그 곳의 젊은 청년들은 중후한 그 분을 '전도사 아버지'라고 부른다. 모두들 '아버지' 또 '전도사님' 그렇게 부른다. 그 때 그 분이 '치우, 치우!' 하고 부르자 이층 계단을 내려오는 또 한 명의 남자가 있다. 예의 그 남자 역시 아버지를 똑 빼닮은 청년이 내려온다. 몸은 좀 비대한 듯 하지만 키도 크고 곱슬머리에 정말 영화배우처럼 잘 생겼다.

"치우야, 인사해라. 이쪽은 옥희, 아버지가 말한 옥희란다. 또 이쪽은 옥희 신랑되는 이주찬 군이지." "여기는 정치우, 내 아들이지. 몸이 좀 아파서 말도 좀 어눌하지만 아주 사랑도 많고 너희들을 보고 싶어했지."

치우는 환하게 웃으며 다가와서 옥희를 꼭 안아준다. 가슴으로 말한다. '옥희야, 내가 네 못난 오빠란다. 비록 어머니는 다르지만 한 아버지의 자식들이지. 너도 또 나도 이세상 그 어느 누구보다도 값진 삶을 살아가자. 보고 싶었다. 내 고운 누이동생아. 널 많이 많이 사랑한다.' 치우는 그렇게 옥희를 품어주고는 주찬이도 힘있게 끌어안는다. "매제, 고맙구먼. 잘 오셨어. 우리 앞으로는 보람있는 삶을 살아서 하나님께 영광돌려 드리세."

이곳은 교회지만 사랑의 쉼터다. 한국에서 입양된 우리의 아들과 딸들이다. 이곳, 미국 양부모님께 버림받고 뒷골목을 누비던 우리의 아이들이다. 마리화나를 피워대고 또 갱단에 들어가 싸움박질, 절도죄로 걸려들어 보호자가 없어서 그냥 일 년이고 십 년이고 감옥을 들락거리는 생활이 되풀이되기도 한다. 또 인종차별로 죄도 없이 억울하게 뭇매를 맞고 종내는 억울하게 총살로 머나먼 타국땅에서 이슬로 사라지는 경우도 많다.

이런 아이들을 변호해주고 그 아이들을 가슴에 품고, 사랑으로 품고, 기도하고, 할일을 찾아주고, 또 공부도 할 수 있도록 도와주고, 발로 뛰고 또 뛰어서 아이들의 안정적인 정착지를 만들어 줄 수 있는 후원단체를 찾아준다.

정형근, 나의 아버지는 미국에 오셔서 늦게 시작한 공부로 육십이 다 된 나이에 강도사로 사촌동생인 목사의 목회를 돕고 이 가련한 아이들의 아버지, 형, 친구가 되어주고 늘 함께 울고 또 웃고 작은 일에도 감사해하고 사랑으로 감싸 안으신다. 또 치우도 이곳 미국에서 병원에 일 년 가깝게 입원하여 이제는 완전 정상생활을 할 정도로 호전됐다.

아버지, 오빠, 사랑하는 남편, 옥희는 너무 기쁘고 행복했다. 나의 아버지께서 이렇게 훌륭한 일을 하시는데…. 반면 어머니께는 죄송스럽기도 하다. 온통 모든 신경이 아버지 오빠에게만 몰두해 있으니 말이다.

아버지는 감격에 겨워 계속 우신다. "우리 옥희, 이처럼 곱게 잘 키워주신 너의 어머님께 너무 고맙구 감사하구나."하시고 아버지는 옥희의 온 얼굴을 만져보신다. "우리 새끼, 피부색은 어미 닮지 않고 날 닮았네."하시며 코도 입도 귀도 심지어 발가락까지 온통 다 만져 보신다. 그러면서 기쁨의 눈물을 흘리신다. 그러시더니 주찬이를 또 끌어 안으시고 "어째 너도 영수 아니 이목사를 꼭 빼 닮았누. 잘도 생겼지." 또 얼마나 성격도 좋으신지 "고맙고 또 고맙네, 사위." 하신다. "아버지, 우리 시아버님 잘 아세요?" "그럼, 우리는 젊었을 때 너의 외갓댁에 가서 새마을 운동 사업으로 상록수라는 봉사단으로 함께 일했지. 그때 네가 생긴 것이구. 함께 널 키우지 못해서 늘 죄짓는 마음으로 살아왔었지. 이제라도 아버지 노릇을 조금이라도 할 수 있게 해준 너희 어머니께 감사드리고 또 감사드린다."

35. 어머니의 소천

"너희 부부 이곳에서 공부 잘 마치고 귀국해서 어머님께 효도해야 된다. 그리고 옥희는 훌륭한 사랑의 목사님이 되어서 하나님께 영광 올려드리고 열심히 목회해야 된다. 또 우리 사위 주찬이는 디자인공부 열심히 해서 대한민국을 전 세계에 알리는 유명한 패션디자이너로서 세계여러 나라 디자이너들과 어깨를 나란히 하는 귀한 디자이너가 되거라."

이들 젊은 부부는 각자 열심히 공부를 한다. 5년을 계획하고 유학길에 올랐던 이들 부부는 아버지, 오빠, 쉼터 모든 형제, 자매들과 날마다 날마다 보람있게 열심으로 살고 있다. 행복하다.

그런데 이런 그들의 행복을 시기라도 하듯 한국에서 비보가 날아왔다. 사랑하는 외할머니께서 향년 78세에 하나님의 부름을 받고 한 많은 세상을 뜨셨다는 소식이다. 그래도 노후에는 사랑하는 딸들을 만나서 온갖 효도를 받고 무엇보다도 예수님을 영접하고 사랑하는 남편께서 먼저 가신 천국에 들어가시게 된 것은 다행한 일이다.

할머니의 소천소식을 전해들은 옥희와 주찬이는 진심으로 슬퍼했다. 많이 울었다. 아버지, 오빠, 또 그 누구의 달램도 소용이 없다. 실컷 울고 나서 "아버지, 한국에 갈 수 있을까요?"하고 응석을 부려보지만 갈수가 없다.

할 수 없이 아버지, 오빠 품에 안겨 슬픔을 견뎌야 했다. 학교에 휴학계를 낼 수도 없는 노릇이라 한국에 갈 수가 없다. '어머니, 또 우리삼촌, 그리고 착하기만 한 우리 이모님, 우리 금옥이 이모님, 얼마나 애통해하실지. 또 어머니는, 우리 어머니는….'

옥희는 아버지 품에 안겨 한 없이 울었다. 감은 좋지 않지만 국제전화를 통해 남편 주찬은 어머니께 위로의 전화로 갈 수 없음을 설명드렸다. 어머니께서는 '너희들 올 수도 없겠지만 오지 않아도 된다.'고 하시며 오히려 '옥희 너무 슬퍼하지 않도록 잘 달래주라.'고 하신다. '할머니께서는 할아버지 계신 천국에서 두 분이 만나시기 위해 떠나신 것이니 너무 애통해만 하지 말라.'고 오히려 옥희와 주찬이를 달래 주시는 어머니시다.

할머니께서 산에서 내려오시던 날은 할아버지 돌아가신 지 이틀되는 날이었다. 그때 할머니께서는 옥희를 보시더니 눈을 반짝이시면서 옥희를 안으시더니 당신의 가슴을 풀어헤치고 옥희에게 젖을 물리시던 할머니시다.

옥희는 그때 7살이었다. 할머니께서 실망하실까봐 옥희는 기꺼이 아이가 되어드린 일, 또 할머니는 '금옥아, 금옥아!' 하시면서 옥희를 안고 또 업고 하시던 내 할머니, 불쌍하신 내 할머니, 그런 할머니께서 정신이 차츰 차츰 맑아지셔서는 '우리 옥희, 속 깊은 옥희, 이 햄미 정신 없이 하는 짓을 다 받아준 우리 옥희.' 하시면서 옥희를 얼마나 귀여워해주셨던가. 옥희와 주찬이 부부를 양쪽 무릎에 누이시고 귀여워 해 주시던 할머니. '할머니, 부디 천국에 오르셔서 사랑하는 할아버지와 아름다운 해후를 하세요.' 간절히 기도드린다.

어머니의 소천을 슬퍼하는 언니를 제부 강영수 목사는 "처형, 슬퍼해 하시지 마세요. 처형께서는 하실 만큼 다 하셨어요. 어머님께서는 지금 천국에 천사들의 수종을 받으시며 우리 주님 곁에서 먼저 가신 아버님과 영원한 천국에서 함께 계십니다. 이제 더 이상 울지 마시고 기도해 주시고 찬양을 드립시다."하고 위로한다.

강목사인들 왜 인간적으로 애통하지 않겠는가. 어머니께서는 강목사를 사위가 아니고 아들로 여기시고 그저 무엇이든지 챙겨 먹이시고 그저 고맙다고만 하신 분이시다. "불쌍한 내 딸, 금옥이 거둬줘서 어찌 고맙지 않겠는가." 하시던 어른이시다.

언젠가는 어머님께서 홍영감님 사촌누님이신 속사리 홍딸이 시누이 댁에 데려다 달라고 하셔서 강목사가 모셔다 드렸다. 어머니는 그때 시누이의 사위 손선생을 찾아가서는 그 동안 자식들한테 용돈으로 받아 모은 산당한 액수의 돈을 선뜻 내놓으신다. 1만원이 넘는 액수다. 그 돈이면 웬만한 집이 한 채 값이다. 그 돈을 들고는 "이보시게, 사둔선생. 내레 부탁이 있어 왔습네다. 거저 꼭 좀 들어주시라우요."하신다. "예, 어르신 무슨 말씀이신지." "저, 좀 괜찮은 물건으로 두어 뿌리만 주시라요. 여기 값을 지불하갔소. 모지래지는 않는지 돈에 맞추어서 물건을 주시라요. 내 생각만 해서 미안합네다만." "예, 어르신. 근데 누가 드실 겁니까? 혹시 어르신께서?" "아, 아닙니다. 내레 자식들한테 분에 넘치는 과분한 대우, 아니 호강을 다 받는데 내레 아무리 망령이기루 서니 거저 좀 알아서 주시라요." "어르신, 어느 누가 드실지 성별도 알아야 되구 연령대도 알아야 드시는 방법, 또 몸에 맞는 물건을 권해드려야 되길래 여쭙습니다. 제가 어느 누구한테도 말 안하겠습니다. 제게만 알려 주십시오. 그리 하셔야 합한 물건을 드릴 수가 있습니다." "아, 예. 거저 우리 사위레 조석도 올캐 얻어 먹디 못하구서리, 철야기도 또 제 안사람 외조꺼정 하믄서 목회한다구 바싹 말라서, 거저 내레 안타까워서리 다른 생각은 못하고, 꿀은 제가 구해났디요. 거저 꿀에 꾹 찍어 멕이면 기운이 좀 생길 것 같구 해서리. 몸이 약한 데다가 맨날 또 심방 댕기구 지 몸이 강쇠가 아닌데 당해 내겠습니까. 조석은 노다지 굶습네다." "아, 예, 어르신. 그러면 이 물건은 50년근입니다. 꿀에 찍어서 드시게 하십시오. 한 이틀 열이 날 겝니다. 아무 이상 없으니 가져다 드시게 하십시오."하고는 뿌리를 내어 놓는다.

최상은 아니지만 중간쯤 되는 물건 두 뿌리를 받아서 소중히 챙겨서 택시로 집에 왔다. 수건으로 돌돌 말아 싸서 넣고는 노인인지라 또 아들 종대가 걸린다. '종대야, 이 어미 용서해다우.' 금순이한테도 미안한 생각이 들지만 그냥 돌아왔다. '다음에는 꼭 우리 종대도 멕여야겠다.'고 생각하면서 노인은 돌아오면서 먼저 가신 영감님 생각에 눈물이 왈칵 쏟아지기도 한다. 영감님도 걸린다. 종대도 걸린다. 아니 금순이, 금옥이, 특히 며느리인 송이도 한없이 가엾다. 순구도 또 옥순이도, 제관이도, 계순이도….

어머니는 모든 자식들에게 미안한 것밖에 없다. 특히 동희어머니는 은인 중에 은인이다. 내 새끼들 다 돌봐주고 미안하고 또 고마워서 어찌 그 은혜를 갚을지, 눈감기 전에는 그 은혜를 어찌 다 갚을지, 노인은 그저 고맙고 황송한 생각을 해가면서 부지런히 집으로 돌아왔다.

집에 돌아온 어머니는 꿀단지를 머리에 얹어 이고 사위 교회로 가서서 교회당 안에 들어가 강대상 앞에 엎드려 간절히 기도를 올려드렸다. '하나님 아버지, 이 죄인 그저 죄투성이인 이 죄인을 거저 용서해주십시오. 이 죄인 무슨 복으로 자식들헌티 효리 다 받고 살 수 있도록 해주신 은혜, 어찌 감사드려야 될지 모르갔습네다. 우리 강목사, 아버지 잘 돌봐주시사 목회 잘하게 도와 주십시오.' 드나드는 교인들이 들을까봐 조용히 기도를 마치고 사택에 들어와 강목사를 기다린다.

또 사택에서 기도를 드린다. '하나님 아버지, 귀한 약재를 주셔서 제 사위에게 먹일 수 있도록 축복하셔서서 감사드립니다.' 마음으로 감사의 기도를 드린 어머니께서는 강목사가 돌아오기 전에 저녁준비를 해놓고 다 저녁때 돌아온 사위에게 준비해온 산삼을 억지로 먹였다. 금옥이도 퇴근해 왔다. 어머니는 그날 밤 옥희와 은혜를 안고 주무셨다. 강목사에게는 10년 묵은 도라지라고 해서 억지로 먹였다.

어머니는 돌아가면서 자식들과 함께 자자고 하신다. "오늘은 종대, 이 오마니하구 자자" 밤새 모자는 옛 얘기를 하면서 울고 또 울었다. 어머니는 "종대 너레보믄 내래 거저 몸둘 바를 모르갔어. 내 아들아, 이 오마니 용서해 주어라."하시고는 미안하고 또 미안해서 밤새 아들을 들여다 본다. 어머니는 또 "우리 잘 생긴 아들, 이 오마니를 얼마나 원망했을꼬. 염치 없는 이 오마니 거저 용서해주라야."하시며 우신다.

그토록 정많고 착하신 어머니셨으니 강영수 목사라고 왜 슬프지 않겠는가. 친 어머니 같은 장모님이 세상을 뜨셨는데 왜 슬프지 않겠는가. 강목사는 가슴 저 밑에서 부터 올라오는 울음을 삼키고 처형과 가여운 아내 금옥이를 안고 달랜다. 은혜도 "할머니, 할머니!" 하고 슬퍼한다.

서울의 이영수 목사가 내려와서 이 목사의 집례로 어머님의 장례식을 엄숙하게 또 은혜스럽게 치루어 드렸다. 바로 아버님 곁에 준비해둔 묘지에 잘 모셨다. 묘비에는 홍덕근의 배필 정월선으로 쓰여진다.

'학생부군 남향 홍씨의 천생배필 정월선지묘' 이렇게 새겨져 있다.

금순은 한동안 말을 잃다시피 했다. 그렇지만 이제는 또 한 분의 어머니, 아버지를 모시고 끝까지 효도하면서 살아야 된다. 사랑하는 오빠, 동생, 또 조카자식들, 눈에 넣어도 아프지 않을 내 딸 옥희, 사위 주찬이…, 그리고 또 한사람, 정형근이 자꾸만 생각이 난다. 사랑이라기보다는 연민이고 또 치우는 불쌍하다. 두 번 다시는 정형근 그 사람을 생각조차 하지 않고 살려고 했는데 연민인지 자꾸 눈에 어른거린다. 그런 금순이의 마음을 알아채기라도 한 듯이 동희어머니께서 금순과 함께 삼오제나 마치고 여행을 계획하신다.

내일은 어머니 삼오제다. 금순과 금옥, 두 자매는 어머니, 아버지 얘기를 하다가 둘이 나란히 따뜻한 이불 속에서 마주보며 울다가 웃다가 설핏 잠이 들었다.

36. 금순이의 꿈

　낮에 잠깐 들은 잠인데 어찌나 달게들 자는지 어른들은 며칠동안 눈물로 지새운 두 딸들을 푹 좀 자게 해준다고 깨우지 않고 조용히 두신다.

　금순이는 예닐곱 살 어린아이로 돌아온 걸까. 흰 원피스를 입고, 새빨간 예쁜 구두를 신고 아주 넓은 초원인 것 같다. 막 뛰어다닌다. '야아~ 아유, 어찌 이리 넓고 파랗고, 어찌 이리 좋을꼬. 하늘하고 이 들판이 붙었네. 아니 하나로 쫙 퍼졌네.' 또 뒤로 둘러보면 온통 모든 사물이 눈부셔서 눈을 뜰 수가 없다. 눈을 감고 있었다. 모든 사물이 눈이 부신다. 황금 들녘이다. 잔디뿐만 아니라 모든 사물이 금빛이다.

　작은 계집아이 금순은 눈을 뜰 수가 없다. 이 때 맑고 청아한 방울소리가 들리기에 둘러봤더니 아주 작고 앙증스러운 금방울, 은방울, 노란 예쁜 작은 꽃방울, 빨간색 방울, 보라색 방울, 완전 무지개빛 작은 방울들이 조롱조롱 달려서 청아한 아니 이 세상에서는 들을 수 없는 가장 아름다운 방울들의 부딪치는 소리가 들린다.

　한 켠으로는 입을 살짝 벌린 아주 쑥스러운 듯 귀여운 항아리꽃들이, 또 한 켠은 아주 화려한 듯 활짝 웃듯이 피어난 나팔꽃들에서 이슬방울이 똑똑 떨어진다. 그런데 떨어지는 그 이슬방울은 이슬이 아니다. 금가루, 은가루다.

　옅은 바람을 타고 온 대지를 금가루, 은가루가 날려서 뿌린다. 온통 반짝반짝 퍼져 날린다. 그 때 또 금순이는 지금껏 들어보지 못한 세상에서는 들을 수 없는 아름다운 소리를 듣는다. 무슨 악기인지 금순이는 정신이 혼미해질 정도로 진귀한 소리에 온 신경이 곤두섰다. 그 아름다운 소리에 사방을 둘러본다. 그때 금순이 몸이 술렁술렁이더니 갑자기 온몸에 새하얀, 얼마나 희고 투명하던지 무지개빛이 비치기도 한다. 이처럼 아름답고 고운 흰 천이 금순이 온 몸을 휘감는다. 한 번도 보지 못한 가장 아름다운 드레스가 금순이 몸에 입혀진다. 그러면서 갑자기 흰 드레스를 휘날리며 푸르고 깨끗한 공중으로 둥둥 떠진다. 아니 날아가는 것이다. 밑을 내려보니 조금 전 보던 작은 꽃방울들이 환영을 하듯 흔들거린다.

금순이는 또 악기소리에 저 앞을 내다보고 깜짝 놀랐다. 저 만치에서 눈이 부실 정도로 화려한 황금마차가 서서히 금순이에게로 다가온다. 그 곳에 어머니, 아버지께서 타고 계신다. 금순이는 자신도 모르게 '어머니, 아버지!' 하고 달려가면서 불러본다. 눈에 보이는 어머니 아버지께서는 너무나 아름다운 모습이시다. 어머니 역시 금순이 자신과 똑같은 아름답고 화려한 금빛 드레스를 입으시고 얼굴은 그 옛날 젊은 시절 그 고우시고 고우시던 그 모습이시고 아버지 역시 20대 준수한 미소년의 모습으로 역시 황금빛 양복이신지 뒤에 긴 너울이 끌리는 연미복 같은 멋있는 차림으로 온화하게 웃고 계신다.

어머니는 수줍음이 깃드신 듯하면서도 귀여우신 모습이 세상에서 가장 행복한 표정이시다. 두 분이 손을 잡으시고 서서히 마차에 오르시면서 행복에 겨운 모습으로 금순이에게 손을 흔드시며 마차는 달려간다. 아름다운 악기소리에 꽃가루 금가루를 날리면서 예쁜 방울꽃에서는 작고 귀여운 보라빛 나비, 노랑 나비들이 수십 아니 수만 마리가 춤을 춘다.

그때 금순이는 "어머니, 아버지. 어디 가세요. 저도 데려 가세요. 어머니, 어머니, 아버지!" 하고 부르면서 날아 간다.

그때 동희 어머니가 "애, 에미야. 에미야! 웬 잠꼬대냐." 하시면서 깨우신다. 금순이는 잠에서 깨어 냉수를 들이키고 "어머니 저 꿈꿨어요." 하고 꿈에 본 아버지 어머니의 아름다운 모습, 또 금순이가 본 화려한 꽃, 황금꽃길 등을 얘기해 드린다.

두 분이 천국에 계신 것을 봤다고 하자 금옥이가 울면서 "언니, 엄마 꿈, 나도 꿈꿨어. 나는 두 분이 아주 파아란 아름다운 호숫가에서 세상에서 가장 아름다운 선남선녀로 호숫가를 거니시는 모습에 아무리 불러도 두 분은 웃으시면서 나보고 어여 가라는 듯이 하시면서 온통 황금으로 치장한 아름다운 배에 오르셔서 떠나시는 꿈을 꾸고 울다가 깼어. 언니, 우리 엄마, 아부지 천국가신 게지? 응, 언니. 여보, 당신 장모님 천국에 가신 게죠? 응, 여보."한다. "그럼, 처형, 여보. 이제는 안심하고 울지마."

금순과 금옥에게 두 분 어르신들이 당신들은 분명 천국에서 행복한 모습으로 계신 것을 보여주신 게다.

서울형부, 언니, 아니 사돈들은 일주일 휴가를 내셔서 이곳에 계시면서 금순과 금옥에게 따뜻한 위로를 해주시고 올라가셨다.

37. 영락 노인복지관

누가 그랬던가, 세월은 유수와 같다고. 그래 그 말이 맞다.

옥희와 주찬이가 유학을 떠난 지도 5년이 넘었다. 귀국이 좀 늦어진다. 학업은 다 마쳤지만 옥희가 귀여운 첫 딸을 출산했기에 약 육 개월 정도 늦어진 게다. 편지 속에 들어있는 조그만 애기 사진에는 아직 눈도 제대로 뜨지 못한 채 하품을 하면서 찡그린 모습이 귀엽다 못해 어디선가 본 듯한 느낌이 든다. 맞다, 꿈에 본 방울꽃들, 금방울 꽃의 예쁘고 앙증맞던 그 모습이 꼭 외손녀 모습만 같다. 천국에 핀 금방울꽃 방울처럼 보이는 외손녀. '그래, 이름은 꼭 이 외햄미가 지어야지.' 생각하고 금순이는 얼른 전화기를 들고 교환한테 서울 언니댁을 신청했다. 한참 후 전화기 너머 저편에서 언니의 목소리, 아니 사돈 목소리가 들린다. "어, 사둔이냐." "네, 언니." "왜 그래. 무슨 일이야." "언니, 아니 사둔. 우리 옥희 애기, 내 외손녀 이름 내가 지을게." "그래, 뭐라고? 응. 이 금방울. 뭐? 금방울? 그래 어디 형부한테 얘기해볼까?" "응. 꼭 애기 이름 내가 지을거야." "그래, 그래. 다음 애기는 내가 짓는다?" 두 자매, 아니 사돈지간에 애기 이름을 놓고 수다를 떨다가 끊었다.

언니목소리가 귓가에 쟁쟁하다. "그래, 금방울. 얘, 그 이름은 천국 계신 어머니 아버지께서 보여주신 방울꽃으로 지어진 꽃 이름이다. 그래, 참 귀엽고 이쁘다." 할아버지 이영수, 할머니 김봉금, 또 외할머니 이금순 여사. 어머니께서 떠나시면서 귀여운 손녀딸을 얻을 수 있도록 태중에 복까지 주신 하나님께 감사 기도를 드렸다. 또 쉬 출산하게 해주신 것도 감사 기도를 드렸다.

올 여름, 7월 8일날 미국에서 아이들이 귀국한다. 착하고 듬직한 아들 같은 내 사위 주찬이, 또 이쁘고 이쁜 내 딸 옥희, 또 귀한 새사람 내 외손녀 금방울, 이렇게 세 식구가 귀국한다. 금순은 오빠 내외와 어머니를 모시고 옥희 마중을 위해 서울로 출발했다. 금옥이는 학교 때문에 함께 못가고 강목사도 교회를 비울 수 없어서 같이 참석하지 못했다. 서울서 며칠간 지내다가 미국서 올 사랑하는 새끼들 마중하러 갈 예정이다.

금순은 그 옛날 가난한 산골소녀 가장이 눈물 흘려 쌓고 쌓은 노력으로 크게 성공해서 꼭 금의환향하는 것처럼 착각에 빠진다. 기쁘고 당차게 전진한다. 또 마음껏 자식들을 사랑하면서 누가 뭐래도 성공한 인생이다. 행복하다.

강목사는 요즘 눈코 뜰새없이 바쁘다. 장인 어른의 염원이셨던 노인복지관 건립 공사가 막바지에 이른 것이다. 이 모든 공사는 금순이가 지금껏 사업해서 모은 돈으로 일만 오천 평의 부지에 지하까지 합쳐서 4층으로 설계되었다. 지하는 주차장, 1층은 병원, 2층 3층은 복지관, 4층은 교육관으로 아주 훌륭하게 잘 지은 복지관이다. 복지관 이름은 〈영락 노인복지관〉으로 지었다. 이제 한달 후에는 노인들, 행려병자, 또 불쌍한 무연고 노인들을 편히 모시고 함께 살아갈 금순이의 영원한 집이다.

강목사는 이 노인들을 모시고 예배드리고, 1층 병원은 그동안 아버지와 금순이가 장학금으로 공부시킨 아들들이 의사가 되어서 노인들을 진료하며 이곳에서 영원히 함께 살 것이다.

금순이는 공사가 진행되어 갈수록 더욱더 아버지 생각에 목이 메인다. 아버지께서 살아 생전에 꿈이시던 이 복지관건립을 금순 자신이 결사반대해서 얼마나 속상해 하셨을까. 아버지 생전에 이뤄져야 할 일을 그때는 이 못된 딸년이 욕심이 목구멍 끝까지 차올라서 아버지의 뜻을 거역하였으니 지금에 와서 후회한들 무슨 소용인가. '아버지, 죄송해요. 용서해주세요. 아버지, 어머니. 이 못된 딸내미가 지금에 와서 철이 드는 것 같습니다.' 아버님 생전에 잘 모신다고 모셨지만 결정적인 아버지의 크신 뜻을 거스른 것 같아 못내 가슴 아파한다.

'아버지, 어머니. 천국에서 두 분 어른 영원한 사랑으로 늘 함께 영원토록 사랑으로 하나 되셔서 계세요. 먼 훗날 이 딸내미도 두 분 곁으로 가서 함께 영원히 살아요.'

드디어 오늘 사랑하는 딸과 사위, 또 귀한 손녀 셋이 귀국하는 날이다. 모든 식구들이 어제부터 갈비찜등 아이들이 좋아하는 음식들을 준비하느라 잔칫집 분위기다. 모든 식구들이 택시를 두 대나 잡아 타고 김포공항으로 달린다. 도착시간은 17시 5분인데 아침부터 서두른다. 김포공항에 한 시간이나 일찍 도착했다. 무슨 사람들이 이리도 많은지 정신이 하나도 없다. 김포공항은 세계 여러 나라 사람들이 뒤섞여 들어온다. 선교사들인 것 같기도 하고, 어떤 잘 생긴 미소년이 노란머리 파란 눈의 백인아가씨와 다정히 걸어가는 모습 등 완전 별천지다. 영화에서 보던 모습들이다. 피부가 검고 머리는 곱슬머리인 흑인남자도 보이고, 금순이는 눈이 휘둥그레진다. 어머니는 금순이 팔을 꼭 부여잡고 "에미야, 저 시커먼 것은 사람이냐, 귀신이냐?" 물으시며 잔뜩 겁먹은 표정이시다. "어머니, 아프리카 사람이예요. 왜 영화에 나오는….""애, 에미야. 난 왠지 섬짓하다." 어머니께서도 주위의 생소한 모습에 금순이 팔에 꼭 매달린다.

아직도 비행기 도착시간이 30분이나 남았다. 그 때 공항 스피커에서는 지금 한창 인기인 대구의 예쁜 여가수의 허스키한 목소리로 부르는 '공항의 이별' 이라는 노래가 흘러 나온다. 애절한 노랫소리다. 금순은 괜스리 기분이 묘해진다. '사랑하는 내 새끼들 마중 나왔는데 웬 공항의 이별이라니. 왜 저런 노래를 틀어준데.' 하고 생각하는데, 그다음 흘러나오는 노래가 '동숙의 노래' 다 '너무나도 그님을 사랑했기에….' 라고 또 애절한 가사가 흘러나온다.

그러면서 또 형근과의 그 아픈 기억이 몽실몽실 되살아난다. 노래 탓일까. '왜 하필 오늘같이 기쁜 날, 그 사람 생각이 떠오를까.' 생각이 이어지면서 미국에서 있었을 옥희와 생부와의 만남을 생각해본다. 또 17~18년 전에 언니네 집에서 하늘에 비행기 날아오르는 것을 보면서 형근 그 사람이 자신의 아들 치우를 데리고 미국으로 가는 환영이 금순일 괴롭게 하던 생각 등이 머리 속을 뒤흔들어 놓는다.

금순이 여러 가지 생각을 골똘히 하고 있는데 스피커에서 미국에서 오는 비행기의 착륙시간을 알린다. 마중 나온 수많은 사람들이 누가 먼저라고 할 것도 없이 일제히 박수를 친다. 금순이도 눈물을 흘리면서 기쁨의 박수를 쳤다. '내 새끼들이 또 귀한 새끼를 낳아서 이 어미에게로 데리고 온다.'고 생각하니 감사해서 눈물, 기뻐서 눈물, 행복해서 눈물이 저절로 흘러내린다.

그때 커다란 입을 쩍 벌리듯이 문이 열리더니 사람들이 꾸역꾸역 비행기 트랩을 밟고 내려온다. 내려오는 사람 하나 하나를 훑어본다. 계속 쏟아져 내려온다. 그런데 내 새끼들은 좀처럼 보이지 않는다. 금순은 애가 탄다. 애가 타다 못해 주저앉을 지경이다. '왜 내 새끼들은 안 오지. 거의 다 내렸는데 어쩐 일이지. 진짜 거의 다 내렸는데….' 급한 마음에 "언니, 형부, 어머니!" 하면서 옆을 둘러본다. 이것은 또 어찌 된 일일까. 분명 택시 두 대로 여섯 명이 함께 와서 기다리지 않았던가. 그런데 식구들이 한 명도 없다. 아니 이게 어찌 된 일일까. 혹시 내가 지금 꿈을 꾸는 것일까. 금순이는 자신의 볼을 쎄게 꼬집어본다. 아픈 것이 꿈은 아니다. 그래 분명 어머니께서 '에미야, 저 시커멓게 그을린 것이 사람이냐, 귀신이냐.' 하시던 것이 생각난다. 갑자기 머리가 띵해진다. '내가 혹 도깨비한테 홀렸나. 아니면 내가 이 나이에 길을 잃었나.' 금순은 갑자기 슬퍼진다. '내가 왜 이러지. 분명 자리를 뜬 적도 없는데. 아니 혹시 내 새끼들을 발견해 데리고 집으로 먼저 갔을까? 아니 그럴 수는 없는 일이다. 분명 우리 옥희가 이 엄마부터 찾고 품에 안겼을텐데. 그래 이것은 뭔가 잘못된 것이다.'

생각이 마구 엉키고 있는데 옆의 기척에 놀라 돌아보며 "저, 여보세요. 이 비행기 미국서 오는 비행기 맞지요?"하고 얼른 물어본다. "네, 맞습니다." 대답한 남자는 큰 키에 비둘기색 엷은 바바리코트를 입고 머리는 반백에 구불구불하고 얼굴은 보기 좋은 혈색에다가 검은 멋쟁이 선글라스를 낀 채 큰 가방을 끌고 금순이의 앞에 떡 선다. 그러더니 온 얼굴에 웃음을 머금고는 "오, 나의 천사여!" 하면서 아주 힘있게 끌어 안는다. "여보, 보고 싶었소." 그러면서 또 아주 정열적인 키스로 긴 인사를 대신한다. 금순은 그냥 당황해서 그대로 맞아주듯 아니 함께 끌어안고 말았다. 그때 공항의 모든 사람들이 이들 중년의 연인들을 축복하듯이 우뢰와 같은 박수 갈채를 보낸다.

형근이 미국서 함께 귀국한 것이다. 모든 것이 옥희와 주찬이 그 녀석들이 꾸민 일이다. 식구들에게 모두 뒤로 숨게 하고 어머니 혼자 있게 한 것도 옥희와 주찬이의 계략이다.

세월은 모든 죄를 용서하게 했다. 형근, 치우, 그리고 옥희, 주찬, 금방울 다섯 식구 모두 다 영구 귀국했다.

금순은 어리둥절한 상태에서 겨우 수습하고는 형근의 품에서 떨어져 나와 주위를 살핀다. 옥희와 주찬이가 "어머니, 아버지예요. 저희가 모시고 왔어요. 이제부터는 아버지께서 어머니만을 위한 삶을 사시게 될 거예요."한다. 뒤이어 훤칠한 청년이 미소로 바라본다. 그때 형근이 "치우야, 어머니시다." 그러자 치우가 "어머니, 저 치우예요. 저 어렸을 때 어머니께서 할머니 만나러 오셨을 때 그때 기억나시죠? 저 그때 어머니 무릎으로 다가가서 어머니께 매달렸죠. 그때 어머니께서는 우시면서 택시타고 가셨지요. 저는 그때부터 어머니를 잊어본 적이 없었어요. 저는 이제부터 영원한 어머니의 아들이고 옥희의 오빠예요. 저는 이제 건강합니다. 어머니, 아버지를 도와 선교하는 하나님의 종으로 살겠습니다."하고 씩씩하게 말한다.

금순은 가슴에 옹어리졌던 딱딱한 멍울들이 조금씩 조금씩 사그라져 가는 것을 느낀다.

모두 사랑하는 내 식구들이다. 옥희를 사랑하기에 형근 그 사람도 받아들여야 한다. 또 듬직하고 잘 생긴 아들도 하나님의 선물로 받았다. '그래 이제부터는 열심히 행복하게 제 2의 인생을 시작하는 게야. 그래 모두 다 잘 될 거야.'

J면의 영락 노인복지관에서는 오늘도 분주하게 하루를 시작한다. 노인들을 모시고 새벽기도를 드린다. 오늘도 강영수 목사는 마태복음 5장을 설교한다. '심령이 가난한 자는 복이 있나니'로 시작하는 말씀이다. 노인분들은 교회 안이 떠나갈 듯이 찬송을 올려 드린다.

1. 예수님은 누구신가 우는 자의 위로와 없는 자의 풍성이며 천한자의 높음과 잡힌 자의 높임되고 우리 기쁨되시네.

2. 예수님은 누구신가 약한 자의 강함과 눈먼 자의 빛이시며 병든 자의 고침과 죽은 자의 부활되고 우리 생명되시네.

3. 예수님은 누구신가 추한 자의 정함과 죽은 자의 생명이며 죄인들의 중보와 멸망자의 구원되고 우리 평화되시네.

4. 예수님은 누구신가 온 교회의 머리와 온세상의 구주시며 모든 왕의 왕이요 심판하실 주님되고 우리 영광되시네. 아멘.

금순이는 복지관 모든 분들의 딸이다. 또 형근은 전도사이며 운전기사고 치우는 신학대학에서 학업중이다. 장차 목사가 될 것이다. 옥희는 봉평에서 '축복교회'라는 이름으로 개척교회를 열어 목회를 한다. 주찬이는 서울에서 의상실을 열고 옥희 외조와 더불어 딸 금방울의 육아까지 책임진다. 또 금옥이는 은혜와 열한 살 차이로 늦둥이 딸을 출산했다. 이름은 한나, 강한나다. 기도의 어머니로 살라고 한나로 지었다.

이제는 모두다 제자리로 돌아왔다.

오늘도 금순이는 남편 형근과 복지관 어른들을 모시고 열심히 또 행복하게 섬기며 돌보면서 행복한 노년을 맞는다.

투기

후기

그동안 살아오면서 가장 많이 울었던 것 같다. 내가 쓴 이글의 주인공 금순이 때문이다.

왜 자꾸 슬프게만 써야 되는지, 언제쯤 금순이를 행복하게, 또 여자로써 사랑도 하고 사랑도 받게 해 주고 싶은데 쓰다보면 어느새 또 슬픔에 빠지게 써내려가는 내 자신이 미워 죽겠다.

난 왜 자꾸 슬픔만은 생각해 내는 걸까. 눈물을 흘리는 그런 내가 정말 밉다.

2부, 3부, 4부, 그래 점점 나아지겠지 하면서도 올케들의 기구한 운명을 끄집어 내게되고 또 한고비 넘기나 싶으면 기구한 운명의 어머니가 쓰여지고, 이어지는 아버지의 죽음….

포기하고 싶은 적이 한두 번이 아니었다. 여러 권의 노트에 써 내려가던 것을 다 찢어 버렸다가는 테이프로 다시 붙여 새로 또 써내려 가길 수 십 번씩 반복했다.

나는 전문적으로 글을 쓰시는 선생님들을 제일 존경한다. 그 분들이 부러워 어쭙잖게 글을 쓴다고 대들었다가 큰 낭패를 볼 뻔했다. 수급권자 자활 일을 하고 돌아오면 또 쓰고 밤낮 쉬는 날마다 쓰다 보니 내 주위에는 아는 사람 하나 없다. 함께 일하는 사람들하고 어울리지도 않는다. 그들은 다 서울사람들이고 세상 물정 돌아가는 것을 꿰뚫어보는 약삭빠르고 똑똑한 사람들이다. 나는 지방 출신이고 저들같이 약삭빠르지도 못하고 저들 또한 나를 아무도 상대해주는 사람이 없다.

내가 가는 곳이라고는 유일하게 주일날 교회에나 한 번씩 가고 또 병원은 이틀에 한 번씩 간다. 그 외에는 매일 먹고 자고 또 울면서 써내려 간 것이 일 년도 넘은 것 같다. 그래도 금순이의 한숨과 눈물을 기쁨으로 행복으로 승화시킨 내 자신이 신통방통하다.

금순이는 결국 이뤄낸다. 인생 후반에 사랑도 다시 되찾게 되고 천덕꾸러기에서 또 죽음 직전에서도 다시 일어설 수 있는 용기와 지혜를 줄 수 있게 해준다. 결국은 인간승리 또 어머니의 승리, 무엇보다도 아름다운 모계 사회를 잘 이뤄낸다.

비록 글 속의 인물이지만 난 금순이를 좋아하는 수준을 넘어 존경할 수 있게 된 것 같다. 그래서 나도 결국 지나간 좌절을 잊고 새로이 든든하게 서서 나아갈 수 있으리라 확신해 본다.
하나님, 감사합니다.

2011. 3.
긴 여정을 마무리 지으며

한 여인의 한숨과 눈물을
기쁨과 행복으로 승화시킨 인생 파노라마

2011년 04월 10일 초판인쇄
2011년 04월 15일 초판발행

지은이 : 박 충 성
펴낸이 : 이 혜 숙
펴낸곳 : 도서출판 신세림
          100-015 서울특별시 중구 충무로5가 19-9 부성B/D 702호
편집 : 엄은미
등록일 : 1991. 12. 24
등록번호 : 제2-1298호
전화 : 02-2264-1972
팩스 : 02-2264-1973
E-mail : shinselim72@hanmail.net

정가 15,000원

ISBN 89-5800-112-7, 03810